Isabel Abedi

Imago

Außerdem von Isabel Abedi im Arena Verlag:
Whisper

Isabel Abedi

Imago

Arena

*Für Mama und Lena,
für Inaié und Sofia
und für Eduardo, der die Musik in diesem Buch ist.*

In neuer Rechtschreibung
***
Sonderausgabe 2006
© 2004 by Arena Verlag GmbH, Würzburg
Alle Rechte vorbehalten
Covergestaltung: Frauke Schneider unter Verwendung einer Illustration von
Joachim Knappe
Gesamtherstellung: Westermann Druck Zwickau GbmH
ISBN 3-401-06117-8
ISBN 978-3-401-06117-7

www.arena-verlag.de

Now I would creep inside
And curl up in my bed.
Something strong was pulling at my head
Pulling at my heart
Pulling at my heart.

Noa, Wildflower

Du bist der Vogel, dessen Flügel kamen,
wenn ich erwachte in der Nacht und rief.
Nur mit den Armen rief ich, denn dein Namen
ist wie ein Abgrund, tausend Nächte tief.
Du bist der Schatten, drin ich still entschlief,
und jeden Traum ersinnt in mir dein Samen –
du bist das Bild, ich aber bin der Rahmen,
der dich ergänzt in glänzendem Relief.

Rainer Maria Rilke, Der Schutzengel

Der Zirkus öffnet eine winzige Lücke in der
Arena der Vergessenheit.
Für eine winzige Spanne dürfen wir uns verlieren,
uns auflösen in Wunder und Seligkeit,
vom Geheimnis verwandelt.

Henry Miller

INHALT

Rot um Mitternacht	9
Als wäre nichts geschehen	22
Die Einladung	31
Die rote Tür	40
Vaterbilder	49
Jetzt	58
Der Zirkus Anima	58
Taro	66
Wie geht es weiter?	81
Kein Kontakt bis Viertel vor zwei	102
Dunkle Schatten	110
Was war das?	124
Krankenbesuch	126
Trapezunterricht	139
Genau wie dein Vater	153
Schwarzes Blut	163
Post	179
Der Rahmen für die Vorstellung	195
Amon	207
Bei Mischa	214
Schröder	229
Starke Arme	233
Ein Gefühl von Abschied	250
Klassenfahrt	254
Ein Unglück kommt selten allein	268
Die Generalprobe	274

Der Hüter der Bilder	293
Zurück	304
Zwölf Gongschläge	309
Gerettet und doch . . .	320
Frohes neues Jahr	322
Es kommt noch schlimmer	333
Was noch?	343
Keine Antwort	344
Die Angst und die Wut	351
Jolan	362
Schlussvorstellung	380
Vatertag	395
Danksagung	*403*

Rot um Mitternacht

Erzähl du mir nicht, wie mein Vater zu sein hat. Du weißt ja nicht mal, wie deiner aussieht.«

Brittas Worte waren immer noch da. Sie saßen tief in Wanja und breiteten sich aus, jetzt, wo alles still war. Und dann, ganz langsam, kamen die Ereignisse des Tages wieder in ihr hoch und zogen vorbei wie dunkle Wolken am Himmel.

Schon am Morgen war alles schiefgelaufen. Wanja hatte verschlafen und Jo, ihre Mutter, war noch hektischer gewesen als sonst. Alle paar Minuten kam sie in Wanjas Zimmer und trieb sie zur Eile an.

»Ich mach ja schon«, fauchte Wanja, als Jo zum vierten Mal den Kopf zur Tür hineinsteckte.

Jo sah sie scharf an. »In zehn Minuten fahr ich los, mit dir oder ohne dich.«

»Mir doch egal.« Wanja verdrehte die Augen und griff nach ihrer Jeans. Wenn nur nicht dieser elende Schulweg wäre. Sie liebte das alte Fachwerkhaus mit dem großen Garten, das Jo als den Glücksgriff ihres Lebens bezeichnete, weil sie es so günstig bekommen hatten. Aber der weite Schulweg ging Wanja auf die Nerven. Vor allem an Tagen wie heute, wo der Bus schon weg war, ihr Fahrrad einen Platten hatte und Jo einen wichtigen Termin.

»Dann musst du eben selbst sehen, wie du zur Schule kommst«, sagte Jo, als Wanja nach zehn Minuten immer noch nicht fertig war. Mit diesen Worten verließ sie Türen knallend das Haus, und Wanja blieb nichts anderes übrig, als auf den nächsten Bus zu warten und damit mindestens eine halbe Stunde Verspätung in Kauf zu nehmen. Ausgerechnet bei Deutsch, wo sie heute eigentlich ihre Geschichte hätte vorlesen sollen. Zwei Wochen hatte sie daran gesessen, und wenn sie Pech hatte, würde Frau Gordon sie jetzt von der Liste streichen, streng, wie sie war.

Frau Gordon war Wanjas Klassenlehrerin und unterrichtete Deutsch und Biologie. Sie war so dick, dass sie zwei Schüler hinter ihrem Rücken hätte verstecken können, aber ihre Figur war in all ihrer Fülle so prall und straff und wohlgeformt, dass es niemandem in den Sinn kam, darüber zu lachen. Frau Gordon trug ausschließlich selbst geschneiderte Kostüme mit ausgefallenen Mustern und eleganten Formen, die sich schmeichelnd um ihre Rundungen schmiegten und die jedes für sich ein kleines Kunstwerk waren.

Sie war eine tolle Frau, fand Jo, und trotz ihrer Strenge mochte Wanja ihre Klassenlehrerin auch.

»Du kannst von Glück sagen, dass Thorsten seine Geschichte schon fertig hatte«, sagte Frau Gordon, als Wanja zehn Minuten vor Ende der Stunde ins Klassenzimmer huschte. »Montagmorgen um acht ist deine zweite Chance. Aber wenn du dann nicht auf die Sekunde pünktlich bist, wandert deine Geschichte ungelesen mit einer Sechs in den Papierkorb.«

Wanja nickte und setzte sich an ihren Platz. Das war noch mal gut gegangen. Doch dann, in der dritten Stunde, knallte Herr Schönhaupt ihr die Mathearbeit auf den Tisch. Mangelhaft.

»Herzlichen Glückwunsch, Fräulein Walters«, sagte er und zog dabei die Augenbrauen hoch, wie jedes Mal, wenn er eine seiner Schülerinnen vor der Klasse bloßstellte. Dass

Wanja zu seinen Lieblingsopfern gehörte, stand schon seit der fünften Klasse außer Frage.

»Das ist jetzt das zweite Mangelhaft in diesem Halbjahr. Sagt dir vielleicht das Wort *üben* etwas?« Herr Schönhaupt trommelte mit den Fingern auf den restlichen Stoß Mathehefte in seinem Arm, während er auf eine Antwort wartete.

»Ja, Herr Schönhaupt.« Wanja stieß die Worte zwischen den Zähnen hervor. »Eines Tages schneid ich diesem Schmierkopf noch sein Rattenschwänzchen ab«, flüsterte sie Britta zu, nachdem sich Herr Schönhaupt mit einem verächtlichen Schnauben abgewandt hatte, aber sie verstummte sofort, als er sich noch einmal drohend zu ihr umdrehte. Die Frisur des Mathelehrers machte seinem Namen wirklich keine Ehre. Das aschblonde, immer fettige Haar wurde von einem fleischfarbenen Gummiband zu einem dünnen Zöpfchen zusammengehalten, das auf Herrn Schönhaupts Rücken klebte.

»Weißt du noch, das mit der Shampooflasche?«, fragte Wanja, als sie nach der Schule mit Britta nach Hause ging. Wenn sich Wanja über Herrn Schönhaupt ärgerte, rief sie sich diese Geschichte gern in Erinnerung. Thorsten, der Klassenclown, hatte am Anfang des Schuljahrs heimlich eine Flasche Shampoo auf das Lehrerpult gestellt, während Herr Schönhaupt eine Textaufgabe an die Tafel schrieb. *Mehr Volumen, für die tägliche Haarwäsche,* stand vorne drauf. Als Herr Schönhaupt sich umdrehte, merkte er erst mal gar nicht, was los war. Erst als die halbe Klasse vor Lachen unter dem Tisch lag, entdeckte er die Flasche.

»Dieses Gesicht werde ich nie vergessen«, sagte Wanja und kicherte.

»Dass danach die ganze Klasse nachsitzen musste, werde ich auch nie vergessen.« Britta war damals stocksauer auf

Thorsten gewesen. »Nur weil dieser Idiot nicht die Traute hatte, sich zu stellen.«

»Wenn jemand ein Idiot ist, dann Schönhaupt«, brummte Wanja.

Aber damit konnte man Britta nicht kommen. Britta war die Beste in Mathe und das einzige Mädchen, das Herr Schönhaupt nicht ständig mit diesem grässlich altmodischen »Fräulein« anredete.

»Du hast überhaupt noch gar nichts zu meinen neuen Sachen gesagt.«

Britta blieb stehen, stellte sich in Pose und blickte Wanja herausfordernd an.

Wanja seufzte. »Mensch, Britta. Wie oft muss ich dir denn noch sagen, dass mich das nicht interessiert?«

»Paps war am Wochenende mit mir einkaufen.« Britta überging Wanjas Bemerkung und strich sich über das blassgrüne T-Shirt mit den großen rosa Blüten. Es folgte eine detaillierte Beschreibung, was sie wo anprobiert und schließlich für wie viel Geld gekauft hatte. Wanja ließ ihren Schlüsselanhänger um den Zeigefinger kreisen und überlegte währenddessen, wie lange sie wohl heute an den verhassten Matheaufgaben sitzen würde, wenn Britta sie nicht abschreiben ließ. Schon seit der ersten Klasse ging Wanja an zwei Tagen in der Woche nach der Schule mit zu Britta nach Hause. Das gab Jo ein gutes Gefühl und Wanja Gesellschaft. Ihre Freundschaft mit Britta war mit den Jahren zu einer Art Gewohnheit geworden, die keine von ihnen infrage stellte. Ansonsten hätten sie wohl beide zugeben müssen, dass sie im Grunde nichts miteinander anfangen konnten.

»Hey, hörst du mir überhaupt zu?« Kurz vor ihrem Haus stieß Britta Wanja in die Seite, wodurch Wanja der Schlüsselanhänger vom Finger rutschte.

»Verdammt, pass doch auf!« Wütend ging Wanja in die Hocke. Zu spät. Der Anhänger war samt Schlüsseln in einen Gulli gefallen.

»Tja, den kannst du wohl vergessen«, sagte Britta.

Wanja stöhnte. Das war schon der zweite Schlüssel in diesem Jahr, Jo würde ausflippen. Mit düsterer Miene trottete sie hinter Britta über den geharkten Kiesweg der hellblauen Jugendstilvilla. Brittas Mutter stand schon in der Tür. »Da seid ihr ja endlich! Husch-husch, das Essen wird kalt!«

Im Hausflur schlug Wanja der Geruch gebratener Leber ins Gesicht. Leber war das einzige Fleisch, vor dem sie abgrundtiefen Ekel empfand. Aber als sie alle um den Tisch saßen, betonte Brittas Vater die Nährwerte dieses Essens so ausdrücklich, dass Wanja sich nicht traute, die Leber stehen zu lassen. Mit versteinerter Miene kaute sie an ihren Fleischstücken herum, gerade so viel, wie nötig war, um sie unauffällig mit Wasser herunterzuspülen. Währenddessen erzählte Britta lang und breit von der Mathearbeit, die *sie* mit einer Eins bestanden hatte.

»Das ist meine Tochter«, sagte Brittas Vater. Er zog sein Portmonee aus der Hosentasche und schob einen funkelnagelneuen Zwanzigeuroschein über den Tisch. Dass Britta »seine« Tochter war, stand schon rein optisch völlig außer Frage. Mit ihren großen blauen Augen, den glänzend blonden Haaren und ihren perlweißen, völlig ebenmäßigen Zähnen war Britta ihrem Vater wie aus dem Gesicht geschnitten. Brittas Vater war wohl das, was Frauen einen gut aussehenden Mann nannten. Für Wanja war er, genau wie seine Tochter, eine Spur zu glatt.

»Danke Paps«, flötete Britta, als der Zwanziger vor ihrem Teller landete. Dabei warf sie ihrer Schwester Alina einen triumphierenden Blick zu. Alina war acht, hatte als Einzige aus der Familie ein paar Kilo zu viel und stand im Schatten ihrer großen Schwester, seit sie auf der Welt war.

»Blöde Giftkuh«, zischte Alina und Wanja musste sich das Lachen verkneifen.

Zum Nachtisch gab es Grapefruitsorbet.

»Sieht aus wie gefrorenes Giraffenpipi«, sagte Alina zu ihrer Portion und zog damit zum ersten Mal die Aufmerksamkeit ihres Vaters auf sich. Herr Sander streckte den Arm aus, zeigte zur Tür und zischte: »Aber so-fort!« Als Alina die Küche verließ, kicherte Britta, Frau Sander seufzte und Wanja wünschte sich nach Hause. Alina tat ihr leid.

»Dieser kleine Fettkloß nervt einfach total«, sagte Britta, als sie mit Wanja nach dem Essen über den Hausaufgaben saß. Wanja schob ihr Matheheft zur Seite. »Ich glaube, die ist nur eifersüchtig. Wäre ich an ihrer Stelle auch. Du kriegst Geld, und sie wird aus der Küche geworfen.«

Britta nahm eine Haarsträhne zwischen ihre Finger und betrachtete mit gerunzelter Stirn ihre Haarspitzen. »Bei den Sachen, die sie so von sich gibt, ist das ja wohl auch kein Wunder. Oder soll mein Paps sie für ihr freches Mundwerk noch belohnen?« Den Ausdruck »freches Mundwerk« hatte Britta von ihrem Vater übernommen, auch die Betonung auf »frech« war exakt die von Herrn Sander.

»Ach, komm schon.« Wanja verdrehte die Augen. »Er muss sie doch nicht bestrafen wie einen Hund. Das mit dem Giraffenpipi war doch voll lustig. Ich finde, ein bisschen mehr Humor könnte dein Vater schon haben.«

Das war der Auslöser. Britta wirbelte ihren Kopf zu Wanja herum.

»Erzähl du mir nicht, wie mein Vater zu sein hat«, zischte sie. »Du weißt ja nicht mal, wie deiner aussieht.«

Nach diesen Worten saß Wanja eine Weile reglos da und starrte Britta an. Hinter ihren Augen pochte etwas. Britta wich ihrem Blick aus und sah angestrengt zu Boden, als versuche sie die Worte, die ihr da herausgerutscht waren, wieder aufzulesen. Aber dafür war es zu spät. Ohne noch etwas zu sagen, raffte Wanja ihre Schulsachen zusammen und lief aus dem Haus.

Draußen goss es plötzlich in Strömen, und ein kalter, völlig unfrühlingshafter Wind pfiff ihr um die Ohren. Britta wohnte dicht bei der Schule, aber diesmal kam Wanja der lange Heimweg gerade recht. Sie schnallte sich die Schultasche auf den Rücken und lief los. Der Regen peitschte ihr ins Gesicht und vermischte sich mit den Tränen, die ihr jetzt über die Wangen liefen. Wanja rannte, als wolle sie vor sich selbst davonlaufen: durch die kleinen Seitenstraßen von Brittas Wohnviertel, über die Kreuzung auf den schmalen Fußgängerweg der vierspurigen Hauptstraße, vorbei an Tankstellen, Fast-Food-Restaurants, Möbelhäusern und dem riesigen Babymarkt, hinter dem der unscheinbare Waldweg abging, der zu ihrem Haus führte. Morgens waren dort oft Jogger unterwegs, nachmittags führten alte Damen ihre Hunde spazieren und an den Wochenenden Elternpaare ihre Kinder. Heute Nachmittag hatte Wanja den Wald für sich allein. Sie bog vom Weg ab. Der Regen trommelte auf die Blätter der Bäume, und Wanjas Füße schlugen den Takt. Schnell und rhythmisch liefen sie über den matschigen Waldboden, zerknackten Zweige und patschten durch Pfützen. Von irgendwoher ertönte ein Vogelschrei.

Als Wanja vor dem letzten Hügel stehen blieb, um zu verschnaufen, schwebte vor ihr etwas Schwarzes zu Boden. Wanja beugte sich vor und stützte keuchend die Hände auf die Knie. Das Atmen tat ihr in der Brust weh; so schnell und so ausdauernd war sie schon lange nicht mehr gelaufen. Das schwarze Etwas, das jetzt genau vor ihren Füßen lag, war eine große Vogelfeder. Eine ungewöhnlich große Feder. Wanja hob sie auf und strich mit dem Finger darüber. Warm und weich fühlte sich die makellose, glänzende

Oberfläche an. Aber seltsamerweise war die Feder völlig trocken, obwohl es bis eben wie aus Eimern gegossen hatte. Wanja hob den Kopf und runzelte die Stirn. Der Regen schien sich aufzulösen. Durch die grün glitzernden Baumkronen stachen schon die Sonnenstrahlen. Auch der Wind hatte nachgelassen. Ein Vogel war nicht zu sehen. Kopfschüttelnd steckte Wanja die Feder in die Tasche ihrer Jeansjacke und lief weiter. Dass ihr Schlüssel im Gulli lag, fiel ihr erst zu Hause ein.

Zum Glück stand Jos Fenster offen. Ihr Zimmer lag zwar im ersten Stock, aber Wanja konnte über den Apfelbaum, der davor stand, hineinklettern. Auf seinem dicken, bis ans Fenster ragenden Ast war sie schon als Sechsjährige herumgeturnt, zum Schrecken ihrer Nachbarn. Aber Jo war in dieser Hinsicht eine ungewöhnlich gelassene Mutter und an Wanjas Vorliebe für gefährliche Kunststücke gewöhnt. Gewandt stieg Wanja am Stamm empor, hangelte sich an dem Ast entlang und schwang sich aufs Fensterbrett. Geschafft.

In der Küche stand noch Frühstücksgeschirr herum. Die Orangensaftpackung auf dem Tisch war leer wie der Kühlschrank, den Wanja auf der Suche nach etwas Trinkbarem aufriss. Die Regentropfen, die aus ihren braunen Locken, ihren Ärmeln und ihren Hosenbeinen rannen, bildeten auf dem Boden bereits einen kleinen See.

»Brrrrrh.« Die Küchentür öffnete sich, und Schröder schob seinen dicken roten Bauch in die Küche.

»Na Dicker, auch Durst?« Wanja nahm ihren Kater auf den Arm, worauf sich die Lautstärke seines Schnurrens schlagartig verdoppelte. Schröder war ein ungewöhnliches Tier. Liebesbedürftig wie ein kleines Baby, unglaublich träge und geradezu beängstigend gutmütig.

Als Wanja klein war, hatte sie mit ihm die reinsten Zirkusvorstellungen veranstaltet. Rückwärtssaltos, Drehungen in der Luft, auf zwei Beinen über das Treppengeländer balancieren . . . das waren nur einige der Dinge, die der Kater mit sich hatte machen lassen.

»Das arme Tier«, hatte Jo geschimpft, aber Schröders Liebe zu Wanja war trotz all dieser Torturen immer gleich groß geblieben.

Inzwischen war Schröder ein alter Herr und zu keinen akrobatischen Glanzleistungen mehr fähig. Doch für Wanja war er Kuscheltier, Freund und Geschwisterersatz in einem. Er bohrte seine nasse Nase in Wanjas Hals und rieb sie laut schnurrend an ihrer Haut.

»Runter mit dir, du Bohrmaschine.« Wanja füllte Schröders Napf mit Wasser und fing an das Frühstücksgeschirr wegzuräumen.

Als Jo aus der Agentur nach Hause kam, war es schon nach acht.

»Was für ein Tag«, hörte Wanja sie im Hausflur stöhnen. Jo trat in die Küche, löste die Spange aus ihrem Haar, fuhr sich mit den Fingern durch die dicken Locken und bemerkte dann, dass sie mitten in der dreckigen Regenpfütze stand, die Wanja vergessen hatte aufzuwischen. »Verdammt, wie oft hab ich . . .«

»Ja, ja, reg dich ab.« Wanja hatte den Aufnehmer schon in der Hand. Jo stellte die Einkäufe auf den Tisch. Toastbrot, Fleischwurst, Eier, eine Flasche Saft und zwei Tütensuppen.

»Zu mehr war heute keine Zeit.«

Das Essen verlief schweigend, und gleich danach stand Jo auf.

»Ich schmeiß mich 'ne Runde aufs Sofa. Mach du die Küche, okay?«

Wanja nickte. Widerstand war zwecklos. In dieser Stimmung gab es mit Jo keine Diskussion. Wahrscheinlich hatte sie mal wieder Stress mit ihrem Chef gehabt. »Stress« war Jos Lieblingswort, dicht gefolgt von »meine Nerven«.

»Gibt's was im Fernsehen?« Wanja hatte die Küche fertig und stand in der Wohnzimmertür. Als Antwort erhielt sie ein leises Schnarchen. Jo war auf dem Sofa eingeschlafen.

»Ich hab heut den Schlüssel verloren«, sagte Wanja.

»Mmmmh.« Jo schmatzte, drehte sich um und schnarchte weiter.

Im Wald konnte es nachts so still sein, dass man die Stille zu hören glaubte wie ein eigenes, völlig einzigartiges Geräusch. Wanja lag auf ihrem Bett und starrte auf die weißen Vorhänge. Ihr Fenster war leicht geöffnet, sodass die kühle, vom Regen gereinigte Nachtluft ins Zimmer wehte und den dünnen Vorhang zu einem großen weißen Ballon aufblies. Schröder schlief zu Wanjas Füßen und brummte behaglich im Traum vor sich hin.

Wanja hatte kein Licht im Zimmer gemacht. Sie hatte beobachtet, wie sich die Dämmerung langsam in Dunkelheit verwandelte, und gehört, wie Jo irgendwann die Treppe hochgekommen und in ihrem Schlafzimmer verschwunden war.

Nachdem der ganze unerfreuliche Tag noch einmal an Wanja vorübergezogen war, drehte sie sich auf die Seite und starrte den Radiowecker auf ihrem Nachttisch an. Jedes Mal, wenn sie nicht schlafen konnte, tat sie das, schon immer war diese Uhr ihr wirksamstes Schlafmittel gewesen.

Das orangefarbene, knubbelige Gerät war bestimmt schon zwanzig Jahre alt, und die weißen Ziffern, die durch ein Licht im Inneren des Weckers beleuchtet wurden, blätterten sich wie kleine Karteikarten nach hinten, wenn die Zeit, die sie anzeigten, verstrichen war. Dabei gaben sie ein leises Klacken von sich. War es zum Beispiel, wie jetzt, 23:48 Uhr, würde nach einer Minute die Acht nach hinten klappen. Ihr Radiowecker teilte die Zeit in kleine Häppchen, während die Zeiger auf dem Ziffernblatt ihrer Armbanduhr die Zeit unendlich erscheinen ließen. Am liebsten mochte Wanja die Momente, wenn auf ihrem Radiowecker alle vier Ziffern auf einmal wegkippten und eine ganz neue Zeit erschien. In zwölf Minuten war es wieder so weit. In zwölf Minuten war es 00:00 Uhr, und damit würde ein neuer Tag beginnen, der den alten auslöschen und Brittas Worte zumindest in den Hintergrund drängen würde. *Du weißt ja nicht mal, wie deiner aussieht.*

Wanja kniff die Augen zusammen und versuchte zum unzähligsten Mal, sich ein Bild von ihrem Vater zu machen. Wie oft hatte sie sich schon vor den Spiegel gestellt und da nach Spuren ihres Vaters gesucht. Die braune Löwenmähne hatte sie zweifellos von Jo geerbt, auch die Augenfarbe, aber die Augenform war eine völlig andere. Wanja hatte große Kulleraugen, die immer ein wenig erstaunt aussahen, und wenn sich das Licht in ihnen spiegelte, erkannte man in ihrem Grün winzige hellbraune Farbsprenkel, als hätte jemand mit einem Pinsel darübergespritzt. Jos Augen waren klein und flink, lagen dicht beieinander und wurden, wenn sie sich ärgerte, einen Ton dunkler. Auch Wanjas weiche Knubbelnase, die sich problemlos bis zur Oberlippe runterdrücken ließ, glich zu ihrem Ärger nicht der von Jo, sondern war eindeutig eine Hinterlassenschaft des Großvaters.

Über ihren Vater wusste Wanja fast nichts. Und das »fast« war beinahe noch schlimmer als das »nichts«, weil sich das »fast« lediglich auf die schlechten Dinge bezog, die Wanja über ihren Vater hörte, vornehmlich von ihrer Großmutter.

»Genau wie dein Vater«, sagte die, wenn Wanja den letzten Bissen auf dem Teller liegen ließ – was Wanja aus Trotz längst zu einer Gewohnheit hatte werden lassen. »Genau wie dein Vater«, sagte ihre Großmutter auch, wenn Wanja verträumt in die Gegend schaute, ihre Sachen herumliegen ließ oder schwindelte. Auch die anderen Sätze über ihren Vater kannte Wanja auswendig.

Sie ließen sich an einer Hand abzählen:

1. Dein Vater war ein schlechter Mensch.
2. Dein Vater hat Schande über unsere Familie gebracht.
3. Dein Vater war ein Schwätzer.
4. Dein Vater war ein Betrüger.
5. Dein Vater ist es nicht wert, dass man über ihn spricht.

Den letzten Satz bekam Wanja immer dann von ihrer Großmutter zu hören, wenn sie etwas über ihren Vater herausfinden wollte. Zum Beispiel, wie er aussah, wo er wohnte, warum er Jo verlassen hatte oder ob er von Jo verlassen worden war.

Wanjas Eltern hatten sich noch vor ihrer Geburt getrennt, mehr wusste sie nicht, denn selbst ihre sonst so aufgeschlossene Mutter presste bei diesem Thema verbissen die Lippen aufeinander.

»Wenn du älter bist«, das war das Äußerste, worauf sich Jo beim letzten Mal eingelassen hatte, und das war jetzt mindestens zwei Jahre her. Wanja war nicht auf den Mund gefallen, aber bei diesem Thema schnürte ihr immer irgendwas die Kehle zu, obwohl sie als Zwölfeinhalbjährige inzwischen wirklich das Gefühl hatte, alt genug zu sein.

Manchmal vergaß Wanja ihren Vater sogar, obwohl es natürlich seltsam ist, jemanden zu vergessen, den man nicht einmal kennt. Aber insgeheim beschäftigte er sie mehr als alles andere, dieser Mann ohne Gesicht und ohne Namen, den zu sehen Wanjas sehnlichster Wunsch war.

Klack. Als Wanja die Augen öffnete, sprang der Wecker gerade auf 23:59 Uhr. In einer Minute ist Mitternacht, dachte sie und wartete irgendwie unruhig. Klack-klack-klack-klack. Die weißen Ziffern kippten nach hinten. Und dann geschah es. Die vier Nullen, die jetzt nach vorne klappten, leuchteten. In einem tiefen Rot.

Fassungslos starrte Wanja auf den Wecker. Sie rieb sich die Augen, doch die Ziffern blieben rot. Wie winzige Scheinwerfer durchbohrten sie die Dunkelheit.

Und dann ... sprang der Radiowecker an.

Ein lauter Gong ertönte.

Schröder schreckte aus dem Schlaf und schoss mit einem Satz unters Bett. Wanja dagegen war starr vor Schreck. Die Weckfunktion war ausgeschaltet, das erkannte sie deutlich, weil der weiße Punkt neben der Uhrzeit fehlte. Zwar war dieser Wecker schon ein paar Mal überraschend angesprungen, aber das hier war zu viel. Der Gong ertönte zum zweiten Mal, und kurz darauf hörte Wanja die Stimme einer alten Frau.

»Es ist mir eine große Ehre, dir heute ein besonderes Ereignis anzukündigen.«

Wanja hielt den Atem an. Lauf weg, schrei um Hilfe, das kann doch alles nicht wahr sein, sagte ihr Kopf. Aber Wanja lief nicht weg. Sie schrie auch nicht um Hilfe. Denn irgendetwas hielt sie im Bann dieser leisen, rauen Stimme, die eine tiefe Ruhe ausstrahlte und Wanja auf eine ganz sonderbare Art berührte. Es war, als würde diese Frau von *innen* zu ihr sprechen und nicht aus dem Radio. Auch die Ansprache schien sich an Wanja ganz persönlich zu richten.

»Nach nunmehr 100 Jahren Pause«, fuhr die Frau fort, »zeigt der Hüter der Bilder zum dritten Mal die Ausstellung *Vaterbilder*. Der erste Besuchstag findet Christi Himmelfahrt statt. Über die genaue Uhrzeit und den Ort werde ich dich noch informieren. Jetzt wünsche ich dir eine gute Nacht«.

Die Stimme verstummte.

Ein dritter Gongschlag ertönte.

Dann war alles wieder ruhig. Nur ein wildes Klopfen jagte durch die Stille, und es dauerte eine Weile, bis Wanja begriff, dass es ihr Herzschlag war. Tum-tum, tum-tum, tum-tum. Klack. Die rechte Null des Weckers kippte nach hinten, und als an ihrer Stelle eine Eins nach vorne kam, waren alle Ziffern wieder weiß. Es war 00:01 Uhr, und Wanja konnte nicht fassen, was gerade geschehen war. Aber war es denn wirklich geschehen? Warum hatte Jo dann nichts gehört? Der Gong hätte einen Toten wecken können, und Jos Schlafzimmer lag doch gleich nebenan. Trotzdem: Ein Traum war es nicht gewesen, da war sich Wanja ganz sicher. Höchstens spielte ihr Radiowecker nun vollkommen verrückt, obwohl Wanja auch das nicht wirklich glaubte. Wie hypnotisiert lag sie da und starrte auf die Ziffern. Aber die klackten und kippten und wechselten in ihrer gewohnten weißen Normalität, als hätten sie nie etwas anderes getan.

Um 03:33 Uhr drehte Wanja ihrem Radiowecker den Rücken zu und versuchte einzuschlafen.

A<small>LS WÄRE NICHTS GESCHEHEN</small>

Carmen war ein gutes Zeichen. Ohrenbetäubend laut drang das Orchestervorspiel der Oper in Wanjas Zimmer ein, jeder Paukenschlag ein donnerschlagartiger Weckruf. Jo liebte diese Oper, hatte Wanja die Handlung von vorne bis hinten erzählt, ihr alle Arien übersetzt und sie schon zweimal zu einer Aufführung mitgeschleppt, sodass Wanja inzwischen bei jedem Lied die Bilder vor ihrem inneren Auge sah. Wenn Jo von etwas begeistert war, konnte man sich nicht dagegen wehren, sie riss einen einfach mit. Aber die

Carmen-CD legte Jo zu Hause immer nur dann ein, wenn sie gute Laune hatte.

Entweder trägt sie Orange oder Rot, dachte Wanja, als sie die Augen aufschlug. Der Wecker zeigte 10:13 Uhr und machte ihr schlagartig wieder bewusst, was gestern Nacht geschehen war.

Wanja starrte noch einmal auf die Ziffern, drückte an der An- und Austaste des Radios herum, stieg, als nichts Außergewöhnliches geschah, kopfschüttelnd aus dem Bett und ging den letzten Paukenschlägen des Opernvorspiels entgegen die Treppe hinunter in die Küche.

Jo trug Orange. Ihre zierliche Figur wurde von dem langen Leinenhemd versteckt, doch die strahlende Farbe war ein weiteres Zeichen ihrer guten Laune.

»Mais nous ne voyons pas la Carmencita«, sang Jo, während sie das zweite Frühstücksei aus dem Kochtopf fischte und unter den kalten Wasserstrahl hielt. Schröder strich brummend um ihre Beine, und Wanja setzte sich an den Tisch. *Vaterbilder.* Von was für einer Ausstellung hatte die Frau im Radio gesprochen? Wer war der Hüter der Bilder? Wer war diese Frau? Wieso hatte sie Wanja direkt angesprochen? Jo, die mit dem Rücken zu Wanja stand, wickelte Fleischwurst aus, auf der CD sang jetzt Carmen. Wanja drehte ihr die Stimme leise.

»Hast du gestern Abend was gehört, Jo?«

Wanjas Mutter fuhr herum und ließ dabei fast die Fleischwurst fallen.

»Pumpel! Mensch, hast du mich erschreckt.«

Wanja stellte die Musik ganz aus. »*Hast* du was gehört?«

»Was soll ich denn gehört haben?« Jo runzelte die Stirn. »*Gesehen* hab ich was. Fünf verdreckte Fußabdrücke auf meinem Schlafzimmerteppich, vom Fenster bis zur Tür. Kannst du mir erklären, wo die hergekommen sind?«

Wanja wich Jos Blick aus und rieb ihre Nase am Fell von Schröder, der ihr gerade auf den Schoß gesprungen war. »Von mir. Hab gestern den Schlüssel verloren.«

Jo kniff Wanja in die Nase. »Schlunzkopf! Das war jetzt das zweite Mal. Diesmal geht der neue Schlüssel aber von deinem Taschengeld ab!«

»Schon okay.« Wanja atmete aus. Zumindest hatte Jo ihre gute Laune nicht verloren.

»Ich soll dich übrigens von Oma grüßen. Sie hat heute Morgen angerufen, aber ich wollte dich nicht wecken.«

»Danke. Dafür hat ja dann Carmen gesorgt.« Wanja goss sich ein Glas Saft ein und trank es mit einem Zug leer. »Und? Was macht Uri?«

»Was soll sie schon machen? Im Bett liegen und aus dem Fenster kucken, wahrscheinlich.« Jo schlug ihrem Vierminutenei den Kopf ab. Seit ihrem Schlaganfall wurde Wanjas Urgroßmutter von Wanjas Großmutter gepflegt. Als es passierte, hatten Jo und Wanja noch bei den Großeltern gewohnt. Wanja mochte ihre Urgroßmutter, aber Jo hatte Uri nie besonders leiden können.

»Jedenfalls soll ich dir von Oma ausrichten, du sollst doch bald einmal schreiben. Ach ja, und Flora hat auch schon angerufen. Um Viertel nach acht!« Jo grinste. »Aber ich war zum Glück schon wach, und Flora hat gesagt, sie kommt heute Abend zum Essen. Wenn wir einkaufen, kocht sie uns Orangenhuhn.«

»Yes!« Wanja drückte Schröder an sich. »Und dann siedlern wir, ja, Jo?«

Jo grinste. »Aber nur, wenn ihr mich nicht wieder so abzockt wie letztes Mal.«

Als Wanja nach dem Frühstück ihre Jacke holte, um mit Jo zum Markt zu fahren, fand sie die Feder von gestern wieder. Schwarz und glänzend schaute sie aus der Jackentasche.

Vorsichtig zog Wanja sie heraus und legte sie in ihre Nachttischschublade. Der Wecker stand auf 11:34 Uhr. Weiße Ziffern. Alles wie immer. *Es ist mir eine große Ehre, dir heute ein besonderes Ereignis anzukündigen.*
»Schnutzel, ich will lo-hos!«, rief Jo.

»Mann, ist das voll hier.« Wanja drängte sich hinter Jo an den Obststand, vor ihr stand eine lange Schlange. Der gefüllte Einkaufskorb zog an ihrem Arm, aber auch Jo hatte in jeder Hand zwei schwere Tüten. Hinter ihnen hatten sich schon weitere Leute angestellt, und als Wanja ihren vollen Korb absetzte, hörte sie zwei vertraute Stimmen.
»Ich *will* den Rock aber haben, Mama! Paps hat mir *versprochen*, dass du ihn mir kaufst!«
»Und wieso soll *ich* ein Versprechen halten, das Papa dir ... na kuck mal, da sind ja Wanja und Frau Walters!«
Jo drehte sich um, während Wanja auf einer ihrer Haarsträhnen herumkaute und den Kopf nur leicht zur Seite neigte. Am Ende der Schlange standen Britta, Alina und ihre Mutter.
»Wo warst du denn gestern plötzlich?« Alina war schon auf Wanja zugelaufen und hängte sich an ihren Arm.
Wanja strubbelte Brittas kleiner Schwester übers Haar. Britta stand direkt dahinter. Ihre Augen trafen sich und auf Brittas Wangen huschte ein roter Schleier. »Tut mir leid mit gestern«, murmelte sie.
Wanja nickte. »Schon okay.«
»Das nächste Mal sagst du aber bitte Bescheid, bevor du so einfach wegläufst, Wanja«, sagte Brittas Mutter, die sich jetzt auch zu ihnen gestellt hatte.
Jo fasste Wanja an der Schulter. »Weglaufen?«
Brittas Mutter lächelte. »Nichts Ernstes, Frau Walters. Die beiden Mädchen hatten sich gestritten, und Wanja war wohl

ein wenig aufgebracht. Aber wie ich sehe, hat sich ja alles wieder beruhigt.«

Britta grinste schief, und Wanja griff nach dem Einkaufskorb. »Geh weiter, Jo, wir sind gleich dran.«

»Was war denn los, Mupsel?«, wollte Jo auf dem Rückweg wissen. »Wieso habt ihr euch gestritten?«

Wanja pikste sich mit der stacheligen Spitze ihrer getrockneten Haarsträhne in die Oberlippe und sah aus dem Autofenster. Wenn sie Jo von Brittas Satz erzählen würde, wäre der Tag gelaufen. Draußen war knallblauer Himmel. An den Bäumen explodierten die Knospen, und durch das leicht geöffnete Fenster zog ein klebrig süßer Duft von Frühlingsblüten in Wanjas Nase. Nichts erinnerte mehr an das gestrige Unwetter. *Erzähl mir nicht, wie mein Vater zu sein hat, du weißt ja nicht mal, wie deiner aussieht.*

Jo bog von der Hauptstraße in den kleinen Waldweg ab. Die Bäume huschten vorbei, am Wegrand schoss ein erschrockener Hase ins sichere Dickicht, am Hoftor eines Hauses kläffte ein schwarzer Hund.

Nach nunmehr 100 Jahren Pause zeigt der Hüter der Bilder zum dritten Mal die Ausstellung Vaterbilder. Der erste Besuchstag findet Christi Himmelfahrt statt. Über die genaue Uhrzeit und den Ort werde ich dich noch informieren. Jetzt wünsche ich dir eine gute Nacht.

»He, ich hab dich was gefragt«, sagte Jo.

Wanja schaltete das Radio ein. »Ich will nicht drüber sprechen. Wann kommt Flora denn?«

Flora kam um acht. Mit einem neuen Mantel, einer neuen Haarfarbe und einem dunkellila Knutschfleck am Hals, von ihrem neuen Freund. Es musste ungefähr der vierte in diesem Jahr sein.

»Du sammelst Schweine, ich sammle Männer«, hatte Flora

einmal lachend zu Jo gesagt, und Jo hatte trocken bemerkt, das käme ja wohl aufs Gleiche raus.

Wenn sich Wanja nicht verzählt hatte, gab es in ihrem Haus inzwischen dreiundzwanzig Schweine, die alle einen Namen hatten. Lottchen zum Beispiel hieß das geflügelte Holzschwein, das am seidenen Faden und mit einem seligen Lächeln auf den Lippen am Kronleuchter über dem Esstisch hing. Das dicke Pappschwein auf dem Küchenbord war Erika getauft worden, und die beiden blauen Metallschweine im Flur hießen Plisch und Plum.

»Wart mal, ich hatte doch . . .« Flora griff in ihre Manteltasche. »Ah . . . hier! Zuwachs für die Schweinebande.«

Als Jo das winzige Silberschwein entgegennahm, kicherte sie. »Wunderbar! Ich werde es Hermine nennen. Und wie heißt dein neues Schwein?« Jo tippte auf den Knutschfleck, und Flora streckte ihr die Zunge raus. Dann gab sie Wanja einen Kuss, setzte sich an den Küchentisch und goss sich ein Glas Rotwein ein.

»Er heißt Julien Montier«, seufzte sie.

Jo verdrehte die Augen. »Alter?«

»Neununddreißig.«

»Beruf?«

»Steuerberater.«

»Familienstand?«

Flora ließ die flache Hand auf den Tisch knallen. »Sag mal, spinnst du oder was?! Eigentlich wollte ich meine Freundin besuchen und nicht die Polizei.«

Jo grinste. »Also verheiratet.«

»Du bist gemein, Jo«, sagte Wanja.

»Sie hat ja recht.« Flora seufzte ein zweites Mal und trank einen Schluck Wein. Dann krempelte sie die Ärmel hoch und nahm von Jo das Brett mit den Hühnerbrüsten entgegen.

»Wie läuft's denn bei dir, Wanjamaus? Was hat Frau Gordon zu deiner Wahnsinnsgeschichte gesagt?«

»Noch gar nichts.« Wanja hatte sich den Kopfsalat aus dem Kühlschrank geholt, setzte sich zu Flora an den Tisch und fing an, die Blätter abzuzupfen. »Ich bin gestern zu spät gekommen. Montagmorgen ist meine letzte Chance, hat Frau Gordon gesagt.«

»Na, dann komm bloß nicht wieder zu spät. Und was macht dein Freund Herr Schönhaupt?«

Wanja streckte die Zunge raus. »Schmierkopf, Kotzbrocken, Würggesicht. Warum kannst *du* nicht bei uns unterrichten?«

Flora schnitt die Hühnerbrüste in hauchfeine Streifen. Geräuschlos ließ sie das Messer durch das rohe Fleisch gleiten, nur beim Wegschieben der Streifen war ein leises Kratzen zu hören. »Weil ich kein Mathe unterrichte«, antwortete sie, ohne ihre Arbeit zu unterbrechen. »Und weil du mich als Deutsch- und Kunstlehrerin vielleicht auch nicht ausstehen könntest.«

»Könnte ich wohl. Unsere Kunstlehrerin ist todlangweilig.«

»Langweilig ist natürlich schlecht«, sagte Flora. »Was macht ihr denn gerade in Kunst?« *Nach nunmehr 100 Jahren Pause zeigt der Hüter der Bilder zum dritten Mal die Ausstellung Vaterbilder.*

»Expressionismus«, erwiderte Wanja. »Hast du schon mal was von einer Ausstellung gehört, die Vaterbilder heißt?«

Flora setzte das Messer ab. »Vaterbilder? Nie gehört, klingt aber interessant. Von wem soll die denn sein?«

Wanja angelte mit der Zunge nach ihrer Haarsträhne und schob das Sieb mit den abgepflückten Salatblättern zur Seite. »Keine Ahnung, hab's irgendwo gelesen. Hey, da bist du ja.«

Ein lautes Brummen ertönte unter dem Esstisch, und kurz

darauf rieb Schröder seine nasse Nase an Wanjas Bein. »Komm hoch, mein Dickmops.«

»Aber gib ihm nichts vom Huhn.«

Jo setzte sich neben Flora an den Tisch, steckte sich ein Salatblatt in den Mund und goss sich ebenfalls ein Glas Rotwein ein. »Und was gibt's Neues in deiner Schule? Wie geht's denn deinem Problemkind Julia, oder wie die heißt?«

Flora stöhnte auf. »Judith. Mies geht's der. Aber sie hat beschlossen, nicht abzutreiben, und will das Kind nach der Geburt zur Adoption freigeben.«

Wanja zuckte zusammen. »Wie alt ist die denn?«

»Fünfzehn.«

»Und der Vater?«

»Sechzehn – und gestern mit seinen Eltern in eine andere Stadt gezogen. So ein Zufall, was?« Flora stand auf, um sich die Hände zu waschen. »Lass uns das Thema wechseln, sonst vergeht mir noch die Lust aufs Essen.«

Wanja starrte vor sich auf den Tisch und verrieb mit der Fingerspitze einen Wassertropfen, der von den Salatblättern auf die Tischplatte gefallen war.

Fünfzehn! Dieses Mädchen war nicht viel älter als sie selbst. Auch bei Wanjas Klassenkameradinnen stand das Thema Jungs ganz oben auf der Liste, und die meisten hatten auch schon einen Freund gehabt. Sue sowieso. Aber viel mehr als knutschen war nicht drin, und Wanja für ihren Teil hatte damit sowieso noch nicht viel am Hut.

Der Duft des Essens, das Flora eine halbe Stunde später auf den Tisch stellte, erfüllte die ganze Küche, und Wanja lief das Wasser im Mund zusammen. Jo, die Kochen hasste, brachte mit Ach und Krach ein Spiegelei zustande, deshalb waren die Tage, an denen Flora zum Kochen kam, köstliche Ausnahmen. Während Wanja all ihre Aufmerksamkeit dem zarten Fleisch und der süßen Orangensahnesauce schenkte, schimpfte Jo über ihren Chef.

»*Dick und Schick* wollte der auf den Katalog schreiben, kannst du dir das bitte vorstellen! Der Typ hat sie doch nicht mehr alle.«

Flora lachte. »Immer noch besser als *Fett und Nett*. Was war denn dein Vorschlag, Frau Texterin?«

Jo wischte mit ihrem letzten Stück Huhn den Teller sauber. »*Groß in Mode* fand ich gut. Und dann klein drunter, *Frauenmode ab Größe 44*. Aber das war dem Idioten zu soft. Ich soll das Thema beim Wort nennen, hat er gesagt. Meine Nerven, ich sag's dir. *Dick und Schick*, das ist keine Werbung, das ist eine Unverschämtheit!«

Jo legte die Gabel beiseite und knüllte ihre Serviette zusammen. Wanja sah von ihr zu Flora. Von den wilden braunen Locken zu den hochgesteckten, rot gefärbten Haaren. Von dem zierlichen, biegsamen Körper zu dem kräftigen, muskulösen. Von Jos ruhelosem, immer ein wenig kritischen Blick zu Floras blitzenden Augen, die einen ständig anlachten. Außergewöhnlich waren beide Frauen und Wanja spürte, dass das auch den Männern nicht entging, denen sie unterwegs begegneten. Mehr als einmal hatte sie bemerkt, wie sich ein Mann nach ihrer Mutter umdrehte, sie anlächelte oder sogar anstarrte. Aber während Flora eine Affäre nach der anderen hatte, prallten die Männer an Jo ab wie an einer unsichtbaren Mauer. Wanja dachte an den jungen Mann, der Jo auf ihrer letzten Fahrt zu Oma und Uri im Zugabteil angelächelt hatte. Wie die Mundwinkel seines fröhlichen Gesichtes ruckartig nach unten gesackt waren, als Jo an ihm vorbeigeschaut hatte, als ob er Luft gewesen wäre.

Als Wanja um kurz vor Mitternacht mit Schröder auf dem Arm die Zimmertür hinter sich schloss, hatten sie drei Runden »Siedler von Catan« gespielt. Jo hatte wieder verloren und auf Floras »Pech im Spiel, Glück in der Liebe« mit einem verächtlichen Augendrehen reagiert.

Wanja legte sich ins Bett, zog Schröder zu sich unter die Decke und starrte den Wecker an.

In drei Minuten war Mitternacht.

In zwei, in einer, jetzt.

Die Ziffern klappten nach hinten. 00:00 Uhr. Aber die Ziffern blieben weiß. Das Radio blieb aus. Alles blieb still. Als wäre nie etwas geschehen. Nur ihr Herz hörte Wanja schlagen. Sie legte ihre Hand auf die Stelle. Es war etwas geschehen. Und Wanja fühlte, dass dieses Etwas erst der Anfang war.

DIE EINLADUNG

Hinter Wanja lag ein sonniges und, wie Jo immer sagte, plumpsgemütliches Wochenende. Flora hatte bei ihnen übernachtet, und am Sonntag hatten sie zum ersten Mal in diesem Jahr im Garten gefrühstückt. Anschließend hatte Flora ihre mitgebrachten Deutschhefte korrigiert, und Jo hatte Unkraut gezupft. »Das entspannt die Nerven«, sagte sie immer, und Jos Nerven brauchten viel Entspannung.

Während Jo mit bloßen Händen in der Erde wühlte und Flora über die Grammatikfehler ihrer Schüler fluchte, turnte Wanja am Reck, flickte den Hinterreifen ihres Fahrrades und ärgerte sich über Brian.

Brian war sechs, wohnte im Nachbarhaus und kam mindestens einmal pro Woche ungebeten zu Besuch. Früher hatte Wanja ganz gern mit ihm gespielt, aber seit Brian letzten Sommer doppelseitigen Tesafilm unter Schröders Pfoten geklebt hatte, war er bei Wanja untendurch. Das scherte Brian allerdings kein bisschen.

Mit einem schmelzenden Eis in der einen und Spiderman in der anderen Hand, stolzierte er durch das geöffnete Törchen in Wanjas Garten. Spiderman war Brians Stoffhase und ständiger Begleiter. Wanja hatte ihn schon gekannt, als er noch schneeweiß und vollkommen gewesen war. Jetzt fehlten Spiderman ein Ohr, ein Bein, und die Farbe seines Fells war schwer in Worte zu fassen.

Brian wischte seinen Erdbeereismund an Spidermans Fell ab, klemmte sich den Stoffhasen unter den Arm und stellte sich an Wanjas Fahrrad. Während er mit dem Vorderreifen Lenkrad spielte, erzählte er Wanja viermal hintereinander den Witz von Dick und Doof im Kaufhaus. Nach dem zweiten und nach dem vierten Mal rief ihn seine Mutter zum Essen.

Flora und Jo kicherten. Brians Mutter konnte das englische »r« nicht aussprechen, und immer, wenn sie ihren Sohn rief, klang es wie »Breien«.

»Ich frage mich, warum man seinem Kind einen Namen gibt, den man nicht aussprechen kann«, hatte Wanja mal zu Jo gesagt.

Jo hatte gegrinst. »Zumal der arme Kerl mit seinem Nachnamen schon genug gestraft ist.«

Als Wanja endlich ihren Reifen wieder aufgepumpt hatte, rief Brians Mutter zum dritten Mal. »Nun zieh schon Leine, Trockenbrodt!«, schnaufte Wanja.

Brian zog seine Rotznase hoch, streckte Wanja die Zunge raus, schob sich zwischen sie und den Reifen und im nächsten Moment machte es *Pffffhhhh*.

»Du verdammter, kleiner Mistkerl!« Wanja machte einen Satz auf Brian zu, aber der war schon zum Gartentor hinausgeflitzt. Jo und Flora gaben sich die größte Mühe, nicht loszuprusten, während Wanja mit hochrotem Kopf ihren Reifen zum zweiten Mal aufpumpte.

Nachmittags hatte Flora Apfelkuchen gebacken, und Jo hatte das ganze Wochenende kein einziges bisschen gearbeitet.

Als Frau Gordon um eine Minute vor acht ihre Hüften durch den Türrahmen schob, stand Wanja schon am Lehrerpult.

»Der unbekannte Ritter«, hieß der Titel der Geschichte, die Wanja nach den Vorgaben ihrer Klassenlehrerin geschrieben hatte. Drei Wochen hatte das Projekt »Geschichten schreiben« gedauert, und zum Abschluss sollte jeder Schüler eine eigene Idee zu Papier bringen. Dazu hatte Frau Gordon rote, grüne und blaue Zettel an die Klasse verteilt. Auf jeden roten Zettel ließ sie die Schüler eine beliebige Zeitepoche schreiben, auf jeden grünen den Namen einer Person und auf jeden blauen einen Ort. Bei Wanja hatte sich dadurch die Kombination *Mittelalter/Flora/Italien* ergeben und zu diesen Schlüsselbegriffen war ihr eine Rittergeschichte eingefallen.

Schon als kleines Kind hatte Wanja von allen Geschichten am meisten die geliebt, in denen es spannend zuging. Jo hatte ihr Märchen vorgelesen, und Flora hatte ihr Sagen und Legenden erzählt, wieder und wieder, bis Wanja endlich alt genug war, selbst ein Buch in die Hand zu nehmen. Sobald sie schreiben konnte, hatte Wanja angefangen, ihre eigenen kleinen Geschichten zu verfassen, die Jo in einem großen Karton sammelte.

An der Rittergeschichte hatte Wanja zwei Wochen lang jeden Nachmittag gesessen. Ihre Heldin Flora war eine arme Bauerstochter von unbeschreiblicher Schönheit, großem Mut und außergewöhnlicher Klugheit. Jeder Mann, der sie sah, verliebte sich in sie, auch der jüngste Sohn des mächtigen Ritters Rostauge. Flora erwiderte die Liebe des jungen Ritters, aber dessen Vater war dagegen und wollte Flora als Hexe auf dem Scheiterhaufen verbrennen lassen. Der junge Ritter half Flora zu entkommen und gab ihr für die Flucht seine Rüstung und das schnellste Pferd aus dem Stall. Die Flucht gelang, und die mutige Flora wurde als »unbekannter Ritter« im ganzen Land berühmt, weil sie jede Schlacht gewann, ohne dass jemand ihr wahres Angesicht zu sehen bekam. In einer besonders blutigen Schlacht rettete die getarnte Flora das Leben von Ritter Rostauge, und als die Schlacht gewonnen war, ließ sie der mächtige Ritter auf seine Burg rufen. Als Belohnung für seine Heldentat dürfe sich der Fremde aussuchen, was er wolle, sagte Ritter Rostauge. Da nahm der Fremde seine Rüstung ab: Flora schüttelte ihre langen roten Locken und forderte den jüngsten Sohn von Ritter Rostauge zum Mann. Ritter Rostauge wollte ihr vor Wut an die Kehle gehen, doch sein gesamtes Gefolge hatte sein Versprechen gehört. So musste Ritter Rostauge seine Einwilligung zur Hochzeit geben. Das Liebespaar bekam viele Kinder und lebte glücklich und zufrieden bis an sein Lebensende.

Als Wanja die Geschichte in der letzten Woche fertig geschrieben hatte, rief sie Flora an und las ihr das Werk am Telefon vor. Jo hörte begeistert mit, und Flora sagte, wer solche Texte schreibe, dürfe in Mathe eine Niete sein.

Dieser Meinung war heute offensichtlich auch Frau Gordon, die am Ende der Lesung beide Daumen in die Höhe hob. »Ganz große Klasse, Wanja.«

»Das Schreibtalent hast du wohl von deiner Mom geerbt, was?«, sagte Sue, als Wanja mit ihr, Tina und Britta in die Pause ging. Sue war Amerikanerin, weshalb für sie alle Mütter Moms und alle Väter Dads waren. Sues Dad, der aussah, als hätte man ihn aus einem amerikanischen Wildwestfilm herausgeschnitten und ihn lediglich in andere Klamotten gesteckt, war vor neun Jahren mit seiner Familie nach Deutschland versetzt worden. Er arbeitete im Exportgeschäft, aber auf Wanjas Schule war er berühmt für seinen Hamburgerstand, mit dem er sich an jedem Sommerfest beteiligte. Darauf war Sue fast so stolz wie auf ihre große Schwester Marcy, die vor vier Jahren zurück nach Amerika gegangen war, um in Los Angeles eine Ausbildung als Maskenbildnerin zu machen.

»Ach übrigens«, sagte Sue und holte ihre wasserstoffblond gefärbten Haare unter dem Kragen ihrer Jeansjacke hervor. »Wenn deine Mom mal einen Werbefilm in Amerika drehen sollte, sag mir Bescheid. Dann kann sie meine Schwester buchen. Die kennt die besten Models, sag ich dir.«

Wanja tippte sich an die Stirn. »Jo dreht keine Werbefilme in Amerika. Die arbeitet in einer Miniagentur, die machen höchstens mal einen Radiospot.«

Sue sah Wanja mitleidig an. »Aber der deutsche Langnesefilm ist in Amerika gedreht worden, und zwar genau an dem Strand, wo meine Schwester wohnt.«

»In Santa Monica Beach«, ergänzte Tina mit wissender Miene. Sue hatte diese Tatsache inzwischen mindestens hundert Mal erwähnt, aber Tina, die an Sue hing wie eine Klette, wurde nicht müde, davon zu hören. »In dem Film war doch dieser blonde Surfer, der deine Schwester nach dem Dreh ins Kino eingeladen hat«, bemerkte sie aufgeregt, während Britta hinter ihrem Rücken die Augen verdrehte.

»Jimbo«, sagte Sue und fügte so beiläufig wie möglich hinzu: »Der dreht jetzt in Hollywood. Hat meine Schwester mir erzählt. In einem Film mit Brad Pitt und Jennifer Lopez.«

»In echt?« Tina quollen fast die Augen aus dem Kopf. »Was für eine Rolle spielt er denn?«

Bevor Sue etwas antworten konnte, schlug Britta vor: »Da die männliche Hauptrolle ja bereits belegt ist, vielleicht den Toilettenmann?«

Sue warf ihr einen wütenden Blick zu, und Wanja stieß Britta grinsend in die Seite. In Situationen wie diesen fand sie den beißenden Humor ihrer Freundin einfach klasse, auch wenn der Neid dahinter offensichtlich war. Gegen Sues Große-Schwester-Geschichten kamen Brittas Berichte aus der väterlichen Zahnarztpraxis nicht an.

»Guckt mal, der schon wieder.« Sue deutete mit dem Kopf zu der Ecke mit den Fahrradständern. Am Pfosten lehnte der Neue aus der 9a. Er war vor Kurzem auf Wanjas Gesamtschule übergewechselt, weil er Gerüchten zufolge von einer anderen Schule geflogen war. Seine dünnen Beine steckten in zu kurzen, reichlich verschlissenen Hosen, seine schwarze Cordjacke war am Ellenbogen durchlöchert und seine dunkelbraunen Haare sahen filzig und ungekämmt aus. Das einzig Strahlende an ihm waren seine eisblauen Augen, die jetzt zu den vier Mädchen herüberblitzten, als hätte er ihre Blicke von Weitem gespürt.

»Voll der Penner«, sagte Britta und schüttelte sich angewidert. »Mischa irgendwas heißt der. Sein Vater säuft, hab ich gehört, und seine Mutter ist krank im Kopf oder so was.«

»Buäh, stellt euch vor, ihr müsst neben dem in der Klasse sitzen.« Sue steckte sich den Zeigefinger in den Mund und rollte mit den Augen. Britta grinste, und Tina bekam einen ihrer Kicheranfälle, wobei ihre käsige Gesichtsfarbe blitzschnell in das Rot einer überreifen Strauchtomate wechselte.

Wanja hatte sich instinktiv zwei Schritte von den drei anderen entfernt. Blöd, einfach obersaublöd fand sie dieses Zickengequatsche.

Aus den Augenwinkeln sah sie zu dem Jungen hinüber, wie

er am Pfosten lehnte, die Hände in den Taschen seiner Jacke, träge und wach zugleich. Auch die eisblauen Augen blitzten noch mal in ihre Richtung, aber nur für eine Sekunde, dann wandte sich der Junge ab und schlenderte zum Seiteneingang, als hätte er den kurz darauf folgenden Gong zur dritten Stunde bereits vorausgeahnt.

Nach der Schule ging Wanja allein nach Hause. Tina, Sue und Britta hatten sich fürs Shoppingcenter verabredet, aber Wanja hatte keine Lust. Es langweilte sie, da rumzuhängen und die Auslagen in den Schaufenstern zu kommentieren. Außerdem drifteten ihre Gedanken immer wieder zu der sonderbaren Mitternachtsnachricht im Radio ab. Noch mal und noch mal spulten sich die Worte der Frauenstimme in Wanjas Hinterkopf ab, und die Frage, ob sie das alles nicht vielleicht doch geträumt hatte, nagte dabei immer quälender an ihr.

Als Jo von der Arbeit kam, hatte Wanja das Abendessen vorbereitet. Nudeln mit Tomatensoße und dazu Gurken und rote Paprika in Streifen geschnitten. »Ach, Knupselhuhn, ich danke dir«, seufzte Jo, nachdem sie sich mit einer müden Bewegung die graue Jacke von den Schultern gestreift hatte.

Ihre orangerote Wochenendlaune war eindeutig verflogen. Jo hatte Stress hoch zehn gehabt, wie sie verkündete, und nachdem sie sich abwesend nach Wanjas Tag erkundigt hatte, verschwand sie hinter der aufgeschlagenen Tageszeitung. *Der Weltbankrott, Die Börse im Tal, Das Leben nach der PISA-Studie.*

Wanja holte sich Schröder auf den Schoß und kraulte seinen Nacken, als Jo die Zeitung in der Mitte zusammenfaltete und ihr eine neue Rückseite zudrehte.

Es gibt Momente, in denen unsere Gefühle schneller reagieren als unser Bewusstsein. Dies war ein solcher Moment.

Wanjas Herz fing an zu rasen, so abrupt, als sei es dem Startschuss eines Olympiarennens gefolgt. Erst dann sah Wanja, was sie an dieser Zeitungsseite in solche Aufregung versetzte. Inmitten der schwarzen Druckschrift leuchtete ein roter Rahmen. Darin stand in gleichfalls rot leuchtenden Lettern der Titel: *VATERBILDER*.

Wanja entfuhr ein Japsen, sie riss die Augen auf, beugte sich vor, doch noch bevor sie die Zeilen unter dem Titel erfassen konnte, blätterte Jo eine neue Seite darüber.

»Halt mal!« Wanja sprang so unvermittelt vom Stuhl auf, dass Schröder zu Boden kugelte. Sie griff über den Tisch und riss Jo mit einem Ruck die Zeitung aus der Hand.

»Sag mal, spinnst du?« Jo starrte Wanja an, während die atemlos die Seite zurückschlug. »Viel Lärm um nichts«, stand da in großen schwarzen Lettern, darunter ein Bild von zwei Schauspielern auf einer Bühne und dazu ein langer Artikel. Sonst nichts.

Wanja blätterte wie wild in den Seiten herum. 4,7 Millionen Arbeitslose, 3 : 0 für Bayern München, Entwarnung für die Hühnerpest, aber nichts, nichts, nichts war rot.

»Der Rahmen, Jo, der Titel, die Schrift, alles rot, Mann, hast du das denn nicht gesehen, das hast du doch umgeblättert, das muss dir doch . . .« Die Worte schossen aus Wanja heraus wie aus einem geplatzten Wasserschlauch, und Jo zog die Augenbrauen hoch.

»Das ist nicht die BILD, sondern die FAZ, mein Kind. Da gibt es keine roten Schlagzeilen. Vielleicht ist dir ja die Tomatensauce zu Kopf gestiegen, aber ich würde jetzt gerne meinen Artikel zu Ende lesen.«

Mit diesen Worten nahm Jo die Zeitung wieder an sich, und Wanja sank zurück auf ihren Stuhl. Ihr Kopf drehte sich, aber ihr Bauch fühlte sich trotz der zwei Portionen Nudeln ganz leer an.

Fassungslos starrte sie auf die Rückseite der Zeitung, hinter der Jo erneut verschwunden war. Aber von einem roten Rahmen war keine Spur zu sehen. Nicht auf dieser Seite, nicht auf der nächsten und auch nicht auf den folgenden, die Jo im Laufe der nächsten halben Stunde umblätterte.

Schließlich stand Wanja auf und räumte mit mechanischen Handbewegungen den Tisch ab. Ohne Jos Gutenachtgruß zu erwidern, stieg sie die Treppe hoch in ihr Zimmer, legte sich ins Bett und starrte das Radio an. Um 23:44 Uhr, als Jo die Tür ihres Schlafzimmers hinter sich schloss, stand Wanja auf und schlich in die Küche.

Die Zeitung lag noch auf dem Tisch. Wanja faltete sie auseinander und fing an zu blättern. Verdammt, verdammt, verdammt, sie war doch nicht blöd im Kopf!

Fieberhaft durchwühlte sie die Seiten, den Sportteil, den Wirtschaftsteil, die Seiten mit den Immobilien, Nachrichten aus aller Welt, Kultur . . . da, die Seite mit der Theateraufführung.

Die schwarze Überschrift war immer noch da, auch das Bild der beiden Schauspieler und der begleitende Artikel – doch in seiner Mitte leuchtete jetzt wieder rot und unverkennbar: der Rahmen.

In Wanjas Brust löste sich etwas. Wie eine Brausetablette, die in einem Wasserglas aufsprudelt, breitete sich in Wanjas Innerem ein Kribbeln aus.

VATERBILDER. Nach 100 Jahren Pause zeigt der Hüter der Bilder noch einmal diese einzigartige Ausstellung. Zum ersten Besuchstag finde dich am Donnerstag, den 24. Mai, um 15:00 Uhr bei der roten Tür, Abteilung Alte Meister, in der Kunsthalle ein. Erscheine pünktlich und ohne Begleitung.

Wanja schaltete das Licht in der Küche aus und setzte sich wieder an den Tisch. Ihre Hand lag auf der Zeitung, ihre nackten Füße berührten den kühlen Küchenboden. Lange saß sie so, umgeben von Nacht und Stille. Der Mond, der durch das Küchenfenster leuchtete, würde in wenigen Tagen voll sein. In wenigen Tagen war der 24. Mai und Wanja fiel ein, dass an diesem Feiertag nicht nur Christi Himmelfahrt, sondern auch noch etwas anderes gefeiert wurde. Donnerstag, der 24. Mai, war Vatertag.

DIE ROTE TÜR

Und was macht ihr? Wanja, hallo, schläfst du seit neustem im Stehen, oder bist du auf Traumreise?«

Wanja zuckte zusammen und starrte in Sues halb verwundertes, halb spöttisches Gesicht. Sie brauchte wirklich eine Weile, um aus ihren Gedanken aufzutauchen, die immer noch um die Kunsthalle kreisten, zu der sie gestern gefahren war, morgens, noch vor der Schule. Sie hatte nachsehen wollen, ob da die *Vaterbilder* angekündigt waren, obwohl sie insgeheim bereits vermutet hatte, dass sie da nichts finden würde. Und so war es auch gewesen. *Weiblichkeit im Surrealismus* lautete die aktuelle Ausstellung, von der auch Jo und Flora schon gesprochen hatten. Auf dem Weg die Außentreppe hinunter hatte Wanja versehentlich ein Mädchen angerempelt.

»Kannst du nicht aufpassen, blöde Kuh?!« Das Mädchen war umgeknickt und hatte sich gerade noch am Treppengeländer festhalten können. Ihr langes Haar war zu unzähligen Afrozöpfen geflochten, ihre Haut war dunkel, und aus ihren schwarzen Augen hatte sie Wanja wütend angefunkelt, bevor sie an ihr vorbei die Treppe zum Eingang hochgeschossen war.

»Ob ihr morgen auch was macht, hab ich gefragt. Oder

hast du dir ein Zimmer im Traumland reserviert?« Sue grinste noch immer, Tina kicherte, und Britta kam Wanja mit ihren Vatertagsplänen zuvor.

»Mein Paps fährt mit uns zum Pferderennen, und abends gehen wir essen. Meine blöde Schwester wollte lieber *Pony*reiten, aber Paps hat gesagt, wenn ihr seine Pläne nicht passten, könne sie gerne zu Hause bleiben und ihren Saustall aufräumen.«

»Dafür könntet ihr ja mich mitnehmen«, schlug Tina vor. Sie liebte Pferde über alles, ihr Zimmer war von oben bis unten mit Reiterpostern tapeziert, und Wanja hätte nie für möglich gehalten, dass es so viele Pferdebücher gab, bis Tinas Bücherschrank sie vom Gegenteil überzeugt hatte.

Tina wickelte ihr Pausenbrot aus, klappte es auf und prüfte kritisch den Belag. »Außerdem kann mein Vater morgen nicht, weil er fahren muss.«

Tinas Vater war Schaffner bei der Bundesbahn, und Wanja erinnerte sich, wie er sie vorletztes Jahr auf der Zugfahrt zu ihrer Oma und zu Uri kontrolliert hatte. Er war ein dicker, gemütlicher Mann, dessen Gesicht so rund war wie seine randlose Brille, hinter deren dicken Gläsern zwei freundliche Augen hervorschauten.

Da Tina ihrem Vater zu ihrem größten Bedauern ziemlich ähnlich sah, hatte Wanja ihn bereits erkannt, bevor sie seinen Nachnamen auf dem angesteckten Namensschild las. Als sie ihm mitteilte, dass sie mit seiner ältesten Tochter in eine Klasse ging, war sein Gesicht vor Freude ganz rot geworden. Er hatte Wanja kräftig die Hand geschüttelt, ihr eine Fanta aus dem Speisewagen an den Platz gebracht und war alle halbe Stunde bei ihr vorbeigekommen, um sich nach ihr zu erkundigen.

Sues Pläne für Christi Himmelfahrt waren den anderen offensichtlich schon bekannt, und gerade als sie Wanja zum zweiten Mal fragte, was Jo und sie denn nun eigentlich vorhatten, klingelte es zur nächsten Stunde.

Jo musste Donnerstag arbeiten, das hatte sie Wanja bereits angekündigt, und zum ersten Mal seit Langem war Wanja froh gewesen, dass ihre Mutter am Feiertag arbeiten musste.

Doch am Vatertagsmorgen änderte Jo ihre Pläne. »Du, ich gehe nur heute Morgen in die Agentur«, eröffnete sie Wanja am Frühstückstisch. »Und nachmittags fragen wir Flora, ob sie mit uns ins Kino geht!«

»Geht leider nicht.« Wanjas Antwort kam wie aus der Pistole geschossen, und Jo runzelte verständnislos die Stirn.

»Ich will heute Nachmittag in die Kunsthalle«, fügte Wanja hinzu.

»In die Kunsthalle?« Jetzt war Jo richtig erstaunt. »Was willst *du* denn im Museum?«

»Wir, also . . .« Wanja angelte nach ihrer Haarsträhne. »Wir machen in der Schule so ein Projekt mit alten Meistern.«

»Aha. Na, ihr macht ja wirklich eine Menge Projekte in letzter Zeit. Aber . . . warte mal.« Jo blätterte hastig in der Zeitung, die noch auf dem Tisch lag. »Gibt es in der Kunsthalle nicht auch noch diese Ausstellung? Ja . . . hier . . . *Weiblichkeit im Surrealismus.* Weißt du, was?« Jo strahlte Wanja an. »Da komm ich mit! Und Flora bestimmt auch. Ich ruf sie gleich von der Arbeit aus an. Wir treffen uns um halb vier am Eingang, ja?«

Wanja versuchte verzweifelt, ihre Anspannung zu verbergen. »Ich muss aber früher hin«, sagte sie so beiläufig wie möglich. »Weil nachmittags . . . bin ich noch mit Britta verabredet. Zum Eisessen.«

»Okay, Mausel.« Jo griff nach ihrem Mantel und zupfte Wanja am Ohrläppchen. »Halb drei dann. Das schaff ich bestimmt auch, und so lange wird Britta ja wohl warten können. Wieso kommt sie eigentlich nicht mit, wenn es ein Schulprojekt ist?«

Zum Glück verschwand Jo, ohne Wanjas Antwort abzuwarten, und Wanja hoffte inständig, dass ihre Mutter es doch nicht schaffen würde, ihre Arbeit rechtzeitig zu beenden.

Aber Jo kam pünktlich wie ein Maurer. Wer dagegen um Viertel vor drei noch immer nicht am Eingang des Museums stand, war Flora.

Gerade als Wanja bei Jo durchgesetzt hatte, schon alleine vorzugehen, kam Flora in ihrem roten Ledermantel die Treppe hochgelaufen.

»Ich war noch mit Julien unterwegs«, entschuldigte sie sich und erwiderte das Lächeln eines Mannes, der gerade an ihr vorbei zum Eingang ging. Jo verdrehte die Augen. »Du kannst es nicht lassen, was?«

Wanja sah zum hundertsten Mal auf die Uhr und stieß Jo den Ellenbogen in die Seite. Wenn es jetzt nicht auf der Stelle vorwärts ging, würde sie die beiden auf der Treppe stehen lassen.

»Ist ja gut, Mumpitzel.« Jo hakte sich bei Wanja ein. »Wir gehen ja schon.«

Die Kunsthalle, die Mitte des 19. Jahrhunderts erbaut worden war, hatte vor ein paar Jahren einen modernen Anbau bekommen. Er nannte sich *Galerie der Gegenwart* und erinnerte Wanja von Weitem an einen hellen Riesenlegostein. Zwischen den beiden Gebäuden befand sich ein großer Platz, den Jugendliche zum Skateboardfahren nutzten. An den Wochentagen war es hier meistens leer, aber an Sonn- und Feiertagen war immer viel los.

Als Wanja die lange Schlange vor der Kasse sah, stöhnte sie auf. »Das dauert ja ewig.«

»In ein paar Minuten sind wir dran«, tröstete Flora und

deutete grinsend auf einen etwa zweijährigen Jungen, der sich zielstrebig auf eine alte Badewanne zubewegte. Seitlich gekippt lag sie in der Eingangshalle, vor ihr – stellvertretend für einen Fußabtreter – war eine aufgeschlagene Tageszeitung ausgebreitet, darauf stand ein pinkfarbener Plastikeimer.

»HAAALT!« Der kleine Junge, der gerade versuchen wollte, in die Wanne zu steigen, wurde im letzten Moment von einer drallen Aufseherin mit hochtoupierter Turmfrisur zurückgerissen. »Um Himmels willen, das ist *Kunst!*«, kreischte sie, worauf sie der Kleine mit weit aufgerissenen Augen anstarrte. Im nächsten Moment fing er aus voller Kehle zu schreien an, und vor Wanja drehte sich erschrocken eine junge Frau um. »Fabian!« Sie lief auf den Kleinen zu, nahm ihn auf den Arm und machte eine entschuldigende Geste.

»Das ist kein Spielplatz«, schimpfte die turmhaarige Aufseherin, »sondern eine Kunsthalle! Jan Boisen bringt mich um, wenn hier kleine Kinder in seinem Lebenswerk herumklettern!«

Wanja musste lachen, während es in Jos Augen gefährlich funkelte. »Das kann ja wohl . . .«, setzte sie mit lauter Stimme an, aber Flora legte ihr die Hand auf die Schulter. »Lass die alte Schachtel, das hat doch eh keinen Zweck, sich über so was aufzuregen.«

Jo wollte wütend etwas erwidern, aber Wanja drängte sie nach vorne zur Kasse. »Los, Jo, wir sind dran!«

Als sich Wanja hinter Jo und Flora durch die Eingangstür schob, konnte sie es kaum noch aushalten.

»Wir treffen uns dann später, okay?«, sagte sie und wollte sich gerade aus dem Staub machen, als Flora ihre Hand festhielt. »Warte mal, ich komm noch mit, und sag dir was zu den Bildern.«

Wanja warf einen verzweifelten Blick auf ihre Armbanduhr. »Nee, lass mal«, wehrte sie ab und versuchte, ihrer Stimme einen möglichst ruhigen Klang zu geben. »Wir sollen uns die Bilder allein anschauen, verstehst du? Ich komm dann später zu eurer Abteilung nach.«

Flora sah sie aus ihren klaren Augen an und nickte. »Eine gute Idee. Dann kannst du mir ja erzählen, was du empfunden hast. Konzentrier dich auf die Bilder, die dir besonders gefallen, das ist leichter, als wenn du versuchst, sie alle in dich aufzunehmen.«

Mit einem kurzen Kopfnicken machte sich Wanja los und rannte die lange Treppe hinauf, die zur Abteilung »Alte Meister« führte. Die lag im rechten Teil des Museums und war in verschiedene Räume unterteilt.

Als Wanja durch die große Tür in den ersten Raum trat, war es eine Minute vor drei. Mit klopfendem Herzen sah sie sich um. Wo zum Teufel sollte sie hier eine rote Tür finden? Die türlosen Rahmen waren alle braun – und das einzig Rote in diesem ganzen Raum waren die Gewänder der Figuren auf den Heiligenbildern.

Die Abteilung war gut besucht, und Wanja fiel auf, dass außer ihr noch weitere Jugendliche ohne Eltern unterwegs waren. Genau wie sie selbst schienen sich auch die anderen suchend umzusehen.

Nervös drängte sich Wanja an einer Reisegruppe vorbei, der ein Museumsführer mit sächsischem Dialekt gerade die Farbkomposition eines Jesusbildes erklärte. Dabei stieß sie fast an einen dicken Mann mit kurzen Hosen und knielangen Tennisstrümpfen. Er stand am Rand der Gruppe und hielt ein kleines, ebenso dickes Mädchen an der Hand.

Der nächste Raum war leerer. Ein schlaksiger Junge mit Segelohren witschte an Wanja vorbei, drei Japanerinnen tippelten über den grauen Linoleumboden, und vor einem riesigen Engelsgemälde stand Arm in Arm ein Liebespaar.

Eine rote Tür gab es nicht.

Auch nicht im vorletzten Raum, in dem das Gemälde von Fragonard hing. Wanja kannte es gut, denn ihr Großvater hatte einen Druck davon in seinem Arbeitszimmer gehabt. Das Bild zeigte einen alten Philosophen mit weißem Haar, dessen rechte Hand eine Stuhllehne umklammerte, während sich sein linker Arm auf einen Stapel Papiere stützte. Die Augen des Greises waren gänzlich in das dicke Buch vertieft, das vor ihm auf dem Schreibtisch lag, und Wanja fiel ein, dass sie sich früher oft gefragt hatte, was für geheimnisvolle Weisheiten der Philosoph in diesem Augenblick, in dem ihn der Maler für alle Zeiten festgehalten hatte, wohl zu ergründen versuchte.

Doch jetzt erfüllte sie nur eine einzige Frage: die nach der roten Tür. Auf ihrer Armbanduhr war es mittlerweile kurz nach drei, während die große Uhr an der Wand des Saales eine Minute vor drei anzeigte. Hoffentlich geht die hier richtig, dachte Wanja. Als sie sich umsah, war kein anderer Jugendlicher mehr zu sehen. Oder doch ... da – ein Mädchen, sie huschte quer durch den nächsten Raum und verschwand am anderen Ende in einer Nische. Es war das Mädchen, das Wanja vorgestern auf der Treppe angerempelt hatte, sie erkannte sie an ihrer dunklen Haut und den Afrozöpfen.

Mit schnellen Schritten lief Wanja ihr nach. Es war der letzte Raum der Abteilung, und die Nische war ein toter Winkel, in dem keine Bilder hingen. Auch das Mädchen war nicht mehr hier. Das Einzige, was sich von der weiß gestrichenen Wand absetzte, war eine Tür. Schmal und hoch.

Und leuchtend rot.

Wanja sah sich um, das Herz schlug ihr jetzt bis zum Hals.

Niemand war hinter ihr, und auf einmal erschien es Wanja merkwürdig still. Als sie dicht vor der Tür stand, entdeckte sie daneben ein kleines Schild. Es war aus Messing, kaum breiter als Wanjas Daumen. In feinen schwarzen Lettern war ein Schriftzug hineingraviert.

Vaterbilder.

Wanjas Hand zitterte, als sie den runden, schwarz glänzenden Türknauf umschloss. Er ließ sich nach rechts drehen, aber die Tür öffnete sich nicht. Wanja sah noch einmal auf das Messingschild, suchte nach einer Klingel, fand aber nur eine schmiedeeiserne Stange. Ihr oberes Ende war an einem an der Wand angebrachten Hebel befestigt, das untere Ende mündete auf Wanjas Schulterhöhe in einen dicken schwarzen Pinselkopf. Die nachempfundenen Borsten schimmerten dunkel, und als Wanja sie berührte, fühlte sich die eiserne Oberfläche so warm an, als hätte sich erst vor einem Moment eine heiße Hand um sie gelegt.

Wanja atmete tief durch. Dann zog sie am Kopf des Pinsels. Langsam gab die Stange nach, drei, fünf, sieben Herzschläge lang, bis der Hebel an einen Punkt gelangte, an dem es nicht weiterging. An diesem Punkt ertönte ein leises, glockenartiges Klingeln. Es schien aus weiter Ferne zu kommen und vibrierte tief in Wanjas Innerem. Die rote Tür summte; ein tiefer, schwerer Ton. Es klackte. Die Tür sprang auf und gab einen schmalen Spalt frei, hinter dem es dunkel war. Stockdunkel.

Wanja drehte sich noch einmal um. Sie war allein in diesem toten Winkel. Sie dachte an das Mädchen, das eben darin verschwunden war. Verschwunden wohin? Wanja gab sich einen Ruck, drückte die Tür weiter auf und schob sich in die dahinter liegende Dunkelheit, langsam, Stück für Stück, bis die Tür hinter ihr ins Schloss fiel und Wanja von der Schwärze geschluckt wurde. Mit Beinen, die sich wie

Pudding anfühlten, drehte sie sich wieder um, tastete nach dem Knauf der Türeninnenseite, fand ihn, drehte ihn, aber die Tür ließ sich nicht mehr öffnen.

»Hallo?«

Wanjas Stimme, fremd und seltsam verzerrt, hallte ins Nichts.

»Ist jemand da?«

Keine Antwort, nur ein leises Echo, das ihre Stimme zurückwarf.

Hallo? . . . Ist jemand da?

Jetzt konnte Wanja nur noch vorwärts gehen. Ein modriger Geruch umfing sie, und die feuchte, kalte Luft schien nach ihr zu greifen, schlüpfte unter ihre Hosenbeine, schob sich unter ihre Jacke, kroch ihr in den Nacken. Klein fühlte Wanja sich plötzlich, kinderklein – wie früher im Kartoffelkeller ihrer Großmutter, als sie und Jo noch dort gelebt hatten. Damals waren es Ratten gewesen, vor denen Wanja sich gefürchtet hatte, und noch früher waren es Gespenster, an die sie längst nicht mehr glaubte. Aber war das hier zu glauben?

Als Wanja langsam ihren Arm ausstreckte, fühlte sie, dass sie sich in einer Art steinernem Gang befand, der vielleicht anderthalb Meter breit war. Wenn sie beide Arme ausbreitete, konnte sie die Seitenwände berühren. Nur über ihr war Leere – und vor ihr.

Schritt für Schritt tastete sich Wanja weiter, mit immer noch zittrigen Beinen, die Hände vor ihren Körper gestreckt, um mögliche Hindernisse rechtzeitig auszumachen. Gut zwanzig Schritte ging sie so, ohne auch nur das Geringste zu sehen, bis ihre Hände an etwas Kaltes, Hartes stießen. Eine Mauer.

Wanja streckte ihre Hände nach der rechten Seite aus. Noch eine Mauer. Wanja drehte sich nach links. Holte Luft. Tastete weiter.

Mauer, Mauer – Leere.

Plötzlich machte der Gang eine Biegung. Das Blut pochte Wanja in den Adern, als sie sich langsam um die Ecke schob. Dann blieb sie stehen. Noch immer war es dunkel.

Aber diese Dunkelheit war anders.

Sie hatte ein Ende.

Und dieses Ende riss, wie der Ausgang eines Tunnels, in die tiefe Schwärze ein silbernes Loch.

V*ATERBILDER*

*A*uf dieses Loch ging Wanja nun zu. Dass es sich dabei in Wirklichkeit um eine geöffnete Tür handelte, hatte sie bereits erkannt, und ihre zögernden Schritte waren unwillkürlich schneller geworden.

Die Tür wurde größer, das Licht dahinter heller, und als Wanja nach etwa hundert Schritten im Türrahmen stand, erschien ihr die Kunsthalle plötzlich wie eine weit entfernte Welt. Vor Wanja lag ein riesiger, von Licht durchwebter Saal.

Fünfzehn, vielleicht zwanzig andere Jugendliche gingen darin umher, sie alle schienen mehr oder weniger in Wanjas Alter zu sein. Auch das Mädchen mit den Afrozöpfen und der schlaksige Junge mit den Segelohren, der in der Kunsthalle an Wanja vorbeigehuscht war, befanden sich unter ihnen – und ganz hinten stand ein älterer Junge in einer schwarzen Jacke, der Wanja irgendwie bekannt vorkam.

Keiner sprach, alle schienen erfüllt von dem Wunder, in das sie hineingeraten waren.

Wanja ließ ihren Blick über die glänzenden, holzgetäfelten Dielen gleiten, und als ihre Augen nach oben wanderten, streiften sie eine leuchtende Mondkugel. An einem feinen, kaum sichtbaren Seil hing sie von der kuppelartigen tiefblauen Decke herab.

Am anderen Ende des Saales war eine dreistufige Treppe und die Bühne, zu der sie wohl führte, wurde von einem dunkelroten Vorhang verdeckt. Die Fackeln, die rechts und links daneben in gusseisernen Haltern staken, waren angezündet, genau wie die Fackeln an den weißen Steinsäulen der Rundbögen, die den sonderbaren Saal umsäumten.

Was auch immer hinter diesen Bögen war, wurde verdeckt von roten Samtstoffen. Geheimnisvoll wie der Vorhang vor der Bühne schimmerten sie im feurigen Schein der Fackeln.

Als Wanja in den Saal hineintrat, fühlte sie sich wie im Traum. Sogar ihre Bewegungen fühlten sich anders an. Die glänzenden Dielen schienen unter ihren Füßen zu federn, nicht das kleinste Geräusch machten ihre Schritte auf dem hellen Holz.

Und noch immer sprach keiner einen Ton. Es fühlte sich gut an, nicht zu sprechen, es fühlte sich richtig an. Jedes Wort wäre für diesen Augenblick zu viel gewesen, und Wanja war froh, dass es den anderen genauso ging.

Das Mädchen mit den Afrozöpfen grinste kurz, als sich ihre Wege in der leeren Mitte des Saales kreuzten, und Wanja grinste schüchtern zurück.

Dann bemerkte sie den Jungen wieder. Er stand mit dem Rücken zu ihr, auf der gegenüberliegenden Seite des Saales, an eine der Säulen gelehnt. Unvermittelt drehte er sich zu ihr um. Eisblaue Augen blitzten Wanja an, und ihr stockte der Atem. Das war ja Mischa, der Junge aus ihrer Schule! Er lächelte nicht, er hob nicht die Hand zum Gruß, er verzog keine Miene, sondern sah Wanja nur mit seinem durchdringenden Blick an. Sie starrte zurück, unsicher, ob sie erschrocken oder erleichtert sein sollte, ausgerechnet ihm hier zu begegnen.

Gerade als sie überlegte, ob sie auf ihn zugehen solle, ertönte von der Bühne her ein Gong, so schwer und voll, dass Wanja glaubte, den Ton mit Händen greifen zu können.

Mit einem leisen Rauschen schob sich der Vorhang zur Seite. Dahinter wurde tatsächlich eine Bühne sichtbar. Sie war eingerahmt in einen gewaltigen Bilderrahmen aus schwerem verschnörkeltem Holz.

Staunend sah Wanja durch den Rahmen auf die Bühne, in deren Mitte ein hoher, schlanker Tisch aus rot gestrichenem Holz stand. Dicht über der Tischplatte hing ein schmiedeeiserner Pinselkopf. Er war das Ende einer schwarzen Eisenstange, die oben an der Bühnendecke befestigt war und die genau so aussah wie die Stange, an der Wanja vor nicht allzu langer Zeit gezogen hatte. Die großen, dicken Kerzen, die jeweils zu dritt vor beiden Seiten des Tisches auf dem Boden standen, waren weiß. Ihre hellen Flammen regten sich nicht.

Wie gemalt, dachte Wanja, dieses Bühnenbild sieht aus, als hätte es jemand gemalt. Doch es war echt, wie die Frau, die jetzt aus einer schmalen Seitentür auf die Bühne trat.

Im Saal wurde es noch stiller, als es vorher schon gewesen war. Jede Bewegung stoppte, und alle Blicke hefteten sich auf die winzige Frau. Sie hatte die Größe eines vielleicht zehnjährigen Mädchens, doch ihr schneeweißes Haar, das sie zu einem dicken Knoten gebunden hatte, ließ ihr hohes Alter erahnen.

Mit leisen, langsamen Schritten trat sie auf den Tisch zu, ihr langer Samtumhang glitt von ihren Schultern herab, sein schweres Ende berührte den Boden. Ihre Figur war zart und zerbrechlich, aber von ihrem Wesen ging eine Kraft aus, die den ganzen Saal erfüllte. Selbst mit geschlossenen Augen hätte Wanja die Präsenz dieser Frau gespürt – und als sie jetzt ihre Hände auf den Tisch legte und ihr schmales Gesicht dem Saal zuwandte, wusste Wanja plötzlich, dass es die Frau aus dem Radio war, die Frau, die um Mitternacht zu ihr gesprochen hatte. Ihre meerblauen Augen ruhten auf den Jugendlichen. Sie erfasste alle, ließ keinen aus, hieß jeden willkommen, nur mit den Blicken. Dann sprach sie, und Wanja erkannte die Stimme wieder, die auch jetzt diesen seltsamen Sog in ihr auslöste.

»Die Ausstellung wird gleich beginnen«, sagte die Frau. »Das Einzige, was ihr wissen müsst, sind die Regeln.«

»Nein«, rief plötzlich jemand hinter Wanja.

Sie drehte sich um. Ein Mädchen, zwölf, dreizehn Jahre alt, mit giftgrünen Haaren, stand neben ihr, spuckte ein grellgelbes Kaugummi in ihre Handfläche und fragte laut: »Warum sind wir überhaupt hier eingeladen? Warum ausgerechnet wir? So was gibt's doch gar nicht!«

Plötzlich kam Bewegung in den Saal, die Frage des Mädchens hatte das stumme Staunen gebrochen. Weitere Fragen wurden laut, Fragen, die natürlich auch Wanja beschäftigten.

»Warum wir?«

»Wieso hier?«

»Wie kann ein solcher Ort überhaupt existieren?«

»Was machen wir hier?«

Die Frau auf der Bühne lächelte, als hätte sie diese Fragen erwartet.

»Dieser Ort existiert nur für euch – und ihr seid hier, weil ihr von der Ausstellung erfahren habt«, antwortete sie.

»Aber . . .« Der schlaksige Junge mit den Segelohren meldete sich zu Wort. »Aber die Ausstellung wurde im Radio angekündigt. Und in der Zeitung! Da hätten doch viel mehr Leute davon erfahren müssen.«

Die alte Frau nickte. Einen Moment lang schwieg sie, wartete, bis das neu aufsteigende Gemurmel sich gelegt hatte. Dann sagte sie: »Die großen Geheimnisse sind immer offensichtlich.«

»Aber warum erfährt sie dann nicht jeder?«, fragte ein dicker Junge, der rechts von Wanja stand.

»Weil nur die wenigsten dafür offen sind«, sagte die Frau.

»Und warum ausgerechnet wir?«, fragte das Mädchen mit den Afrozöpfen.

»Weil es euch angeht«, erwiderte die Frau.

Wanja dachte an die Nacht, in der ihr Radiowecker angesprungen war. An den Gong, diesen lauten, unvermittelten Schlag. Sie dachte an Jo mit ihrem leichten Schlaf, die nebenan gelegen und nichts davon gehört hatte. Sie dachte an den roten Rahmen in der Zeitung, der plötzlich wieder weg gewesen war, ohne dass Jo ihn überhaupt gesehen hatte.

»Die Regeln«, setzte die Frau auf der Bühne ihre Anfangsrede fort, »sind das Wichtigste. Hört sie an und befolgt sie – um jeden Preis. Der Hüter der Bilder«, bei diesen Worten schien es Wanja, als neigte die Frau ihren Kopf in Richtung der Tür, aus der sie gekommen war, »wird die Ausstellung *Vaterbilder* nun für euch eröffnen. Die Gemälde befinden sich hinter den Vorhängen im Inneren der Arkaden.« Die Frau deutete auf einen der Rundbögen. »Geht hinein und seht euch die Bilder an, jedes einzelne, jeder für sich. Redet nicht miteinander, richtet eure ganze Aufmerksamkeit auf die Bilder. Findet heraus, welches von ihnen *euch* angeht. Es wird nur eines sein, ihr werdet es fühlen, es wird kein Zweifel bestehen. Wenn ihr euer Bild gefunden habt, berührt es. Nehmt dazu den Zeigefinger eurer rechten Hand. Der Rest wird sich von selbst ergeben. Fürchtet euch nicht. Folgt einfach eurem Gefühl. Doch irgendwann . . .« Die leise, raue Stimme der alten Frau wurde eindringlich, und ihre Augen fixierten nacheinander jeden ihrer Zuhörer. ». . . Irgendwann werdet ihr einen Gong hören, einen lauten, eindeutigen Schlag. Diesem Signal müsst ihr folgen. Es ruft euch zurück, und ihr müsst kommen, egal, was passiert. Der Gong wird drei Mal schlagen. Beim dritten Schlag müsst ihr zurück sein.«

Wieder wurden die Stimmen laut.

»Wie zurück?«

»Wohin?«

»Woher?«

»Von wo zurück?«

Die alte Frau hob die Hand. »Es wird sich ergeben. Wichtig ist nur, dass ihr dem Gong folgt. Alle anderen Antworten werden sich finden.«

»Und wenn wir dem Gong nicht folgen?« Das Mädchen mit den grünen Haaren hatte den Kaugummi wieder im Mund und produzierte eine grellgelbe Blase. Die alte Frau sah sie mit ruhigen Augen an. »Wenn ihr dem Gong nicht folgt, bleibt ein Teil von euch für immer zurück.«

Die Kaugummiblase zerplatzte auf dem Gesicht des Mädchens, und noch bevor jemand fragen konnte, *wo* dieser Teil zurückbleiben würde, zog die Frau an dem eisernen Pinselkopf.

Wie vorhin, vor der roten Tür, hörte Wanja ein leises Klingeln. Es tönte aus dem Inneren der Rundbögen und klang wie viele kleine Glockenschläge, die von weit, weit her zu kommen schienen. Dann war alles still.

Wanja war eine der Ersten, die sich regte. Sie ging auf die äußerste Arkade zu, schob den Vorhang zur Seite und betrat einen Raum. Er war winzig wie eine Kabine. Licht gab es nicht. Aber das Gemälde an der hinteren Wand sah man auch so. Es war von einem leuchtend roten Rahmen umgeben und schien aus sich selbst herauszustrahlen. Das Gemälde zeigte einen Gelehrten. Für einen Moment fühlte sich Wanja an das Bild des Philosophen aus der Kunsthalle erinnert. Doch dieses Gemälde war anders. Die Farben waren viel intensiver, sie hatten eine fast lebendige Ausdruckskraft, und im Unterschied zu dem anderen Gelehrten blickten die Augen dieses Mannes Wanja an, als wäre sie das Geheimnis, das er zu ergründen versuchte. Alles an ihm wirkte wie echt, und fast meinte Wanja, den Wind in seinen Locken rauschen zu hören.

Findet das Bild, das euch angeht. Wenn ihr es gefunden habt, berührt es. Wanja sah den Wanderer noch einmal an. Er gefiel ihr, das Bild gefiel ihr, aber ging es sie an? Die alte Frau hatte gesagt, es würde kein Zweifel bestehen. Und Wanja erinnerte sich, wie Jo einmal gemeint hatte, jede Frage, die kein eindeutiges Ja in einem hervorruft, könne man beruhigt mit Nein beantworten.

Als Wanja die Arkade verließ, stieß sie fast mit dem schlaksigen Jungen zusammen. Er war im Begriff, etwas zu sagen, schien sich aber dann an die Anweisung der alten Frau zu erinnern und schob sich mit einem schiefen Lächeln an ihr vorbei. Für einen Moment dachte Wanja an Mischa, suchte ihn im Saal, doch der war jetzt wie leer gefegt.

Die Jugendlichen hatten sich in den Arkaden verteilt, immer nur für einen Augenblick huschten sie hinter einem der Vorhänge hervor, um gleich darauf in der nächsten Arkade zu verschwinden, manchmal auch zu zweit oder dritt. Aber immer in völliger Stille.

Die alte Frau wachte an dem roten Tisch auf der Bühne.

Das nächste Gemälde, das Wanja anschaute, war rot gerahmt wie das erste und zeigte einen Ritter. Er saß auf einem schwarzen Pferd, die Zügel lagen locker in seiner linken Hand. Mit der rechten strich er sich das gewellte Haar aus dem Gesicht, seine Lippen umspielte ein Lächeln, aber die Augen, mit denen er Wanja betrachtete, waren ernst und nachdenklich.

Wanja dachte an die Rittergeschichte, die sie für die Schule geschrieben hatte. Sie dachte auch, dass Flora an diesem Bild ihre helle Freude gehabt hätte. Aber darüber hinaus fühlte sie nichts.

Sie ging weiter, zu dem Gemälde eines Schafhirten, der inmitten seiner Herde stand. Zum Bild eines Geschichtenerzählers, der umringt war von Zuhörern. Zu einem Indianer, der am Feuer saß. Er trug weder Kriegsbemalung noch Federschmuck und auch nicht das mit bunten Perlen bestickte Kostüm, mit dem die Indianer in Wildwestfilmen oder bei den Karl-May-Festspielen ausgestattet waren. Der Mann hatte ein weißes T-Shirt an, sein Haar war grau, aber sein dunkles Gesicht war unverkennbar indianisch. Eine ruhige Kraft ging von ihm aus. Wanja stand eine ganze Weile vor ihm, hoffend, dass sich etwas in ihr regte. Aber das tat es nicht.

Ein Pirat, hoch oben an Deck seines Schiffes.

Ein König, seine Hand zum Gruß erhebend, ein Spieler am Roulettetisch.

Ein Balletttänzer auf der Bühne, ein Bettler auf der Straße, ein Maler vor seiner Staffelei.

Ein Torero beim Kampf, ein Eskimo in blendend weißem Schnee.

Ein Mönch in einer roten Kutte, im Yogasitz auf kaltem Steinboden. Eindrucksvolle Bilder. Aber keins löste etwas in ihr aus.

Dann sah sie den Akrobaten.

Sein Gemälde hing in der Arkade, die hinten links vom Saal abging.

Schon als Wanja in den kleinen Raum trat, fühlte sie, dass etwas an ihr zog – von innen her. Sie schaute auf das Bild.

Der Akrobat saß auf dem Trapez, seine Hände umfassten das Seil. Sein dunkles Haar war am Hinterkopf mit einer Lederschnur zu einem dicken Schopf zusammengebunden. Mit leicht geneigtem Kopf schaute er zu Wanja herunter und lächelte sie an.

Wanja vergaß den Saal hinter ihrem Rücken. Sie vergaß die Frau auf der Bühne, die Jugendlichen, die andern Bilder, den kleinen Raum, in dem sie sich befand. Sie stand nur da und schaute in dieses ovale, dunkelhäutige Gesicht. Ihr Blick glitt von den fein geschwungenen Lippen über die markante Nase nach oben zu den Augen. Braune, leicht schräg stehende Augen, die nicht besonders groß waren. Sie lachten, funkelten, aber es mischte sich noch etwas anderes in ihren Ausdruck. Etwas Unergründliches, vielleicht auch ein wenig Trauriges. Ein Gefühl von Sehnsucht wurde so groß in Wanja, dass es kaum noch in sie hineinpasste – und noch immer schien es weiterzuwachsen. Das Ziehen in ihrem Inneren wurde immer stärker, und plötzlich hatte sie das Gefühl, als zöge das Bild an ihr, der Akrobat, sein Lächeln, seine Augen, sein ganzes Wesen.

Wanja merkte, wie sich ihre Hand hob.

Ihr Zeigefinger streckte sich nach dem Bild aus, während ihre Augen noch immer unverwandt auf den Trapezkünstler gerichtet waren. Die Fingerspitze kam näher und noch näher, Millimeter trennten sie jetzt von dem Bild.

Als Wanja die Oberfläche berührte, hatte sie das Gefühl, in Luft zu fassen. Dann fing es in ihren Ohren an zu rauschen.

Und das Gemälde vor ihr fing an, sich zu drehen.

JETZT

Das Rauschen wurde lauter und wilder, und das Gemälde drehte sich schneller und schneller. Die Farben flirrten vor Wanjas Augen, der Raum schien sich seltsam auszudehnen, etwas zwang Wanja in die Knie, ein Schwindel vielleicht, sie fühlte etwas Weiches unter sich, das vorher nicht da gewesen war, einen gepolsterten Stuhl oder einen Sessel, sie wusste es nicht, sie wünschte nur, dieses Drehen würde aufhören, aufhören, aufhören ...

Das Ziehen in Wanjas Innerem war jetzt so stark, dass sie es kaum noch ertragen konnte. Ihre Augen nahmen nichts mehr wahr, dafür spürte sie einen starken Sog, der etwas aus ihr herauszuziehen schien und mit diesem Etwas, sie selbst – jetzt.

Es war wie eine Befreiung. Wanja fühlte sich mit einem Mal ganz leicht. Das Drehen schien langsamer zu werden, dann hörte es ganz auf.

Wanja öffnete die Augen.

Sie sah das Bild nicht mehr.

Sie war auch nicht mehr in dem kleinen Raum.

DER ZIRKUS ANIMA

Wanja saß auf einem rot gepolsterten Sessel, ganz vorne, in der Ehrenloge eines großen Zirkuszeltes. Das Zelt war bis auf den letzten Platz gefüllt, aus dem Publikum erhob sich ein tosender Applaus. Die allgemeine Begeisterung galt dem Akrobaten, der mit geneigtem Kopf auf dem Trapez saß. Er lächelte, seine Augen dankten den Zuschauern, bevor sie Wanjas Augen trafen und ihr zuzwinkerten.

Mein Bild, sagte etwas in Wanja. Ich sitze in meinem Bild.

Über der Manege auf einer Art Balkon erschien eine junge Frau. Sie trug ein enges, trägerloses Abendkleid, auf dessen blau schimmerndem Stoff Hunderte von winzigen Silbersternen funkelten. Die langen schwarzen Locken fielen auf ihre zarten Schultern, ihr Gesicht mit den großen Augen und der scharfkantigen Nase hatte etwas Stolzes.

Die Frau begann zu singen, in einer fremden Sprache. Sie war dem Akrobaten zugewandt, der sich jetzt aus seiner ruhenden Haltung löste, seine beiden Hände noch fester um die Seile des Trapezes schloss und zu schaukeln begann. Wanja sah, wie sich seine Muskeln spannten und entspannten, und nahm das Wechselspiel von Kraft und Leichtigkeit wahr, das Schaukeln ausmacht. Aufstreben und fallen lassen, aufstreben und fallen lassen, immer schneller, immer höher.

Ganze Nachmittage hatte Wanja als Kind auf der Schaukel verbracht und merkte jetzt, wie dieses scheinbar vergessene Gefühl wieder in ihr wachgerufen wurde.

Der Akrobat lachte. Im Zirkus, das wusste Wanja, gehört das Lachen der Artisten zur Nummer, wird aufgesetzt wie ein Hut und wirkt beim genauen Hinsehen oft wie eine Grimasse. Das Lachen dieses Akrobaten war echt. Die Lust am Schaukeln brachte es hervor, und Wanja wusste, was er fühlte. Mit seinen Bewegungen im Einklang war die Stimme der Frau, die höher und höher sang, als wolle sie ihr fremdes Lied zu ihm hinauftragen.

Im Schaukeln stellte sich der Akrobat auf das Trapez. Er warf den Kopf nach hinten, holte den Schwung aus den Knien, trieb die Schaukel noch höher, und in dem Moment, in dem sein Rücken fast an die Manegendecke stieß, hörte die Frau auf zu singen, abrupt.

Die Schaukel schoss wieder nach vorne, ruhig und konzentriert stand der Trapezkünstler auf der Stange und ließ, als die Schaukel in der Mitte angekommen war, mit seinen Händen die Seile los.

Er fiel – kopfüber, pfeilschnell, kerzengerade.

Ein Netz war nicht vorhanden, auch kein Sicherheitsseil, das Trapezkünstler in gefährlichen Nummern normalerweise an ihrem Trikot befestigen.

Die Zuschauermenge war ein einziges Einatmen. Wanja drückte ihre Faust an den Mund und krallte sich mit der anderen Hand an der Lehne ihres Sitzes fest. Kaum hinsehen konnte sie, doch gleichzeitig sah es so wunderschön aus. Die hinaufschwingende Schaukel und der fallende Körper des Akrobaten. Und dann – im letzten Augenblick vor dem Sturz – hielt ihn sein linker Fuß an der Stange des Trapezes fest.

Während die Menge erleichtert zu klatschen anfing, hielt Wanja noch immer den Atem an.

Die Schaukel schwang wieder zurück und mit ihr, kopfunter, der Akrobat, der jetzt auch seinen rechten Fuß über die Stange gelegt hatte. Seine Arme baumelten entspannt in der Luft, während das Trapez langsam zur Manege heruntergelassen wurde. In deren Mitte stand ein verschlossener Korb. Wanja musste an Schröders Katzenkorb denken, nur dass dieser Korb noch größer war. Im nächsten Augenblick öffnete sich seine Tür. Ein Frauenkopf wurde sichtbar, weiß gepudert, mit schwarzer Nasenspitze. Das kurze Haar stand ihr in wilden Strähnen vom Kopf ab. Mit zwei rhythmischen Bewegungen drehte sie den Kopf, nach rechts, nach links, dann kam die Frau auf allen vieren heraus, legte sich in ihrem schwarzen Samtkostüm neben dem Korb auf die Lauer und sah nach oben. Als der Akrobat, der noch immer mit seinen Füßen an der Schaukel hing, etwa anderthalb Meter über ihr war, spannte die Katze ihre Glieder und sprang mit einem wilden Satz nach oben. Ihre Hände ergriffen seine Hände, und während das Trapez mit den beiden wieder hochgezogen wurde, kletterte sie am Körper des Akrobaten empor zur Schaukelstange.

Neben der Sängerin auf dem Balkon erschien jetzt ein dunkelhäutiger Mann. Zwischen seinen Beinen hielt er eine Trommel, auf der seine Hände in langsamem Rhythmus zu spielen anfingen, bis das Trapez die Höhe von vorhin wieder erreicht hatte und der Akrobat neben seiner Partnerin auf der Stange der Schaukel saß.

Die beiden hielten sich eng umschlungen, und Wanja fühlte ein leises Stechen in ihrer Brust, das die ganze Nummer lang nicht mehr wegging.

Im Rhythmus der Trommel vollführte das Paar seine Kunststücke, die aussahen wie ein Tanz in der Luft. Ihre Körper lösten sich voneinander und fanden sich wieder, hielten sich fest und ließen sich los. Wanja hatte keine Ahnung, warum es pausenlos in ihrer Brust stach, sie war auch nicht sicher, ob sie sich diesen winzigen Moment nur einbildete, in dem sich wie ein hauchdünner Mantel ein Schatten über sie legte und aus allem die Farbe sog. Die Artisten, die Zuschauer, die ganze Manege, ja sogar sie selbst – alles war plötzlich schwarzweiß. Doch noch ehe sich Wanja wirklich wundern konnte, war es vorbei, die Farben waren wieder da, und die Nummer ging weiter, als wäre nichts geschehen.

Der Akrobat hing jetzt mit den Knien am Trapez, seine Hände umschlossen die schmalen Fußknöchel seiner ebenfalls kopfunter hängenden Partnerin. Von der Manegendecke löste sich ein zweites Trapez. Es schwang auf die beiden zu. Gemeinsam nahmen sie noch einmal Anschwung, der Rhythmus der Trommel wurde schneller – und wie auf ein unausgesprochenes Signal hin löste der Akrobat seinen Griff. Es sah aus, als hätte er seine Partnerin beim Hochschwingen in die Luft geschleudert. Ihre Hände griffen nach der zweiten Schaukel und erfassten die Stange. Der Brustkorb des Akrobaten hob und senkte sich, als er am Ende der Nummer neben seiner Partnerin auf dem Boden der Manege stand. Wieder ließen die beiden den Applaus auf sich regnen, dann schlüpfte die Akrobatin zurück in den Korb. Ein letztes Mal lächelte der Akrobat in Wanjas Richtung, bevor er mit dem Korb in der Hand aus der Manege trat. Wanja fühlte den Impuls, ihm hinterherzustürzen, aber sie war unfähig, sich zu bewegen.

»Ich wäre dir dankbar, wenn du deine Krallen jetzt aus meinem Arm nehmen könntest«, sagte eine Stimme neben ihr.

Sie fuhr zusammen, schaute zur Seite und riss die Augen auf. Neben ihr in der Ehrenloge saß Mischa, und das, was sie für die Lehne des Sessels gehalten hatte, war seine abgewetzte Cordjacke. Blitzartig zog sie ihre Hand zurück.

»Was machst du in meinem Bild?«, fauchte sie Mischa an.

Er musterte sie, kühl und gelassen. »Das Gleiche könnte ich dich fragen.«

Wanja fand keine Antwort. Sie war weder erschrocken noch erleichtert, sondern wütend. Was hatte der Kerl hier zu suchen, und vor allem, wann war er hierher gekommen? Sie hatte ihn nicht gesehen, als sie im Bild gelandet war, aber sein Kommen hatte sie auch nicht bemerkt. Allerdings hatte sie auch für nichts anderes Augen gehabt als für den Akrobaten.

Schnaubend wandte sich Wanja ab. *Findet heraus, welches Bild euch angeht*, hatte die alte Frau gesagt – und hinzugefügt, dass es nur eins sein würde. Dass dieses eine aber für mehrere in Frage kommen könnte, war Wanja gar nicht in den Sinn gekommen. Dabei hätten es auch drei oder fünf sein können, die jetzt hier mit ihr – Wanja schreckte aus ihren Gedanken, als in der Manege die Scheinwerfer ausgingen. Ein Schwarzlicht leuchtete auf. Zwei weiße Handschuhe sprangen aus der Dunkelheit hervor, zauberten drei leuchtend rote Bälle aus dem Nichts und begannen, in atemberaubender Geschwindigkeit damit zu jonglieren. Dazu schlug die Trommel in schnellem Stakkato, die Bälle flogen durch die Luft und mit jedem Trommelschlag kam noch einer dazu. Vier Bälle, fünf, sechs, sieben, acht, neun, zehn, eine tanzende Linie, ein schwirrender Kreis, dann wurden die Bälle in die Höhe geworfen, verschwanden im Nichts, die Hände klatschten, die eine Hand streckte ihre Fingerspitze aus und fing damit die riesige rote Kugel, die jetzt anstelle der anderen Bälle aus der Dunkelheit herabsauste. Der Finger ließ die Kugel kreisen, schnellte ruckartig darunter weg, und die Kugel fiel mit einem lauten Trommelschlag zu Boden. Im nächsten Moment befanden sich die Hände zwei Meter über der Kugel, winkten Auf Wiedersehen, die Kugel rollte weg, das Licht ging aus.

Überraschtes Lachen im Publikum, wie ein Wirbelwind war diese Nummer durch die Manege gefegt.

Die nächste Nummer war das genaue Gegenteil.

Von der Manegendecke wurden Kerzenleuchter herabgelassen, in deren goldenen Lichtschein langsam und leise ein Clown trat. Er war barfuß und trug ein weißes Nachthemd. Auf seine Nasenspitze war ein roter Punkt gemalt. Mit der einen Hand drückte er eine kleine Kuh aus gelbem Samt an seine Brust, in der anderen hielt er einen hölzernen Stab, aus dessen Spitze feine Zweige hervorragten. Winzige, glitzernde Tropfen hingen daran. Mit scheuen Schritten ging der Clown in die Mitte der Manege. Seine großen, runden Kinderaugen lagen staunend auf den Zuschauern. Eine ganze Weile tat er nichts anderes, als stehen und staunen. Dann zuckte er ganz leicht mit den Schultern. Und dann lächelte er. Stand da und lächelte, und Wanja fühlte, wie eine tiefe Traurigkeit in ihr aufstieg. Wie eine Welle bäumte sie sich in ihr auf, stieg höher und höher, strömte aus ihren Augen und lief ihr als Tränen die Wangen herab, groß und leise wie das Lächeln des Clowns.

Als der Clown zu lächeln aufhörte, versiegte auch ihre Traurigkeit, und aus den Augenwinkeln nahm Wanja wahr, dass es Mischa genauso ergangen war.

Im Publikum war es ganz still.

Der Clown zuckte noch einmal mit den Schultern, dann hob er seinen Stab und ließ ihn langsam über seinem Kopf kreisen. Die Tropfen lösten sich von den Zweigen, sie schwirrten und schillerten in der Luft, bevor sie lautlos zu Boden regneten. Der Clown ging einmal um die Manege herum, wobei er mit seinem Stab weitere Kreise aus funkelnden Tropfen beschrieb. Seine Stimme war fast ein Flüstern, aber Wanja konnte jedes Wort verstehen.

> »*Auf meine Weise*
> *zieh ich leise Kreise*
> *durch den Raum.*
> *Ein Baum, ein Traum*
> *und eine gelbe Kuh*
> *gehören auch dazu.*«

Mit der letzten Zeile seines sonderbaren Gedichtes ging der Clown wieder hinaus. Niemand kam es in den Sinn, die Stille durch Klatschen zu stören.

Die Kerzen erloschen, die Vorstellung war zu Ende, und erst als sich der Vorhang noch einmal für alle Artisten öffnete, kam wieder Bewegung in das Publikum. Mit wildem Applaus, Pfeifen und Füßetrampeln verabschiedete es die Künstler, die jetzt nacheinander in die Manege kamen:

Ein schrankgroßer Mann, mit langem, wildem Haar, nacktem Oberkörper und einer brennenden Fackel in der Hand.

Ein junges Mädchen mit kurz geschorenem Kopf und einer langen Schlange um den Hals.

Ein älterer, kichernder Mann, mit hellgelben Blumenkohllocken und weißen Handschuhen, der auf einem hohen Einrad sitzend mit fünf roten Bällen jonglierte.

Zwei gewaltige Muskelmenschen, von Kopf bis Fuß mit bronzener Farbe besprüht, die sich glichen wie ein Ei dem anderen.

Eine Frau im dunklen Umhang, hager und unheimlich, deren glattes pechschwarzes Haar ein totenkopfähnliches Gesicht mit riesigen Augen umrahmte.

Die katzenhafte Akrobatin.

Der traurige Clown.

Ein zwergenhafter Mann im schneeweißen Anzug mit einem roten Turban auf dem Kopf, den die Artisten in ihre Mitte nahmen.

Die schöne Sängerin und der dunkelhäutige Trommler.

Der Akrobat.

Er trat als Letzter in die Manege. In seinen Händen hielt er ein Saxofon, und Wanja merkte, wie Mischa neben ihr scharf Luft holte, als der Akrobat vor die anderen Artisten trat, das goldene Instrument an den Mund setzte, die Augen schloss und zu spielen begann.

Wanja fand, dass Musik Geschichten erzählen konnte, auch ohne Worte, und das Abschlussstück des Akrobaten erzählte eine Geschichte von Glück und Traurigkeit, von Traum und Wirklichkeit, und davon, wie nah diese Gegensätze oft zusammenliegen. Zumindest war es die Geschichte, die Wanja darin hörte. Verstohlen wandte sie den Kopf. Mischas Hände lagen offen in seinem Schoß, sein Oberkörper war hoch aufgerichtet, und seine Augen waren weit aufgerissen.

Als das Lied zu Ende war, setzte der Akrobat das Saxofon ab und reihte sich in den Halbkreis der anderen Artisten ein. Alle verbeugten sich, dann liefen sie ab, einer nach dem anderen, hinter dem letzten fiel der Vorhang.

Zirkus ANIMA las Wanja auf dem dunkelroten Stoff.

Der Applaus ebbte ab, um sie herum erhoben sich die Zuschauer und schoben sich in langen Schlangen auf den Ausgang zu. Nur Wanja und Mischa blieben sitzen, als folgten sie einem unausgesprochenen Befehl. Als sich das Zelt geleert hatte, ging der Vorhang wieder auf. Heraus kam der Akrobat. Er schien nicht überrascht, die beiden noch auf ihren Plätzen vorzufinden.

Im Gegenteil, als er die beiden lächelnd zu sich winkte, schien es Wanja, als hätte er sie erwartet.

TARO

Mischa war der Erste, der aufstand. Plötzlich fühlte sich Wanja erleichtert, dass er da war, denn während sie ihm mit zitternden Beinen folgte, machte sie eine sonderbare Erfahrung: Der Moment, in dem sich unsere tiefsten Wünsche erfüllen, erzeugt Angst.

Das Bild, das so an ihrem Innersten gezogen hatte, war Wirklichkeit geworden, wunderbare, unerklärliche Wirklichkeit. Zweifel und Verwirrung machten sich nun in Wanja breit.

»Ich versteh das alles nicht«, entfuhr es ihr, als sie und Mischa vor dem Akrobaten standen, und jetzt sprudelten auch die anderen Fragen aus ihr heraus. »Wer bist du? Was machst du hier, wie sind wir hier gelandet? Wieso holst du uns ab, kennst du uns, oder kennst *du* ihn vielleicht?« Wanja drehte sich zu Mischa, ohne dass ihr Redestrom abbrach. »Jedenfalls kenne ich ihn nicht, und wie . . . wie kann ein Bild verdammt noch mal lebendig sein, ich kapier das einfach nicht!«

Der Akrobat sah sie belustigt an. »Bei so vielen Fragen«, seine Stimme klang tiefer, als Wanja erwartet hatte, »kommt man mit den Antworten aber ganz schön durcheinander. Mal sehen . . .« Er schloss die Augen und legte den Finger an die Lippen, als riefe er sich Wanjas Wortwasserfall noch einmal in Erinnerung.

»Ich bin Taro«, sagte er dann, »und ich arbeite hier. Und *ihr* beiden, soweit ich das von da oben mitbekommen habe, seid aus dem Bild gestiegen. Ich hole euch ab, weil ihr meine Gäste seid, so wurde es mir jedenfalls gesagt. Wie man aus einem Bild steigen kann, erstaunt mich selbst, aber ihr seid ja da und offensichtlich«, der Akrobat kniff Wanja leicht in den Arm, »seid ihr genau wie ich aus Fleisch und Blut.«

Wanja hatte angefangen, den Kopf zu schütteln, sah Hilfe suchend zu Mischa, der neben ihr stand, und schwieg, dann starrte sie wieder den Akrobaten an. Aus dem Bild gestiegen, hatte er das gesagt? Wieso *aus* – wenn überhaupt, dann waren sie doch *in* das Bild gestiegen! Wanja riss Mischa an der Jacke. »Wieso sagt der, dass *wir* aus dem Bild kommen, wieso wir? Wieso kneift der mich?«

Wütend drehte sich Wanja dem Akrobaten zu. »*Du* bist doch das Bild, *du* bist das doch!«

Der Akrobat zuckte mit den Schultern und deutete mit dem Kopf in die Richtung, aus der Wanja und Mischa gekommen waren. »Und was ist das?«

Wanja wirbelte herum. Inmitten der leeren Plätze, über der Ehrenloge, wo sie und Mischa gesessen hatten, hing ein großer roter Rahmen, genau wie der, der auch das Gemälde des Akrobaten umrahmt hatte. Aber in diesem Rahmen war kein Gemälde. In diesem Rahmen war Dunkelheit. Ein schwarzes Loch.

In Wanja kippte etwas. Sie stand plötzlich an der Schwelle eines Gefühls, das die meisten Menschen vielleicht in ihrem ganzen Leben nicht empfinden. Es war mehr eine Ahnung als ein Gefühl; ein seltsames Wissen darum, dass ab diesem Moment *alles* möglich war – und Wanja war bereit, sich darauf einzulassen.

Eine Hand legte sich auf ihre Schulter. Wanja fühlte, wie warm sie war, und als sie sich umdrehte, schaute sie in Taros lächelndes Gesicht. Er stand jetzt dicht hinter ihnen, seine andere Hand lag auf der Schulter von Mischa, der sich ebenfalls zu dem Rahmen umgedreht hatte.

Plötzlich waren Wanja alle Fragen egal. Sie hatte ein Gefühl von Zuhause.

Der Akrobat sah von einem zum anderen. »Ich freu mich, dass ihr da seid.«

Ich mich auch, wollte Wanja erwidern, aber eine Männerstimme hinter dem Vorhang kam ihr zuvor. Sie klang wie aneinander schlagende rostige Nägel. »Taro, wo bleibt ihr denn? Wärmer wird das Essen nicht!«

Eine riesige Hand schob den Vorhang zurück, und vor den dreien stand der große Mann mit den wilden Haaren, der beim Schlussapplaus mit der Fackel in der Hand in die Manege gestürmt war. Über seinen nackten Oberkörper zog sich eine lange Narbe, fast wie ein Brandmal sah sie aus. Sein rechter Oberarm war tätowiert. Ein rotes Herz mit einem schwarzen Pfeil. *Noaeh* stand in dunklen, geschwungenen Buchstaben darunter. Der Mann hielt seine rechte Hand vor die Brust, legte seine Linke auf den Rücken und machte vor Wanja und Mischa eine tiefe Verbeugung.

»Es ist mir eine Ehre«, sagte er, und als er lachte, klang es, als schüttelte jemand eine ganze Kiste mit Nägeln. Dann zog er sich das weiße, um seine Hüften gebundene Leinenhemd über die Schultern und hielt den dreien den Vorhang auf.

»Seid ihr bereit?«, fragte Taro. Wanja nickte. Zusammen mit Mischa folgte sie den beiden Männern durch den Hinterausgang der Manege ins Freie.

Ein kühler Wind strich ihnen entgegen. Es war dunkel, aber nicht wie im Gang, der zu dem sonderbaren Saal geführt hatte, sondern abenddunkel, draußen, an irgendeinem fremden Ort. Über ihnen leuchteten die Sterne, und auf einer langen, festlich gedeckten Tafel hinter dem Zirkuszelt flackerte Kerzenlicht.

Die genaue Umgebung konnte Wanja nicht ausmachen, doch der frischen Luft und dem sternklaren Himmel nach zu urteilen, konnten sie irgendwo in den Bergen sein.

An der Tafel saßen schon die Artisten, und plötzlich fühlte sich Wanja wie im Rampenlicht. Am Kopfende erhob sich der zwergenhafte Mann mit dem Turban. Er deutete auf die vier freien Plätze am anderen Ende der Tafel. »So setzt euch doch, nehmt Platz, meine lieben Gäste. Es ist reich gedeckt, wir wollen feiern!«

Taro rückte für Wanja den Stuhl nach hinten und wartete dann, bis Mischa den Platz gegenüber eingenommen hatte. Er selbst setzte sich zwischen die beiden.

Der große Kerl, der sie abgeholt hatte, zwängte sich auf den freien Stuhl an Wanjas linke Seite.

»Na, dann können wir ja anstoßen.« Der kleine Mann mit dem Turban erhob sein Glas. Die anderen Artisten taten es ihm nach. »Auf die Vorstellung«, sagte er. »Und auf die Proben, die jetzt vor uns liegen. Mögen sie erfolgreich sein. Und dann natürlich«, der kleine Mann verbeugte sich in Wanjas und Mischas Richtung, wobei seine Stirn fast an die Tischkante stieß, »ein Hoch auf unsere verehrten Gäste. Ihr seid uns allen willkommen, und Taro wird es euch in unserem Zirkus so schön wie möglich machen. Nicht wahr, das wirst du, Taro?«

Taro nickte und lächelte. Der kleine Mann wollte sich gerade wieder setzen, als ihm plötzlich etwas einzufallen schien.

»Himmel, wie unhöflich«, rief er aus. »Da sitzen wir an einem Tisch und haben uns noch nicht einmal vorgestellt!«

Mit diesen Worten kletterte er auf seinen Stuhl, der ihn größer als alle anderen machte.

»Hier also«, der kleine Mann legte dem Artisten zu seiner Rechten die Hand, auf die Schulter, »haben wir Reimundo, den einzigen Clown der Welt, der es fertig bringt, seine Zuschauer mit einem Lächeln zum Weinen zu bringen.«

Reimundo machte eine leichte Kopfbewegung. Er trug jetzt ein dunkles Hemd und der rote Punkt auf seiner Nase war verschwunden, aber seine großen Kinderaugen erkannte Wanja sofort wieder.

»Gata Arabiata.« Die Frau, die neben Reimundo saß, nannte ihren Namen selbst, und der kleine Mann fügte hinzu: »Unsere fliegende Katze und Taros Partnerin am Trapez.«

Gata warf Taro eine Kusshand zu. Sie war jetzt ungeschminkt, und das Haar stand ihr nicht mehr ganz so wild vom Kopf ab, dennoch hatte sie noch immer etwas von einer zerzausten Katze.

An Gatas rechter Seite saß der Mann mit den Blumenkohllocken. Er machte ein Gesicht, als müsse er sich ununterbrochen das Kichern verkneifen.

»Pati Tatü, unser Multitalent«, präsentierte ihn der kleine

Mann vergnügt. »Er ist Zauberer, Jongleur und Einradkünstler in einer Person. Aber vor allem ist er ein Spaßvogel! Ihr dürft ihn nicht ernst nehmen, sonst ist er beleidigt und verzaubert euch in Knallfrösche.«

»In Knüllfrösche«, verbesserte der Zauberer und kicherte. Er hatte eine hohe Stimme, fast wie eine Frau. Dann griff er sich ans Haar und zog sich zum Gruß die Perücke vom Kopf. Mischa grinste, und Wanja musste lachen. Die Frisur, die jetzt unter der Perücke des Zauberers zum Vorschein kam, war dieselbe wie vorher. Weißgelbe Blumenkohllocken.

»Und das ist Noaeh, unsere Sängerin.« Der kleine Mann deutete auf die Frau neben dem großen Kerl, und Wanja musste sich vorbeugen, um sie sehen zu können. Noch immer trug die Frau ihr sternenbesticktes Kleid und war von Nahem noch schöner als vorhin in der Manege.

»Ihren Mann Perun, unseren Herrn des Feuers, habt ihr ja bereits kennen gelernt«, sagte der kleine Mann und wandte sich der gegenüberliegenden Tafelseite zu. Hier saßen die anderen Artisten.

»Sulana, unsere Schlangenkönigin.« Der kleine Mann deutete auf das Mädchen, das an seiner linken Seite saß. Ernst und stumm sah sie aus und hatte die sonderbarsten Augen, die Wanja je gesehen hatte. Die riesigen Pupillen umrahmte eine goldgelbe Iris, sie leuchtete im Halbdunkel und war selbst von Wanjas Platz aus deutlich zu erkennen.

An Sulanas Seite saß der dunkelhäutige Trommler, der ebenfalls keinen sehr redseligen Eindruck machte.

»O«, sagte der kleine Mann, »das ist O, Sulanas Mann und vor allem: der weltbeste Trommler.« O nickte leicht mit dem Kopf, wobei er sich vor allem zu Mischa vorbeugte und ihn interessiert zu mustern schien.

»Fehlen nur noch . . .« Der kleine Mann deutete auf die hagere Dame in Schwarz: ».. . Madame Nui, die Vielfache, und an ihrer Seite Thrym und Thyra, unsere starken Zwillinge.«

Die Dame in Schwarz verbeugte sich mit einem dünnen Lächeln. Ihr bleiches Gesicht schimmerte unheimlich im Kerzenlicht.

Die beiden Muskelmenschen neben ihr hoben zum Gruß die Hände. Schon in der Manege waren sie Wanja groß vorgekommen, jetzt aber erschienen sie ihr riesig. Ihre halslosen Körper waren geballte, vor Kraft strotzende Muskelmasse und erinnerten in ihrer beinahe quadratischen Form an Pakete. Gerade als sich Wanja fragte, woran man die beiden wohl unterscheiden könnte, flüsterte Perun ihr zu: »Auseinanderhalten kannst du sie am besten mit geschlossenen Augen. Die, die ständig rumkrakeelt, ist Thyra, der, der still bleibt, ist Thrym.«

»WAS GIBT'S DA ZU LÄSTERN, STREICHHOLZFRESSER?!«, donnerte das eine Paket, und Perun grinste. »Siehst du? Das war Thyra.«

»Und das.. .« Jetzt war es Taro, der auf den kleinen Mann am anderen Ende der Tafel zeigte. ». . . ist Baba, unser großer kleiner Mann und Zirkusdirektor.«

Baba verbeugte sich noch einmal, und wieder fühlte Wanja die Blicke aller Artisten auf sich und Mischa gerichtet, wie vorhin, als Taro und Perun sie hierher geführt hatten.

Mischa schwieg. Er hatte die ganze Zeit über kein einziges Wort gesprochen.

»Ich bin Wanja«, sagte Wanja leise. Dann sah sie zu Mischa hinüber. »Das ist Mischa.«

»Wanja und Mischa!« Der Zirkusdirektor erhob noch einmal sein Glas. »Der Zirkus Anima heißt euch willkommen.«

Perun bediente sich als Erster von den Speisen, und Wanja erkannte erst jetzt, was alles auf dem Tisch verteilt war. In der Mitte stand eine riesige Platte mit Fleisch, daneben dampften zwei Schüsseln, eine mit Kartoffeln, eine mit Reis. Dazu gab es Salat, einen Laib Brot, Butter und Käse.

Wanja musste an die Abende denken, an denen sie und Jo im Garten aßen, und wie es ihr dann immer so vorkam, als schmecke das Essen an der frischen Luft besser als drinnen, obwohl es das gleiche Essen war. Dieses Gefühl hatte sie hier ganz stark, und plötzlich fühlte sie auch, wie hungrig sie war. Die Schüsseln wurden weitergereicht, und Wanja nahm sich von allem.

Doch ihr größtes Interesse galt immer noch Taro und den anderen Artisten. Während des Essens wanderten ihre Augen ständig umher. Auch zu Mischa, der ihr gegenübersaß. Zu seinem schmalen Gesicht mit den hohen Wangenknochen. Über seine Mundwinkel, die ein trauriger Zug umspielte. Hoch zu seinen ungekämmten Haaren, die er sich jetzt aus dem Gesicht strich. Auf der Stirnmitte, dicht unter dem Haaransatz, entdeckte Wanja ein großes dunkles Muttermal. Sie erinnerte sich, wie sie Flora einmal gefragt hatte, ob man Muttermale erben konnte. Flora hatte geantwortet, manchmal schon, und dann hatte Wanja gefragt, ob man sie denn nur von Müttern erbte, worauf Flora sagte, das glaube sie nicht. Aber auf Wanjas Frage, wieso ein Muttermal dann *Mutter*mal hieß und nicht zum Beispiel *Vater*mal, hatte Flora nur lachend mit den Achseln gezuckt und gemeint, für ihre Fragerei käme Wanja eines Tages noch ins Guinessbuch der Rekorde.

»Willst du noch eins?« Taro hielt Wanja den Brotkorb hin. Wanja schüttelte den Kopf und reichte den Korb an Perun weiter.

»Was meinte der Zirkusdirektor vorhin mit den Proben?«, fragte sie Taro nach einer Weile. »Habt ihr keine Vorstellung mehr?«

»Jetzt ist Pause«, sagte Taro. »Wir stellen unser nächstes Programm zusammen und proben neue Nummern.«

»Und dann reist ihr weiter?«

»Nein«, sagte Taro. »Wenn das neue Programm fertig ist, gibt es noch eine Aufführung an diesem Ort. Erst dann reisen wir weiter.«

Wanjas Augen hatten sich an die Dunkelheit gewöhnt, aber richtig erkennen konnte sie die Umgebung noch immer nicht.

»Wo sind wir hier eigentlich?«, fragte sie.

»Imago«, sagte Perun. »Dieser Ort heißt Imago.«

Wanja hatte den Namen noch nie gehört. Es schien auch nicht, als wohnten hier viele Menschen. Dabei war das Zirkuszelt vorhin bis auf den letzten Platz gefüllt gewesen.

»Und wo sind all die Zuschauer hergekommen?«

Taro brach sich ein Stück Brot ab. »Wahrscheinlich aus den umliegenden Ortschaften.«

Am anderen Ende der Tafel fing Gata an zu kichern, und Wanja beugte sich neugierig vor. Der komische Zauberer an Gatas Seite hatte eine winzige Toilettenspüle aus pinkfarbenem Plastik neben seinem Teller aufgestellt. Daran betätigte er jetzt die Spülung. Es gab ein ohrenbetäubend lautes Rauschen, das nur von dem Ausruf des einen Zwillings übertönt wurde. »STECK SOFORT DIESEN PISSPOTT WEG, TATÜ, DAS IST JA EKELHAFT!«

Thyra, dachte Wanja und konnte sich das Lachen nur mühsam verkneifen. Dieser Scherzartikel wäre *das* Spielzeug für Brian Trockenbrodt gewesen. Mit einem artigen Lächeln ließ der Zauberer das Miniaturklo wieder unter dem Tisch verschwinden und zog dann an dem Einstecktuch, das vorne in seiner Jackentasche steckte. Er zog und zog. Das Tuch wurde lang und länger, ein, zwei Meter lang. Wanja sah kopfschüttelnd zu Taro, der schmunzelnd mit den Schultern zuckte. Der Zauberer zog weiter. Drei, vier, fünf Meter. Neben ihm auf dem Tisch türmte sich der dunkelgrüne Stoff. Sechs Meter, sieben, acht.

Gata gluckste, Noaeh lächelte, und auch bei Thyra zuckte es jetzt um die Mundwinkel. Neun Meter. Zehn Meter. Zwanzig Meter.

»Das gibt's doch gar nicht«, entfuhr es Wanja. Und während Pati Tatü immer noch weiterzog, stand O auf, verschwand im Zirkuszelt und kam gleich darauf mit einer Trommel und einem Tamburin zurück. Die Trommel stellte er vor Taro, das Tamburin begann er selbst zu spielen. Sulana zog eine Gitarre neben ihrem Stuhl hervor. Sie spannte die Saiten, nickte im Takt zu Os Tamburin und fing an sich einzuspielen.

Inzwischen hatte Pati Tatü das Ende seines Tuchs erreicht. Eine winzige Mundharmonika war daran befestigt, und der Zauberer setzte sie an den Mund. Die munteren Töne hüpften zwischen Tamburin und Gitarre hin und her wie übermütige Flöhe.

Noaeh sang. Und schließlich fing Taro an zu trommeln. Langsam und leise wie ein Regen, der gerade beginnt, stieg er in den Takt des Tamburins ein. Doch dann wurde er lauter, schneller, fordernder, bis er es war, der den Rhythmus vorgab. Die anderen folgten ihm: O auf dem Tamburin, Sulana auf der Gitarre, Pati Tatü auf seiner Mundharmonika und Noaeh mit ihrer Stimme. Wild und rau klang sie jetzt, wie die Stimme einer Zigeunerin.

Taro hatte wieder die Augen geschlossen, während seine Hände auf die Trommel niederprasselten. Wanja merkte, wie ihre Füße im Takt auf den Boden tippten. Dieses Stück erzählte eine andere Geschichte, und Wanja fühlte, dass die Musik nicht einstudiert war wie die in der Manege. Diese Musik war gerade entstanden, aus dem Moment heraus, und wieder hingen Mischas weit geöffnete Augen an Taro.

»Der weltbeste Trommler ist er«, sagte O, als die letzten Töne verklungen waren und Taro die Augen noch geschlossen hielt, als lausche er ihnen nach.

O sprach zu Mischa und meinte Taro. In Os Stimme klang weder Bewunderung noch Neid, und Taro nahm die Worte hin, ohne bescheiden abzuwinken oder sich dafür zu bedanken.

Wanja sah, wie Mischa nickte – und dann ertönte der Gong.

Er kam aus dem Nichts, ein lauter, eindeutiger Schlag, dessen Echo die unsichtbaren Berge hallend zurückwarfen. Tief in Wanja vibrierte es, und gleichzeitig nahm sie einen seltsamen Vorgang in ihrem Inneren wahr. Ein Kribbeln, kaum merklich, aber ähnlich dem Gefühl, das sie in der Küche gehabt hatte, als sie in Jos Zeitung die Einladung entdeckte. Auch die Sehnsucht stieg wieder in ihr auf. Aber wem galt sie diesmal?

»Ihr müsst gehen!« Baba war jetzt ebenfalls von seinem Stuhl aufgesprungen und sah Taro aufgeregt an. »Sie dürfen nicht zu spät kommen, hat Amon gesagt.«

Taro nickte. Ruhig erhob er sich und führte Wanja und Mischa zurück zur Manege.

Inmitten der leeren Plätze, über der Ehrenloge, in der die beiden noch vor kurzer Zeit gesessen hatten, leuchtete ihnen der rote Rahmen entgegen. Es gongte zum zweiten Mal, und wieder berührte der Ton Wanja auch von innen her. Ihr Herz fing an zu rasen. Sie klammerte sich an Taros Hand, und in ihr brannte plötzlich nur noch eine einzige Frage. »Werden wir dich wieder sehen?«

Auch Mischa sah besorgt zu Taro. Der nickte ihnen beruhigend zu. »Aber jetzt müsst ihr gehen.«

Wanja ging auf den Rahmen zu. »Was müssen wir denn tun?«, fragte sie.

»Das Innere berühren«, sagte Taro.

Wanja musterte ihn stirnrunzelnd. »Woher weißt du das?«

»Es wurde mir gesagt«, entgegnete Taro.

»Von wem?«, fragte Wanja.

Taro schob sie lächelnd zum Rahmen. »Es wird Zeit«, sagte er.

Er löste sich aus Wanjas Griff, legte ihr und Mischa noch einmal die Hand auf die Schultern und verließ die Manege.

Wanja stieß Mischa an.

»Du zuerst«, sagte sie. Mischa machte einen Schritt vor.

Einen Moment blieb er stehen. Dann streckte er die Hand nach dem Inneren des Rahmens aus. Er griff in die Dunkelheit.

Die Hand wurde geschluckt wie von einem unsichtbaren Maul. Im nächsten Moment war auch der Rest von Mischa verschwunden, als hätte ihn die Dunkelheit aufgesogen und in Nichts aufgelöst, in einem einzigen Atemzug.

Der dritte Gong ertönte. Wanja blieb keine Zeit zum Nachdenken. Sie streckte ebenfalls ihre Hand aus und berührte das dunkle Innere des Rahmens. Wieder hatte sie das Gefühl, in Luft zu fassen, wieder begann der Rahmen, sich zu drehen, und wieder spürte Wanja diesen seltsamen Sog, der sie vorhin in das Bild hineingezogen hatte.

Vorhin?

Wanja fuhr zusammen. Die Kunsthalle! Jo und Flora! Zum ersten Mal fiel ihr wieder ein, dass die beiden ja mitgekommen waren, mit in die Kunsthalle zumindest. Es mussten Stunden vergangen sein, seit sie sich getrennt hatten. Was würden sie denken? Würden sie Wanja suchen? Die rote

Tür entdecken? Womöglich auch den Gang und alles, was dahinter war? Doch bevor sich Wanja weitere Gedanken machen konnte, hatte sie der Schwindel in die Knie gezwungen, und der rauschende Wirbel raubte ihr die Sinne.

Als sie zu sich kam, stand sie im Dunkeln, und es dauerte eine Weile, bis sie begriff, dass sie sich wieder in der Arkade des großen Saales befand. Das Licht, das Taros Bild bei ihrem Eintritt ausgestrahlt hatte, war erloschen. Nur die schattigen Umrisse konnte Wanja noch erkennen. Aber hinter dem Vorhang war Licht, im großen Saal, den Wanja jetzt mit wackeligen Knien und klopfendem Herzen betrat. Ihr war noch immer schwindelig, als sie sich umdrehte und nach Mischa suchte.

Er lehnte an einer Säule, schaute an der leuchtenden Mondkugel empor und schien niemanden sonst wahrzunehmen.

Auch die anderen Jugendlichen traten jetzt aus ihren Arkaden. Alle blinzelten ins Licht, waren verstummt und schienen verwirrt.

Wenn Wanja ins Kino ging, studierte sie immer die Gesichter der anderen Leute, die vor ihr aus dem Film kamen, um daran abzulesen, wie der Film gewesen war. Einmal waren fast alle Zuschauer schweigend aus dem Kinosaal herausgetreten und hatten ausgesehen, als wären sie aus einer anderen Welt gekommen. So fühlte sich auch Wanja jetzt. Aber das, was sie gesehen hatte, war mehr als ein Film gewesen, und sie war mehr als eine Zuschauerin. Sie war dabei gewesen, beteiligt, mittendrin.

Auf der Bühne stand die uralte Frau. Ihre Augen schienen die Jugendlichen zu zählen, bis sie zufrieden nickte und mit dem Kopf zur roten Tür deutete.

»Ihr könnt gehen«, sagte sie.

»Können wir wieder kommen?«

Die alte Frau lächelte Wanja an.

»Ja.«

»Wann?«

Diese Frage stellten zwei Jugendliche gleichzeitig. Ein Junge mit einer hellblonden Igelfrisur und das Mädchen mit den Afrozöpfen.

»Wenn die Zeit da ist«, sagte die alte Frau.

»Wann ist die Zeit da?«, rief der schlaksige Junge.

Aber die Frau hatte sich bereits umgedreht. Ihr langer blauer Samtumhang schimmerte im Licht der Kerzen und Fackeln nach, bis auch der letzte Rest von ihm hinter der schmalen Seitentür verschwunden war.

Die Mädchen und Jungen blieben zurück, sie standen im Saal und tauschten Blicke. Wir kennen uns nicht, sagten die Blicke, aber wir teilen ein Geheimnis, über das wir mit niemandem sonst werden sprechen können.

Nur Mischa war nicht mehr unter ihnen, und als Wanja ihn entdeckte, war er schon auf dem Weg zur roten Tür, durch die er jetzt als Erster von allen hindurchging.

Wanja war die Letzte.

Wieder war es stockdunkel im Inneren des Ganges. Aber diesmal war Wanja nicht allein. Eine Reihe von Jugendlichen war vor ihr. Ihre Schritte hallten in der Dunkelheit, und als Wanja aus der roten Tür am Ende des Ganges heraustrat, hatten sich die meisten bereits im Museum verteilt, und Mischa war schon nicht mehr zu sehen.

»Das gibt's doch gar nicht«, sagte der schlaksige Junge, der vor Wanja die Nische verlassen hatte. Er stieß sie mit seinem spitzen Ellenbogen an und zeigte auf die Wanduhr des Museums. »Kuck mal, das gibt's doch gar nicht.«

Wanja folgte seinem Finger. Auf der Wanduhr war es zwei Minuten nach drei.

Die ist stehen geblieben, war ihr erster Gedanke. Aber warum waren dann auf ihrer Armbanduhr ebenfalls nur wenige Minuten vergangen?

Der schlaksige Junge schüttelte den Kopf. »Ich glaub nicht, dass die stehen geblieben ist«, sagte er. »Das war bestimmt –« Er zuckte zusammen. Eine Frau mit aschblondem, hochtoupiertem Haar stand vor ihm. Sie trug ein graues, ziemlich teuer aussehendes Kostüm, und der einzige Farbfleck an ihrer ganzen Erscheinung waren die schmalen, karminrot bemalten Lippen, die sich wütend aufeinander pressten.

»Was fällt dir ein, das Haus zu verlassen und lediglich dem *Hausmädchen* Bescheid zu sagen, wo du dich herumtreibst?«, stieß sie mit schriller Stimme hervor.

Das Gesicht des Jungen sackte in sich zusammen. »Ja, aber ihr ward nicht da, um . . .«

»Du kannst dir deine Worte sparen«, fuhr die Frau ihm dazwischen, und ihre zu dünnen Strichen gezupften Augenbrauen zogen sich jetzt fast bis zum Haaransatz hinauf. »In einer Stunde beginnt der Empfang, und du weißt ganz genau, was dort von dir erwartet wird. Noch nicht mal ordentlich angezogen bist du.«

Mit diesen Worten drehte sie sich um. Der Junge ballte seine Hände zu Fäusten, und sein Gesicht war plötzlich ganz rot. Doch dann senkte er den Kopf und stakste seiner Mutter mit hängenden Schultern hinterher. Wanja sah den beiden kopfschüttelnd nach. Der Junge war bestimmt schon dreizehn oder vierzehn Jahre alt, und Wanja hatte keine Ahnung, was mit seinen glänzend polierten Schuhen, der dunkelblauen Cordhose und dem hellblauen Pullunder über einem tadellos gebügelten Hemd nicht in Ordnung sein sollte. Aber es war schließlich auch nicht ihr Problem.

Sie warf noch einen Blick auf ihre Uhr. Zehn nach drei. Jo und Flora würden sie also kaum vermisst haben, und Wanja wunderte sich inzwischen über gar nichts mehr.

»Das war ja eine schnelle Besichtigung«, sagte Jo überrascht, als Wanja sie und Flora bei den Surrealisten gefunden hatte.

Die beiden standen vor einem riesigen Gemälde, auf dem ein Mann von einer gewaltigen Schlange verschlungen wurde, und als sich Flora neugierig bei Wanja erkundigte, welches Bild ihr von den Alten Meistern denn am besten gefallen hatte, stellte Wanja schnell eine Gegenfrage zu den Surrealisten, die Flora begeistert beantwortete.

Wanja tat, als höre sie zu. Doch ihre Gedanken waren woanders.

Weit weg und nah zugleich, an einem wunderbaren Ort.

Wie geht es weiter?

Kannst du mir diese Frage vielleicht beantworten, Wanja Walters?«

Der Aufruf traf Wanja wie ein Pfeil, schreckte sie aus ihren Gedanken hoch und holte sie zurück in die stickige Luft des mit 28 Schülern und Schülerinnen gefüllten Klassenzimmers, wo Frau Gordon in einem schwarz-grün karierten Twinset vor dem Lehrerpult stand und Wanja aus ihren dunklen Augen ansah. Es war Montagmorgen, und Wanja fragte sich verzweifelt, auf welche Frage ihre Lehrerin mit hochgezogenen Augenbrauen eine Antwort erwartete.

»Presswehen«, zischte Sue, die links neben Wanja saß, und Britta deutete auf eine Zeichnung im Sexualkundebuch, auf der aus einem ovalen Kreis der weiche Flaum eines Babykopfes zum Vorschein kam.

»Presswehen«, wiederholte Wanja, unsicher, ob in diesem Wort nun die Frage oder die Antwort lag. Britta neben ihr prustete los, aus Tinas Richtung ertönte ein wildes Quieksen, und auf Frau Gordons Gesicht machte sich der *Mein Gott, was können Kinder albern sein*-Ausdruck breit.

Aber zumindest schienen die Presswehen sie zufrieden zu stellen, ansonsten hätte sie sich jetzt nicht mit einem kurzen Seitenblick zu Sue von Wanja abgewandt und sich vor Tinas Tisch gestellt, um sich bei ihr zu erkundigen, ob sie der Klasse freundlicherweise mitteilen könnte, was an Presswehen so komisch sei.

Tina konnte es nicht. Sie war voll und ganz damit beschäftigt, Herrin über ihren Kicheranfall zu werden, der sie mittlerweile klingen ließ wie ein aufgeregtes Schwein.

»Oink, oink«, machte Britta und erwiderte Frau Gordons strengen Gesichtsausdruck mit ihrem unschuldigsten Lächeln.

Frau Gordon lächelte zurück. »Dann willst sicher *du* uns etwas über Presswehen erzählen, Britta.«

Jetzt kam auch aus der Jungsecke unterdrücktes Gelächter, während es Tina nach zwei letzten Quieksern endlich gelang, ihren Kicheranfall mit der Faust im Mund zu ersticken. Sue grinste, und Britta starrte mit rotem Kopf auf ihr Sexualkundebuch.

»Presswehen setzen in der Austreibungsphase ein«, flüsterte Wanja ihr zu.

»Danke, Wanja«, erwiderte Frau Gordon, die inzwischen hinter Thorsten stand und ihm den Comic wegzog, den er anstelle seines Sexualkundeheftes auf dem Tisch liegen hatte. Und während Thorsten jetzt die Funktion der Presswehen beschreiben musste, drifteten Wanjas Gedanken wieder ab, diesmal zu ihrer eigenen Geburt, in der es zu keiner Austreibungsphase und somit auch nicht zu Presswehen gekommen war.

»War das *peinlich*. Ich hätte sterben können«, sagte Tina, als sie nach der Stunde zu viert auf dem Pausenhof standen.

»Das hat man gehört«, stellte Sue trocken fest, und Britta schüttelte angewidert ihre blonden Haare, die sie heute, passend zur Bluse, mit zwölf pinkfarbenen Glitzerspangen geschmückt hatte. »Ich bekomme jedenfalls keine Kinder, das ist ja superekelhaft.«

»Also ekelhaft find ich's nicht«, warf Tina ein. »Meine Mutter hat sogar gesagt, meine Geburt war das schönste Erlebnis in ihrem Leben.«

»Was soll denn *daran* schön sein?« Britta starrte Tina an, als hätte die gerade verkündet, dass blutige Schleimschnecken eine Delikatesse wären.

»Na dieses Gefühl eben«, gab Tina trotzig zurück. »Wenn man dann plötzlich sein Baby im Arm hält, das aus dem eigenen Bauch rausgekommen ist.«

»Aus der *Vagina*«, verbesserte Sue grinsend, wobei sie dem Wort Vagina die gleiche Betonung gab wie Frau Gordon in der Stunde zuvor.

»Waren eure Väter eigentlich bei der Geburt dabei?«, fragte Tina und fügte gleich hinzu: »Meiner hat sich nämlich nicht getraut.«

»Mein Dad, glaub ich, schon«, sagte Sue, und Britta sagte, ihrer natürlich auch, er wäre schließlich Arzt und hätte sogar bei ihrer Geburt geholfen. Den Gedanken daran fand sie offensichtlich überhaupt nicht eklig.

»Ist dein Vater nicht Zahnarzt?«, fragte Tina, und noch ehe Britta etwas erwidern konnte, bemerkte Sue: »Wusstest du nicht, dass Brittas Dad auch auf Zähne im Muttermund spezialisiert ist?«

»Haha«, machte Britta.

»Und deiner?« Tina sah zu Wanja. »Ist dein Vater . . . ich

meine, hat er dich denn wenigstens mal gesehen, als du geboren wurdest?«

Wanja zuckte mit den Schultern und starrte auf den Boden, Brittas warnenden Blick zu Tina nahm sie deshalb nur aus den Augenwinkeln wahr.

»Sag mal, was ist eigentlich los mit dir?«, wandte sich jetzt auch Sue an Wanja. »Du stierst schon den ganzen Vormittag so verträumt in der Gegend rum und redest kein normales Wort. Is was passiert?«

»Nö, nix.« Wanja angelte nach ihrer Haarsträhne und fuhr fort, den Schulhof aus den Augenwinkeln nach Mischa abzusuchen.

Das ganze Wochenende über hatte sie schon mit dem Gedanken gespielt, ihn anzurufen. Wenn sie seinen vollen Namen gewusst hätte, hätte sie es bestimmt auch getan. So groß war ihr Drang gewesen, mit jemandem zu sprechen, der genau dasselbe erlebt hatte wie sie, so sehr hatten die vergangenen Ereignisse von ihr Besitz ergriffen. Die rote Tür, der Gang, der Saal, die uralte Frau, die Bilder in den Arkaden, Vaterbilder, Vatertag, Taro, der Akrobat, seine Vorführung am Trapez, die Vorstellung, das Essen mit den Artisten, die Musik, die rote Tür, der Gang, der Saal . . . wie eine Endlosschleife auf Band drehten sich Wanjas Gedanken.

Wie ging es jetzt weiter?

Ging es überhaupt weiter?

Es musste weitergehen!

»Kuck mal, da ist der Penner wieder.« Britta stieß Wanja an und zeigte auf Mischa, der gerade aus dem Schulgebäude kam und an ihnen vorbei zu den Fahrradständern schlenderte. »Die Klamotten trägt der jetzt bestimmt schon seit einer Woche.«

Sue hielt sich die Nase zu, Tina fing wieder an zu kichern, und Wanja machte einen Satz zurück. Ihre Hände hatten sich in den Hosentaschen zu Fäusten geballt. Sie funkelte die drei anderen an. »Wisst ihr, was ihr seid, wisst ihr das? Drei oberspießige Zicken, und euer dämliches Geläster nervt mich die Hölle!«

Mit diesen Worten drehte sie sich um und lief zurück ins Schulgebäude.

Das Klassenzimmer stand offen, und Wanja griff nach ihrer Jeansjacke, die neben der Tür am Kleiderhaken hing, um sich einen Kaugummi aus der Tasche zu holen. Da entdeckte sie den Zettel. Er steckte zusammengerollt in der rechten Brusttasche, und nachdem Wanja ihn mit gerunzelter Stirn aufgerollt hatte, las sie mit klopfendem Herzen die beiden Sätze, die in kleiner, leicht geschwungener Handschrift darauf geschrieben standen.

Ich fahre heute zum Museum.
Wenn du Lust hast, triff mich dort um drei am Eingang.
Mischa Konjow

Wanja drehte sich um, als hätte sie gerade etwas streng Verbotenes getan. Hatte Mischa etwa eine Einladung oder eine Nachricht bekommen? Sie selbst hatte nichts gehört, auch nichts gesehen, obwohl sie das ganze Wochenende sehnsüchtig auf ein Zeichen gewartet hatte.

Im Schulgebäude hatte es gerade zur letzten Stunde geläutet, durch die Flügeltür traten schon ihre Klassenkameraden in den Flur, und als Wanja allen voran in ihre Klasse ging, hielt sie den Zettel fest in ihrer Hand.

Heute war Brittatag, und als Wanja neben Britta das Schulgebäude verließ, sprach keiner von ihnen den Vorfall in der Pause an. Überhaupt hatten sich die beiden wenig zu sagen. Irgendetwas war seit Brittas Bemerkung über Wanjas Vater anders. Nichts Greifbares, nichts, über das sie hätten reden können, aber Wanja spürte, dass es auch Britta nicht entging.

Beim gemeinsamen Mittagessen mit Brittas Eltern entdeckte Wanja, dass es außer Leber noch ein weiteres Gericht gab, vor dem sie abgrundtiefen Ekel empfand. Es hieß »Soufflé de cervelle« und war ein Auflauf aus Kalbshirn, laut Herrn Sander in der französischen Küche eine weit verbreitete Delikatesse.

Das Hauptthema beim Essen waren jedoch die diesjährigen Sommerferien. Herr Sander hatte die Familienreise heute Morgen von seiner Sprechstundenhilfe buchen lassen, und Brittas Gesicht glühte vor Freude.

Nur Alina verzog den Mund. »Ich will aber nicht in diesen blöden Club ans Meer, ich will mit Jana und Nasrin auf den Ponyhof!«

Frau Sander legte ihrer Tochter die Hand auf den Arm, während Brittas Vater leise, aber unmissverständlich zum Ausdruck brachte, dass diese Diskussion für ihn beendet sei, und zwar ein für alle Mal.

Das war sie für Alina offensichtlich nicht, denn als sie wütend ihre Lippen aufeinanderpresste, füllten sich ihre Augen mit Tränen.

Im Grunde war der Cluburlaub auf den Malediven bereits seit Wochen beschlossene Sache. Herr Sander hatte den Reisekatalog damals aus der Praxis mitgebracht, und Britta war von seinem Vorschlag so begeistert gewesen, dass sie den ganzen Nachmittag und den ganzen nächsten Tag in der Schule von nichts anderem gesprochen hatte. Sogar von Herrn Schönhaupt hatte sich Britta eine Rüge eingehandelt, weil sie Sue während des Unterrichtes den Luxusclub im Katalog gezeigt und neben die fünf goldenen Sterne ein rotes Ausrufezeichen gemalt hatte.

»Eine Waaahnsinnsanlage«, hatte sie in der Pause verkündet und Sue und Tina die Angebotspalette vorgelesen, die von Volleyball am Strand über Tennis in der Clubanlage bis hin zu Tagesausflügen auf traumschiffartigen Segelyachten reichte. Nur Ponyreiten wurde dort nicht angeboten. »Und daraus«, hatte Britta gestöhnt, »macht Alina jetzt das Riesendrama!«

»Kann ich verstehen«, hatte Tina gemeint, die ebenfalls seit Wochen von ihrem bevorstehenden Reiturlaub auf einer kleinen Nordseeinsel schwärmte.

Brittas Vater verstand es nicht.

»Andere Kinder wären froh und dankbar, wenn sie einen solchen Urlaub von ihrem Vater geboten bekämen. Und was machst du? Widerworte, nichts als Widerworte, es ist einfach unerträglich mit dir!«

»Nun lass sie doch, Eberhardt«, sagte Brittas Mutter leise, als Alina jetzt wirklich die Tränen aus den Augen kullerten. Britta verkündete mit ihrem lieblichsten Lächeln, dass sie jedenfalls *sehr* froh und dankbar für diesen Urlaub sei, und Wanja beobachtete den Minutenzeiger der chromfarbenen Küchenuhr. Er kippte auf zehn nach zwei; und das bedeutete, in zwanzig Minuten konnte sie endlich gehen.

Sie hatte Britta und ihren Eltern erzählt, dass sie Jo heute Nachmittag vom Büro abholen würde, um mit ihr zu Ikea zu fahren. Ganz geschwindelt hatte Wanja damit nicht. Jo wollte wirklich zu Ikea – allerdings allein.

Als Wanja ihr Fahrrad vor der Kunsthalle abschloss, war Mischa schon da. Er stand oben an der Eingangstreppe, die schwarze Jacke über der Schulter, und wenn er Wanjas plötzliche Scheu teilte, dann zeigte er es nicht.

Mit ausdrucksloser Miene sah er ihr entgegen und schüttelte auf ihre Frage, ob er eine Nachricht bekommen hätte, nur den Kopf.

»Was willst du dann hier?«, fragte Wanja. »Einfach noch mal durch die Tür gehen und nach den Bildern schauen?«

Mischa nickte, und Wanja dachte, dass sie genau dasselbe vorgehabt hatte, eigentlich schon am Wochenende. Aber etwas hatte sie zurückgehalten, vielleicht die unbewusste Angst, nichts zu finden. Erst jetzt wurde ihr klar, dass sie sich nach dem Heraustreten nicht mehr nach der roten Tür umgedreht hatte. Sie hatte sie nicht mal hinter sich geschlossen, obwohl sie die Letzte gewesen war.

Jeden zweiten Montag im Monat hatten Kinder und Jugendliche in der Kunsthalle freien Eintritt, und als Wanja hinter Mischa die große Eingangshalle betrat, musste sie grinsen. In der Halle stand noch immer das Lebenswerk von Jan Boisen, und eine junge Erzieherin versuchte verzweifelt, eine Horde von ungefähr 20 Kindergartenkindern davon abzuhalten, in die umgekippte Badewanne hineinzuklettern, während ihr älterer Kollege geduldig das Geschimpfe der turmhaarigen Aufseherin auf sich herabhageln ließ.

Bis auf den Tumult am Eingang war in der Kunsthalle heute nichts los. Groß und leer waren die Räume, durch die sie gingen, und still war es, so still, als hielten selbst die Bilder an den Wänden einen Mittagsschlaf.

Als sie die Abteilung »Alte Meister« betraten, spürte Wanja ihr Herz schneller schlagen, schneller und lauter, mit jedem Schritt, bis es in der Nische, in die sie wenige Tage zuvor dem dunkelhäutigen Mädchen gefolgt war, einen Schlag lang aussetzte.

Die rote Tür war weg.

Wanja packte Mischa am Arm. »Was soll das, kapierst du das?«

Mischa zuckte nur mit den Schultern.

»Aber die Tür war doch hier, oder etwa nicht?« Obwohl sie

insgeheim damit gerechnet hatte, war Wanja plötzlich völlig außer sich. »Natürlich war sie hier, ich weiß genau, dass es diese Nische war.«

»War es auch.«

Wanja horchte auf. Die Worte kamen nicht von Mischa. Sie kamen von dem schlaksigen Jungen mit den Segelohren, der jetzt zu ihnen in die Nische trat.

»Ich bin schon zum dritten Mal hier«, fuhr er fort und strich sich mit langen Fingern durch das glatte blonde Haar. »Aber die Tür ist wie vom Erdboden verschluckt.«

Wanja lehnte sich an die leere Stelle, wo die rote Tür gewesen war, und starrte auf den grauen Boden. Der schlaksige Junge fischte eine Packung Kaugummis aus seiner Hosentasche, schob sich einen davon in den Mund und hielt Mischa und Wanja die Packung hin. Mischa lehnte ab, Wanja nahm sich einen. »Wie soll es denn jetzt weitergehen?«, fragte sie verzweifelt.

»Die alte Frau hat doch gesagt, es würde weitergehen«, beruhigte sie der Junge. »Vielleicht erscheint die Tür ja immer nur dann, wenn wir eingeladen werden. Ich habe sie jedenfalls auch früher nie gesehen, und ich bin schon ein paar Mal hier gewesen.«

Wanja nickte langsam und hoffte inständig, dass der Junge mit seiner Vermutung recht hatte.

»Welches Bild hast du dir denn ausgesucht?«, fragte sie, als sie mit den beiden anderen wieder aus der Nische herausgetreten war.

Auf dem kantigen Gesicht des Jungen erschien ein breites Lächeln. »Den Mönch. Ich hab den Mönch genommen oder vielmehr der Mönch hat mich genommen. Ich konnte gar nichts dagegen tun. Als ich vor seinem Bild stand, hatte ich das Gefühl, mich zieht es zu ihm rein, ich hätte gar nichts machen können, es war echt unglaublich.«

Wanja nickte wieder. Genau so war es bei ihr auch gewesen.

»Und ihr?« Der Junge wandte sich an Mischa. »Welches Bild hast du dir ausgesucht?«

»Den Musiker.« Mischas leise, raue Stimme schien zu beben, als er diese Worte aussprach.

Wanja sah Mischa an. Wieso sagte er, der *Musiker*?

»Du meinst, den Akrobaten. Oder hat Taro bei dir nicht auf dem Trapez gesessen?«

»Doch«, sagte Mischa.

»Warum nennst du ihn dann einen Musiker?«

Mischa gab keine Antwort, aber der schlaksige Junge schaute erstaunt von ihm zu Wanja. »Wart ihr . . . wart ihr etwa im gleichen Bild?«

»Im selben«, korrigierte Wanja ganz automatisch. Flora hatte ihr den Unterschied zwischen diesen beiden Adjektiven beigebracht.

Der Junge grinste. »Danke schön, Frau Lehrerin. Ich heiße übrigens Alex. Und ihr?«

»Wanja.«

»Mischa.«

»Aber wie kommt es«, fuhr Alex fort, während sie durch die Räume der Alten Meister schlenderten, »dass ihr im gleichen, ich meine, im selben Bild gelandet seid?«

Wanja zuckte die Schultern. »Hab ich mich zuerst auch gefragt. Als ich in den Raum trat, war keiner drin. Aber als ich im Bild war, saß Mischa plötzlich neben mir.«

»Komisch«, sagte Alex. »Aber irgendwie auch logisch. Bei so vielen von uns.«

Er ließ seinen Kaugummi knallen, das laute, harte Geräusch schoss durch die stillen Räume wie ein Schuss, und Wanja musste an das grünhaarige Mädchen im großen Saal denken, deren grellgelber Kaugummi auf ihrem Gesicht zerplatzt war, als die alte Frau von dem Gong gesprochen hatte. Was hatte sie wohl damit gemeint, als sie sagte, ein Teil von ihnen bliebe für immer zurück, wenn die Kinder dem Gong nicht folgten?

»Den Akrobaten hab ich auch gesehen«, holten Alex' Worte sie aus ihren Gedanken. »Der war echt okay, aber geregt hat sich in mir nichts.«

»So ging es mir bei allen anderen Bildern auch«, stimmte Wanja zu.

Sie schlenderten gerade an dem Fragonard-Gemälde des Philosophen vorbei, als hinter ihnen das Stimmengewirr zahlreicher Kinder ertönte. Die Kindergartengruppe, die sie vorhin in der Eingangshalle gesehen hatten, strömte in den Raum.

»Kuck mal, ein alter Opa.« – »Mir ist langweilig.« – »Ich hab Hunger.« – »Ich muss mal.« – »Männo, du Arschi, gib mir sofort meine Tasche zurück.« Die Stimmen schwirrten durcheinander, und die Erzieherin zog ein Mädchen am Ärmel, das einem kleineren Jungen die Tasche aus der Hand gerissen hatte.

Alex sah ihnen grinsend zu. »Denen hätte es in unserem Museum bestimmt auch besser gefallen, was? Sagt mal, wie habt ihr eigentlich von der Ausstellung erfahren?«

»Im Radio«, sagte Wanja. »Da kam um Mitternacht die Stimme dieser Frau, und am nächsten Tag war ein roter Rahmen in der Zeitung. Und du?« Sie drehte sich zu Mischa um, der ein Stück hinter ihnen ging.

»Genauso«, antwortete er.

»Bei mir war es auch so.« Alex schüttelte den Kopf, als sähe er alles wieder genau vor sich. »Ich hab gedacht, ich seh nicht richtig, als mir der rote Rahmen aus der Zeitung entgegenstrahlte. Unsere Putzfrau wollte sie gerade in den Papiermüll werfen. Und am Abend davor ging ganz plötzlich das Küchenradio an, als ich mir noch eine Cola holen wollte.«

Er blieb so abrupt stehen, dass Mischa fast in ihn hineingelaufen wäre. Sie standen jetzt vor dem Gemälde mit den Engeln. *Die Himmelfahrt Marias* stand auf dem Schild daneben.

»Ist euch eigentlich auch aufgefallen, dass auf den Bildern nur Männer waren?«

»Stimmt.« Wanja überlegte. »Das passt auch zum Namen. Vaterbilder. Trotzdem ein komischer Name, findet ihr nicht? Wieso Vaterbilder?«

Alex zuckte mit den Achseln. »Keine Ahnung. Vielleicht ebendeshalb, weil es nur Männer waren.«

»Männer ja«, Wanja spielte an ihrer Haarsträhne herum, »aber doch wohl keine Väter, oder?«

In Gedanken versunken, verließen sie die Abteilung, die jetzt von den Stimmen der Kindergartenkinder erfüllt war, und durchqueren den Flur bis zur Treppe.

Wanja kam plötzlich ein Gedanke. »Kennst du deinen Vater?«, fragte sie Mischa. Die Frage schien ihn zu überraschen, aber Wanja fiel noch etwas anderes auf: seine Augen, die plötzlich starr und dunkel wirkten.

»Ja«, sagte er, und erst dann fiel Wanja wieder ein, was Britta damals auf dem Schulhof gesagt hatte. Dass Mischas Vater ein Säufer war. Mit einem unangenehmen Gefühl im Bauch wandte sie sich an Alex. »Und du?«

Alex verzog das Gesicht. »Klar kenn ich meinen Vater. Jeder kennt meinen Vater.«

»Wieso?«, fragte Wanja. »Ist der Popstar oder was?«

Alex lachte, aber es klang trocken und bitter. »Mein Alter ist Politiker, und bald wird die ganze Stadt mit seiner dämlichen Visage vollgepflastert sein.«

Sie waren am Fuß der Treppe angelangt, und obwohl Wanja den Gedanken, der ihr vorhin so plötzlich in den

Kopf geschossen war, absurd gefunden hatte, machte sich jetzt Enttäuschung in ihr breit.

»Ich kenne meinen Vater nicht«, sagte sie leise, als sie zwischen den beiden Jungen ins Freie trat.

»Sei froh«, meinte Alex. Er spuckte seinen Kaugummi auf die Straße und drehte sich noch einmal zu den beiden um. »Ich muss los. Hoffe, wir sehen uns bald wieder.« Grinsend fügte er hinzu. »Haltet eure Augen und Ohren offen, was nächtliche Radiomeldungen und rote Rahmen betrifft.«

Mit diesen Worten stakste er davon, mit langen und gleichzeitig langsamen Schritten. Die Arme schlackerten ihm an den Seiten, als hätte sie jemand falsch angenäht.

Mischa ging auf sein Fahrrad zu. Es stand neben Wanjas blauem Mountainbike und war ihr schon vorher aufgefallen, weil es so heruntergekommen und verrostet war, dass man es im Grunde nicht hätte abschließen müssen.

»Hey, warte mal!« Wanja lief ihm nach, sein Verhalten machte sie wütend. »Wieso lädst du mich eigentlich ein, dich hier zu treffen, wenn du doch kein Wort mit mir redest?«

Mischa, der sich über sein Fahrradschloss gebeugt hatte, sah zu ihr auf. Zum ersten Mal spiegelte sich in seinem Gesicht so etwas wie Unsicherheit.

»Ich mein das nicht so«, murmelte er, während er an dem rostigen Schloss herumriss. »Ich red halt nicht gern, das ist alles.«

»Wo musst du denn lang?« Wanja beugte sich ebenfalls über ihr Fahrrad, um es aufzuschließen.

»Da lang.« Mischa trat gegen das Schloss, das dadurch aufschnappte, und deutete mit dem Kopf nach rechts. »Und du?«

»Auch.« Wanja hängte sich ihre Schlüsselkette um den Hals. Jo hatte sie ihr mitgebracht, zusammen mit dem neuen Haustürschlüssel, dessen Herstellung sie ihr doch nicht vom Taschengeld abgezogen hatte.

Nachdem sie ihre Räder eine Weile lang wortlos nebeneinander hergeschoben hatten, drehte Wanja sich zu Mischa um.

»Wieso hast du vorhin eigentlich der *Musiker* gesagt, als Alex nach deinem Bild gefragt hat?«

Mischa schob sein Fahrrad an einer zerplatzten Glasflasche vorbei und entgegnete: »Weil Taro für mich ein Musiker ist.«

Wanja musste an Mischas Gesicht denken, an die Sehnsucht in seinen Augen, als Taro gespielt hatte, in der Manege und später am Tisch auf der Trommel. Auch Wanja hatte die Musik bewegt, vor allem Taros Stück in der Manege. Aber bei Mischa war es ihr erschienen, als hätte die Musik von seinem ganzen Wesen Besitz ergriffen, während sie von Taros Nummer auf dem Trapez am stärksten berührt worden war.

»Wieso hast du das mit der Musik denn schon auf dem Bild gesehen?«, fragte sie mit gerunzelter Stirn. »Auf dem Bild saß Taro doch auf dem Trapez. Da war doch gar kein Instrument.«

»Seine Augen«, sagte Mischa, und wieder nahm Wanja dieses Beben in seiner Stimme wahr. »Die Musik war in seinen Augen.«

Die Fußgängerampel vor ihnen sprang auf Rot, auf der gegenüberliegenden Seite hielt ein erschrockener Vater seinen kleinen Sohn am Ärmel fest. Der Kleine wollte sich losreißen, aber sein Vater zog ihn an sich und nahm ihn auf den Arm. Liebevoll sah sein Gesicht aus, als er zu dem Jungen sprach, und auf seinen Lippen machte sich ein zärtliches Lächeln breit, als der Kleine plötzlich die Arme um ihn schlang und den Kopf auf seine Schultern legte. Wanja fühlte ein Stechen in ihrer Brust.

»Und du?« Mischa fixierte die Ampel. »Wieso hast du das Bild genommen?«

Wanja angelte nachdenklich nach ihrer Haarsträhne. »Es war, wie Alex vorhin sagte. Ich konnte gar nichts dagegen tun. Da war . . . ich weiß auch nicht, eine solche Sehnsucht irgendwie, als hätte ich jemanden gefunden, nach dem ich immer gesucht habe. Das klingt blöd, ich weiß –«

Die Ampel sprang auf Grün, Wanja brach ab und schämte sich plötzlich für das, was sie gesagt hatte, aber Mischa neben ihr blieb ruhig, nur sein Fahrrad klapperte beim Schieben.

»Du magst Musik, nicht wahr?«, fragte Wanja, als die beiden auf der anderen Straßenseite angelangt waren.

Mischa zuckte mit den Achseln. »Kann schon sein«, erwiderte er.

Wanja wusste nicht, was sie weiter sagen oder fragen sollte. Warum war Mischa nur so verdammt in sich gekehrt? Und warum fühlte sie sich trotzdem zu ihm hingezogen?

»Ich muss hier links«, sagte sie an der Straßenecke und fügte schnell, als Mischa sein Fahrrad weiter geradeaus schieben wollte, hinzu: »Was glaubst eigentlich du? Wie kann das sein, dass ein Bild lebendig wird? Was ist das für ein Ort, in den wir da hineingeraten sind?«

Mischa schwang sich auf den Sattel und sah sich noch einmal zu Wanja um. »Ein guter Ort«, entgegnete er und mit diesen Worten fuhr er los.

Als Wanja das Gartentörchen aufstieß, fiel ihr als Erstes das Steinschwein auf, das vor ihrer Haustür stand. Es stand auf den Hinterbeinen und hatte wie zum Gruß beide Arme ausgebreitet.

»Sie heißt Yolanda«, verkündete Jo, die im Türrahmen lehnte und Wanja entgegenlächelte. Sie trug ein gelbes T-

Shirt und wirkte so entspannt, als hätte sie mindestens zwei Stunden Joga hinter sich. »Neue Gartenstühle haben wir auch – aber jetzt guck erst mal, was in deinem Zimmer steht.«

In Wanjas Zimmer stand das rote Metallregal, das sie sich seit Wochen wünschte.

»Tja, und Yolanda hab ich unterwegs entdeckt,«, verkündete Jo, als sie und Wanja am Abendbrottisch saßen. »Sie stand vor einem Laden auf der Bismarckstraße, und ich war so verliebt, dass ich aussteigen und sie kaufen musste. Gefällt sie dir?«

»Ja, ist nett.« Wanja bestreute ihr Spiegelei mit Salz und fütterte Schröder, der ihr, wie immer, beim Essen auf den Schoß gesprungen war, mit einem Stück gebratenen Speck, was sein Schnurren um das Dreifache anschwellen ließ.

»Und wie war's in der Schule?«

Wanja schob sich ein Stück Spiegeleibrot in den Mund. Das Eigelb sparte sie sich immer bis zum Schluss auf, während Jo ihre Gabel gleich zu Anfang in die goldene Mitte pikste und das Eigelb auslaufen ließ.

»Okay«, sagte Wanja wieder. »Wir haben gerade Sexualkunde bei Frau Gordon.«

Jo grinste. »Und? Bist du jetzt bestens im Bilde?«

Wanja antwortete nicht. Sie hielt Schröder noch ein Stück Speck hin und bat Jo, ihr von ihrer Geburt zu erzählen.

»Och Schnurpsel, geh mir jetzt nicht damit auf die Nerven, ich hab dir das alles doch schon mal erzählt.« Jo tunkte ihr Stück Brot in ihre Eigelbsauce und legte die Stirn in Falten.

»Aber das ist jetzt mindestens fünf Jahre her«, beharrte Wanja. Sie kraulte Schröder am Kopf und bettelte so lange weiter, bis ihre Mutter stöhnend nachgab.

»Es war ein Samstag, du kleine Quengelgurke, und es war

heiß. Ungewöhnlich heiß für September, es war ein richtiger Sommertag, und schon am Nachmittag hatte ich dieses leichte Stechen im Bauch. Ich hatte mir vorgenommen, gleich montags zum Arzt zu gehen, aber dann passierte es. Ich bin aufgewacht, weil ich in einer riesigen Pfütze lag, und zuerst dachte ich, ich hätte ins Bett gepinkelt.«

Wanja grinste, hörte aber sofort auf, als sie Jos düsteres Gesicht sah, das sie nicht deuten konnte. »Im nächsten Moment«, fuhr ihre Mutter fort, »wurde mir klar, dass meine Fruchtblase geplatzt war. Dein Stichtag war eigentlich erst zwei Wochen später, vielleicht ist es mir deshalb nicht gleich in den Sinn gekommen. Ich bestellte einen Krankenwagen und dann rief ich Flora an. Als ich zwanzig Minuten später mit Tatütata im Krankenhaus ankam, war sie schon da, die gute, alte Flora.«

Jos Gesicht wurde zärtlich, Wanja hatte aufgehört zu essen und sah ihre Mutter still an, während sich Schröder auf ihrem Schoß zum Schlafen zusammenrollte.

»Im Krankenhaus ging alles sehr schnell«, erzählte Jo weiter. »Die Wehen hatten schon im Krankenwagen angefangen, die waren verdammt heftig, sag ich dir, aber es waren noch keine Presswehen, sondern diese Art von Wehen, die dich zum Wahnsinn treiben. Wie Flutwellen, ich hatte wirklich das Gefühl, es seien Wellen in mir, die dich mit aller Kraft nach unten spülten und im nächsten Moment wieder zurück nach oben saugten. Eine gute halbe Stunde ging das so, aber die Schmerzen wurden immer unerträglicher.«

Wieder verzog sich Jos Mund zu einem Lächeln. »Die arme Flora hatte richtige Wunden am Arm, so sehr habe ich mich an ihr festgekrallt. Aber sie hat nur neben mir gestanden, mir mit der freien Hand über die Haare gestrichelt und Ja, gesagt. Immer wieder. ›Ja. Ja. Ja.‹«

Wanja wischte sich über die Augen. Dann fiel ihr Mischa

ein, die Trapeznummer im Zirkus, Mischas Cordjacke, die sie vor lauter Aufregung mit der Sessellehne verwechselt hatte.

»Plötzlich wurde die Hebamme hektisch«, sagte Jo. »Die Geräte, an die ich angeschlossen war, piepsten anders als vorher, das waren deine Herztöne, die sich verändert hatten, und beim Ultraschall kam dann heraus, dass sich die Nabelschnur um deinen Hals gewickelt hatte. Mein Gott«, Jo strich sich die Locken aus dem Gesicht, »ich weiß nicht, was ich ohne Flora gemacht hätte. Sie war die Ruhe in Person. Im nächsten Moment stand jedenfalls die Ärztin im Zimmer, und ehe ich mich versah, war ich im OP gelandet. Ich war mittlerweile total hysterisch und klammerte mich an Floras Hand. Es war mein Glück, dass sie dabei sein durfte.

Dreimal hat die Narkoseärztin die Rückenmarksspritze ansetzen müssen, weil ich so außer mir war. Nachdem es endlich geklappt hatte, ging's los.« Jos Augen schwirrten durchs Zimmer. »Ich werd nie vergessen, wie sie mir dieses grüne Tuch vor die Brust gespannt haben, wie der Vorhang zu einer Vorstellung, die ich nicht sehen sollte. Flora saß an meinem Kopf und streichelte über mein Haar. Mein Unterleib war schlagartig taub geworden, aber wie sie mich aufgeschnitten haben, spürte ich trotzdem. Nicht schön, gar nicht schön.« Jo schauderte bei dem Gedanken daran.

»Aber dann, Mausebacke, dann warst du plötzlich da. Wie ein Kasperlepüppchen hat dich die Ärztin über den grünen Stoff gehalten, bevor sie mit dir losgeflitzt ist, zur Babystation. Aber deine Augen waren offen, deine großen Kulleraugen, die . . .«

An dieser Stelle brach Jo plötzlich ab. Ihre Mundwinkel sackten nach unten, sie griff nach dem Glas, hob es aber nicht zum Mund, und plötzlich schien es Wanja, als versuchte sich ihre Mutter krampfhaft an etwas festzuhalten.

»Und wo war Papa?«

Jo zuckte zusammen, und Wanja erschrak über ihre eigene Frage. Sie war ihr einfach herausgerutscht, und jetzt, wo sie im Raum stand, wünschte Wanja, sie hätte sie nicht gestellt. Aber sie hatte, und Jos Gesicht verdunkelte sich schlagartig. Auch ihr Tonfall war ein anderer, die Worte »Du-weißt-ganz-genau-dass-ich-über-dieses-Thema-nicht-sprechen-möchte« schossen wie kleine Glassplitter aus ihrem Mund, hart, scharf und abgehackt.

Wanjas Kehle fing an sich zuzuschnüren, und ein Gemisch aus Trauer, Angst und Hilflosigkeit machte sich in ihr breit, genau wie bei den früheren Malen, bei denen sie versucht hatte, Jo etwas über ihren Vater zu entlocken. Selbst Flora hielt sich strikt aus diesem Thema raus, und Wanja wusste, dass sie sich ab jetzt auf dünnem Eis befand, auf hauchdünnem Eis. Doch im Unterschied zu früher, wo Jos Gesichtsausdruck schon ihre ersten Versuche im Keim erstickt hatte, trieb Wanja heute etwas dazu weiterzufragen.

»Dann sag mir wenigstens, wo Papa war, als ich geboren wurde.«

»Wanja, bitte!« Jos Blick wurde starr, und ihre Miene versteinerte sich. »Du hast mir *versprochen*, mich mit diesem Thema in Ruhe zu lassen.«

Wanja biss sich auf die Oberlippe, Schröder sprang, als ob er die Spannung im Raum spürte, von ihrem Schoß herunter und verzog sich aus der Küche. Wanja wusste, was sie Jo versprochen hatte. Aber das war vor zwei Jahren und im Grunde gegen ihren Willen gewesen, und jetzt *konnte* sie einfach nicht lockerlassen, obwohl sich ihre Kehle inzwischen anfühlte wie ein zugebundener Sack.

»Ich will es aber wissen, Jo«, presste sie hervor. »Wenn ich älter bin, hast du damals gesagt, ich *bin* jetzt älter! Hat Papa dich im Krankenhaus besucht? Hat er mich gesehen? Jo?

Weiß er überhaupt von mir? Weiß Papa, dass er eine Tochter hat?«

Als Wanja sah, wie Jo bei dem Wort *Papa* beide Male wieder so heftig zusammenzuckte, als wäre sie geschlagen worden, hielt sie inne.

So weit hatte sich Wanja bis jetzt noch nie vorgewagt, auch das Wort »Papa« hatte sie nie zuvor laut ausgesprochen, und Jos Reaktion traf sie wie ein Donnerschlag.

Krachend fiel der Küchenstuhl hinter Jo zu Boden, so heftig war sie aufgesprungen, und die Augen, mit denen sie ihre Tochter anstarrte, waren jetzt dunkelgrau und stechend wie Pfeile. Als Nächstes fiel der Kirschsaft um, weil Jo mit der Hand gegen ihr Glas geschlagen hatte, als wollte sie ihm eine Ohrfeige verpassen. Der blutrote Saft ergoss sich über den Küchentisch, das Glas rollte herunter und fiel klirrend zu Boden.

»Du willst verdammt noch mal nicht wissen, was mit deinem beschissenen Vater war, hörst du?«, schrie sie Wanja ins Gesicht. »Dein Vater war das Allerletzte, ein Arschloch, verstehst du mich, ein hundsgemeiner Betrüger, und jetzt lass mich verdammt noch mal in Ruhe mit diesem Thema, hast du mich verstanden, ein für alle Mal, ich will dieses Wort Papa nicht hören, denn du hast keinen gottverdammten Papa, hast du das endlich kapiert?«

Wanja nickte, langsam und ebenso mechanisch wie sie Jos *verdammt* gezählt hatte, drei Stück waren es gewesen, und das Einzige, was jetzt noch zu hören war, waren die dunklen Tropfen des Saftes, die vom Tisch auf den Küchenboden fielen.

Jo rannte raus, Wanja blieb sitzen, reglos, wie betäubt.

Schröder weckte sie aus ihrer Starre, als er maunzend seinen dicken Kopf durch die Küchentür schob. Inzwischen war bestimmt eine halbe Stunde vergangen. Wanja stand auf, nahm Schröder auf den Arm, stieg über die Scherben am Boden aus der Küche und wollte sich an der geöffneten Wohnzimmertür vorbei auf ihr Zimmer schleichen, als Jos Stimme sie zurückhielt.

»Es tut mir leid.« Jo saß auf dem Sofa, sie hatte Wanja den Rücken zugedreht. Wanja blieb im Türrahmen stehen und starrte auf die schwarzen Locken ihrer Mutter, die hinter der Sofalehne hervorkamen.

»Schon okay«, entgegnete sie nach endlosen Sekunden und dachte daran, dass sie dieselben Worte neulich zu Britta gesagt hatte.

Jo ging zum Fernseher und stellte ihn an. Wanja stand noch eine Weile in der Tür, bevor sie sich auf ihrem Platz im Schaukelstuhl niederließ.

Ein Krimi lief, Mutter und Tochter starrten krampfhaft auf die Mattscheibe, und Wanja war sich dabei bewusst, dass Jo ebenso wenig vom Film mitbekam, wie sie selbst.

Als Jo aufstand, um die Küche aufzuräumen, stieg im Fernsehen gerade der Kriminalbeamte in sein Auto, um die Verfolgung zweier Männer aufzunehmen. Blaulicht, quietschende Reifen – und plötzlich eine Störung. Das Bild flimmerte, wurde dunkel, und als die Störung endete, war die Bildfläche umrandet – von einem leuchtend roten Rahmen.

Auf der weißen Innenfläche erschien eine schwarze Schrift.

Es geht weiter. Der zweite Besuchstag findet am 12. Juni um 14:00 Uhr statt. Erscheine pünktlich bei der roten Tür in der Kunsthalle, Abteilung Alte Meister.

Wanja schnappte nach Luft. Ganz heiß war ihr geworden, und sie fuhlte eine unbändige Freude in sich aufsteigen, gefolgt von der Frage, wie sie die Zeit bis zum 12. Juni überstehen sollte.

Schon war der Rahmen wieder verschwunden, und als Jo ins Wohnzimmer zurückkehrte, hatte der Kriminalbeamte die beiden Männer überführt.

Kurz darauf ging Wanja in ihr Zimmer.

Kein Kontakt bis Viertel vor zwei

Was hast du von dem Penner gewollt? Seid ihr jetzt etwa befreundet???«

Nachdem Wanja den Zettel, den ihr Britta nach der Pause im Matheunterricht zuschob, überflogen hatte, zerknüllte sie ihn, legte ihn auf den kleinen Papierberg, der sich bereits neben ihrem Heft gebildet hatte, und beugte sich wieder über ihre Aufgaben. Die Stunde war in fünfzehn Minuten zu Ende und im Gegensatz zu Britta, die mit ihren Aufgaben längst fertig war – »vorbildlich, Britta, du kannst dich dann schon mal mit dem nächsten Kapitel beschäftigen« –, hing Wanja noch immer an der zweiten Aufgabe fest.

»Zu dumm, Fräulein Walters, wirklich *zu* dumm, wenn man nicht weiß, was üben heißt, nicht wahr? Ich sagte, *nicht wahr?*« Herr Schönhaupt stand vor ihrem Tisch und sah aus seinen 1,95 Metern Höhe auf sie herab.

Du kannst dir dein *nicht wahr* in die Haare schmieren, du Fettkopf, dachte Wanja, als sie mit stummem Hass die kalten Augen ihres Mathelehrers fixierte. Er hielt ihren Blick eine Weile lang fest, dann kritzelte er etwas in sein schwarzes Notizheft und wandte sich mit einem dünnen Lächeln von Wanja ab.

Auf dem nächsten Zettel, den Britta ihr heimlich zuschob, standen die Lösungen für die restlichen Aufgaben. Wanja nahm sie mit einem dankbaren Kopfnicken entgegen. Aber

Brittas ersten Zettel würde sie nicht beantworten. Was hätte sie ihr auch sagen sollen? Dass sie mit dem Penner ein lebendig gewordenes Bild in einer Ausstellung namens Vaterbilder teilte und dass sie jetzt wissen wollte, ob auch er die Nachricht für den zweiten Besuchstag bekommen hatte? Wanja kannte niemanden, dem sie das hätte erzählen können, aber dass Britta die Allerletzte war, die damit etwas anzufangen wüsste, war ihr sonnenklar. Verdammt, warum hatten die Mädchen sie überhaupt gesehen?

Gleich nach dem Deutschunterricht hatte Wanja ihre Jacke gegriffen und war auf den Schulhof gerannt, in der Hoffnung, Mischa dort zu treffen, bevor die anderen kamen. Sie hatte Glück, Mischa stand wie bestellt an seinem Platz bei den Fahrradständern, aber als ihn Wanja auf die Nachricht ansprach, deutete er statt einer Antwort in Richtung Schulgebäude. »Ich glaube, dein Mädchenclub ist in Sorge wegen deines Umgangs.«

Wanja hatte sich wütend umgedreht. Tatsächlich, Britta, Sue und Tina standen auch schon auf dem Schulhof. Als Wanja sah, wie die drei mit offenen Mündern zu ihr und Mischa herüberglotzten, schoss ihr plötzlich die Frage in den Kopf, warum sie eigentlich jede Pause mit ihnen herumstand – und eine mögliche Antwort drängte sich gleich hinterher. Weil sie mit den anderen Mädchen noch viel weniger anfangen konnte. Früher war Wanja meistens mit Jungs zusammen gewesen, aber diese Zeiten waren vorbei. Es schien ein ungeschriebenes Gesetz zu sein, dass Jungs und Mädchen ab einem bestimmten Alter getrennten Lagern angehörten, es sei denn, man verliebte sich und machte sich damit zum Gespött der Menschheit.

Jedenfalls hatte sich die Britta-Wanja-Tina-Sue-Gruppe schon im fünften Schuljahr ergeben und war, zumindest was die Pausen anbelangte, auch immer bestehen geblieben. Wanjas *Mädchenclub* waren die drei allerdings nicht. Ganz bestimmt nicht – und das hätte Wanja Mischa jetzt am liebsten ins Gesicht geschrien. Aber der hatte sich bereits abgewendet und schlenderte in Richtung Kiosk.

Doch obwohl die Wut über Mischas Bemerkung auch auf dem Heimweg noch an Wanja nagte, ließ sie die Frage, auf die sie vorhin keine Antwort bekommen hatte, nicht in Ruhe.

Wenn ich bloß seinen Nachnamen wüsste, dachte Wanja, als sie mit dem Fahrrad in den Waldweg einbog, der zu ihrem Hause führte. Der schwarze Hund war heute angeleint, kläffend riss er an seiner Kette, bis ihm das Halsband fast die Kehle zuschnürte. Wanja hatte schon ein paar Mal versucht, sich ihm zu nähern, aber das hatte ihn nur noch wilder gemacht.

Das Kläffen hinter ihr wurde leiser, und Wanja hatte gerade den dritten Knoten des Springseils geöffnet, mit dem Brian – so etwas konnte nur Brian einfallen! – das Tor zu ihrem Garten zugebunden hatte, da schoss es ihr plötzlich durch den Kopf. Sie wusste Mischas Nachnamen! Er stand auf dem Zettel, den Mischa ihr gestern in die Tasche gesteckt hatte. Zum Glück hatte Wanja ihn aufgehoben, er lag in der Schublade ihres neuen Ikearegals.

Mischa Konjow. Mit Schröder auf dem Arm klappte Wanja eine Viertelstunde später das Telefonbuch auf und ließ ihre Finger über die zahllosen K wandern.

Zum Glück ab es den Namen Konjow nur zweimal. Einmal mit den Vornamen Albert und Hildegard, einmal mit der Initiale C. davor.

Bei Albert und Hildegard Konjow meldete sich eine ältere Dame, die Wanja freundlich mitteilte, dass es bei ihnen leider keinen Mischa gäbe, dass sie ihr aber viel Glück bei der weiteren Suche und noch einen schönen Tag wünsche.

Bei C. Konjow meldete sich lange Zeit niemand. Nach dem achten Klingelton wollte Wanja gerade auflegen, als am anderen Ende jemand abhob.

»HALLO!«

In dem kurzen Wort lag so viel Hass, dass Wanja beinahe den Hörer fallen gelassen hätte. Aber in der Stimme lag noch etwas anderes. Wieder musste Wanja an Brittas Bemerkung auf dem Schulhof denken und jetzt auch an Mischas starren Blick im Museum.

»Ich, also ... entschuldigen Sie die Störung, ich wollte bitte wissen, ob ... ob bei Ihnen ein Mischa Konjow zu sprechen ist. Mein Name ist ...«

Weiter kam Wanja nicht. Der Hörer wurde auf etwas Hartes geknallt.

»Ey, du faule Sau«, hörte Wanja die Männerstimme grölen. »Beweg deinen Hintern, da is Telefon für dich!«

Wanja blieben die Worte im Hals stecken, als sie kurz darauf Mischas Stimme am Telefon hörte. »Hallo?«

Das gleiche Wort, doch den leisen, rauen Tonfall trennten Welten von dem des Mannes. Des Vaters?

»Hallo Mischa«, brachte Wanja mühsam hervor. »Ich bin's, Wanja. Ich ...«

Wieder wurde sie unterbrochen.

»Ich kann jetzt nicht«, sagte Mischa. »Aber ich habe die Nachricht auch bekommen.«

Mit diesen Worten legte er den Hörer auf.

In den folgenden Wochen, in denen Jo eine Erkältung, Britta einen neuen Rock von ihrem Vater und Wanja einen blauen Brief von Herrn Schönhaupt bekommen hatte, gingen sie und Mischa sich aus dem Weg. Mischa war nicht der Typ, den man einfach ansprechen konnte, jedenfalls erging es Wanja so mit ihm. Es war gefragt, was zu fragen war, es war gesagt, was zu sagen war, und Mischa auf den Mann am Telefon anzusprechen, traute sich Wanja erst recht nicht. Doch als endlich der 12. Juni da war, steckte in Wanjas Jackentasche wieder ein Zettel. Mischa wollte sie um Viertel vor zwei am Museum treffen.

Eigentlich komisch, dachte Wanja, als sie den Zettel gerade noch rechtzeitig in ihrer Hosentasche verschwinden ließ, bevor Britta ihr neugierig über die Schulter schaute. Denn im Grunde würden sie und Mischa sich doch sowieso am Museum treffen. Warum bekam sie von ihm eine Extra-Einladung? Trotzdem merkte Wanja, dass sie sich darüber freute. Je näher der heutige Tag gerückt war, desto langsamer schien die Zeit zu vergehen. Die letzte Stunde nach der Schule zog sich wie ein in der Sonne aufgeweichtes Kaugummi, und als Wanja um zwanzig vor zwei ihr Fahrrad am Museum abschloss, erschienen ihr die letzten Minuten Wartezeit wie eine Tortur.

Mischa kam um Viertel vor zwei. Wanja hörte das Scheppern seines Rades schon von Weitem und hinter ihm erblickte sie Alex und das Mädchen mit den Afrozöpfen.

»Na, habt ihr auch Fernseh geschaut?«, sagte Alex zur Begrüßung und grinste. Er trug einen hellgrauen Anzug, und eine Krawatte, die er offensichtlich gerade vom Hals gelöst hatte, schaute aus seiner Jackentasche heraus.

»Ich hatte keine Zeit mehr, mich umzuziehen«, sagte er und machte dabei ein Gesicht, als sei ihm sein Auftritt peinlich. »Mein Vater hatte wieder mal eine seiner Gesellschaften, und ich hab mich rausgeschlichen. Diesmal allerdings ohne jemandem Bescheid zu sagen, wo ich bin. So bescheuert bin ich kein zweites Mal.« Über Alex' Gesicht huschte ein roter Schleier, und Wanja dachte an die Frau im grauen Kostüm, die ihn beim letzten Mal im Museum abgefangen hatte.

Das Mädchen mit den Afrozöpfen blieb ebenfalls bei ihnen stehen. Unter ihrem Arm klemmte ein Skateboard, und aus ihrer Jeanstasche lugte eine Packung Zigaretten hervor.

»Natalie«, stellte Alex das Mädchen vor. »Ich hab sie am Tag vor euch in der Kunsthalle getroffen. Sie hat den Indianer. Und das«, er wandte sich zu dem Mädchen, »sind Wanja und Mischa. Stell dir vor, die zwei sind im selben Bild gelandet.«

Natalie nickte Mischa zu und grinste Wanja an. »Sieht man euch gar nicht an, dass ihr denselben Geschmack habt.«

Stimmt, dachte Wanja, aber das sagte sie nicht laut.

»Los, lasst uns reingehen«, drängte Natalie. »Ich kann es kaum noch abwarten.«

»War es bei dir eigentlich auch so?«, fragte Wanja leise, als sie neben Natalie auf die Kasse zuging. Die umgekippte Badewanne im Eingang war verschwunden, stattdessen bewachte die turmhaarige Aufseherin ein neues Kunstwerk: graue, quadratische Holzkästen, die zu einem großen U auf dem Boden angeordnet waren. Im Grunde ein idealer Platz zum Hüpfen, dachte Wanja, aber in Wirklichkeit wahrscheinlich wieder das Lebenswerk eines bedeutenden Künstlers.

»So *wie?*«, fragte Natalie, die in ihrer Hosentasche nach Münzen kramte. Heute hatten Kinder und Jugendliche keinen freien Eintritt.

»Na so, dass alles in deinem Bild lebendig war«, sagte Wanja.

Natalie nickte. Sie öffnete den Mund, um etwas zu sagen, doch gleich darauf schloss sie ihn wieder. Sie will es für sich behalten, dachte Wanja und merkte, dass es ihr selbst genauso ging.

»Und? Habt ihr Friedenspfeife geraucht, oder hast du dem Indianer eine von deinen Kippen angeboten?« Alex drehte sich zu Natalie um, während er den drei anderen voran in die Abteilung der Alten Meister einbog. Er verzog den Mund, die Bemerkung sollte ein Scherz sein, aber es war ein schlechter Scherz, und an seinem Grinsen, das jetzt noch schiefer rutschte, sah Wanja, dass Alex seine Worte am liebsten zurückgenommen hätte.

»So 'n Quatsch!« Natalie warf Alex einen vernichtenden Blick zu. »Was hast du denn mit deinem Mönch gemacht? Im Kloster gehockt und meditiert?«

Alex wurde rot. »Blödsinn«, murmelte er. Aber irgendwie sah sein Gesicht aus, als wäre Natalies ironische Frage nicht so ganz an der Wahrheit vorbeigeschossen.

Bei den Alten Meistern hatten sich noch mehr von ihnen versammelt. Der dicke Junge, das Mädchen mit den grünen Haaren und der Junge mit der hellblonden Igelfrisur, der gerade von einem Museumswärter darauf aufmerksam gemacht wurde, dass Rucksäcke an der Garderobe abzugeben waren.

»Glaubt ihr, die Wärter wissen etwas von dieser anderen Ausstellung?« Natalie wandte sich an Mischa, der erst mit den Schultern zuckte, dann aber den Kopf schüttelte. »Glaub nicht.«

»Ich glaube auch nicht«, sagte Alex. »Ich hätte damals fast gefragt, hab es mir aber dann doch verkniffen.« Er öffnete den obersten Knopf seines blau-weiß gestreiften Hemdes. »›Schlafende Hunde soll man nicht wecken‹, sagt mein Alter immer. Und da hat er in diesem Fall vielleicht sogar recht. Ich glaube, die haben hier nicht den Hauch einer Ahnung, dass in ihren heiligen Hallen rote Türen kommen und gehen. Kuckt mal«, er deutete nach hinten zu der Nische, auf die sie jetzt mit den anderen Jugendlichen zugingen. »In jedem Saal steht ein Aufseher, nur dahinten ist niemand.«

Er hat recht, dachte Wanja. Die Nische wirkte verlassen, fast unwirklich, als gehörte sie gar nicht zum Museum, aber die rote Tür war wieder da.

»Seid ihr so weit, verehrte Gäste?« Alex sah lachend in die Runde. Sein Gesicht leuchtete, als er mit einem kräftigen Ruck an dem gusseisernen Pinsel zog. Alle hielten den Atem an.

Das Klingeln ertönte, aus weiter Ferne und wie beim ersten Mal, als Wanja allein in der Nische gestanden hatte, sprang die Tür mit einem leisen Klacken auf und nachtschwarze Dunkelheit schluckte die Besucher, einen nach dem anderen.

Doch die Stimmung, die jetzt den dunkeln Gang erfüllte, war eine andere. Trappeln, kichern, murmeln; wie die Bläschen einer frisch geschüttelten Flasche Mineralwasser sprudelten die Jugendlichen der Tür entgegen, die Wanja jetzt viel näher vorkam als beim ersten Mal. Der schwarze Gang spuckte sie ins Licht des Saales. Die schimmernde Mondkugel, die Fackeln, die Vorhänge vor den Arkaden, alles war genau so wie beim letzten Mal. Nur der Vorhang vor der Bühne war heute bereits geöffnet, und das Licht der Kerzen vor dem roten Tisch flackerte, als sich die Seitentür öffnete. Die uralte Frau trat auf die Bühne.

Keine Ermahnung war notwendig, keine Faust musste auf den Tisch klopfen, um die Anwesenden zum Schweigen zu bringen. Als die Frau vor dem roten Tisch stand, war Ruhe im Saal, und Wanja fühlte sich wie ein Gummiband, das zum Zerreißen gespannt war.

»Ihr erinnert euch an die Regeln«, sagte die Frau. »Und wenn es keine Fragen gibt, dann erwarten euch jetzt eure Bilder.«

Dunkle Schatten

Es gab keine Fragen. Die kleine Hand der uralten Frau umschloss den schmiedeeisernen Pinselkopf, und als nach langen Sekunden angespannter Stille endlich aus der Ferne das leise Klingeln ertönte, wäre Wanja am liebsten gerannt. Aber sie beherrschte sich und suchte nervös den Saal nach Mischa ab.

Da stand er, am Rand der Bühne, die Hände in den Hosentaschen, er hatte Wanja schon gesehen und deutete mit dem Kopf in die Richtung der hinteren Arkade. Geh schon vor, ich habe es nicht eilig, diese Worte standen ihm ins Gesicht geschrieben, und Wanja fragte sich, wie in aller Welt jemand so unglaublich die Ruhe weghaben konnte. Bis auf sie und Mischa war der Saal bereits wie leer gefegt. Nur die alte Frau stand noch auf der Bühne, ihr Blick wanderte zwischen den beiden Jugendlichen hin und her, Wanja bemerkte es, und plötzlich kam ihr das Gesicht der Frau traurig vor.

Wanja wandte sich ab, es zog sie jetzt förmlich zu ihrer Arkade. Doch als sie sich durch den roten Samtvorhang ins Innere des kleinen Raumes schob, versetzte ihr das Bild einen stromschlagähnlichen Schock.

Der Rahmen strahlte, und das Bild leuchtete wie beim letzten Mal in ausdrucksvollen Farben. Aber das Trapez... war leer.

Fast hätte Wanja gerufen, doch dann schnellte ihre Hand zum Bild, sie griff richtig hinein, als wolle sie die Trapezstange zu sich heranziehen. Das Rauschen kam, der Sog, und die Frage nach Taro drehte sich in ihrem Kopf herum und herum und herum, bis es still um Wanja wurde. Sie war angekommen. Auf ihrem Platz in der Manege, die ebenfalls leer war. Nur eine kleine Maus huschte über eine der Zuschauerbänke, geschäftig, als sei sie zu spät zu einer wichtigen Versammlung, und als sich Wanja wieder umsah, saß Mischa neben ihr.

»Na, dann mal los«, sagte er und strich sich das Haar aus der Stirn.

Los? Wanja starrte ihn an. Wieso war er überhaupt schon hier? War er ihr gleich in die Arkade gefolgt? Sie hatte es nicht bemerkt.

»*Wohin* denn los, Mister Oberschlau?«, fuhr sie ihn an. »Hast du nicht gesehen, dass das Bild leer war? Siehst du nicht, dass hier auch niemand ist? Taro ist nicht da, wo willst du denn hin?«

Mischa war schon aufgestanden und schaute Wanja an, als wäre sie ein kleines Baby, das nach seinem Schnuller schreit.

»Weißt du nicht mehr, was Taro beim letzten Mal gesagt hat? Es gibt jetzt erst mal keine Vorstellung. Was soll er also hier in der Manege, wenn er nicht gerade Probe hat? Er wird in seinem Wohnwagen oder irgendwo da in der Nähe sein.«

Das war die längste Rede, die Wanja je aus Mischas Mund gehört hatte, und in ihrem Kopf fing es endlich an zu klacken. Natürlich! Wenn ein Bild lebendig sein konnte, dann konnte es sich auch verändern, das war ihr vor lauter Aufregung überhaupt nicht in den Sinn gekommen. Und wenn Taro nicht hier war, hieß es natürlich nicht, dass er nicht da war.

Sie stieß Mischa in die Seite. »Du bist gar nicht so blöd, wie du aussiehst.«

Mischa grinste, und Wanja grinste erleichtert zurück. »Wow, du kannst ja sogar lachen.«

In der Manege roch es nach Sägespänen, und erst jetzt fiel Wanja auf, dass während der ganzen Vorstellung keine Tiere da gewesen waren, bis auf die Schlange, die das Mädchen mit den sonderbaren Augen beim Schlussapplaus in der Manege um den Hals getragen hatte.

Wanja hasste eingesperrte Tiere, und sie hasste es, wenn Menschen Tiere zu Dingen zwangen, die nicht ihrer Natur entsprachen. Und dass ein Zirkus auch ohne Dreirad fahrende Bären oder Männchen machende Löwen phantastisch auskam, hatte ihr die letzte Vorstellung auf das Schönste bewiesen.

Hinter dem Vorhang der Manege krachte es, und Wanja fuhr zurück, als gleich darauf eine tiefe Stimme losdonnerte. »HERRGOTT NOCH MAL, DU IDIOTISCHER TROTTEL, KANNSTE NICH MAL EIN PAAR LÄCHERLICHE STANGEN RICHTIG HALTEN?!«

Wanja griff nach Mischas Arm, doch als sich der Vorhang öffnete, musste sie grinsen. Thyra, die Riesin, stand in der Tür, während ihr Zwillingsbruder Thrym auf dem Boden kniete und mit hochrotem Kopf den Stapel Eisenstangen wieder aufsammelte, der ihm offensichtlich zu Boden gefallen war. Beide trugen schwarz-weiß gestreifte Ringel-T-Shirts, kurze schwarze Radlerhosen und rote Ballettschuhe.

Wanja lief auf Thrym zu, um ihm zu helfen, was sich jedoch als unmöglich herausstellte. Nicht einmal anheben konnte Wanja die letzte Stange, die jetzt noch auf dem Boden lag, und fassungslos starrte sie Thrym an. »Die kannst du alle tragen?!«

»KANN ER EBEN NICHT«, wetterte Thyra. Sie hatte die Hände in die Hüften gestemmt hatte und sah ihren Zwillingsbruder an, als wäre er ein lahmender Esel, für den sie gerade ihr letztes Geld ausgegeben hatte. Doch als sie die beiden Besucher wahrnahm, wischte ein breites Lächeln ihre düstere Miene weg.

»ABER HALLO!« Selbst jetzt klang ihre Stimme noch wie eine Trompete. »NU SEH ICH ERST, DASS IHR ES SEID! TARO HAT EUCH SCHON VERMISST. ER SITZT IN DER CAFETERIA UND FREUT SICH LÖCHER IN DEN BAUCH, WENN ER EUCH SIEHT.«

Thrym, der inzwischen alle Stangen auf den Armen balancierte, schenkte den beiden ein schüchternes Lächeln, doch da lief Wanja schon aus der Manege hinaus, zur Cafeteria, einem großen dunkelbraunen Holzwohnwagen, auf dem in blau-gelben Buchstaben »Zirkus Anima« geschrieben stand.

Die schmale Holztreppe kam gerade der Mann mit den wilden Haaren und dem tätowierten Arm herunter.

»Unseren Herrn des Feuers« hatte der kleine Zirkusdirektor ihn genannt, und Wanja musste grinsen, weil ihr auch Thryras Bemerkung »Streichholzfresser« wieder in den Kopf schoss. Perun, ja, das war sein richtiger Name gewesen. Über seinem nackten Oberkörper trug er heute eine Küchenschürze, und in der Hand hielt er ein riesiges Glas.

Vor der Cafeteria an einem der Tische saß Taro, und als er Wanja und Mischa bemerkte, fing sein Gesicht an zu strahlen.

»Ihr werdet schon sehnsüchtig erwartet«, sagte jetzt auch Perun. Er stellte das Glas vor Taro ab und wandte sich den beiden zu. »Es gibt frische Mangomilch, mögt ihr auch welche?«

»Gern«, sagte Wanja. Zwei Gefühle stritten plötzlich in ihr. Starke Schüchternheit mit dem Wunsch, dem Akrobaten um den Hals zu fallen. Sie setzte sich neben ihn; Mischa, der die Frage nach der Mangomilch mit einem Kopfschütteln beantwortet hatte, nahm auf dem Stuhl gegenüber Platz.

Der Mann verschwand wieder in der Cafeteria, und Taro schob sein Glas zu Wanja. »Nimm schon mal meins. Mangomilch ist Peruns Spezialität, so eine findest du sonst nirgends auf der Welt.«

Es gibt so einiges hier, was ich sonst nirgends auf der Welt finde, dachte Wanja, als sie das Glas an den Mund setzte und dabei merkte, wie sich in ihr wieder dieses tiefe Gefühl von Zuhause ausbreitete. Jo brachte manchmal Mangos vom Markt mit, aber ihr Geschmack waren kein Vergleich zu dem intensiven dieses ockerfarbenen Getränkes, das ihr jetzt angenehm kühl die Kehle herunterlief.

Draußen schien die Sonne, es roch nach Süden, und es war so warm, dass Mischa sich bereits die Jacke ausgezogen hatte und Wanja die Ärmel ihres Sweatshirts hochkrempelte.

Bei ihrem letzten Besuch hatten sie auch hier gesessen, aber da hatten die Tische zusammengestanden, und es war trotz der Kerzen und des sternklaren Himmels zu dunkel gewesen, um viel zu erkennen. Jetzt konnte Wanja zum ersten Mal die Umgebung sehen und stellte fest, dass der Platz, auf dem der Zirkus gastierte, wirklich in den Bergen lag.

Wie eine Hintergrundkulisse umrahmten die steinernen Riesen den Horizont oder zumindest das, was Wanja von ihm sah. Die Aussicht zur rechten Seite versperrte das blaurot gestreifte Zirkuszelt, aus dem sie und Mischa vorhin gekommen waren. Links davon im Schatten der Bäume entdeckte Wanja zwei weitere Wohnwagen, der eine war gelb, der andere hellgrün gestrichen. Dahinter schien noch ein dritter Wagen zu sein, von dem aber nur das dunkle Hinterteil hervorragte. Die steinige Erde war ockerfarben, nur wenig dunkler als die Mangomilch, von der Perun jetzt zwei neue Gläser aus der Cafeteria brachte. Eins stellte er vor Taro, das andere vor Mischa, als hätte er sein Kopfschütteln vorhin nicht bemerkt.

»Wo liegt Imago eigentlich genau?«, fragte Wanja, die ihr Glas bereits halb leer getrunken hatte. Taro hob erstaunt die Augenbrauen. »Na hier«, entgegnete er.

»Ja.« Wanja verzog den Mund. »Das weiß ich auch. Aber wo ist hier?«

Taro sah sich um. »Hier ist hier, wenn mich nicht alles täuscht.«

Perun, der noch an ihrem Tisch stand, lachte sein rostiges Nägellachen, doch in Wanja hatte sich schon wieder jede Menge Fragen angesammelt.

»Und wo kommt ihr alle her?«

Taro rührte in seiner Mangomilch. »Von überall und nirgends«, erwiderte er, »wie alle Zirkusleute.«

Wanja stöhnte auf, doch als um Taros Mundwinkel wieder dieses Lächeln spielte, fand sie sich damit ab, dass richtige Antworten hier offensichtlich nicht zu erwarten waren.

Der Akrobat trug ausgeblichene Hosen und ein rotes Hemd. Um den Hals hatte er ein Lederband, an dem eine silberne Pfeife hing. Auch sein schwarzes Haar wurde wieder von einem ledernen Band am Hinterkopf zusammengehalten, und unwillkürlich verglich Wanja den glänzenden Schopf mit dem schmierigen Zöpfchen ihres Mathelehrers.

»Willst du eigentlich gar nicht wissen, woher *wir* kommen?«, fragte sie schließlich.

Perun war bereits zurück in den Zirkuswagen gegangen, und Taro erwiderte Wanjas Blick, ruhig und offen.

»Ihr seid hier«, sagte er. »Das ist alles, was ich wissen muss.«

Wanja schwieg, und als hätte Taro das leise Gefühl von Scham, das plötzlich in ihr aufstieg, gespürt, legte er seine Hand auf ihren Arm.

»Wozu habt ihr Lust?«, fragte er. »Soll ich euch was von der Umgebung zeigen?« Diesmal zwang Wanja sich, den Mund zu halten. Sie wollte Mischa die Antwort überlassen. Der stellte jetzt sein leeres Glas vor sich ab und hob den Kopf. Doch gleich darauf senkte er ihn wieder, starrte auf die Tischkante und trommelte leicht mit den Fingern darauf herum. Sein Schweigen zerrte förmlich an Wanja, aber Taro schien es nichts auszumachen. Ruhig saß er da und wartete ab, während seine Hand noch immer auf Wanjas Arm lag.

In die Stille trat jemand. Es war Sulana, das Schlangenmädchen. Völlig lautlos war sie aufgetaucht, und Wanja lief ein Schauer über den Rücken. Um den Hals des Mädchens lag die Schlange, jetzt sah Wanja sie ganz nah. Wie groß sie war. Viel zu schwer schien ihr der grünbraun geschuppte Schlangenkörper für die schmalen Schultern des Mädchens, aber Sulana trug das Tier wie einen Seidenschal. Den Kopf der Schlange hielt sie mit ihrer Hand umschlossen, und als sie näher trat, wurde Wanja vor Angst ganz steif. Taros Hand drückte sich noch fester auf ihren Arm. »Keine Sorge, Wanja. Die tut nichts. Stimmt's Sulana?«

Sulana nickte nur kurz in Wanjas Richtung. Dann wandte sie sich Taro zu. Sie hob ihre Hand und bewegte die Finger in einer Art Zeichensprache, die Taro jetzt erwiderte. Sulana nickte und ging zurück in die Richtung, aus der sie gekommen war.

Wanja schluckte. War das Mädchen etwa . . . »Sulana ist stumm«, vollendete Taro ihre Gedanken.

Wanja sah Sulana hinterher. Sie war barfuß, ihr grünbraunes Kleid war fast identisch mit der Schlangenhaut und gerade fragte sich Wanja, was das Mädchen wohl von Taro hatte wissen wollen, als Mischas Stimme ihre Gedanken unterbrach.

»Zeig mir deine Trommel.«

Wanja zuckte zusammen. Mischas Worte klangen nicht wie eine Bitte, sondern wie ein Befehl, aber auch das schien Taro nicht zu stören. Er nickte Mischa zu und erhob sich von seinem Platz. »Sie ist in meinem Wohnwagen, und wenn Wanja einverstanden ist, zeige ich sie dir gern. Ich will nur vorher kurz bei Sandesh vorbei.«

»Sandesh?« An diesen Namen konnte sich Wanja nicht erinnern. »Wer ist das denn?«

Taro winkte den beiden, ihm zu folgen. Er führte sie an der Zirkuscafeteria vorbei, hinter der eine riesige Weide lag. Darauf, weit hinten, am unsichtbaren Abgrund, stand eine kleine Holzhütte.

Taro nahm die Pfeife, die er um den Hals trug, in den Mund und pfiff. Ein leiser, hoher Ton. Eine Weile standen sie schweigend da, dann tauchte hinter der Hütte der Kopf eines Pferdes auf. In langsamen, tänzelnden Schritten kam es auf sie zu. Weiß war es, mit großen schwarzen Flecken auf dem glänzenden Fell.

Ein Appaloosapferd, schoss es Wanja durch den Kopf. In Tinas Zimmer hatte ein Poster gehangen, und Tina hatte Wanja von der seltenen Rasse vorgeschwärmt. Weiß der Himmel, warum ich diesen Namen behalten habe, dachte Wanja, denn zugehört hatte sie Tina damals nur mit halbem Ohr. Tinas Posterpferde hatten Wanja nicht die Spur interessiert, aber dieses Pferd war lebendig und wunderschön. Es stand jetzt dicht vor ihnen, seine großen dunklen Augen ruhten auf Taro, der langsam seine Hand hob. Das Tier neigte seinen Kopf, als wollte es ihn in Taros Hand hineinschmiegen, und in Wanjas Händen fing es an zu zucken.

»Darf ich ihn auch mal streicheln?«

»Das musst du mich nicht fragen«, erwiderte Taro. »Aber ich glaube nicht, dass Sandesh etwas dagegen hat.«

Vorsichtig streckte Wanja ihre Hand aus und berührte Sandeshs Nüstern. Sie fühlten sich an, als wären sie aus Samt, und Sandeshs Atem strich über ihre Finger wie ein warmer Wind.

Plötzlich durchfuhr Wanja ein leichtes Stechen, »Macht Sandesh eigentlich auch mit in eurer Zirkusvorstellung?«

Taro schüttelte schmunzelnd den Kopf, als schien ihm allein der Gedanke daran absurd, und Wanja war beruhigt. Sie sah in die dunkel schimmernden Augen des Pferdes, die sanft und wild waren. Auch Mischa trat an den Zaun heran. Zwischen ihnen stand Taro, er sprach zu Sandesh, und die Ohren des Pferdes zuckten, als ob es jedes Wort verstünde. Am liebsten hätte sie gefragt, ob sie auf ihm reiten durfte. Aber Mischas Wunsch war ein anderer gewesen.

»Dann lasst uns gehen«, sagte Taro schließlich und legte Sandesh zum Abschied noch einmal die Hand auf die Nüstern.

Rasch schritten sie nun wieder an der Cafeteria vorbei und über den Platz. Er war größer, als Wanja gedacht hatte, und überall gab es freie Flächen, wie geschaffen für das Abstellen der Wohnwagen. Wanja erinnerte sich, wie sie Jo ein paar Mal zum Campen hatte überreden wollen, aber Jo hatte gesagt, auf einen Campingplatz kriegten sie keine zehn Pferde. Dieses Gewimmel von Wagen, dieses Spießertum der Leute dort, das würde sie nicht mal für Geld ertragen.

Hier, dachte Wanja, war weder Gewimmel noch Spießertum, aber davon würde sie Jo nichts erzählen, denn Imago gehörte ihr. Ihr und Mischa.

»Wohnt hier Madame Nui?« Wanja zeigte auf den schwarz gestrichenen Holzwohnwagen, an dem sie gerade vorbeikamen. Er lag abseits des Weges, und auf die weiß umrahmte Tür war ein silbernes Spinnennetz gemalt. Taro lachte. »Gut geraten.«

»Was macht Madame Nui eigentlich?« Wanja ging jetzt neben Taro, während Mischa ein paar Schritte hinter ihnen war.

Der Weg gabelte sich, und Taro schlug die linke Richtung

ein. »Madame Nui schneidert unsere Kostüme. Und in der Vorstellung hat sie ihre besondere Nummer. Sie klettert in einem riesigen Spinnennetz herum, du wirst es bestimmt einmal sehen, es ist – hier sind wir schon – wirklich beeindruckend.«

Taro war stehen geblieben. Leuchtend rot hob sich sein Wohnwagen von der Umgebung ab. Die runde Fläche, auf der er stand, ging direkt auf den Abgrund zu. Vorsichtig trat Wanja näher und beugte sich vor. Es war so tief, dass ihr schwindelig wurde. Schnell drehte sie sich wieder um und stieg auf der anderen Seite des Wagens hinter Mischa die kleinen Stufen hoch. Dabei fühlte sie ihr Herz schneller schlagen. Jedes Haus erzählt etwas über den Menschen, der darin wohnt, und plötzlich kam es Wanja vor, als hätte sie Taro eine intime Frage gestellt, auf die sie nun eine Antwort erhalten würde.

Das vielleicht zwölf Quadratmeter große Innere des Wagens war in hellem Holz gehalten, und das schnörkellose Bett mit der bunten Decke ganz hinten in der Ecke war außer einem dunklen Holzstuhl das einzige Möbelstück. Neben dem Kopfende stand eine große, halterlose Kerze, und auf dem schmalen, Fenstersims lagen Steine; runde, schwere, dunkel schimmernde Steine. Auf dem Boden lag ein gewebter Teppich, dick und rund, mit grünen, blauen und roten Mustern, und neben den beiden blauen Sitzkissen waren Taros Instrumente aufgestellt. Das Saxofon. Eine Handvoll kleiner Trommeln, metallene, hölzerne, mit Stoff bezogene. Eine Klangschale, eine Flöte. Und zwei große Trommeln.

Mischa stand schon davor. Er hielt inne, bevor er seine Handfläche auf die rechte Trommel legte. Sie reichte ihm bis zur Hüfte, und vom Türrahmen aus beobachtete Wanja, wie Mischa über die weiße Fläche strich, behutsam, fast so wie Wanja vorhin die Nüstern des Pferdes berührt hatte. Taro hatte sich auf eins der Kissen gesetzt und sah zu Mischa hoch.

»Durch sie kannst du sprechen«, sagte er leise.

Mischa nickte. Wanja merkte, dass sie mitnickte, und wunderte sich im selben Atemzug, warum sie eigentlich nicht die Spur von Eifersucht fühlte. Sie selbst war so deutlich ausgeschlossen aus dieser Situation, die Mischas und nicht ihr Wunsch gewesen war, aber es machte ihr nichts aus. Im Gegenteil. Sie konnte fühlen, dass diese Zeit mit Taro ihm gehörte. Fühlte Mischa es auch? Sein Gesicht schaute nach unten, und mit einem Mal ballten sich seine Hände zu Fäusten, bis die Knöchel weiß hervortraten. Taro drehte Wanja den Kopf zu und sah sie mit seinen ruhigen braunen Augen an, bevor er sich wieder Mischa zuwandte und nichts und niemand sonst mehr wahrnahm.

Wanja drehte sich um und verließ den Wohnwagen. Kurz darauf ertönten hinter ihr drei Schläge, laut und hart, als wollten sie etwas vernichten.

Vor der Zirkuscafeteria, die der Mittelpunkt des Platzes war, hatten sich in der Zwischenzeit einige Artisten versammelt. Neben Taros Trapezpartnerin Gata saß Pati Tatü. Auf seinen gelben Blumenkohllocken trug er heute einen turmhohen Hut und lüpfte ihn kichernd, als er Wanjas Blick bemerkte. Am Nebentisch saßen Thrym und Thyra, und in ihrer Mitte klemmte, wie eine Maus zwischen Elefanten, Baba. Er strahlte Wanja an.

»Setz dich zu uns«, rief er ihr zu, und für einen Moment überlegte Wanja, ob sie seine Einladung annehmen sollte. Aber eigentlich war ihr jetzt nicht nach Gesellschaft.

»Später vielleicht«, entgegnete sie. »Ich will ein bisschen spazieren gehen.«

»Recht so.« Baba nickte Wanja aufmunternd zu. »Fühl dich wie zu Hause hier bei uns im Zirkus Anima, und schau dich um, ganz und überall, wie es dir beliebt.«

Wanja schmunzelte über die sonderbare, ein wenig betuliche Art des kleinen Mannes. Überhaupt, dachte sie, als sie den anderen den Rücken zudrehte und nach links auf die anderen Wohnwagen zuging, war es sonderbar schön, wie sie und Mischa hier aufgenommen wurden. Freudig, aber auch selbstverständlich, ohne irgendwelche Erwartungen.

Vor dem hellgrünen Wagen blieb sie stehen. Auch auf seine Tür war etwas gemalt. Eine kleine Trommel, um die sich eine Schlange ringelte. Wohnte hier Sulana? Aber warum die Trommel? War Sulana mit O zusammen, wohnten sie beide hier?

Wanja trat noch einen Schritt näher, doch als es unter dem Wohnwagen raschelte, sprang sie mit einem wilden Satz zur Seite.

Vor dem gelben Wagen war eine Wäscheleine gespannt, darauf, gleich neben Peruns weißem Seidenhemd, hing das Sternenkleid der Sängerin.

Hinter dem Wagen fing der Wald an, in den ein schmaler Weg hineinführte. Schattig und kühl war es hier, und als Wanja den Weg betrat, stand sie plötzlich vor dem dritten Wagen, von dem sie vorhin nur das Hinterteil wahrgenommen hatte. Er sah anders aus als die anderen, dunkel, heruntergekommen, als wäre er vor einer Ewigkeit an dieser Stelle abgestellt und seither nicht mehr benutzt worden.

Wieder hörte Wanja ein Rascheln, dann ein Knacken, es kam aus dem Wald, irgendwo aus dem Unterholz. In dem Wäldchen, in dem sie und Jo ihr Haus hatten, knackte es jeden Tag Dutzende von Male, und meistens konnte Wanja sogar an der Art der Geräusche hören, von welchem Tier sie kamen. Aber hier war alles fremd, und mit einem Mal auch unheimlich. Wanja war schon im Begriff umzukehren, als sich mit einem lang gezogenen Quietschen die Tür des Wagens öffnete.

In ihrem verfallenen Rahmen stand ein steinalter Mann. Er trug ein verlottertes Gewand, sein weißes Haar stand ihm wirr vom Kopf ab, unzählige Falten gruben sich tief in sein schmales Gesicht, und in seinem Mund, den der Alte jetzt zu einem breiten Grinsen auseinanderzog, steckten an Stelle von Zähnen nur dunkle Stümpfe. Einzig die Augen, die fest auf Wanja gerichtet waren, funkelten und strahlten.

Wanja war fast das Herz stehen geblieben. Sie wollte weg, nur weg von hier, aber sie stand da wie erstarrt. Endlose Sekunden verharrte sie, dann ließen die Augen des Alten von ihr ab. Mit seinem Stock, der wie der knorrige Ast einer Eiche aussah, zeigte der Alte in den Himmel, und als er Wanja kurz darauf noch einmal ansah, erschien es ihr, als hätten sich seine Augen verdunkelt. Er machte einen Schritt nach hinten und schloss die Tür.

Wanja blieb allein zurück. Ein, zwei Sekunden lang stand sie noch da, bevor sie auf dem Absatz kehrtmachte und zurücklief. Aus dem hellgrünen Wagen kam ihr O entgegen, aber Wanja rannte an ihm vorbei, stolperte fast über einen Stein und schenkte auch den Artisten in der Cafeteria keine Beachtung.

Die Tür zu Taros Wohnwagen stand noch offen, und Wanja hörte die Trommeln schon von Weitem. Takka-tamm, takka-tamm, tack-tack, takka-ta-tamm.

Es war ein einfacher Rhythmus, aber er klang so gut, dass Wanja eine Weile vor dem Wagen stehen blieb und lauschte. Die eine Trommel fragte, die andere antwortete. Durch sie kannst du sprechen, hatte Taro vorhin gesagt. Jetzt waren die Trommeln im Dialog, während die Schläge vor ihrem Spaziergang von Mischa gekommen waren, dessen war sich Wanja sicher. Tiefer Hass hatte darin gelegen. Hass worauf? Auf den Mann am Telefon, Mischas Vater?

Wanja ging weiter, und dann war er plötzlich wieder da. Der Schatten, der aus dem Nichts kam. Wanjas Kopf fuhr in den Nacken, sie sah zum Himmel, der jetzt dunkelgrau war, wie auch alles andere um sie herum. Selbst Wanja hatte keinen Funken Farbe mehr am Körper. Ja, es kam ihr sogar so vor, als ob sich der Schatten bis in ihr Inneres drängte, ihr die Kehle zuschnürte und eine namenlose Angst in ihr aufsteigen ließ. Dann hörte sie den Schrei. Ein lauter, hämischer Vogelschrei, dicht über ihrem Kopf. Und fast gleichzeitig sah sie den Umriss des Vogels. Groß und schwarz flog er über sie hinweg. Als er außer Sichtweite war, kehrte die Farbe zurück, und im selben Moment ertönte der Gong. Wieder fühlte Wanja das Kribbeln in ihrem Inneren und diese seltsame Sehnsucht.

Die Tür des Wohnwagens sprang auf, Mischa stand im Türrahmen, sein Gesicht leuchtete. Haben die denn nichts gemerkt, fragte sich Wanja verzweifelt. Auch Taro, der jetzt hinter Mischa erschien, lächelte, doch als er Wanja sah, legte sich seine Stirn in Falten.

»Was ist passiert?« Mit einem Satz war er bei ihr und hielt sie bei den Schultern. Wanja öffnete den Mund, aber es kam kein Wort heraus. Stattdessen umarmte sie Taro, hielt sich fest, ganz fest an ihm, doch da ertönte der Gong bereits zum zweiten Mal. Das Kribbeln wurde stärker, die Sehnsucht größer, begleitet von einem vagen Gefühl der Schwerelosigkeit.

»Ihr müsst los.« Taro löste sich aus Wanjas Umarmung und schob sie vor sich her zur Manege. Mischa ging mit langen Schritten neben den beiden her.

»Das nächste Mal erzählst du mir alles«, sagte Taro, als

Wanja vor dem Rahmen noch einmal den Mund öffnete. »Jetzt ist es Zeit für euch zu gehen.«

»Ich . . .«, sagte Wanja. Taro schüttelte den Kopf. Er sah ernst aus. »Jetzt nicht, Wanja. Das nächste Mal.«

Wanja nickte, als sie in die Dunkelheit des Rahmens griff. Die ganze Freude, die sie noch vor kurzer Zeit so stark empfunden hatte, war verflogen.

WAS WAR DAS?

*I*ch versteh das nicht. Habt ihr denn gar nichts davon mitbekommen?«

Wanja schob ihr Fahrrad neben Mischa her. Sie waren schon fast wieder an der Ampel, an der sie sich beim letzten Mal getrennt hatten. Diesmal hatte Mischa nicht einfach den Saal verlassen wie nach dem letzten Besuchstag. Als die alte Frau die Jugendlichen verabschiedet und ihnen versichert hatte, dass sie eine Nachricht erhalten würden, hatte er an Wanjas Seite gestanden. Auch beim Rückweg durch den dunklen Gang ins Museum war Mischa direkt hinter ihr geblieben. Und als Alex und Natalie in die andere Richtung davongeschlendert waren, hatte er Wanja gefragt, ob sie noch ein Stück zusammen gehen würden.

Auf ihre Frage schüttelte er jetzt langsam den Kopf. »Ich hatte beim Trommeln die Augen zu und Taro wahrscheinlich auch, sonst hätte er doch bestimmt nicht weitergespielt. Bist du dir ganz sicher?«

»Todsicher.« Wanja biss auf ihrer Haarsträhne herum, »Ich bin doch nicht verrückt. Alles ist schwarz-weiß geworden wie, wie . . .« Sie suchte nach den richtigen Worten, und plötzlich hielt sie an. »Mensch, Mischa, so wie beim letzten

Mal, in der Zirkusvorstellung, da musst du es doch mitbekommen haben! Da ist es zum ersten Mal passiert, aber es war so kurz, dass ich mir nicht sicher war. Mann, das fällt mir erst jetzt wieder ein.«

Mischa war auch stehen geblieben. Er fuhr sich nachdenklich durch die Haare. »Stimmt«, murmelte er. »Hab ich glatt vergessen. Ich dachte damals, das gehört zur Nummer.«

»Das hatte ich auch gedacht. Aber diesmal war es ganz deutlich. Der Schatten schien von diesem Vogel auszugehen. Ich hab ihn nur kurz gesehen, er sah schrecklich aus.«

Wanja schüttelte sich, bevor sie ihr Fahrrad weiterschob und schweigend neben Mischa herging. Jetzt kamen sie zu der Ampel, die auf Rot stand.

»Glaubst du . . .«, Wanja holte ihre Haarsträhne aus dem Mund und strich sie hinter ihr Ohr, »glaubst du, das alles hat was mit dem Alten zu tun? Wenn du gesehen hättest, wie der mit seinem komischen Stock in den Himmel gezeigt hat.« Sie schauderte.

Mischa zuckte mit den Schultern. »Keine Ahnung. Scheint ja wirklich ein unheimlicher Typ gewesen zu sein.«

Wanja krampfte ihre Finger um die Griffe des Lenkers. »Ich fühl mich richtig mies. Was hat denn das alles zu bedeuten?«

Die Ampel sprang auf Grün, und auf der anderen Straßenseite schlug Mischa den Kragen seiner Cordjacke hoch. Es hatte angefangen zu regnen.

»Ich muss los.« Wanjas letzte Frage hatte er nicht beantwortet, wie sollte er auch, dachte sie düster. Doch im Wegfahren drehte sich Mischa noch einmal nach ihr um. »Übrigens. Danke.«

Wanja starrte ihn überrascht an. »Danke wofür?«

»Dass du mich mit Taro allein gelassen hast.«

»Ach so, das.«

Mischa war schon weitergefahren, und Wanja sah ihm nach. Seine Worte hatten ihr gut getan.

Mit einem Seufzer lenkte Wanja ihr Fahrrad nach rechts. Es war zehn nach zwei, und als Wanja in den Waldweg zu ihrem Haus bog, schüttete es. Als sie in den grauen Himmel sah, fiel Wanja plötzlich die schwarze Vogelfeder wieder ein, die sie damals im Wald gefunden hatte, kurz vor ihrem ersten Besuch, als sie sich das, was sie jetzt erlebte, nicht hätte träumen lassen.

Krankenbesuch

Nadelspitzkalte und silbergraudürre Bindfäden regnete es, als sich Wanja in der zweiten Pause zu Sue, Tina und Britta auf die überdachte Bank vom Schulhof drückte. Seit dem heftigen Regenschauer auf Wanjas Rückweg vom Museum war das Wetter jetzt schon so, und Jo fluchte jeden Morgen aufs Neue, das sei kein Sommer, sondern Herbst, und ihre Nerven wären langsam wirklich am Ende.

Das sind meine Nerven auch, dachte Wanja, als sie wie jeden Tag zu Mischa hinüberschaute, dessen leichtes Kopfschütteln ihr sagte, dass auch er noch keine Nachricht für einen neuen Besuchstag erhalten hatte. Über vier Wochen waren in der Zwischenzeit vergangen, und die einzigen Sondermeldungen, die es seitdem im Radio, Fernsehen oder in der Zeitung gegeben hatte, bezogen sich auf einen Flugzeugabsturz in Asien.

»Zeig doch mal her«, sagte Britta und versuchte, Sue die Mädchenzeitschrift aus der Hand zu reißen. »Mensch, Sue, das waren ›Siggis sieben Stylingtipps‹, lass doch mal *kurz* sehen.«

Sue verdrehte die Augen. »Diese dämlichen Ratschläge sind doch was für Omas«, erwiderte sie abfällig. »Wenn du dich für so was interessierst, zeig ich dir lieber die Tricks meiner Schwester.«

Jetzt war es Britta, die mit den Augen rollte. »Du und deine Schwester.«

»Nun hört doch mal auf«, mischte Tina sich ein. »Bevor ihr euch weiter anzickt«, sie hielt ihren Finger auf die nächste Seite, die Sue aufgeblättert hatte, » lasst uns lieber den Psychotest machen.«

»Also gut, aber ich lese vor.« Sue schüttelte ihre Haare zurück, hielt sich das Heft unter die Nase und räusperte sich. »Wie geheimnisvoll bist du?«, begann sie und machte eine Pause, die wohl ebenfalls geheimnisvoll sein sollte. »Also Mädels, zieht euch warm an, hier kommt die erste Frage: Zum Ausgehen mit deinem neuen Freund hast du dir ein total abgefahrenes Outfit zugelegt. Als du es überstreifst und dich damit im Spiegel betrachtest, denkst du: A): Wow! Eigentlich müsste er mich total sexy finden, und wenn nicht, ist er blind. B): Danke Spiegel – heute werde ich zu Höchstform auflaufen. Oder C): . . .« An dieser Stelle warf Sue einen ermutigenden Seitenblick auf Tina, ». . . Irgendwie bin ich das nicht. Oder doch? Auf jeden Fall habe ich mich schon mal selbst überrascht.«

»Ich nehme C«, sagte Tina.

»Ich nehme B«, verkündete Britta.

Sue nahm A, und dann fühlte Wanja, wie sich die drei Augenpaare abwartend auf sie richteten.

»Ich nehme I«, murmelte sie genervt.

»I?« Tina runzelte die Stirn. »Es gibt doch nur A, B oder C.«

Wanja zuckte mit den Achseln. »Ich nehme trotzdem I. I – wie interessiert mich nicht.«

»Was interessiert dich überhaupt noch in der letzten Zeit?«, wollte Britta wissen, als sie nachmittags zwischen Wanja und Alina, unter einen riesigen Schirm gedrängt, zur Eisdiele ging. Ihre Mutter musste heute etwas Dringendes für Brittas Vater erledigen und hatte die beiden Großen gebeten, Alina mitzunehmen. Ganz im Gegensatz zu Britta war Wanja froh über die Gesellschaft.

Während sie einer großen Regenpfütze auswich, dachte Wanja, dass sie eine ganze Menge Dinge interessierte. Zum Beispiel die Frage, wann sie eine Nachricht für den nächsten Besuchstag erhalten würde. Oder die Frage, wer dieser seltsame Vogel war und was das Furcht einflößende Schwarz-Weiß bedeuten sollte und ob der unheimliche Alte etwas damit zu tun hatte. Es interessierte sie auch, ob Mischas Vater wirklich Alkoholiker war, wie Britta mal behauptet hatte. Wanja konnte die hasserfüllte Stimme am Telefon einfach nicht vergessen, aber sie wollte Britta auch nicht darauf ansprechen, was sie wusste und was nicht.

»Mich interessiert, wann deine Schwester oben angekommen ist«, gab sie Britta deshalb zur Antwort, worauf Alina ihren Finger noch tiefer in die Nase steckte, und Britta meinte, Wanja sei ein Schwein.

»Dann pass ich ja gut in Jos Sammlung«, sagte Wanja und Alina gluckste. »Ich bin oben«, rief sie und hielt Britta den Finger unter die Nase. »Und ich hab dir auch was mitgebracht.«

»Hör sofort damit auf, du Ferkel«, zischte Britta. Wanja grinste. Mit Alina rumzualbern, brachte sie wenigstens auf andere Gedanken.

»Was würdest du lieber essen, wenn du müsstest«, fragte Alina, als sie sich an einem Tisch in der Eisdiele niedergelassen hatten, »eine Tasse mit Schleimpopeln oder ein Glas mit lauwarmem Eiter?«

Wanja überlegte. »Die Schleimpopel«, entschied sie schließlich.

»Iiiiiiih!« Alina bog sich vor Lachen, und Britta musste jetzt auch grinsen. »Ihr zwei seid richtige Pottsäue. Sag mal, hast du eigentlich schon für Deutsch geübt?«

»Nö.« Wanja hob die Bierdeckel auf, die Alina runtergefallen waren. »Dafür brauch ich nicht zu üben.« Bei Frau Gordon nahmen sie seit einer Woche Kurzgeschichten durch und würden nächsten Freitag eine Arbeit darüber schreiben. Aber wenigstens in Deutsch fiel Wanja fast alles, was sie durchnahmen, in den Schoß.

Als der Kellner die Eisbecher vor ihnen abstellte, merkte Wanja, dass ihr schlecht war. Eigentlich hatte sie sich schon heute Morgen komisch gefühlt, und sie überlegte, ob sie das mit klebrig süßem Erdbeersirup überzogene Spagetti-Eis überhaupt essen konnte. Da stieß Britta sie plötzlich in die Seite. »Kuck mal, die da.«

Wanja drehte sich zur Tür. Ein dunkelhäutiges Mädchen trat in die Eisdiele. Es trug ein Skateboard unter dem Arm und eine gestrickte Baskenmütze auf dem Kopf. Als sich ihre Augen trafen, zuckte Wanja zusammen. Das war ja Natalie. Sie nickte Wanja zu. Wanja nickte zurück und wünschte, Britta würde sich in Luft auflösen. Sie wusste ganz genau, dass sie in dieser Situation nicht mit Natalie sprechen konnte, und Natalie wusste es auch. Sie bestellte sich am Tresen ein Hörnchen, und als sie kurz darauf am Fenster vorbeiging, drehte sie sich noch einmal zu Wanja um und hielt den Daumen nach unten. Negativ. Wanja nickte. Bei ihr auch.

»Woher kennst du die denn schon wieder?«, fragte Britta, als Natalie vom Fenster verschwunden war. »Die ist ja fast so abgewrackt wie dein neuer Freund in der Schule.«

Wanja antwortete nicht. Wie nach ihrem ersten Besuch im

Museum hatten sie und Mischa keinen Kontakt, aber die kurzen Blicke, die sie in den Pausen austauschten, waren den drei anderen nicht entgangen.

»Sag doch mal!« Britta pikste Wanja ihr Papierschirmchen in den Arm. »Woher kennst du die denn? Aus unserer Schule ist sie nicht, soweit ich weiß.«

»Sie ist eine Schülerin von Flora«, log Wanja und stocherte in ihrem Eisbecher herum. Britta kannte Flora, sie wusste, dass sie Jos beste Freundin, Wanjas Zweitmutter und Lehrerin auf einer Realschule war. Sie wusste auch, dass Flora nachmittags mit ihren Schülerinnen manchmal etwas unternahm und dass Wanja sie dabei begleiten durfte.

»Unglaublich«, setzte Britta wieder an. »Wie kann man nur so pennermäßig rumlaufen? Mein Paps würde so jemanden nicht mal auf seinen Zahnarztstuhl lassen. Hab ich dir erzählt, was er neulich zu Thorsten gesagt hat? Das nächste Mal wäschst du dir gefälligst die Haare, bevor du in meine Praxis kommst, hat er gesagt.«

Britta lächelte triumphierend, und Wanja, der inzwischen wirklich übel war, schob den Eisbecher weg. Ja, sie kannte die Geschichte. Britta hatte sie vor der ganzen Klasse erzählt und Thorsten hätte ihr vor Wut fast eine gescheuert.

»Mensch Wanja, du bist ja bleicher als die Tischdecke.« Britta sah plötzlich besorgt aus. »Was ist denn los?«

»Ich«, keuchte Wanja. Mehr konnte sie nicht sagen, weil sie spucken musste. Mit einem Satz sprang sie auf und schaffte es gerade noch zum Klo.

Als sie zurückkam, hatte Britta schon ein Taxi bestellt. Zusammen mit Alina begleitete sie Wanja nach Hause. Dreimal hielt der Taxifahrer an, weil sich Wanja übergeben musste, und als sie endlich im Bett lag, klapperten ihr richtig die Zähne. Britta und Alina blieben bei ihr, bis Jo von der Arbeit kam, und während Alina mit Schröder spielte, saß Britta an Wanjas Bett und hielt ihr die Hand.

Jetzt saß Jo auf der Bettkante und streichelte ihrer Tochter die Haare aus der schweißnassen Stirn.

»Mein armes Spatzwürstchen. Und ich weiß gar nicht, was ich morgen mit dir machen soll. Ich kann doch diese verdammte Präsentation nicht verschieben.«

»Musst du auch nicht«, sagte Wanja. »Spucken kann ich alleine.«

Jo schüttelte den Kopf und stand auf. »Ich versuch's noch mal bei Flora. Vielleicht kann sie ja morgen nach der Schule kommen, dabei wäre mir wirklich wohler.«

Das war es Wanja auch, und als Jo kurz darauf nach oben rief, dass Flora konnte, drehte sie sich erleichtert zur Seite und schlief ein.

Um 5:38 Uhr wachte Wanja wieder auf und hing um 5:39 Uhr mit dem Kopf über dem Eimer, den Jo ihr neben das Bett gestellt hatte.

»Fieber hast du auch«, stellte Jo zwei Stunden später fest. »39,2, so eine blöde Hühnerkacke, meinst du wirklich, du schaffst das, den ganzen Vormittag allein zu bleiben?«

Wanja sah an Jos dunkelblauem Anzug hinunter und nickte. »Ich hab doch Schröder bei mir, und wenn was ist, ruf ich dich an.«

»Ich leg dir die Nummer vom Kunden hierhin«, sagte Jo, als sie sich zum Abschied noch einmal an Wanjas Bett setzte. Der Kunde war eine Fast-Food-Kette, an deren Werbebroschüre Jo die ganzen letzten Abende und das halbe Wochenende gesessen hatte.

»Viel Glück bei der Präsentation«, sagte Wanja. »Und bring mir bloß keinen Big-Mac mit.«

»Mega-Mäck«, grinste Jo. »So heißen die Big-Macs bei denen. Aber keine Angst.« Sie schob den Eimer noch ein wenig näher an Wanjas Bett. »Ich verschon dich. Und du«, ermahnte sie Schröder, der die ganze Nacht auf Wanjas Bett geblieben war, »pass gut auf dein Frauchen auf, hörst du?«

Schröder schnurrte, und als hinter Jo die Tür ins Schloss fiel, war Wanja schon wieder eingeschlafen. Sie öffnete erst die Augen, als ihr ein Finger über die Wange streichelte.

»Na, du?« Floras Stimme war so weich wie ihr Finger, und der sanfte Duft ihres Parfüms stieg Wanja angenehm in die Nase.

»Wie spät haben wir denn?«

»Halb drei«, sagte Flora. »Britta hat schon angerufen und sich nach dir erkundigt. Ich hab gesagt, du schläfst wie ein Murmeltier. Und wenn du Lust hast, koch ich dir eine schöne, warme Hühnerbrühe.«

»Au ja.« Wanja räkelte sich. Sie fühlte sich, als hätte sie einen richtigen Heilschlaf hinter sich. Das Fieber war gesunken, ihr Magen schien sich erholt zu haben, und Floras Hühnersuppe war jetzt ganz genau das Richtige.

»Wie geht's denn deinem Steuerberater?«, fragte Wanja, als sie zwei Stunden später mit einem dicken Kissen im Bett saß und sich von Flora füttern ließ.

Flora rollte mit den Augen. »Hör mir bloß mit dem auf. Erzähl mir lieber, was du so alles erlebt hast in der letzten Zeit.«

Wanja schloss ihren Mund um den letzten Löffel Suppe und zuckte mit den Schultern. »Nichts Besonderes.« Wenn Flora die letzten Wochen meinte, dann war das nicht mal gelogen. Außer dass sich Herr Schönhaupt am Montag den Knöchel gebrochen hatte, weil er beim Betreten der Klasse über einen Bleistift gestolpert und mit der vollen Kaffeetasse in der Hand flach auf den Boden geknallt war, gab es nichts Nennenswertes zu berichten. Und ehe Flora weiter nachfragen konnte, klingelte unten das Telefon.

»Das ist bestimmt Jo«, sagte Flora.

Aber es war nicht Jo. »Da ist ein Mischa für dich«, sagte Flora und hielt Wanja den Hörer hin. Schröder war hinter Flora durch die Tür geschlüpft. Mit einem schweren Satz landete er auf dem Fußende von Wanjas Bett und tapste schnurrend bis zu ihrer Brust hoch.

»Hallo?« Wanjas Herz klopfte, obwohl Flora das Zimmer verlassen hatte und sie mit ihrem Gespräch alleine ließ.

»Ich bin's.«

»Hallo.« Wanja biss sich auf die Lippe. Wie blöd, dachte sie. Hallo hab ich doch schon vorhin gesagt.

Am anderen Ende der Leitung war Stille.

»Ich . . .«, sagte Wanja schließlich.

»Ich . . .«, sagte Mischa im selben Moment.

Dann sagten beide nichts.

»Ich hab dich heute nicht in der Schule gesehen«, kam es nach endlosen Sekunden von Mischas Seite.

Wanja atmete aus. »Ich bin krank.«

»Ach so.«

»Aber eigentlich geht's mir schon wieder besser.«

»Aha.«

»Tja.«

Wieder breitete sich Schweigen aus.

»Was brummt denn da?«

Wanja grinste. »Schröder.«

»Schröder?!«

Wanja musste lachen. »Mein Kater.«

»Ach so.«

Wanja schob ihren Kater ein Stück nach unten und gab sich einen Ruck. »Wenn du Lust hast, komm mich doch besuchen. In die Schule geh ich morgen bestimmt noch nicht.« Ihre Finger krallten sich fest um den Hörer.

»Nachmittags?«

Wanjas Finger lockerten sich. »Ja, gern.«
»So um zwei dann.«
»Okay.«
»Bis dann.«
»Ja, bis dann.«
Wanja legte auf und ließ sich erschöpft in die Kissen zurückfallen. Sie fühlte sich, als wäre sie gerade einen steilen Berg hinaufgelaufen.

Kurz darauf steckte Flora grinsend den Kopf in die Tür. »Ein Verehrer? Warst du deshalb so still, als ich dich nach deinen Erlebnissen gefragt hab?«

Wanja zeigte Flora einen Vogel. Nein, ein *Verehrer* war Mischa ganz bestimmt nicht. Das war auch das Letzte, was Wanja von ihm wollte – und in dem Moment, wo Flora es ansprach, fühlte sich Wanja seltsam erleichtert, dass sie diese Art von Gefühl mit solcher Sicherheit ausschließen konnte. Aber irgendwas war trotzdem da, und plötzlich merkte Wanja, dass sie sich nicht nur nach Taro, sondern auch nach Mischa gesehnt hatte.

»Natalie hat auch noch nichts gehört«, erzählte sie Mischa am nächsten Tag. Sie saßen in der Küche, und Wanja ging es schon wieder so gut, dass Jo am Morgen beruhigt zur Arbeit gegangen war.

»Natalie?« Mischa sah sie erstaunt an. »Wo hast du die denn getroffen?«

»In der Eisdiele.« Wanja schob Mischa den Teller mit den Salzstangen hin. »Aber Britta aus meiner Klasse war dabei, da konnten wir nicht sprechen. Natalie hat nur den Daumen nach unten gehalten, also hat sie nichts gehört.«

Mischa musterte die Miniaturschweine, die Jo auf dem Fensterbrett aufgestellt hatte, und fuhr erschrocken zurück, als Schröder mit einem Satz auf seinem Schoß landete. Wanja grinste, und als Mischa seine Hand nach Schröders Fell ausstreckte, um ihn zu streicheln, verzog sich sein Mund zu einem Lächeln. Schröder schnurrte in Höchstlautstärke und machte es sich auf seinem neuen Platz bequem.

»Wer ist eigentlich dieser Zwerg da draußen, der mich vorhin mit Knetbällchen beschossen hat?«, fragte Mischa und zeigte aus dem Küchenfenster.

Wanja grinste. »Brian. Breien Trockenbrodt. Die größte Nervkröte des Jahrtausends.«

»Was für ein Name. Ich dachte schon, das wär dein Bruder.«

»Oh nein!« Wanja verdrehte die Augen. »Zum Glück nicht. Ich hab keine Geschwister. Und du?«

»Ich auch nicht.«

Mischa knabberte an einer Salzstange. »Arbeiten deine Eltern den ganzen Tag?«

Wanja musterte Mischa. All die Wochen hatten sie kein Wort miteinander gewechselt. Und jetzt saß er plötzlich hier in ihrer Küche. Und stellte sogar *Fragen*.

»Meine Mutter«, betonte sie, während sie sich frischen Kamillentee eingoss, »meine Mutter arbeitet den ganzen Tag.«

Mischa zog die Augenbrauen hoch. »Und dein Vater?«

Wanja zuckte mit den Schultern. »Der große Unbekannte.«

»Stimmt, das hast du damals schon gesagt.« Mischa griff noch einmal nach den Salzstangen und sah zu Lottchen, dem geflügelten Schwein am Kronleuchter, hoch. Lottchen hatte eine dicke Staubkrone auf dem Kopf. Julia, ihre Putzfrau, hatte vor zwei Monaten gekündigt, und Jo hatte noch keine neue gefunden.

»Hast du ihn noch nie gesehen?«

Wanja hielt sich die heiße Teetasse so dicht vors Gesicht, dass ihre Haut von dem aufsteigenden Dampf ganz feucht wurde. »Nein, noch nie.«

Mischa schwieg. Wanja holte Luft und stellte die Frage, die

ihr schon seit Wochen auf der Zunge brannte. »Und dein Vater? War das der Mann am Telefon neulich?«

Mischa sah sie an. Seine Augen waren jetzt so kalt, dass Wanja trotz der heißen Tasse in der Hand unwillkürlich fröstelte.

»Kein Vater wäre mir tausend Mal lieber als dieses besoffene Schwein«, presste er zwischen den Lippen hervor.

Wanja wusste nicht, was sie sagen sollte. Sie dachte an die lallende, hasserfüllte Männerstimme und daran, wie Mischa gleich darauf den Hörer aufgelegt hatte. Sie dachte an die harten Trommelschläge, die ihr im Zirkus aus Taros Wohnwagen nachgeklungen waren. Und sie dachte an Mischas leuchtendes Gesicht, als er nach dem Trommeln aus dem Wagen gekommen war.

»Wie war es, mit Taro zu trommeln?«, fragte sie mit einer so leisen Stimme, als würden sie von jemandem belauscht.

Mischa zerbrach eine Salzstange zwischen den Fingern und sagte lange gar nichts. Als er Wanja wieder ansah, hatten sich seine Augen verändert. »Es war das Beste«, erwiderte er. »Das Beste, was mir je passiert ist.«

In der Küche war es jetzt so still, dass Wanja von dem Geräusch des Schlüssels, der sich in der Haustür umdrehte, zusammenfuhr, als hätte jemand ganz plötzlich ganz laut das Radio aufgedreht. Gleich darauf stand Jo in der Tür. Grüne Bluse, beige Hose.

»Ich bin extra früher . . .«, setzte sie an. Plötzlich hielt sie inne, und Wanja hatte das Gefühl, als zucke Jo zusammen.

»Das ist Mischa«, sagte Wanja. »Ich hab dir doch erzählt, dass er mich heute Nachmittag besuchen kommt.«

Jo kam auf die beiden zu und streckte Mischa die Hand entgegen. Ihr Gesicht war wieder ganz normal. »Stimmt«, sagte sie, »das hatte ich schon wieder vergessen. Hallo Mischa. Ich bin Jo.«

»Hallo.« Mischa sprang so schnell von seinem Platz auf, dass Schröder wie eine Kugel auf den Boden rollte. »Ich . . . ich wollte sowieso gerade gehen.«

Wanja stand auch auf. »Ich bring dich noch zur Tür.«

»Meine Mutter beißt nicht, weißt du«, sagte sie, als Mischa im Flur nach seiner Jacke griff. »Du kannst ruhig noch bleiben.«

Statt einer Antwort stieß Mischa Wanja an. »Kuck mal, was da liegt.« Er zeigte auf das Tischchen im Flur, auf dem Jo immer ihre Post ablegte. Wanja trat näher, und als sie sah, was Mischa meinte, fing ihr Herz zu rasen an.

Ganz oben auf einem Stapel von Zeitungen und Briefen lag das Werbeblatt von einem Pizzaservice. »Call a Pizza«, stand in dicken Buchstaben darauf. Darunter war eine Pizza abgebildet, mit Ananas und Hühnerfleisch. Daneben stand der Preis, 9,90 Euro, und ganz unten in der Ecke war ein kleiner roter Rahmen. *Vaterbilder. Der dritte Besuchstag findet am 17. Juli um 15:30 Uhr statt.*

Als Wanja nach dem Blatt griff, zitterten ihre Hände. »Morgen«, flüsterte sie. »Mensch, Mischa, der 17. Juli ist morgen.«

Mischa schob sich aus der Tür. »Wir treffen uns am Museum, okay?«

Wanja wusste kaum, wie sie die Zeit bis zum nächsten Tag rumbringen sollte. Jo hatte sich von Flora zum Ausgehen überreden lassen. Als sie ging, trug sie Bordeauxrot und sah einfach umwerfend aus. Jo war jünger als alle anderen Mütter aus Wanjas Klasse, und selbst Sue gab zu, dass man sich mit einer solchen Mom sogar in der Disco sehen lassen konnte.

»Wenn ich zurück bin, schläfst du sicher schon«, sagte Jo,

als sie sich die Jacke zuknöpfte und Wanja zum Abschied auf den Mund küsste.

Aber Wanja konnte lange nicht einschlafen. Sie hätte gern Musik gehört, aber ihr CD-Player war kaputt und einen neuen würde es höchstens zum Geburtstag geben, wenn überhaupt. Im Radio kam nur Blödsinn. Wanja lag im Bett und starrte auf die weißen Ziffern. 00:00 Uhr, die Stunde, in der damals alles anfing, war längst vorbei. Als Wanja die Augen schloss, sprangen die Ziffern der alten Uhr gerade auf 2:12 Uhr, und unbestimmte Zeit danach fiel Wanja in einen wirren Traum.

Sie war in der Schule, der Sportlehrer war krank, Jo hatte Vertretung. Wanja sollte am Seil hochklettern, sie fühlte sich frei und leicht. Höher und höher stieg sie an dem Seil hoch, dem Mann entgegen, der ihr oben, ganz oben am Ende des Seils die Hand entgegenstreckte. Sie konnte sein Gesicht nicht erkennen, der Mann winkte ihr zu und rief etwas. Ich will sein Gesicht sehen, dachte Wanja, und plötzlich tat ihr alles weh. Sie schaute nach unten, wo Britta, Sue und Tina standen, neben Jo, die immer »Vorsicht Wanja, Vorsicht, nicht so hoch« schrie. Dann wandte sie ihr Gesicht wieder zu dem Mann, der weiterstieg, durch die Decke in einen dunklen Gang. Warte auf mich, warte doch, ich will dein Gesicht sehen, schrie Wanja. Schwer wie Blei waren ihre Glieder jetzt, und schlecht war ihr, und ihr Herz raste, und je verbissener sie sich nach oben kämpfte, desto weiter schien sich der Mann von ihr zu entfernen. Der dunkle Gang hatte ihn geschluckt, und Wanja konnte nicht höher, sie hatte keine Kraft mehr. Tränen strömten ihr über das Gesicht, und irgendetwas drückte schwer auf ihre Brust und brummte, brummte.

Als Wanja die Augen aufriss, lag Schröder auf ihrer Brust und schnurrte laut. Mit pochendem Herzen griff Wanja nach der Wasserflasche. Leer. Der Wecker stand auf 3:35 Uhr.

Mit Schröder auf dem Arm ging Wanja durch den dunklen Flur zur Treppe. Im Bad brannte Licht.

»Jo?« Wanja trat an die Tür vom Badezimmer, die sich langsam öffnete und einen goldenen Lichtkegel auf den dunklen Flur warf. Wanja sah Jos seidenen Morgenmantel. Doch es war nicht Jo, die ihn trug. Es war . . . Wanja schrie laut auf . . . ein Mann, der jetzt erschrocken einen Satz zurückmachte.

Schröder fauchte. Gleich darauf ging das Licht an, und Jo stand im Flur, kreidebleich und splitterfasernackt.

»Ach du Scheiße! Wanja . . . ich . . . das, oh Scheiße, verdammt, das ist Jürgen. Wir, ich, das . . .«

Weiter kam Jo nicht. Der lange, dünne Mann namens Jürgen stand wie angewurzelt da und ließ sich von Wanja anstarren. Einen Augenblick – dann machte Wanja auf dem Absatz kehrt, lief zurück in ihr Zimmer und knalle die Tür so laut zu, dass Jos Foto von der Wand fiel.

Trapezunterricht

Zaghafte Sonnenstrahlen schienen durch die verstaubten Küchenfenster, als Wanja am nächsten Morgen in die Küche kam. Jo saß mit zerknittertem Gesicht am Frühstückstisch. Der Mann, der Jürgen hieß, war weg.

Auf Wanjas Teller lag ein Brief von ihrer Großmutter. Sie und Uri freuten sich, dass Wanja kommen wollte, und Jo sollte doch bitte noch die Ankunftszeit bestätigen. In drei Tagen begannen die Sommerferien, die Jo auch in diesem Jahr wieder in Agenturanien verbringen würde, wie sie ihren Arbeitsplatz ironisch nannte, wenn ihr Chef ihr keinen Urlaub gab.

Als Wanja den Brief zur Seite legte und zu Jo hinschaute, senkte ihre Mutter den Kopf. »Tut mir leid, Pumpel. Ich weiß nicht, was in mich gefahren ist gestern Abend. Im Grunde war Flora an allem schuld. Sie hat mir diesen Kerl regelrecht ins Haus geschwatzt. Bitte, sei nicht böse, ja?«

Es ist, als wäre ich die Mutter und sie das Kind, dachte Wanja und stellte sich vor, wie es wäre, wenn in Zukunft nicht zwei, sondern drei Teller auf dem Frühstückstisch stehen würden. Aber als sie sich den langen, dünnen Mann am dritten Teller vorstellte, schüttelte es sie innerlich.

»Ist der jetzt dein neuer Freund?«

Jo schüttelte so heftig den Kopf, dass ihre ungekämmten Locken wie kleine Sprungspiralen um ihren Kopf herumhüpften. »Nein, Wanja. Das war nichts, das war gar nichts. Er ist gleich gegangen, und er wird auch nicht wieder kommen. Es hatte nichts, überhaupt nichts zu bedeuten, ich...«

Ganz rot war Jo war beim Sprechen geworden, und plötzlich prustete Wanja los. »Wie der aussah. In deinem Morgenrock.«

Jos Mund verzog sich, erst schmerzhaft, dann zu einem breiten Grinsen, während in Wanja die Dämme brachen. Sie lachte. Lachte, bis ihr der Bauch wehtat, und Jo lachte mit.

Zum Glück war auch Wanjas Übelkeit überwunden, und obwohl sie in der Nacht kaum geschlafen hatte, fühlte sie sich gut genug, um zur Schule zu gehen. Wahrscheinlich war es die Aufregung, die ihr die Kraft dazu gab.

Mit dem wochenlangen Regen hatte es offensichtlich ebenfalls ein Ende. Im Laufe des Vormittages hatten sich auch die letzten Wolken vom Himmel verzogen, und die pralle Sonne, die Wanja auf dem Weg zum Museum ins Gesicht schien, verkündete strahlend, dass jetzt endlich und endgültig der Sommer ausgebrochen war.

Mischa stand schon vor dem Eingang, zusammen mit Natalie und Alex, der heute Jeans und T-Shirt trug. Hinter Wanja liefen ein paar andere Jugendliche die Treppen hoch und drängten sich durch die Eingangstür.

»Na endlich, was?«, rief Natalie Wanja entgegen. »Du sahst ja neulich aus, als könntest du es kaum noch aushalten.«

Wanja grinste. Es stimmte, und die Ungeduld füllte sie jetzt derart aus, dass sie sich fühlte wie eine geschüttelte Sektflasche, an der jemand gerade den Korken lockerte. Mit der Zeit verhält es sich schon komisch, dachte sie. Je näher ein ersehnter Augenblick rückt, desto langsamer vergehen gerade die letzten Minuten, bis es so weit ist. Und diese letzten Minuten sollten sich heute noch schmerzlicher in die Länge ziehen.

»Oh nein!«, stöhnte Alex, der als Erster die Eingangshalle betrat. Vor der Kasse stand eine Schlange von etwa 30 Senioren, 70 Jahre aufwärts. Am Ende der Schlange standen die Jugendlichen, die sich vorhin durch die Eingangstür gedrängt hatten. Auch der dicke Junge und das Mädchen mit den grünen Haaren waren unter ihnen, und sie machten so verzweifelte Gesichter, dass Wanja plötzlich lachen musste. »Na, dann wollen wir uns mal schön artig hinten anstellen.«

Millimeter für Millimeter kroch die Seniorenschlange vorwärts. Keiner der vier hatte Lust, die Zeit mit Reden totzuschlagen. Natalie kaute Fingernägel, Alex trat von einem Bein aufs andere, als wäre er kurz davor, in die Hose zu pinkeln, Mischa hatte sich neben sie auf den Museumsboden gehockt, und Wanja beobachtete die alten Leute.

Eine halbe Ewigkeit war vergangen, als endlich die alte Dame, die das Ende der Schlange bildete, an die Reihe kam.

Beim Bezahlen fiel ihr das Portmonee aus der Hand, und im nächsten Moment stürzten sich fünfzehn Mädchen und Jungen auf die herausspringenden Münzen. Es dauerte keine fünf Sekunden, bis das Geld eingesammelt war, und die alte Dame bedankte sich mit einem so überraschten Lächeln, als hätte sie soeben ihren Glauben an die heutige Jugend wieder gefunden.

Als sich Wanja hinter Natalie durch die Drehtür schob, war es Viertel vor vier, und als die Horde Jugendlicher im Sturmschritt die Abteilung der Alten Meister, die rote Tür und den dunklen Gang durchquert hatte, stand die alte Frau schon auf der Bühne.

»Keine Eile«, sagte sie beruhigend. »Es ist noch genug Zeit. Seid ihr so weit, oder wollt ihr erst einmal durchatmen?«

Nein, niemand wollte durchatmen, obwohl alle außer Atem waren. Sie brannten vor Ungeduld, und die alte Frau, bei der Wanja auch diesmal wieder das Gefühl hatte, dass sie Mischa und sie länger ansah als die anderen, zog den gusseisernen Pinselkopf nach unten.

Zwei Hände am Trapez. Das war heute auf dem Bild. Das Trapez stand so schräg in der Luft, dass es fast nach rechts oben aus dem Bild kippte, die Hände hielten die Stange umschlossen, und als Wanja und Mischa auf ihrem Platz in der Manege gelandet waren, schwang die Schaukel gerade zurück. An der Stange hing Taro. Er zog die Beine hoch und holte Schwung, als wolle er das Trapez überholen. Immer schneller und höher schaukelte er, bis sein Körper auf der Stange zu einem kurzen Handstand kam und mit dem Zurückschwingen der Schaukel wieder nach unten sauste.

Es sieht so leicht aus, dachte Wanja, während sie wie verzaubert jede einzelne Bewegung des Akrobaten verfolgte. Taro hatte sich auf das Trittbrett geschwungen, hielt die

Schaukel fest und sah hinüber zu Gata, die auf dem Trittbrett gegenüberstand.

»Fertig?«

»Fertig. Nach meiner vierten Umdrehung lass los.«

Gata stutzte. »Nach der vierten? Aber wir . . .«

»Nach der *vierten*, Gata. Tu, was ich sage.«

Taros Tonfall erlaubte keine Widerrede. Gata klappte verärgert den Mund zu und hielt das Trapez in Stellung, während Taro auf seiner Position die Arme zum Abschwung hob. Dann – diesmal wusste Wanja, dass es Mischas Arm war, in den sich ihre Finger verkrallten – sprang Taro ab. Seine Hände lösten sich von der Stange, sein Körper flog durch die Luft und drehte sich: einmal, zweimal, dreimal, viermal. Wie verabredet, ließ Gata das Trapez los, genau bei Taros vierter Umdrehung, und seine Hände ergriffen die Stange. Im allerletzten Augenblick.

Wanja stockte der Atem. War das, was Taro da gerade gemacht hatte, nicht der Salto mortale? Sie hatte diese Nummer schon ein paar Mal im Fernsehen gesehen, in alten Zirkusfilmen, aber da war der Fliegende immer von einem Fänger gehalten worden.

»Du alter Starrkopf, wir haben drei, nicht vier Umdrehungen ausgemacht«, schimpfte Gata, als sie das Trapez mit Taro zum Sicherheitsnetz herabseilte. Taro sprang auf den Boden und grinste. Dann stellte er sich vor die Ehrenloge, umfasste mit beiden Händen den roten Rahmen und schaute hindurch zu Wanja und Mischa.

»Was für ein schönes Paar ihr doch seid«, sagte er augenzwinkernd.

Wanja ging nicht auf seinen Scherz ein, sondern schielte ängstlich nach oben. »Das willst du aber später nicht ohne Netz aufführen, oder?«

»Da kennst du Taro schlecht«, gab Gata zur Antwort, die

sich ihre Hände am Trikot abrieb. »Ich bin schon froh, dass ich ihn überreden konnte, wenigstens bei der Probe das Netz aufzubauen.«

»Ist ja schon gut.« Taro zwinkerte Gata zu. »Ich werde ein braver Junge sein und so lange das Netz benutzen, bis ich den Salto mortale im Traum beherrsche.«

Bei dem Wort *Traum* zuckte Wanja zusammen. Der Traum von gestern Nacht schoss ihr wieder in den Kopf. Der Mann ohne Gesicht, der garantiert nicht der hagere Kerl in Jos Morgenrock gewesen war. Aber wer war er dann gewesen? Sie sah in das lachende Gesicht von Taro, das ihr inzwischen so vertraut war, als ob sie es seit Jahren kannte.

»Na?« Taro deutete nach oben. »Bist du bereit für eine kleine Probe, Wanja?«

»Was, ich? Jetzt?« Die Frage kam so plötzlich, dass Wanja einen Schritt zurücktrat. Dabei merkte sie, wie ihr ganzer Körper zu beben anfing.

Taro ging zu der Kette, die an der Stange des Zirkuszeltes befestigt war. Er zog die noch in der Luft hängende Schaukel zurück und zeigte auf das Trapez über dem Sicherheitsnetz. »Voilá, Wanja. Die Manege gehört dir.«

Wanja schaute von Taro zu Gata und von Gata zu Mischa. Sechs Augenpaare, die sie anschauten, drei Köpfe, die ihr zunickten. Ja, auch Mischa nickte ihr zu.

Wie ein scheues Tier, das jemand mit einem Leckerbissen lockt, ging Wanja auf das Netz zu, während das Beben in ihrem Körper immer stärker wurde. Mit Taros Hilfe zog sie sich an dem Netz hoch, krabbelte erst auf allen vieren und versuchte anschließend aufzustehen. Das Netz wackelte wie ein Schiff bei Seegang. Zwei Schritte, dann fiel Wanja hin und für einen kurzen Moment wäre sie am liebsten wieder nach unten gestiegen. Aber die Lust, das Unbekannte auszuprobieren, war stärker, und als ihre Hände die Trapezstange umschlossen, erschien ihr dieser Moment plötzlich wie ein Geschenk, auf das sie lange gewartete hatte.

Wanja schwang sich auf die Stange, und Taro zog an einem Seil das Trapez in die Höhe.

»Sag, wenn es dir hoch genug ist«, rief er ihr zu. Wanja schwieg. Schwieg und schwieg, bis der Blick nach unten sie schwindeln ließ.

»Genug.«

Es gab einen leichten Ruck.

»Das Trapez ist fest, Wanja. Du kannst anfangen.«

Wanja schaukelte los.

Vor, zurück.

Beine hoch, Beine runter.

Vor, zurück.

Sie schloss die Augen und sah Jos Gesicht vor sich, die ihr zurief und lachte, *vor und zurück, Mäusespatz, Beine hoch, genau, und Beine runter, ja, super, Wanja, hoch und runter, vor, zurück, halt dich fest, ja, du kannst es, du kannst schaukeln, Flora, schau, mein großes, kleines Mädchen kann schaukeln, kann schaukeln, kann schaukeln.*

Als Wanja die Augen wieder öffnete und der ziemlich verschmutzten Manegendecke entgegenschaukelte, fühlte sie sich so leicht und sicher, als hätte sie jahrelang nichts anderes getan, als hier oben zu sitzen und zu schaukeln. Sie wusste nicht, wie viel Zeit verging, doch sie nahm die Trommel wahr, die jetzt ihr Schaukeln begleitete. In ihrem Rücken ertönte sie, erst zaghaft, dann immer sicherer und rhythmischer, ganz im Einklang mit ihren Bewegungen.

Gerade als sich Wanja fragte, ob Taro an der Trommel war, entdeckte sie ihn. Er stand ihr gegenüber, auf dem schmalen Trittbrett, das zweite Trapez, das Gata vorhin wieder zurückgebunden hatte, in seinen Händen. Er griff danach, schwang los und rief Wanja zu, sie solle sich hinstellen. Wie denn, wollte Wanja fragen, doch plötzlich spürte sie, dass sie *wusste,* wie. Es war ganz einfach. Mit den Händen griff sie höher, stellte erst den einen, dann den anderen Fuß auf die Stange, zog sich im Schaukeln hoch und kam dabei nur für einen kurzen Moment aus dem Gleichgewicht.

Beide Trapeze hatten jetzt einen solchen Schwung, dass sie sich in der Mitte beinahe berührten. Auch Taro stand jetzt, schaukelte weg von ihr, kam wieder auf sie zu, ließ mit seinen Händen die Seile seiner Schaukel los und griff nach der Stange von Wanjas Trapez.

»Nicht aufhören«, hörte sie seine Stimme unter ihr. »Weiterschaukeln, Wanja, schneller, bleib im Rhythmus der Trommel, schau nicht nach unten, denk nicht nach, bleib einfach im Rhythmus!«

Wanja atmete ihre Aufregung weg, schaukelte weiter, und im nächsten Moment saß Taro bei ihr auf dem Trapez. Wie ein Klappmesser musste er seine Beine hochgeklappt und zwischen ihren Füßen auf die Stange gelegt haben.

»Setz dich«, sagte er. »Dir kann nichts passieren, du bist sicher.«

Wanja wusste, dass sie sicher war, und es war ganz seltsam, sie fühlte sich so sicher wie noch nie in ihrem Leben. Sie ließ sich auf Taros Beinen nieder, ihre Hände umfassten die Seile unter seinen Händen, und als Taro das Trapez höher trieb, lachte sie, lachte und schrie, weil sie plötzlich das Gefühl hatte, nicht mehr zu schaukeln, sondern zu fliegen.

»Und jetzt, Wanja«, rief Taro, »lass die Hände los. Lass dich nach hinten fallen.«

Wanja war längst über den Punkt des Nachdenkens hinaus, es war, als hätte das Schaukeln in der Luft alle Gedanken in ihr weggeblasen. Ihr Kopf war leer, und ihr Oberkörper, der sich jetzt nach hinten bog und fiel, einfach fiel, gehörte ihr nicht mehr und gehörte ihr doch.

Für den Bruchteil einer Sekunde hatte sie das Gefühl, als rutschten ihr die Beine weg, doch dann spürte sie, wie sie gehalten wurden, oder vielmehr: wie sie sich selbst hielt, mit der Kraft ihrer Füße, die sich nach innen gebogen und um Taros Rücken geschlossen hatten. Wanja fragte sich nicht, warum sie das konnte, und sie wunderte sich nicht, woher sie die Kraft hatte oder wie Taro dazu kam, ihr diese Kraft zuzutrauen. Sie konnte es, und sie hatte die Kraft, und Taro hatte es gewusst.

Sie ließ ihre Arme baumeln, wie sie es oft in ihrem Garten tat, wenn sie an der Reckstange hing. Aber im Schaukeln war es ein völlig anderes Gefühl. Sie sah Gatas Gesicht und sah es nicht und sah es wieder und sie hörte die Trommel, takka-ta-tamm, takka-ta-tamm, takkata-takkata, takka-ta-tam, und als sie merkte, wie die Kraft sie verließ, hörte sie Taros Stimme. »Schwing mit dem Oberkörper zurück nach oben, Wanja, und streck deine Hand aus, hol die Kraft aus deiner Wirbelsäule, von unten nach oben, ich halte dich – jetzt!«

Wanja tat, was Taro ihr sagte. Ihre Beinmuskeln spannten sich, ihre Füße schmerzten, aber Wanja hielt aus, und im Zurückschwingen der Schaukel beugte sie ihren Oberkörper nach oben, Wirbel für Wirbel, begleitet von der Trommel, bis sie sich fühlte wie ein U, dann streckte sie die Hand aus, griff nach Taros Hand und ließ sich – takka-ta-takk-takk – von ihm nach oben ziehen.

Als Gata das Trapez wieder nach unten gelassen hatte, zitterten Wanja die Beine. Jeden einzelnen Muskel spürte sie, und in ihrem Körper breitete sich ein tiefes Glücksgefühl aus. Hatte Mischa etwas Ähnliches gefühlt, als er mit Taro getrommelt hatte? Wo war er überhaupt? Da stand er, oben auf dem Balkon, an der Trommel, wo er sich mit einem leichten Kopfnicken vor ihr verbeugte.

»Wow.« Wanja starrte Mischa an. »Hast du getrommelt? Du bist ja richtig gut.«

»Er ist hervorragend.«

Wer hatte das gesagt? Wanja fuhr herum. Die Stimme kam vom Vorhang. Von O. Er musste schon eine Weile dort gestanden haben und schaute jetzt ebenfalls zu Mischa hoch, der vor lauter Verlegenheit plötzlich nicht mehr wusste, wo er seine Hände lassen sollte. O schien es zu merken und deutete mit dem Kopf zu Taro. »Aber du hast auch einen guten Meister, Mischa. Alles, was ich kann, verdanke ich ihm. Und du«, O wandte sich an Wanja, »hast deinen Meister ebenfalls gefunden, wie ich sehe.«

Taro, der bereits auf dem Boden stand, streckte seine Hand nach Wanja aus, um ihr vom Netz herunterzuhelfen. Er sah ihr fest in die Augen. »Für das, was du da gerade aus dem Stegreif geleistet hast, brauchen manche Menschen Wochen.«

Wanja glühte und Gata nickte. Sie hatte sich neben dem Sicherheitsnetz auf einer Trittleiter aus rot lackiertem Holz niedergelassen, und ihr zerzauster Kopf schaute zwischen ihren Beinen hervor, die sie mit den Händen um die Fußgelenke kerzengerade in die Luft gestreckt hielt. »Das war wirklich unglaublich gut«, sagte sie, ohne ihre Haltung zu verändern. »Du besitzt die drei Eigenschaften, die für das Trapez am wichtigsten sind. Mut, Instinkt und Leichtigkeit.«

»Und ich besitze die drei Eigenschaften, die für ein gutes Essen wichtig sind.«

Hinter O war Perun aufgetaucht und legte sich die Hand auf den Bauch. »Ich habe Hunger, Hunger, Hunger! Es gibt rote Suppe, also hopp, hopp, bewegt euch.«

Wie bei ihrem ersten Besuch im Zirkus saßen die anderen Artisten bereits an den zusammengerückten Tischen, auf deren Mitte Perun kurz darauf einen riesigen, gusseisernen Topf stellte. Ein süßlich scharfer Duft strömte Wanja entgegen.

»Pass auf, dass du dir nicht die Zunge verbrennst«, warnte Gata, als Perun Wanja eine große Kelle Suppe einschenkte. »Nach Peruns Suppe kann sogar eine Wasserratte Feuer spucken.«

Eigentlich war Wanja noch gar nicht richtig nach Essen zumute, so erfüllt war sie von dem, was sie gerade auf dem Trapez erlebt hatte. Aber scharfe Suppen liebte sie, und die Suppe von Perun war – wie Jo zu manchen Dingen sagte – »aus der Welt gut«.

»Hast du O das Trommeln beigebracht?«, hörte sie Mischa fragen, der ihr und Taro gegenübersaß. Taro brach sich ein Stück Brot ab und tunkte es in seine Suppe. »O hat das Trommeln im Blut, genau wie du. Man kann einem Menschen immer nur so viel beibringen, wie in ihm steckt, und in euch beiden steckt eine ganze Menge.«

»Du bist die geborene Artistin, wie ich gerade gehört habe«, schmunzelte Perun. Er hatte seinen Arm um Noaeh gelegt und wischte sich mit der freien Hand einen Suppenspritzer vom Kinn. Noaeh wirkte unter dem Gewicht seines Armes noch zierlicher, als sie ohnehin schon war. Ihre schmalen Schultern steckten in einem ärmellosen Hemd, das hinten am Hals zusammengebunden war. Ihr lockiges Haar war hochgesteckt, die große, glitzernde Spange funkelte in der Sonne.

Perun blinzelte Wanja zu, aber ihre gute Laune, das Glücksgefühl, das sie eben noch empfunden hatte, war plötzlich getrübt. Ihr Blick hatte die Wohnwagen am Rande des Wäldchens gestreift, und damit kam die Erinnerung zurück. Der unheimliche Alte. Sein Stock, der bei ihrem letzten Besuch in den Himmel gezeigt hatte. Der Schatten, der

Vogel ... eigentlich hatte sie Taro gleich darauf ansprechen wollen, doch auf dem Trapez hatte sie alles um sich herum vergessen. Jetzt war es wieder da.

Wanja legte den Löffel weg. Taro unterhielt sich gerade in Zeichensprache mit Sulana. Das Mädchen saß am Ende der Tafel, und Wanja zuckte zusammen, als an Sulanas Oberkörper plötzlich wieder die Schlange emporschlängelte und sich in sanften Bewegungen um den Hals ihrer Herrin legte. Sulanas Hände erzählten währenddessen eine Geschichte, die alle am Tisch, außer Wanja und Mischa, zu verstehen schienen. Taro lachte, Pati Tatü, der neben Sulana saß, lachte auch und stieß dem Schlangenmädchen in die Seite. »Das ist aber ganz schön gewagt, weißt du?«

Sulana lächelte ein kleines, sonderbares Lächeln, und Taro wandte sich, nachdem er seinen Suppenteller noch einmal aufgefüllt hatte, Wanja zu. »Wolltest du mich etwas fragen?«

Wanja schluckte. Womit sollte sie anfangen? Ihr war noch immer nicht ganz klar, ob das, was sie beim letzten Mal gesehen hatte, den anderen auch aufgefallen war.

»Wer ist der alte Mann, der in dem Wohnwagen dort hinten wohnt?«, fragte sie deshalb als Erstes.

Taro wandte den Kopf zum Wald. »Unser alter Zauberkünstler. Er heißt Amon.«

Wanja stutzte. Amon? Diesen Namen hatte sie doch schon gehört, aber von wem? Sie schaute zu Thrym und Thyra, in deren riesigen Pranken die Suppenlöffel wie kleine Dessertlöffelchen wirkten. Zu Reimundo, der ein gelbes Notizbuch aus seiner Jackentasche zog und sich etwas darin notierte. Zu Gata, die mit einem genüsslichen Seufzer ihren Suppenlöffel beiseite legte. Noaeh, die jetzt auf Peruns Schoß saß und ihren Kopf an seine Schulter gelehnt hatte. Sulana, die sich in Zeichensprache mit O unterhielt und Wanja zum ersten Mal nicht mehr unheimlich war. Pati Tatü, der ein kleines Papierboot in seinem Suppenteller herumfahren ließ, worüber Madame Nui, die einen riesigen schwarzen Hut auf dem Kopf trug, mit einem dünnen Lächeln auf den Lippen den Kopf schüttelte. Und schließlich zu Baba, der sein weißes Hemd aufknöpfte, sicher weil ihm von der scharfen Suppe heiß geworden war. Da fiel es Wanja ein. Neben den drei von Gata aufgezählten Eigenschaften, die ihr auf dem Trapez zugutekamen, besaß sie noch eine weitere Fähigkeit: ein außergewöhnlich gutes Gedächtnis.

Sie dürfen nicht zu spät kommen, hat Amon gesagt. Das waren Babas Worte gewesen, als bei ihrem ersten Besuchstag der Gong ertönt war.

Als hätte der kleine Mann Wanjas Gedanken gelesen, schenkte er ihr plötzlich ein mitfühlendes Lächeln, als wüsste jetzt auch er, an wen sie dachte.

»Bist du etwa deshalb beim letzten Mal so schnell an uns vorbeigerannt? Weil du dem Alten begegnet bist? Oje, oje, du liebes, gutes Mädchen, hier im Zirkus Anima gibt es nichts, wovor du dich fürchten musst, das kannst du dem alten Baba glauben. Amon sieht ein bisschen seltsam aus, nicht wahr? Er lebt sehr für sich, in unserer Mitte sehen wir ihn eigentlich kaum. Aber es ist gut, dass er da ist. Amon ist . . .« Baba blickte in die Runde. ». . . die Seele vom Circus Anima, nicht wahr, meine Lieben, das ist er.«

Niemand hatte etwas einzuwenden, und Wanja wusste nicht, ob Babas Worte sie erleichterten oder verwirrten. Hilfe suchend sah sie zu Taro. Aber Taro hatte den Kopf zum Himmel gewandt, der sich vom Horizont her schwarz färbte. Im selben Augenblick ertönte der Vogelschrei. Der Vogel selbst blieb unsichtbar. Doch sein Begleiter, der Schatten, überzog jetzt wie im Zeitraffer den gesamten Himmel und fraß auch von der Erde alle Farben, als ob er selbst ein gieriger Vogel wäre. Wanja hielt Taros Hand umklammert, am Tisch herrschte Totenstille, die erst unterbrochen wurde, als noch jemand schrie. Taro.

Wanja wirbelte herum und erstickte ihren eigenen Schrei, indem sie sich die Faust vor die Lippen presste. Sulana stand an ihrem Platz, die gelben Augen weit aufgerissen. Ihre Hände rissen an der Schlange, die angefangen hatte, sich um ihren Hals zu schnüren, immer fester, unnachgiebig wie ein Todesstrang.

O saß wie gelähmt neben ihr, während Sulana zog und zerrte, aber nichts tun konnte. Die Schlange war stärker, und es schien, als wäre sie selbst von panischer Angst getrieben.

Taro sprang auf, schrie Thrym und Thyra an, ihm zu helfen, aber selbst den starken Zwillingen gelang es nicht, den Würgegriff des Tieres zu lockern, sosehr sie sich auch anstrengten.

Sulanas Gesicht wurde dunkelgrau, und sie konnte sich nicht mehr auf den Beinen halten. Doch gerade als das Mädchen in Taros Arme sackte, kam die Farbe zurück. Die Schlange löste sich von Sulanas Hals, glitt am zierlichen Körper des Mädchens herab und ringelte sich im Gras zusammen. Sulana rang nach Luft. Sie hustete. Aber sie lebte.

Keiner sprach ein Wort. Alle Augen waren zum Himmel gerichtet, aus dessen strahlendem Blau langsam, langsam eine Feder nach unten segelte, sich sanft im Wind drehte und nach endlosen Sekunden in Taros Teller landete.

Das Ende der Feder war blutig. In die Stille der Artisten tönte der Gong.

Babas rundes Gesicht war weiß wie Kreide.

»Im Zirkus Anima gibt es anscheinend sehr wohl etwas, wovor man sich fürchten muss«, presste Wanja hervor, als sie sich mit Mischa auf den Heimweg machte.

GENAU WIE DEIN VATER

*H*ast du alles, Stupsel? Wir müssen los.«

Jo stand schon an der Tür, als Wanja mit ihrer Reisetasche die Treppe runterkam und Schröder zum Abschied noch einmal feste an sich drückte.

Hatte sie alles? Nein, sie hatte nicht alles. Ihr fehlten Antworten, jede Menge Antworten, während die Fragen an ihr nagten wie Mäuse am Speck. Selbst Taro, der sich anscheinend von nichts aus der Ruhe bringen ließ, hatte verstört ausgesehen, als er Wanja und Mischa nach dem Gongschlag zurück zum Rahmen gebracht hatte. Er hatte diesen seltsamen Vogel nie zuvor gesehen, das war das Einzige, was er gesagt hatte, bevor Wanja hinter Mischa zurück in den Rahmen stieg.

Aber wenn der Schattenvogel vorher nicht da gewesen war, fragte sich Wanja, als sie ihre Tasche auf den Rücksitz von Jos Auto warf, hatte es dann vielleicht etwas mit ihren Besuchen zu tun? Immer wieder erschien vor ihrem inneren Auge die Schlange, die sich um Sulanas Hals geschlungen hatte, getrieben von Angst, da war sich Wanja sicher. Tiere hatten einen Instinkt für Gefahr, so viel war klar. Ob Sandesh den Vogel auch wahrgenommen hatte? Wanja war nicht mehr dazu gekommen, Taro zu bitten, mit ihnen zur Weide zu gehen. Sie war zu vielen Dingen nicht gekommen. Und jetzt – »Mensch Purkelbär, was ist eigentlich los mit dir? Du bist schon seit Tagen so schweigsam« – würde sie wieder warten müssen. Warten, bis es weiterging. Warten, bis sie wieder mit Mischa sprechen konnte, der die Sommerferien zu Hause verbringen würde. Warten, bis sie eine Nachricht erhielt. Ein tiefer Schreck durchfuhr Wanja. Und was, wenn eine Nachricht in ihrer Abwesenheit eintreffen würde? Sie biss sich auf die Lippen. Verdammt, daran hatte sie gar nicht gedacht.

»Ist es wegen dem Zeugnis? Hau ab, du Idiot, das ist mein Parkplatz!« Jo drückte auf die Hupe und ballte die Faust, aber der Fahrer des schwarzen Golfs beachtete sie gar nicht. Seelenruhig schnappte er ihr den Parkplatz weg. Jo tobte. »Meine Nerven, diesen rücksichtslosen Typen hier sollte man den Führerschein abnehmen!«

»Da ist einer.« Wanja zeigte nach links, Jo trat auf die Bremse und quetschte ihr Auto in die schmale Parklücke. Dann drehte sie sich zu Wanja und strich ihr über die Wange. »Mach dir wegen der blöden Fünf in Mathe keine Sorgen, das wird schon. Und wenn nicht, ist es auch egal. Eine Mathematikprofessorin wird aus dir ohnehin nicht. Oder ist es, weil du zu Oma musst? Bist du deshalb so still? Es tut mir ja auch leid, dass wir schon wieder nicht zusammen wegfahren können! Aber Oma und Uri freuen sich bestimmt ganz schrecklich auf dich, wo sie doch sonst kaum eine Abwechslung haben.«

Wanja öffnete die Beifahrertür. »Alles okay, Jo, mach dir keine Sorgen. Wir müssen los, sonst verpasse ich noch den Zug.«

Als der ICE sechseinhalb Stunden später im Münchner Hauptbahnhof einfuhr, hatte Wanja Kopfschmerzen (weil Jo ihr versehentlich einen Platz im Raucherabteil gebucht hatte), steife Glieder (weil ihr schrankgroßes Gegenüber mit ausgestreckten Beinen eingeschlafen war) und einen knurrenden Magen (weil sie die Brote auf dem Küchentisch liegen gelassen hatte).

Zum Glück war Wanjas Großmutter eine hervorragende Köchin, und als Wanja hinter ihr in den frisch gebohnerten Flur des weiß gestrichenen Einfamilienhauses trat, ließ ihr der Duft, der aus der Küche strömte, das Wasser im Munde zusammenlaufen. Reibekuchen mit selbst gekochtem Apfelmus!

»Aber zuerst begrüßt du Uri,«, drängte ihre Großmutter und schob Wanja vor sich her die Treppe hinunter.

Früher war das große Zimmer im Souterrain Omas Nähzimmer gewesen, jetzt war es das Krankenzimmer von Wanjas Urgroßmutter. Wie lange war es her, dass sie ihren Schlaganfall erlitten hatte? Sechs, sieben Jahre mussten es sein, Wanja war damals noch sehr klein gewesen. Jedenfalls eine lange Zeit und bestimmt keine leichte Aufgabe für Wanjas Großmutter, die sie seither pflegte.

»Hallo Uri!« Wanja beugte sich über die dreiundneunzigjährige Frau, die mit hochgeklapptem Rückenteil in dem zum Fenster gerichteten Metallbett lag. »Ich bin da, freust du dich?«

Ihre Urgroßmutter hob den Zeigefinger ihrer linken Hand, zum Zeichen, dass sie Wanja verstanden hatte. Ihre Augen waren seit dem letzten Jahr noch heller geworden. Winterwolkenhimmelblau, überzogen von einem milchigen Schleier.

»Ich muss jetzt erst mal was essen, Uri«, sagte Wanja, der inzwischen fast schlecht vor Hunger war. »Aber später komm ich wieder runter und les dir was von Dostojewski vor, okay?« Uris Zeigefinger zuckte, und eine Viertelstunde später saß Wanja in Omas Küche und verdrückte ihren siebten Reibekuchen.

»Meine Güte, du bist ja wieder völlig ausgehungert«, sagte ihre Großmutter und strich Wanja mit ihren feingliedrigen Fingern das Haar aus der Stirn. »Und diese Lotterzotteln, wann wirst du sie endlich abschneiden oder wenigstens zusammenbinden?! Dass deine Mutter aber auch nicht auf diese Dinge achtet. Was sollen denn die Leute denken, wenn du so herumläufst?«

Wanja, die voll und ganz damit beschäftigt war, das letzte bisschen Apfelmus mit ihrem Reibekuchen aufzuwischen, war es ziemlich gleichgültig, was die Leute über sie dachten, aber darüber wollte sie sich mit ihrer Großmutter lieber nicht streiten.

»Und was macht die Schule?«

Wanjas Großmutter hatte sich die Küchenschürze umgebunden und war schon dabei, mit ihren geräuschlosen Bewegungen das Geschirr abzuwaschen. Sie war noch schmaler als Jo, aber sie hatte etwas Zähes an sich, und Wanja ahnte, dass ihre Großmutter weit mehr aushalten konnte, als ihr zarter Körper zugeben wollte.

Sie schob ihren Teller zur Seite, öffnete den obersten Knopf ihrer Jeanshose und dachte an Frau Gordon, die sie nach den Ferien möglicherweise nicht wiedersehen würde, weil ihr wegen des neuen Lehrerarbeitszeitmodells eine Versetzung in eine andere Schule drohte. Es war seltsam gewesen, sich von ihrer Klassenlehrerin zu verabschieden und nicht zu wissen, ob es für sechs Wochen oder für immer war. Eins der neun Bücher, die in Wanjas Reisetasche lagen, hatte Frau Gordon ihr geschenkt. Es war ein Fantasyroman, der in der Ritterzeit spielte, und als Frau Gordon ihr das Buch am Tag vor den Ferien in die Hand gedrückt hatte, hatte sie mit den Augen gezwinkert und gesagt: »Wer weiß, Wanja, vielleicht wirst du eines Tages auch solche Bücher schreiben. Das Talent dazu hast du jedenfalls.«

Aber über ihre Lehrerin wollte Wanja jetzt nicht sprechen, zumal sie wusste, dass die Frage ihrer Großmutter in erster Linie auf die Noten zielte. »Geht so«, murmelte sie deshalb. »Außer in Mathe bin ich eigentlich ganz gut.«

»Ganz gut ist nicht gut genug, mein liebes Kind«, kam es von der Spüle. »Und Rechnen muss man können, sonst wird man nichts in diesem Leben.«

Wanja stand auf, um ihrer Großmutter beim Abwasch zu

helfen. »Jo war auch nicht gut in Mathe, und aus ihr ist schließlich auch was geworden.«

»Na ja, na ja!« Ihre Großmutter schüttelte die eisgrauen Locken und drehte sich ruckartig um, als Wanja nach der abgespülten Apfelmusschale griff. »Pass auf, dass du nichts fallen lässt, hörst du? Ich seh die schöne Schüssel schon in Scherben!«

Wanja grinste. Ihre Großmutter war ein solcher Pessimist, dass sie es fertigbrachte, bei strahlendem Sonnenschein Schirm und Regenjacke mit zum Einkaufen zu nehmen. Jo hatte sich immer fürchterlich darüber aufgeregt, aber Wanja nahm es leichter. »Ich pass schon auf, Oma«, sagte sie und gab ihrer Großmutter einen Kuss auf die Wange.

Nachdem die Küche aufgeräumt war, verzog sich Wanja auf ihr Zimmer. In dem kleinen, quadratischen Raum mit der geblümten Tapete, dem dunkelblauen Teppich und den schweren Gardinen hatte sich nichts verändert. Jos Kindertisch, an dem auch Wanja ihre ersten Schreibübungen gemacht hatte, stand am Fenster. Daneben, im Regal, stand der Plattenspieler mit den Schallplatten, die Wanja als Kind gehört hatte. Und Hermann, der Bär, den Jo als Baby bekommen hatte, lächelte Wanja mit erhobener Pfote von seinem Platz im Schaukelstuhl entgegen. Seine hellblaue Strickjacke hatte Uri Wanja noch zur Geburt gestrickt, und die dunkelblauen Samtschuhe an den Bärenfüßen waren Wanjas erste Kinderschuhe gewesen. Vier Jahre hatten sie und Jo hier gewohnt, bis ihre Mutter es nicht mehr aushalten konnte und mit Wanja zurück nach Hamburg gezogen war. Damals hatte Wanjas Großvater noch gelebt.

Als ihre Großmutter zum Kaffeetrinken rief, räumte Wanja rasch ihre Anziehsachen in den Schrank, stellte die acht Ferienbücher, die Jo ihr gekauft hatte, ins Regal, legte das Ritterbuch von Frau Gordon auf den Nachttisch und stieg die mit Teppich überzogenen Treppenstufen zurück nach unten.

Lesen und essen, diese beiden Dinge waren es, die Wanjas Sommerferien bestimmten. Ihre Großmutter konnte noch besser kochen als Flora, und jedes Mittagessen war ein kleines Fest. Wanja durfte bestimmen, was es gab. Käsehackbraten mit selbst gemachtem Kartoffelpüree, Endiviensalat mit Specksauce, Semmelknödel, Kaiserschmarrn, Topfenpalatschinken, Tomatensuppe mit Reisbällchen, Arme Ritter.

Aber von der Speisevielfalt abgesehen, verliefen die Tage bei der Großmutter nach einem eintönigen und streng geregelten Rhythmus. Frühstück um 8:30 Uhr, Mittagessen um 12:30 Uhr, selbst gemachten Kuchen und heiße Schokolade mit Sahne um 15:30 Uhr, Abendbrot um 18:30 Uhr und um 21:00 Uhr das Nachtmahl, einen Teller Käsegebäck mit frisch gepresstem Apfelsaft, den ihre Großmutter in einer Kristallkaraffe servierte.

Zwischen den Mahlzeiten ging Wanja mit ihrer Großmutter einkaufen, spielte mit dem siebenjährigen Nachbarsmädchen Verstecken, las ihrer Urgroßmutter aus Dostojewskis Romanen vor, sah abends fern oder half ihrer Großmutter bei ihrer Lieblingsbeschäftigung, dem Puzzeln. Anschließend, im Bett, verschlang sie ihre Bücher. Eine dreibändige Mädchenserie, zwei Abenteuerromane, eine Heldensaga und zwei Bände mit Feriengeschichten hatte Jo ihr gekauft, aber am besten gefiel Wanja der Fantasyroman von Frau Gordon.

So schlichen die Tage und Wochen dahin, und genau dreieinhalb Mal passierte es, dass Wanjas Großmutter die Worte »Genau wie dein Vater« über die Lippen kamen wie kleine spitze Pfeile, die ihr Ziel niemals verfehlten.

Das erste Mal, als Wanja ihre Socken auf dem Sofa liegen ließ. Das zweite Mal, als Wanja während des gesamten Mittagessens nach draußen starrte und die große Elster fixierte, die vor dem Küchenfenster im Baum saß. Das dritte Mal, als Wanja behauptete, der Fleck auf dem Teppich in ihrem Zimmer sei schon bei ihrer Ankunft da gewesen. Und das angebrochene vierte Mal, als Wanja den letzten Bissen ihres Hackbratens auf dem Teller liegen ließ und ihre Großmutter bei den Worten »Genau wie . . .« verärgert abwinkte. Dreieinhalb Mal in sechs Wochen war ungewöhnlich wenig, aber es reichte, um Wanjas Gedanken vom Zirkus und von Taro abzulenken und auf ihren Vater zu richten, dessen nicht vorhandenes Vorhandensein sie in den Wochen zuvor fast vergessen hatte.

An Wanjas letztem Abend sollte es ihr noch einmal schmerzlich bewusst werden. Das gestern zu Ende gepuzzelte tausendteilige Schweizeralpenpuzzle lag auf dem großen Esstisch. Wanja saß mit ihrer Großmutter auf dem Sofa und blätterte in Fotoalben. Vier Stück besaß ihre Großmutter. Eines mit Fotografien und gesammelten Notizen aus ihrer eigenen Kindheit. Genau wie Wanja und Jo hatte auch die Großmutter einmal braune Locken gehabt, die auf den Fotos aber immer zu einem strengen Dutt gebändigt waren. Nach dem Herzinfarkt von Wanjas Großvater waren sie innerhalb von drei Wochen eisgrau geworden.

Beim Durchblättern des Albums war Wanja wieder aufgefallen, dass es darin kein Foto von ihrem Urgroßvater gab, während ihre Urgroßmutter auf einigen Bildern zu sehen war. Eine kräftige, sehr lebendige Frau mit einem herben Gesicht und einem herrischen Zug um den Mund, den sie bis heute behalten hatte. Jo hatte Wanja einmal erzählt, dass ihre Großmutter als Kind sehr unter Uri gelitten hatte und nicht selten von ihr geschlagen worden war. Ob Oma daran dachte, jetzt, wo sie Uri pflegte? Denn jetzt, dachte Wanja, jetzt ist irgendwie Uri das Kind und Oma die Mutter.

Das zweite – dickste – Album war dem Leben von Wanjas Großvater gewidmet. Zu seinem fünfundsechzigsten Geburtstag hätte er es bekommen sollen, doch in der Woche davor, als es beinahe fertig war, war er gestorben. Jo war es gewesen, die Wanjas Großmutter dazu überredet hatte, das Album zu Ende zu bringen. Nächtelang hatte die Großmutter daran gesessen, Foto um Foto liebevoll eingeklebt und Seite um Seite auf ihrer alten Schreibmaschine dazugetippt. Es war eine Chronik in Reimform geworden, romantischer und spannender als mancher Roman. Immer wenn Wanja bei ihrer Großmutter zu Besuch war, las sie darin. Am liebsten hatte sie die Geschichte, wie sich Wanjas Großeltern am Bahnhof von München wiedersahen, nach drei langen Jahren, die der Großvater in Kolumbien verbracht hatte, weil ein Bekannter ihm dort einen guten Posten vermittelt hatte. Wanjas Großmutter war eine wunderschöne Frau gewesen und niemand hatte damals geglaubt, dass sie drei Jahre auf einen Mann warten würde. Aber sie hatte gewartet, genau wie der Großvater gewartet hatte –, und als Wanja las, wie die beiden nach so langer Zeit wieder voreinander standen und wussten, dass alles noch da war, liefen ihr, wie immer an dieser Stelle, die Tränen aus den Augen.

Die Bilder im dritten, in Jos Fotoalbum, betrachtete sie dagegen auch jetzt wieder mit sehr gemischten Gefühlen. Die kleine Jo, die als Mädchen genauso ausgesehen hatte wie Wanja, bis auf die Augen. Jo mit ihrem Papili, wie sie Wanjas Großvater immer genannt hatte, auf der Wippe. Jo auf Papilis Arm mit einem riesigen Eis in der Hand. Jo und Papili an Jos erstem Schultag.

Auch in Wanjas eigenem Album war Jos Vater, der seine Enkelin ebenso zärtlich geliebt hatte wie seine eigene

Tochter, auf jedem dritten Bild zu sehen. Aber Wanjas Vater fehlte, ebenso spurlos, wie er auch in ihrem Leben fehlte. Es war, als hätte es ihn nie gegeben.

Dafür fiel Wanja, als sie jetzt ihr Album aufschlug, etwas anderes auf. Die erste Seite zeigte ebenfalls ein Bild von Jo. Dem dicken Bauch nach zu urteilen, musste ihre Mutter damals bestimmt schon im achten Monat gewesen sein. Aber das war es nicht, was Wanja stutzig machte. Es war der Ausdruck in Jos Augen. Sie leuchteten. Nein, sie strahlten, so intensiv, als hätte jemand eine Kerze dahinter angezündet. Wanja hatte schon oft gehört, dass schwangere Frauen besonders glücklich aussehen, aber dieses Gesicht war anders. Diesen Ausdruck hatte sie in den Augen ihrer Mutter nie gesehen und bei den früheren Malen, als sie das Album durchgeblättert hatte, war er ihr auch nicht aufgefallen. Doch jetzt war er ganz deutlich, vor allem im Vergleich zu den Bildern danach, auf denen Wanja als kleines Baby in Jos Armen lag. Das Leuchten in Jos Augen war verschwunden, und ihr Lächeln glich einer Grimasse, was Wanja plötzlich furchtbar traurig machte.

Ihre Hände zitterten, als sie das Album zuklappte, und sie ärgerte sich über ihr Herzklopfen, das ihr das Sprechen schwer machte: »Oma, was ist mit meinem Vater? Warum tut ihr immer alle so, als gäbe es ihn nicht?«

Keine Antwort.

»Oma. Ich hab dich was gefragt.« Warum, warum nur konnte diese unsichtbare Hand nicht aufhören, sich um ihren Hals zu legen, jedes Mal, wenn Wanja vor diesem Thema stand. Es war lächerlich, einfach lächerlich.

»Oma. Bitte.«

Wanjas Stimme war ein verzweifeltes Krächzen, doch ihre Großmutter sah mit kalten Augen an ihr vorbei und sagte, was sie immer sagte. »Dein Vater war ein schlechter

Mensch, ein Lügner und Betrüger, der es nicht wert ist, dass man über ihn . . .«

Wanjas Finger hatten sich so fest in das Sofakissen gekrallt, dass sie das Gefühl hatte, gleich durch den Stoff auf die Federn zu stoßen.

»Warum hackt ihr alle nur auf ihm herum?«, fragte sie mit erstickter Stimme. »Warum sagt ihr mir nicht einfach, was passiert ist?«

Ihre Großmutter schwieg. Dann stand sie auf. Stand einfach auf und verließ den Raum.

Als Wanja Stunden später an ihrem Schlafzimmer vorbei in ihr eigenes Zimmer ging, hörte sie ihre Großmutter leise weinen.

Wanjas Reisetasche war schon fertig gepackt, als sie am Abreisetag am Bett ihrer Urgroßmutter saß und ihr die letzten Seiten aus Dostojewskis »Erniedrigte und Beleidigte« vorlas. Es war eins der unbekannteren Bücher des russischen Schriftstellers, den ihre Urgroßmutter ihr ganzes Leben lang vergöttert hatte. Wanja kannte sie alle, denn sie las ihrer Urgroßmutter diese Bücher vor, seit sie lesen konnte. Hob Uri einmal den Zeigefinger, hieß es, dass Wanja den Satz überspringen sollte, während das zweimalige Heben von Uris Zeigefinger bedeutete, sie wollte den Satz noch einmal hören.

Deshalb hielt Wanja erstaunt inne, als ihre Urgroßmutter plötzlich dreimal ihren Zeigefinger hob.

»Was ist los, Uri? Hab ich was falsch gelesen?«

Wanja legte das Buch zur Seite und sah ihre Urgroßmutter an. In den hellen Augen, die tief, tief in ihren Höhlen lagen, blitzte es. Wanja konnte den Ausdruck nicht deuten. Ihre Oma schien auf die Rückseite des Buches zu blicken, und hob dann noch einmal den Zeigefinger, einmal, zweimal, dreimal und Wanja runzelte verwirrt die Stirn. »Ich versteh dich nicht, Uri, was . . .« Wanja hatte das Buch schon umgedreht, als von oben die Stimme ihrer Großmutter ertönte. »Kind, beeil dich!«, rief sie. »Dein Zug fährt in einer Dreiviertelstunde, nun mach endlich voran, ich sehe schon kommen, wie er ohne dich nach Hamburg fährt.«

»Ich komme!«, rief Wanja. Sie beugte sich über ihre Urgroßmutter, und dann fiel ihr Blick auf die Rückseite des Buches. Sie war von einem leuchtend roten Rahmen umgeben, und darin stand die Einladung für den nächsten Besuchstag. Er war am 31. August, um 16:00 Uhr. An Wanjas erstem Schultag nach den großen Ferien.

Schwarzes Blut

Die gute Nachricht, die Wanja am ersten Schultag erhielt, war, dass Frau Gordon ihre Klassenlehrerin bleiben würde. Die Versetzung war zurückgezogen worden. Die Klasse hatte gejubelt, und Frau Gordon hatte zur Feier des Tages einen Kuchen mitgebracht. Die schlechte Nachricht war, dass Herr Schönhaupt neben Mathematik ab jetzt auch noch Chemie und Physik unterrichtete, weil er nicht, wie geplant, die neue 5a als Klassenlehrer übernehmen sollte.

»Wenn die wüssten, was ihnen entgeht«, sagte Sue und setzte grinsend ihre Sonnenbrille auf. Sie standen zu viert auf dem Schulhof, und Sue sprach mit starkem amerikanischem Akzent, wie immer, wenn sie aus ihrem Heimatland zurückkam. Wie vielen berühmten Schauspielern Sue diesmal wieder in Hollywood begegnet war, hatte sie bereits in der ersten Pause zu erzählen versucht. Aber auch Britta und Tina sprudelten über vor ihren Ferienerlebnissen, und Wanja kam sich vor wie bei einem Wettbewerb, bei dem der Teilnehmer mit der besten Reise 500 Euro gewinnen würde.

Selbst Tina, die ihrer Freundin Sue sonst immer an den Lippen hing, unterbrach sie heute ständig, um zu wiederholen, *wie* süß ihr Pflegepferd gewesen war, *wie* oft der Reitlehrer sie für ihr Talent gelobt hatte und *wie* viele Kinder außer ihr beim Geländespringen vom Pferd gefallen waren.

Britta hatte sich im Urlaub ihre blonden Haare »vom Starfriseur des Clubs« noch heller tönen lassen und erinnerte Wanja in ihrem glitzergrünen, bauchfreien Tanktop an eine Barbiepuppe im Großformat.

Mischa, der an seinem Platz bei den Fahrradständern lehnte, sah aus wie immer, und als Wanja ihn entdeckte, freute sie sich fast noch mehr als nach ihrer Heimkehr über Jo und Schröder. Während die drei anderen durcheinanderredeten, sah Wanja immer wieder verstohlen zu ihm hinüber, aber etwas hielt sie davon ab, auf ihn zuzugehen. Es war wie eine unsichtbare Wand, die außerhalb des Museums noch immer zwischen ihnen stand. Vielleicht war es aber auch eine gläserne Glocke, die Mischa umgab, denn im Grunde gab es niemanden, der mit ihm sprach, bei ihm stand oder auf ihn zuging. Es ärgerte ihn auch niemand, und wenn sich Schüler über ihn lustig machten, dann taten sie das aus sicherem Abstand, so wie Britta, Sue und Tina, die heute allerdings viel zu sehr mit sich selbst beschäftigt waren, um sich über Penner in abgewetzten Cordjacken und zerschlissenen Hosen zu unterhalten.

»Und für die Abendgala im Club hat Paps mir sogar ein richtiges Cocktailkleid gekauft«, kam es gerade von Britta, als Wanja aus den Augenwinkeln Mischa die vier Finger seiner rechten Hand heben sah. Sie nickte ihm zu und fragte sich, ob seine Einladung auch die Rückenansicht eines Buches gewesen war.

»Bei mir war's das Englischbuch«, sagte Mischa. Es war kurz vor vier, und Wanja schob ihr Fahrrad neben seinem vor der Kunsthalle in den Fahrradständer

»Und bei mir war's der neue Harry Potter. Zauberhaft, was?«

Überrascht drehte sich Wanja um. Die Stimme kam von Alex, sie hatte sein Kommen gar nicht bemerkt. Er stand neben den Fahrrädern, sein Gesicht war braun gebrannt, seine grünen Augen funkelten, und seine Haltung, dachte Wanja überrascht, wirkte gar nicht mehr so schlaksig wie noch vor ein paar Monaten. Er strich sich das Haar aus den Augen und grinste. »Ist euch eigentlich aufgefallen, dass die ihre Besuchszeiten genau um unsere Sommerferien herumgelegt haben?«

»Vielleicht brauchten die Vaterbilder ja auch Ferien«, schlug Mischa vor, und Alex starrte ihn verwundert an. »Seit wann sprichst du denn freiwillig?«

Mischa schwieg, und Wanja unterdrückte ein Lachen. Aber Alex hatte völlig recht. Vor ein paar Monaten wäre ein solcher Satz noch nicht aus Mischas Mund gekommen, und die unsichtbare Glocke, die ihn eben noch umgeben hatte, war zumindest für diesen Moment verschwunden. Wanja legte ihre Hand auf Mischas Rücken und schob ihn in Richtung Treppe. »Los jetzt, Jungs, ich will hier keine Wurzeln schlagen.«

In der Mitte der Eingangshalle, die nach frischer Farbe roch, war eine große Trittleiter aufgestellt. Daneben standen Farbeimer, und während Wanja noch überlegte, um wessen Lebenswerk es sich wohl diesmal handelte, wurden Leiter und Töpfe von zwei Männern in weißen Latzhosen entfernt. Mischa grinste, als habe er Wanjas Gedanken erraten. Dann stieß er sie an.

»Sag mal«, murmelte er, »kannst du . . . kannst du mir einen Euro für den Eintritt pumpen?«

Wanja, der nicht entging, wie viel Überwindung Mischa diese Frage kostete, hielt ihm den Euro hin. »Na logo. Komm, lass uns zahlen, es ist schon fast vier durch.«

Hinter ihnen stand jetzt auch Natalie, atemlos, als sei sie gerannt. Ihre sonst milchkaffeefarbene Haut war schokoladendunkel, und Wanja wurde zum ersten Mal bewusst, dass auch dunkelhäutige Menschen von der Sonne brauner wurden.

»Wo bist du gewesen?«

Natalie, die noch immer nach Atem rang, zog einen Fünfeuroschein aus ihrer Westentasche und verzog das Gesicht. »Ich musste noch einkaufen und die Küche machen.«

»Nee«, Wanja grinste. »Wo du im Urlaub warst, meine ich.«

Natalies Gesichtsausdruck veränderte sich. Ihre dunklen Augen wurden noch schwärzer, und ihre vollen Lippen pressten sich aufeinander. »Bei meinen Großeltern in Kuba«, gab sie leise zur Antwort, und Wanja fragte sich verwirrt, was daran so traurig war. Dann schaute Natalie wieder hoch und schüttelte den Kopf, als wolle sie einen unangenehmen Gedanken herausschütteln. »Was ist, gehn wir rein?«

Wanja und Alex traten als Erste durch die rote Tür in den Gang. Im Saal schwirrte es heute nur so vor Ungeduld. Der Kopf des dicken Jungen glühte förmlich, der Junge mit der blonden Igelfrisur sah aus, als wolle er seine Unterlippe zernagen, und das Mädchen mit den grünen Haaren starrte sehnsüchtig auf eine der Arkaden. Auch jetzt wieder fragte sich Wanja, was wohl die anderen in ihren Bildern erlebten, vor allem Natalie und Alex, denen sie am nächsten stand. Aber die stillschweigende Vereinbarung, ihre Erlebnisse für sich zu behalten, schien immer noch gelten.

»Ich möchte zu gerne wissen, was hinter der Tür ist«, flüsterte Natalie ihr zu, als die uralte Frau in ihrem Samtumhang auf die Bühne trat. Die unscheinbare Tür hatte Wanja auch schon beschäftigt, doch als sie der alten Frau in die Augen sah, musste sie an ihre Urgroßmutter denken.

»Seid ihr so weit?« Die alte Frau hatte den gusseisernen Pinselkopf bereits in der Hand. Das leise Klingeln ertönte, und Wanja wusste mit einem Mal nicht mehr, ob sie sich auf ihren Eintritt ins Bild freuen oder ob sie sich vor dem, was kommen würde, fürchten sollte. Die dunklen Gedanken an das, was beim letzten Mal geschehen war, hatten sie fast jede Nacht in den Schlaf begleitet, und die Fragen nach dem unheimlichen Vogel drängten auch jetzt wieder mit aller Macht hoch.

Mit einem tiefen Seufzer berührte Wanja das Trapez im Rahmen, das heute wieder leer war. Doch als sie und Mischa in der Manege landeten, vergaß Wanja ihre Gedanken sofort.

Was war hier los? Taro kniete am Boden. Vor ihm lag Gata mit schmerzverzerrtem Gesicht, und noch ehe Taro das Kommen der beiden bemerkt hatte, stürmte Pati Tatü in die Manege, gefolgt von Thrym und Thyra mit einer Trage in den Händen.

»Können wir dich hochheben?« Vorsichtig schob Taro seinen Arm unter Gatas Kniekehlen, während Pati Tatü sie an den Schultern nahm. Zum ersten Mal war der sonst so lustige Zauberer nicht zu Späßen aufgelegt. Eine tiefe Sorgenfalte lag auf seiner Stirn.

Gata beantwortete Taros Frage mit einem Kopfnicken, aber als die beiden sie vom Boden hoben, um sie auf die Trage zu legen, sah Wanja, dass sie nur mit Mühe ihre Schmerzen unterdrücken konnte.

»Was ist passiert?«, flüsterte Wanja.

»Etwas Idiotisches.« Gata klebte das Haar an der Stirn. Ihr

schmales Gesicht war bleich, und ihr Atem ging schwer, aber trotzdem musste sie plötzlich lachen. »Ich wollte nur vom Sicherheitsnetz auf den Boden springen und bin abgerutscht. Dabei hab ich mir den Fuß . . . au Scheiße, tut das weh . . .«

Gata schossen die Tränen in die Augen, als sie versuchte, ihren Fuß zu bewegen. Taro hielt ihn fest und nahm Gatas Hand. »Der Fuß ist gebrochen, Kätzchen. Halt ihn ganz ruhig, dann schmerzt es weniger.«

Gata nickte, während Pati Tatü ihr unaufhörlich über die Haare streichelte. »Bringt sie zu Amon«, sagte Taro. »Er wird wissen, was zu tun ist. Schafft ihr das?«

Thyra, die bis jetzt ganz still gewesen war, polterte los. »ICH KANN SIEBZEHN ZENTNER EISEN TRAGEN, MANN, DA WERD ICH WOHL DAS KLEINE MIEZEKÄTZCHEN ZUM ALTEN BRINGEN KÖNNEN, GLAUBST DU NICHT?«

Gata musste wieder lachen und Taro grinste. »Ich zweifle nicht an eurer Kraft, sondern bitte euch, vorsichtig zu sein Gata ist ein zartes Wesen mit einem gebrochenen Fuß und kein Zentnerklotz, den man auch mal fallen lassen kann. Also schön langsam und behutsam, alles klar?«

Thrym wurde rot, und Thyra schlug Taro so feste auf die Schulter, dass er fast zu Gata auf die Trage gefallen wäre. »ALLES KLAR, SCHAUKELMÄNNCHEN. ALSO THRYM, SIEH DICH GEFÄLLIGST VOR, DU TRAMPELTIER, HAST DU GEHÖRT?«

Thrym nickte mit eingezogenem Kopf und hochrotem Gesicht, und Wanja fragte sich insgeheim, weswegen er sich mehr schämte: wegen seiner Tollpatschigkeit oder wegen seiner krakeelenden Zwillingsschwester.

»Soll ich mitkommen?« Taro hielt noch immer Gatas Hand, aber sie schüttelte den Kopf. »Es geht schon, Taro. Bleib du bei deinen Gästen, bei Amon bin ich in guten Händen. Und du Pati, mach nicht so ein Gesicht. Ein gebrochener Fuß ist kein Weltuntergang, weißt du?«

Pati nickte tapfer, und als er mit den drei anderen die Manege verließ, griff Wanja nach Taros Arm. »Das tut mir so leid.«

Taro legte ihr die Hand auf die Schulter. »Alles wird gut, Wanja. Solche Dinge passieren. Und jetzt kommt, lasst uns gehn.«

Draußen kam ihnen Sulana entgegen. Wanja musste daran denken, wie sich die Schlange beim letzten Mal um den Hals des Mädchens geschnürt hatte. Aber Sulana schien es wieder gut zu gehen, und die Schlange kroch neben ihrer Herrin am Boden, als wäre nie etwas geschehen.

Sulana ging auf Taro zu, küsste ihn auf die Wange und gab ihm mit der Hand ein Zeichen, wahrscheinlich hatte sie die drei mit Gata auf der Trage gesehen.

Perun dagegen war ganz mit der Nummer beschäftigt, die er gerade probte. An einem dicken Baumstamm hatte er eine kreisrunde Zielscheibe befestigt. Ihr winziger Mittelpunkt glühte wie eine Herdplatte, die jemand auszustellen vergessen hatte. Neben Perun auf einem Holzklotz lagen Pfeil und Bogen, und auf dem Boden stand ein kleines Eimerchen mit einer öligen, stark riechenden Flüssigkeit.

Taro schmunzelte. »Na, versuchst du wieder dein Glück?« Er drehte sich Mischa und Wanja zu. »Perun ist der weltbeste Feuerschlucker, aber zielen kann er herzlich schlecht. Trotzdem kann er es nicht lassen, eine Pfeil- und Bogennummer zu probieren.«

Perun stieß ein Knurren aus, tunkte den Pfeil in die Flüssigkeit, legte den Bogen an, spannte, zielte, schoss und – traf daneben. Der Pfeil flog am Baum vorbei und landete im Gras. Taro zwinkerte Wanja zu, Mischa grinste, und Perun warf fluchend den Bogen auf die Erde.

»Hab gehört, was mit Gata passiert ist«, sagte er und wischte sich die ölverschmierten Hände an der Hose ab.

Taro nickte. »Wird schon«, entgegnete er, und Wanja fragte sich, woher Taro diese Gelassenheit nahm. Musste er nicht fürchten, dass ihr Auftritt durch Gatas Unfall ins Wasser fiel? Taro wandte sich zum Gehen und bedeutete Wanja und Mischa mit einer Kopfbewegung, ihm zu folgen.

»Ich wollte mit euch einen Ausflug machen. Habt ihr Lust?« Taro schlug die Richtung zur Weide ein, und Wanja stieß Mischa an. »Ich ja. Und du?«

»Klar, gern. Nur . . .« Mischa drehte sich unsicher zur Manege um. »Was ist mit dem Gong?«

Taro lächelte. »Ihr seid doch gerade erst gekommen. Ich denke, für einen Spaziergang haben wir Zeit. Es ist auch nicht besonders weit.«

Als sie vor dem Holztor standen, erwartete Sandesh sie bereits. Er rieb seine samtigen Nüstern an Taros Handfläche und stieß dann mit der Stirn das nur angelehnte Tor auf. Wanja strich langsam über das Fell des Pferdes. Die weißen Stellen glänzten in der Sonne wie Schnee und fühlten sich warm an, während die schwarzen ganz heiß waren, weil sie die Sonne stärker anzogen.

Wanjas Wunsch, auf Sandesh zu reiten, erfüllte sich, ohne dass sie ihn aussprechen musste. Nachdem Taro einen Rucksack aus seinem Wohnwagen geholt und mit ihnen in den kleinen Waldweg eingebogen war, half er Wanja auf den Rücken des Pferdes. Amons Wohnwagen, hinter dem der Wald begann, war verschlossen. Gata war also anscheinend schon wieder weg, und Wanja verdrängte die Erinnerung an den Alten. Sie wollte keine Fragen stellen. Jetzt nicht.

In ihrem Wäldchen zu Hause gab es einen Reiterhof, bei dem Wanja früher manchmal ausgeholfen hatte. Aber die

Ponys, auf denen sie dort geritten war, waren lahm und störrisch und taten ihr leid, weil sie ein Leben in Gefangenschaft lebten, das ihre Augen stumpf und ausdruckslos hatte werden lassen.

Sandesh trug weder Zaumzeug noch Sattel, seine schwarzen Augen glänzten, und sein Gang war so weich und federnd, dass sich Wanja fühlte wie auf Wolken. Mischa und Taro gingen rechts und links neben ihr, die kühle Waldluft streifte ihre Haut, Sonnenstrahlen blitzten zwischen den in hellen Grüntönen leuchtenden Baumkronen hervor und tanzten auf den am Boden liegenden Blättern. Bis auf das leise Auftreten von Sandeshs Hufen war alles still.

Erst ein Rascheln im Laub ließ Wanja zusammenfahren. Ein umgestürzter Baum versperrte ihnen den Weg. Fast weiß waren die Stellen, an denen das Holz gesplittert war. Urplötzlich stand der alte Mann vor ihnen auf dem Waldweg. Amon. In seinen wirren weißen Haaren hatten sich Blätter verfangen, und sein von Falten zerfurchtes Gesicht sah selbst im hellen Sonnenlicht unheimlich aus.

Mischa hatte seine Hand auf Sandehs Rücken gelegt, während Taro dem Alten zunickte. »War Gata bei dir?«

Der Alte nickte. »Mit ihr ist alles in Ordnung.«

Seine Stimme klingt sanft, dachte Wanja überrascht. Der Alte war schon fast an ihnen vorbeigehumpelt, als er sich noch einmal umdrehte. »Aber *du* solltest dich vorsehen, mein Sohn.«

Mischa nahm seine Hand von Sandeshs Rücken. Taro war weitergegangen, und auch Sandesh setzte sich wieder in Bewegung. Wanja fröstelte. Gerade wollte sie Taro fragen, was der Alte gemeint hatte, da sah sie die Höhle am Wegrand. Hier musste der Alte hergekommen sein. Die Öffnung war mit Zweigen und Laub verdeckt, doch wenn man genau hinsah, konnte man den kreisrunden Eingang erkennen.

»Was ist das für eine Höhle?«, wollte Wanja wissen und drehte sich auf Sandeshs Rücken um.

»Diese Höhle ist ein besonderer Ort«, sagte Taro.

»Was für ein Ort? Inwiefern besonders?« Wanja verzog den Mund. Warum musste Taro eigentlich immer in Rätseln sprechen?

Taro lächelte Wanja an, ohne auf ihre Frage einzugehen. »Vielleicht seht ihr ihn eines Tages, aber heute möchte ich euch etwas anderes zeigen, in Ordnung?«

Wanja nickte, doch das Schweigen, mit dem sie das letzte Stück Waldweg zurücklegten, war ein anderes. Ärger stieg in Wanja auf, weil sie anstelle von Antworten immer nur auf neue Fragen stieß. Und warum konnte Mischa nicht auch mal den Mund aufmachen? Erwartete er etwa, dass sie hier alles in die Hand nahm? Nein, Mischa war nicht der Typ, der etwas von anderen erwartete, und genau das hatte er mit Taro gemeinsam. Unvermittelt drehte sich Taro zu ihr um. »Ich habe keine Ahnung, was Amon gemeint hat.«

Als sie kurz darauf – es war wirklich kein weiter Weg gewesen – den Wald verließen, empfing sie warmer Sonnenschein, und Wanja hielt den Atem an. Vor ihr lag das Ende der Welt.

Schon von Taros Wohnwagen aus hatte sie den Abgrund gesehen, aber da war ihr schwindelig gewesen, weil sie so plötzlich an den Rand herangetreten war. Dieser Abgrund war anders. Es war ein unermesslich großer Kreis, der schräg von der terrassenartigen Fläche, auf der sie standen, abfiel. Das Tal, das tief, tief unter ihnen lag, bestand aus sattgrüner Erde, hellem fast weißem Stein und einem winzigen türkisfarbenen Farbtupfer, der sicherlich ein See war. Auf der gegenüberliegenden Seite des Abgrunds taten sich Berge auf. Mit ihren runden Gipfeln wirkten sie wie aufgeschüttelte Daunenkissen aus sandfarbenem Stoff. Ja, dachte Wanja, sie sehen weich aus, obwohl sie hart waren, hart und unnachgiebig. Ihr kam der Ausdruck »felsenfest« in den Sinn, und niemand hätte ihn schöner beleben können, als die sanften Riesen, die hier in stiller Eintracht beieinanderstanden.

Taro drehte sich zu Wanja um und zwinkerte ihr zu. Mischa war dicht neben ihr, auch er stand ganz still und schaute mit großen Augen in die Berge.

Die Aussicht zur linken Seite war von einem breiten Felsvorsprung versperrt, und auch die Felsen auf der rechten Seite machten eine Biegung, auf die Taro jetzt zuging. Vorsichtig betrat er den schmalen, steinernen Pfad, der sich die Felswand entlangschlängelte. Wanja stieg von Sandeshs Rücken und folgte ihm, zusammen mit Mischa. Kleine Steinchen rutschten unter ihren Füßen weg und fielen in die Tiefe, als sie langsam hinter Mischa und Taro herging, wobei sie sich mit der rechten Hand an der Felswand festhielt. Nach unten zu schauen, wagte sie erst wieder, als sie bei einer Art natürlichem, in die Felswand eingelassenem Balkon ankamen.

Taro ließ sich im Schneidersitz nieder, Wanja und Mischa taten es ihm nach. Keiner sprach.

Stille kann peinlich sein, drückend, verbissen oder unheimlich. Stille kann Stillstand bedeuten, wie bei Menschen, die sich nichts mehr zu sagen haben, oder sie kann durch Einsamkeit entstehen, wie bei Menschen, die niemanden mehr haben, dem sie etwas sagen können. Die Stille, die Wanja hier umgab, hatte nichts von alledem. Es war die seltene Form der Stille, die groß und vollkommen ist und die noch reicher wird, wenn man sie mit Menschen teilt, die einem nahe sind.

Lange saßen die drei nebeneinander und schauten und schwiegen. Seltsamerweise war es Mischa, der als Erster die Worte wieder fand. »Hast du was dabei, Taro?«

Taro strich sich eine schwarze Haarsträhne aus dem Gesicht. Er saß zwischen Wanja und Mischa und anstelle einer Antwort öffnete Taro den Rucksack. Er zog eine kleine, metallene Trommel und einen dunklen Holzkasten hervor. Die Trommel reichte er Mischa, den Kasten nahm er selbst in die Hand. Erst beim genaueren Hinsehen erkannte Wanja, dass es ein Instrument war. Es hatte Knöpfe auf der einen Seite, wie eine Ziehharmonika, und als Taro den Kasten aufklappte, kam dahinter ein Fächer zum Vorschein. Während Mischa die Trommel auf seinen Schoß nahm, begann Taro, den Kasten zwischen Daumen und Handfläche langsam auf und zu zu klappen. Erst hörte Wanja nur einen leisen Wind, der sich dann jedoch in Töne verwandelte, sanfte, wellenartige Töne. Sie schwebten in der Luft, erfüllten die Stille, und in sie hinein mischten sich jetzt die hellen, festeren Töne der Trommel, auf die Mischa mit den Fingerspitzen schlug. Taro und Mischa wurden eins in ihrem Spiel, aber diesmal gehörte Wanja dazu, ebenso wie die Berge, die ihr plötzlich wie die hohen Ränder einer riesigen Schale vorkamen, die die Musik in sich aufnahm.

Wanja hatte keine Ahnung, wie viel Zeit verging, wie viele Stücke wortlos entstanden und wieder vergingen, doch irgendwann bog die Sonne um die rechte Felsenwand, und der Himmel färbte sich rötlich. Taro schloss den hölzernen Kasten, Mischas Hände lösten sich von der Trommel. Taro nickte ihnen, nachdem er die Instrumente wieder im Rucksack verstaut hatte, zu. »Wir sollten gehen, ehe der Gong ertönt.«

Wanja rieb sich die steif gewordenen Beine und stieg langsam hinter Taro her aus ihrem steinernen Balkon. Doch als sie wieder auf dem schmalen Pfad stand, blieb sie so abrupt stehen, dass Mischa fast in sie hineingelaufen wäre.

Auf einem hohen, nur von hier aus sichtbaren Felsvorsprung erhob sich eine Ruine, die seltsam dunkel aussah, als ob sie in einem unsichtbaren Schatten stünde. Selbst das Stück Himmel um sie her war grau.

»Was ist das?« Wanjas Stimme hallte richtig, und Taro drehte sich zu ihr um.

»Eine mittelalterliche Burg, zumindest ist sie das einmal gewesen. Sie wurde vor Jahrhunderten von den feindlichen Truppen irgendeines Herrschers zerstört, ihre Überreste sollen danach als Gefängnis gedient haben. Aber keine Angst.« Taro lächelte über Wanjas erschrockenes Gesicht. »Heute lebt dort niemand mehr. Wenn ihr Lust habt, können wir vielleicht mal dorthin. Seht ihr, da drüben kann man rüber.« Taro zeigte auf den schmalen Pfad, der sich zu dem Felsen hinaufschlängelte. Er war noch höher als der Felsbalkon, auf dem sie gerade gesessen hatten.

»Aber jetzt«, Taro wandte sich zum Weitergehen, »sollten wir wirklich machen, dass wir zurückkommen.«

Doch Wanja stand noch immer da, wie angewurzelt. Sie hatte etwas Kleines, Schwarzes entdeckt, das hoch oben auf dem abgebrochenen Burgturm saß. Wieder rollte ein Stein unter ihren Füßen nach unten, und im nächsten Moment war der schwarze Fleck verschwunden. Die Ruine leuchtete jetzt sandsteinfarben in der untergehenden Sonne.

Als sie kurz darauf wieder in den Schatten des Waldes bogen, wurde es eng um Wanjas Brust. Sie legte ihre Hände auf das weiche Fell von Sandesh, auf dessen Rücken sie wieder saß. Ihre Finger fühlten sich plötzlich kalt an.

»Ist der Vogel noch mal aufgetaucht, Taro?«

Taro hob einen glatten hellen Stein auf, der am Waldboden lag, und wog ihn in seiner Handfläche. »Nein, ist er nicht. Ich habe ihn seit eurem letzten Besuch nicht mehr gesehen.«

Wanja war mit einem Mal zum Heulen zumute. »Aber was wollte er, Taro? Hattest du nicht das Gefühl, dass er etwas von *dir* wollte? Ich meine, als . . . als diese Feder in deinen Teller gesegelt ist. Fandest du das nicht seltsam?«

Taros Schweigen sagte ihr, dass er nicht wusste, was der Vogel wollte. Es sagte ihr, dass auch er die herabsegelnde Feder als bedrohlich empfunden hatte und dass auch er in Sorge war, und plötzlich merkte Wanja, dass sie ihm seine Ratlosigkeit übel nahm, dass sie von Taro eine Antwort *erwartete*. Sie öffnete den Mund, um ihrem Ärger Luft zu machen. Aber sie kam nicht dazu.

Sandesh war stehen geblieben. So unvermittelt, dass Wanja fast von seinem Rücken rutschte. Sie krallte sich an seiner Mähne fest. Was? Was war los? Jeder Muskel des Pferdes war jetzt angespannt, als hätte sich Wanjas Angst auf ihn übertragen. Taro drehte sich zu ihnen um, runzelte die Stirn, doch als er seine Hand nach Sandesh ausstreckte, riss das Pferd den Kopf zurück. Schnaubte. Legte die Ohren an. Jetzt drehte sich auch Mischa um, und im selben Moment bäumte Sandesh sich auf. Seine Vorderbeine traten ins Leere, und Wanja versuchte verzweifelt, einen Halt zu finden, aber Sandesh ging wieder nach unten, schlug jetzt mit den Hinterbeinen aus und schleuderte Wanja von seinem Rücken. Dann jagte er davon, in wildem Galopp, als wäre der Teufel hinter ihm her.

Wanja rappelte sich auf, zu schockiert, um etwas zu sagen, und gerade als sie feststellte, dass ihr nichts geschehen war, sah sie durch die Baumkronen hindurch den Schatten. Düstere Wolken jagten, nein, flohen über den Himmel, der

Wald verfinsterte sich, Taro, Mischa, sie selbst, alles wurde dunkel, und die Äste der Bäume schienen Wanja plötzlich wie knorrige Arme, bedrohlich ausgestreckt in alle Richtungen.

Auf einem dieser Arme saß er.

Der schwarze Vogel.

Lautlos hockte das unheimliche Wesen auf dem dürren Ast, der sich unter seinem Gewicht nach unten bog. In Wanja breitete sich eine übermächtige Angst aus. Der Vogel stieß ein schrilles Krächzen aus, erhob sich und flog über ihren Kopf hinweg. Dicht vor Taro kam er in der Luft zum Stehen. Wanja wollte aufspringen, aber das Bild, das sich ihr bot, lähmte ihren ganzen Körper. Sie sah Taros Gesicht nicht mehr, weil das schwarze Tier mit metallisch klingenden, schlagenden Flügeln plötzlich auf schreckliche Weise so wirkte, als wäre es der Kopf von Taros Körper.

Dann griff der Vogel an. Seine riesigen Krallen schlugen sich in Taros Brust, und an den ruckartigen Bewegungen des schwarzen Kopfes erkannte Wanja, dass die Bestie auf die Schulter seines Opfer einhackte.

Auch Mischa stand zunächst da wie erstarrt, doch dann fing er an zu schreien. Er schrie und schrie wie ein Verrückter, dann stürzte er sich auf den Vogel, aber er bekam ihn nicht zu fassen, die schwarzen Flügel wichen ihm jedes Mal aus und schlugen seine Hände zurück. Taros Hemd war schon in Fetzen. Blut tropfte aus seinem Arm, und Wanja sah entsetzt, dass es schwarz war, pechschwarz wie Tinte, und dick war es, widerlich dick. Es tropfte auf Taros graue Hose. Vor wenigen Sekunden war sie noch grün gewesen. Wanja öffnete den Mund, aber es kam kein Schrei.

Dann, plötzlich, als hätte der Vogel erreicht, was er wollte, ließ er von Taro ab und flog davon. Die Farbe kehrte zurück, auf einen Schlag mit dem Gong, der jetzt ebenfalls ertönte –

und in Wanja kam wieder Leben. Sie rannte auf Taro zu und umschlang ihn, während Mischa Steine hinter dem Vogel herschleuderte. Aber der war längst außer Sichtweite.

Taro brachte ein Lächeln zustande, aber es wirkte erzwungen. »Da haben wir ja zwei Verletzte heute, was?«

Mischa war auch zu ihm gekommen, sie stützten Taro, jeder ging an einer Seite. Aus seinem Arm, den Wanja hielt, tropfte das Blut jetzt rot, aber es blieb keine Zeit, ihn zu verbinden. Der Gong hatte geschlagen, sie mussten laufen, sonst würde etwas in ihnen für immer zurückbleiben. Diese Worte vergaß Wanja selbst jetzt nicht. So schnell sie konnten, liefen sie mit Taro aus dem Wald, vorbei an Perun, der ihnen entgegenkam und seine Hände vor den Mund schlug.

Der Gong schlug zum zweiten Mal, jetzt waren sie in der Manege. Da war es wieder. Das Kribbeln in Wanja und die Sehnsucht. Das sonderbare Gefühl der Schwerelosigkeit, stärker noch als bei den Malen zuvor. Taro riss sie und Mischa an sich, drückte sie fest, dann griffen sie, zusammen mit dem dritten Gongschlag, in das schwarze Loch im Rahmen.

Zurück im Saal, schienen Wanja und Mischa heute nicht die Einzigen zu sein, die etwas Schreckliches erlebt hatten. Das Mädchen mit den grünen Haaren weinte. Der dicke Junge, dessen Gesicht vorhin vor freudiger Erregung geglüht hatte, war leichenblass. Auch Natalie und Alex sahen besorgt aus, aber ihre Gesichter schienen eher die Gefühle zu spiegeln, die in Wanjas und Mischas Gesichtern geschrieben standen. Die alte Frau sah Wanja lange an. Dann verschwand sie, langsam und fast ein wenig schwankend hinter der hellen Tür auf der Bühne.

Post

Klack. Die Ziffern des Radioweckers kippten auf 9:00 Uhr. Es war Samstag, aber Wanja lag schon lange wach. Normalerweise liebte sie es, an den Wochenenden auszuschlafen. Richtig wachrütteln musste Jo sie manchmal – wenn ihre Opernmusik Wanja nicht weckte. Aber Opernmusik hatte Jo schon seit einer ganzen Weile nicht mehr gehört, dazu war sie viel zu überarbeitet. Und Wanja hatte schon seit einer ganzen Weile nicht mehr ausgeschlafen. Jedenfalls nicht an den letzten drei Wochenenden. So viel Zeit war seit ihrem letzten Besuchstag im Zirkus vergangen, und Wanja musste unablässig an ihn denken. Vor allem wenn sie im Bett lag und alles um sie ruhig war. Abends, vorm Einschlafen. Morgens beim Aufwachen. 6:48 Uhr war es heute gewesen, als Wanja die Augen aufschlug, aufgeschreckt von einer Amsel, die gegen ihre Fensterscheibe geflogen war.

Das einzig Gute an den zurückliegenden Ereignissen war, dass sie die unsichtbare Mauer zwischen ihr und Mischa zum Einstürzen gebracht hatten. Schon ein paar Mal hatte sich Wanja in den Schulpausen der letzten drei Wochen zu ihm gestellt, immer dann, wenn die Gedanken an den Vogel und die Sorge um Taro sie verrückt zu machen drohten.

»Bist du jetzt völlig übergeschnappt?«

»Willst du dir von dem Penner Läuse holen?«

»Jetzt sag bloß noch, du bist in den verknallt?«

Wanja ließ die Bemerkungen an sich abprallen, und über das »verknallt« musste sie sogar innerlich grinsen. Sollen die doch denken, was sie wollen, dachte sie, und nach drei Tagen gaben die anderen es auf.

Mischa war genauso ratlos wie Wanja, aber es half ihr, mit ihm zu sprechen, es gab ihr das Gefühl, nicht allein damit zu sein. Über den »Mädchenclub« verlor er kein Wort mehr.

Auch nicht darüber, dass die drei sie anglotzten und tuschelten. Und Taro, so beruhigte sie Mischa jedes Mal, ging es bestimmt gut. Die Verletzung am Arm hatte schlimm, aber nicht gefährlich ausgesehen, und vielleicht würde Taro ja damit zu Amon gehen. Wenn der Alte es geschafft hatte, Gatas gebrochenes Bein zu behandeln, würde er auch mit einem verwundeten Arm zurechtkommen.

Amon. Dieser seltsame, unheimliche alte Mann. Wie er plötzlich vor ihnen gestanden hatte, wie er aus dieser eigenartigen Höhle gekommen war. Einen besonderen Ort, hatte Taro sie genannt. Hatte Amon gewusst, was passieren würde? Vor ein paar Tagen hatte Wanja im Fernsehen einen Beitrag über Hellseher gesehen. *Ich sehe was, was du nicht siehst.* War Amon ein Hellseher? Wusste er, was es mit dem Vogel auf sich hatte? Und würde der Vogel wieder kommen, vielleicht sogar in der Zeit, in der Wanja und Mischa nicht im Bild waren? Würde er Taro wieder angreifen? Ihn vielleicht sogar ... weiter wagte Wanja nicht zu denken, und als Schröder seinen dicken Kopf durch ihre Zimmertür schob, drehte sie sich auf die Seite, erleichtert über die Ablenkung.

»Hey, Dicker, wie siehst du denn aus?« Schröder maunzte und sprang zu ihr aufs Bett. Der rote Kater schien sich der roten Schleife, die er um den Hals trug, gar nicht bewusst zu sein. Laut schnurrend, kuschelte er sich in Wanjas Arm, presste seine nasse Nase an ihren Hals und rieb sie an ihrer Haut.

»Ach, du, mein alter, dicker Schröderbär, hat Jo dich wieder schick gemacht?« Wanja kraulte sein Fell, das längst nicht mehr so schön glänzte wie noch vor ein paar Jahren. Schröder war wirklich alt geworden. Alt und unvorsichtig. Vor ein paar Tagen wäre er fast von einem Auto überfahren worden, als er mit einer toten Maus spielte, die vor ihrem Haus auf der Straße lag.

Schröder brummte und presste seine nasse Nase noch fester an Wanjas Hals, und als jetzt auch Jo in einem orangefarbenen Pulli in der Tür stand, war Wanja fast glücklich.

»Alles Gute zum Geburtstag, mein allergeliebtester Pimpelpamp!«

Jo setzte sich auf Wanjas Bett, schob Schröder zur Seite und küsste ihre Tochter dreizehnmal auf die Nasenspitze.

»Ich bin stolz auf dich, mein riesiges Kind, und ich wünsche dir alles, alles Wunderbare für dein neues Lebensjahr. Wie fühlt man sich denn am ersten Tag der Teeny-Ära?«

»Jedenfalls nicht wie ein Pimpelpamp.« Wanja setzte sich im Bett auf und räkelte sich. Sie hatte gestern Abend kaum etwas gegessen, und in ihrem Bauch war ein richtiges Loch. »Gibt's Frühstück?«

Jo lächelte. »Und wie.«

Ein Kuchen mit dreizehn Kerzen stand auf dem Küchentisch, inmitten von aufgebackenen Croissants und Brötchen, Rührei, gebratenem Speck, frisch gepresstem Orangensaft, warmem Kakao, jeder Menge Aufschnitt, Erdnussbutter und Floras selbst gemachter Kirschkonfitüre. Sogar für Schröder war, wie an jedem Geburtstag, ein Platz gedeckt. Auf einem kleinen weißen Porzellanteller lag ein großes Stück Leberpastete, über das Schröder herfiel, als stünde er kurz vor dem Verhungern.

»Friss anständig, sonst fliegst du vom Tisch!«, sagte Wanja grinsend und zog Schröder am Nacken zurück nach unten, sodass er mit den Hinterbeinen auf dem Stuhl stand und die Vorderpfoten rechts und links neben den Teller legen musste. »Vielleicht sollte ich dich das nächste Mal mit zu Britta nehmen, dann kannst du meine Portion gesunder Leber essen.«

»Wie geht's denn Familie Sander so?«, erkundigte sich Jo,

nachdem sie Wanja eine Tasse Kakao und ein Glas Orangensaft eingeschenkt hatte.

»Gut, glaube ich.« Wanja nahm sich ein Croissant. »Nur Alina tut mir leid. Manchmal glaube ich, dass sie jemand nach der Geburt im Krankenhaus vertauscht hat. Die passt echt überhaupt nicht in diese Familie, und wenn Brittas Mutter nicht da wäre, um sie vor dem Zahnarzt zu beschützen, wäre sie bestimmt längst ausgerissen.«

»Ist Herr Sander denn zum Essen immer da?« Jo wirkte überrascht.

»Normalerweise schon, seine Praxis ist doch gleich um die Ecke. Nur die letzten Male ist er nicht gekommen, weil er wohl zu tun hatte. Da ist Alina richtig aufgeblüht, aber Britta war genervt und Frau Sander irgendwie auch.«

»Du und Britta, ihr beiden habt nicht mehr wirklich viel gemeinsam, was?« Jo musterte Wanja nachdenklich und Wanja zuckte mit den Schultern. »Nee, nicht wirklich. Aber irgendwie hatten wir das nie. Ich meine, Britta hat was, das ich mag. Als mir vor ein paar Monaten so schlecht war in der Eisdiele zum Beispiel, da war sie plötzlich . . .« Wanja überlegte, als suchte sie nach dem richtigen Wort. ». . . da war sie plötzlich *da*. Aber dieses aufgedrehte Getue geht mir auf die Nerven.«

Jo musste lächeln. »Das passt auch nicht zu dir. Ich glaub, ich war früher genau so wie du. Ich konnte mit all diesem Mädchenkrempel auch nichts anfangen. Meine besten Freunde waren Jungs, und am wohlsten hab ich mich gefühlt, wenn ich auf Bäumen sitzen und mir Geschichten ausdenken konnte.«

»Das mit den Bäumen hat Oma aber bestimmt nicht gefallen.«

»Nein.« Jo verzog das Gesicht. »Das hat ihr ganz und gar nicht gefallen. Und sie hat es auch immer gemerkt, wenn ich mir draußen die Zöpfe aufgemacht und später wieder versucht habe, sie zu flechten. Zum Glück hat mich dein Opa immer in Schutz genommen.«

Wanja dachte an das Album, das sie bei ihrer Oma angeschaut hatte. Die kleine Jo mit den strengen Zöpfen, die nicht auf Locken schließen ließen. Und Jos geliebter Papili, Wanjas Opa, der tot war, aber über den man gerne sprach, während Wanjas Vater lebte und totgeschwiegen wurde. Plötzlich bekam Wanja einen solchen Schrecken, dass sie sich an ihrem Croissant verschluckte und wild zu husten anfing.

Jo sprang auf und schlug ihr auf den Rücken. »Was ist denn mit dir los?«

Wanja hustete und hustete und fragte sich mit hochrotem Kopf, warum es ihr eigentlich jetzt erst bewusst wurde, dass sie ja nicht einmal sicher sein konnte, *ob* ihr Vater überhaupt noch lebte. Was, wenn er nicht mehr lebte? Was, wenn er gestorben war und Jo es wusste, aber nicht darüber sprechen wollte? Oder wenn er gestorben war und Jo es nicht wusste, weil sie keinen Kontakt mehr zu ihm hatte?

»Meine Güte, Pumpelchen«, Jo ließ die Hände sinken. »Am dreizehnten Geburtstag erstickt man doch nicht. Und schon gar nicht, bevor man seine Geschenke aufgemacht hat. Hier...« Sie hielt Wanja den Orangensaft hin. »Trink mal einen Schluck. Du bist ja puterrot im Gesicht.«

Wanja trank den Saft mit einem Zug leer und machte ein paar lange, tiefe Atemzüge. Dann zog sie den Kuchen zu sich heran, auf dem die dreizehn Kerzen brannten. Vor dem Frühstück hatte sie nur einen Wunsch gehabt. Jetzt waren es zwei. Ihr Vater sollte noch leben. Und Taro sollte nichts geschehen. Wanja legte ihre Hände um den Kuchen, schloss die Augen und verband die beiden Wünsche zu einem Satz, den sie nach innen sprach, lautlos und eindringlich, wie eine Beschwörung. *Ich wünsche mir, dass alles gut wird.*

Sie holte tief Luft und blies die Kerzen aus, mit solch verzweifelter Kraft, als könnte sie alles Schlechte auf der Welt damit auslöschen. Als die dreizehn Kerzen erloschen waren, fühlte sie sich besser.

Jo war zur Tür gegangen, weil es geklingelt hatte, und als sie zurück in die Küche kam, hatte sie einen dicken Stapel Post im Arm. Zwei Zeitungen, ein großes Paket und mehrere Briefe.

»Von Oma«, sagte Jo und legte das Paket zu Wanja auf den Tisch. »Auf den Tag pünktlich, wie jedes Jahr.« Sie blätterte die Briefe durch, runzelte beim ersten die Stirn, lächelte beim zweiten und erstarrte beim dritten. Sie klappte ihn so hastig weg, als hätte sie sich daran die Finger verbrannt.

»Was ist?« Wanja hob erstaunt den Kopf. »Schlechte Nachrichten?«

»Nur eine Rechnung«, murmelte Jo und rauschte aus der Küche.

Als sie wiederkam, erschien sie Wanja, als müsse sie sich mühsam zusammenreißen. Wanja runzelte die Stirn und sah ihre Mutter fragend an, aber Jo setzte ein Lächeln auf und legte Wanja die Hände auf die Schultern. »Was ist, Mutzel, willst du nicht deine Geschenke auspacken?«

Als Erstes öffnete Wanja das Paket von Oma. Das rechteckige Geschenk war in rosa Papier mit kleinen Marienkäfern eingewickelt und klapperte, als Wanja es schüttelte. Vorne drauf war mit Tesafilm ein Briefumschlag befestigt, und auf der Karte, die darin lag, waren ebenfalls Marienkäfer.

Liebe Wanja, zu deinem dreizehnten Geburtstag viel Glück und Gesundheit. Kaufe dir doch für das Geld etwas Ordentliches zum

Anziehen. Alles Liebe und viele Küsschen von deiner Omi, und Uri grüßt dich mit dem Finger.

Wanja legte den 100-Euro-Schein zurück in den Briefumschlag, stellte die Karte auf den Wohnzimmertisch, den Jo mit Blumen und Kerzen dekoriert hatte, und öffnete das rechteckige Geschenk. Ein 1.000-teiliges Pferdepuzzle. Wanja lächelte. Sie dachte an das Schweizer-Alpen-Puzzle. Dann an Tina. Und dann fiel ihr Sandesh wieder ein.

»Nun mach doch nicht so ein Gesicht.« Jo gab ihr einen Stups. »Du kennst doch Oma mit ihrem Puzzletick. Und für die 100 Euro können wir doch wirklich was Schönes kaufen.«

»Ja, ja.« Wanja schluckte. Langsam wünschte sie diese beklemmenden Gedanken, die sie ständig attackierten, zum Teufel. Sogar Frau Gordon hatte sie vor ein paar Tagen nach der Schule zu sich gerufen. »Alles in Ordnung bei dir, Wanja? Du wirkst so abwesend in letzter Zeit. Gibt es etwas, das dich bedrückt? Etwas, über das du sprechen möchtest?«

Ja, dachte Wanja, als sie Nein sagte und Frau Gordon tapfer anlächelte. Plötzlich war sie traurig, dass es ihre Lehrerin war, die sie so etwas fragte, und nicht Jo, ihre Mutter.

»So, bist du bereit für das nächste Geschenk?« Jo zog einen riesigen Karton unter dem Wohnzimmertisch hervor und schob ihn Wanja hin.

Kaum hatte Wanja das braune Packpapier mit den aufgedruckten Schweinen aufgerissen, da flog sie ihrer Mutter schon um den Hals. »Danke, Jo, das ist echt riesig.«

Jo half Wanja den kleinen Hi-Fi-Turm aus seinem Karton zu befreien. Zwei Würfel als Lautsprecher, ein CD-Player, zwei Kassettenrekorder, ein Radio, sogar mit Weckfunktion.

»Jetzt kannst du deinen alten Radiowecker wegwerfen«, sagte Jo.

Wanja machte ein Gesicht, als hätte ihre Mutter gerade

vorgeschlagen, Schröder zu entsorgen. »Spinnst du? Den gebe ich niemals her, solang ich lebe.«

Als Wanja den Hi-Fi-Turm auf ihrem roten Metallregal aufgestellt und alle Funktionen ausprobiert hatte, schlug Jo vor, einkaufen zu gehen. Das Wetter war umgeschlagen, die Sonne war eine echte Herbstsonne geworden, und neue Anziehsachen konnte Wanja jetzt wirklich gebrauchen.

»Soll ich mitkommen und dich beraten?«, fragte Britta, die gerade zum Gratulieren anrief, als sie und Jo das Haus verlassen wollten.

»Nee, lass mal«, wehrte Wanja ab. »Wir machen Mutter-Tochter-Tag, und das mit den Klamotten kriegen wir schon hin.«

Vor der Haustür schoss Brian an ihnen vorbei. So schnell, als wären Mörder hinter ihm her. Und Brians Mutter, die keuchend hinterherkam, stand die Mordlust tatsächlich im Gesicht geschrieben. »BREIEN!!!«, schrie sie, während ihr Sohn um die Ecke verschwand. »Komm sofort zurück, oder ich dreh dir den Hals um!« Aber Brian kam nicht zurück, und Frau Trockenbrodt sah Jo verzweifelt an.

»Dieser Junge bringt mich noch ins Grab. Einen Kuchen backen wollte ich, extra für dich, Wanja, weil du doch heute Geburtstag hast. Und was macht das kleine Biest? Regenwürmer hat er in meinen Teig gesteckt, das muss man sich mal vorstellen! Ich hab es grad noch gemerkt, als ich den Kuchen in den Ofen schieben wollte und eins dieser Dinger mir seinen Kopf entgegensteckte.«

Wanja stellte sich vor, wie gebackene Regenwürmer schmeckten, und Jo musste grinsen. »Ich gebe Ihnen einen guten Rat, Frau Trockenbrodt. Schieben Sie den Kuchen in den Ofen, und setzen Sie ihn Ihrem Sohn zum Abendessen vor.«

Nun lächelte auch Brians Mutter. Dann gab sie Wanja die Hand. »Und du bekommst einen neuen Kuchen! Dreizehn Jahre! Da wird ja jetzt eine richtige Dame aus dir, was?«

Wanja lächelte höflich, aber die Sachen, die sie sich später in der Stadt aussuchte, waren alles andere als damenhaft. Eine schwarze Sweatshirtjacke, eine ausgefranste Hüftjeans mit Taschen an den Seiten, schwarze Turnschuhe und eine khakifarbene Parkerjacke, die Jo bezahlte, weil Omas Geld nicht reichte.

Den khakifarbenen Rollkragenpulli dagegen redete Jo ihr aus, und als Wanja später beim Italiener das Päckchen öffnete, das Flora ihr auf den Tisch legte, musste sie lachen. »Also deshalb.« Sie schmiegte ihr Gesicht an die weiche Wolle, dann gab sie Flora einen Kuss. »Der Pulli ist superschön.«

Sie bestellten. Jo und Flora wählten Salat und teilten sich eine Pizza, Wanja nahm Tomatensuppe als Vorspeise und anschließend eine Riesenpizza »Quattro Staggione« für sich allein.

»Wahrscheinlich pass ich jetzt gar nicht mehr in die neuen Jeans rein«, sagte sie, als sie das letzte Stück Pizza verputzt hatte.

Flora lachte. »Du Strich in der Landschaft, du brauchst dir um deine Figur zum Glück noch keine Sorgen zu machen.«

Sie zündete sich eine Zigarette an und verdeckte ihren Pizzabauch mit dem afrikanischen Tuch, das sie über dem engen Wollkleid trug.

Jo nahm das Tuch zwischen die Finger und verzog ihren Mund zu einem spöttischen Lächeln. »Ein Geschenk von Rodolfo? So heißt doch deine neue Affäre, oder?«

Flora zog Jo das Tuch aus der Hand und blies ihr den Rauch ins Gesicht. »Du weißt genau, dass er Valentino hieß und dass ich seit einer Woche mit Anthony zusammen bin.«

Jo hüstelte. »Entschuldige, ich verliere einfach nur langsam den Überblick. Aber zumindest hast du ja bald alle Nationalitäten durch.«

Wanja drohte ihrer Mutter mit der zusammengeknüllten Serviette, aber Flora lachte nur. »Und du«, sie zwinkerte Wanja zu, »hast, wie ich hörte, neulich auch eine nächtliche Bekanntschaft gemacht?«

Wanja grinste, aber im Gegensatz zu Flora war Jo nicht zum Lachen zumute. Sie machte ein so wütendes Gesicht, dass Flora rasch das Thema wechselte. »Sagt doch mal, habt ihr zufällig noch ein paar alte Verkleidungssachen irgendwo? Ich wollte mit meiner neuen Fünf die sieben Raben aufführen, und mir fehlt noch ein schwarzer Umhang. Warst du nicht irgendwann mal Zauberer, Wanja? Oder Vampir? Ich meine, du hättest damals so ein Teil getragen.«

Wanja nickte. »Vampir bin ich gewesen. Meinst du, wir haben den Umhang noch, Jo?«

»Vielleicht auf dem Dachboden. Du kannst morgen ja mal nachschauen.«

Jo winkte dem Kellner, und als Wanja eine Stunde später satt, zufrieden und müde im Bett lag, schlief sie zum ersten Mal seit Wochen tief und traumlos.

Nach einem ausgedehnten Frühstück am nächsten Morgen setzte sich Jo zum Arbeiten in ihr Schlafzimmer an den Computer, und Wanja beschloss, auf dem Dachboden nach ihrem alten Vampirkostüm zu suchen.

Quietschend öffnete sich die weiße Holztür. Steil nach oben führten die sieben dunkelrot gestrichenen Treppenstufen, und als Wanja auf der letzten angekommen war, schlug ihr muffige Luft entgegen. Elektrisches Licht gab es auf dem Boden nicht, aber die spärlichen, durch die verdreckte Dachluke fallenden Sonnenstrahlen reichten aus.

Wanja schaute sich auf dem riesigen Boden um; seit einer Ewigkeit hatte sie ihn nicht mehr betreten. Der Boden bestand aus zwei ineinander übergehenden Räumen, deren Ende auf den ungenutzten, leer stehenden Heuboden führte. Früher hatte Jo oft davon gesprochen, den Dachboden in eine Bibliothek umzuwandeln, aber dafür fehlten Hände. Männerhände, dachte Wanja. Stattdessen war der Dachboden ihr geheimes Reich geworden. Mit einem Schmunzeln dachte Wanja daran, wie oft sie hier früher gespielt hatte, auch mit Britta und manchmal sogar mit Baby-Brian. Ein Königreich an Verkleidungsmöglichkeiten hatten die Hinterlassenschaften der ehemaligen Hausbesitzerin ihnen geboten. Es gab Rüschenblusen, lange Kleider, durchlöcherte Schals, staubige Mäntel und abgewetzte Hüte . . . Sogar hochhackige Schuhe und eine Schatulle mit wertlosem Schmuck lagen im Schrank.

Wanja öffnete die zersplitterten Türen – und mit den Kleidern tauchten die Erinnerungen wieder auf. In dem rosa Spitzenkleid und den viel zu großen weißen Lackschuhen war Britta als feine Dame auf dem Dachboden herumstolziert, während Wanja ihre Dienerin sein und ihr die Haare kämmen sollte. In den löchrigen Seidenschal hatten sie Baby-Brian eingewickelt und mit ihm das Krippenspiel einstudiert. Britta war natürlich Maria gewesen, Wanja Josef und Brian das Jesuskind. Als Wanja daran dachte, wie der kleine Kerl aus der zu einer Krippe umfunktionierten Schubkarre gekippt war und das ganze Haus zusammengebrüllt hatte, lachte sie laut auf.

Dann schloss sie den Schrank und ging auf die vielen Kisten zu, die sich im hinteren Teil des Raumes stapelten, gefüllt mit Schallplatten, Büchern und Spielen. Im zweiten Raum standen alte Möbel, ebenfalls Erbstücke der alten Hausbesitzerin. Abgenutzte Sessel, eine altmodische

Couch, zwei Nachttischchen und die riesige Kleidertruhe, deren schwere Klappe Wanja jetzt öffnete. Richtig, hier waren sie, ihre alten Faschingskostüme, von denen die meisten ihre Großmutter genäht hatte. Ein Katzenkostüm aus grauem Samt, die braune Indianerjacke mit aufgestickten Mustern und angenähten Fransen, das bunte Clownskostüm und ganz unten der schwarz glänzende Vampirumhang mit dem leuchtend roten Innenkragen. Den hatte Jo ihr gekauft. Acht oder neun war Wanja gewesen, und sie erinnerte sich, wie Flora ihr damals das bleiche Gesicht und die blutunterlaufenen Augen geschminkt hatte.

Wanja hängte sich den Umhang um den Hals und wollte gerade wieder nach unten gehen, als sie mit dem Ellenbogen an etwas Hartes stieß. Autsch! Sie rieb sich den schmerzenden Musikantenknochen und trat wütend gegen Jos alten Sekretär, als trüge er die Schuld an dem Zusammenstoß. »Böser Tisch, böser Stuhl, böser Schrank«, hatte ihre Großmutter früher oft gerufen, wenn sich Wanja irgendwo gestoßen hatte, und Jo hatte ihrer Mutter dann immer einen ärgerlichen Blick zugeworfen. »Red dem Kind nicht so einen Blödsinn ein. Als ob die Möbel was dafür könnten, so was Idiotisches.«

Wanja grinste bei der Erinnerung. »Böser Sekretär«, sagte sie im Tonfall ihrer Großmutter und strich mit dem Finger über das helle Holz.

Bis vor ein paar Jahren hatte der Tisch im Schlafzimmer ihrer Mutter gestanden, war dann aber gegen einen größeren Schreibtisch ausgetauscht worden. Wanja klappte die Schreibtischlade auf und musterte die kleinen Fächer und Schubladen, die sich dahinter verbargen. Eigentlich würde der Sekretär in ihrem Zimmer viel schöner aussehen als der weiße Schreibtisch, den sie zu ihrem zehnten Geburtstag bekommen hatte. Wieder verzog sich Wanjas Mund zu einem

Grinsen. In der mittleren Schublade lagen Figuren aus Salzteig. Wie alt sie wohl gewesen war, als sie die gebastelt hatte. Fünf? Sechs? Sogar ein kleines Schwein war dabei. Wanja beschloss, es mit nach unten zu nehmen. Ob Jo auch ihre Kinderzeichnungen aufbewahrt hatte? Wanja steckte das Salzteigschwein in die Seitentasche des Umhangs und öffnete eine der Schubladen. Alte Münzen kamen ihr entgegen. Die zweite Schublade war leer, bis auf einen kleinen Schlüssel. Wanja nahm ihn heraus, drehte ihn in der Hand und betrachtete die Schublade in der Mitte des Sekretärs. Sie war die größte von allen und hatte als einzige ein Schloss.

Der Schlüssel passte, aber die Schublade klemmte, und Wanja musste ein paar Mal heftig ziehen, bis sie nachgab. Eine alte Keksdose kam zum Vorschein, sie war aus abgeblättertem Metall, und als Wanja sie öffnete, schlug ihr Puls plötzlich schneller. Ein Stapel Briefe lag in der Dose, verschnürt mit einer braunen Kordel. Sieben Briefe, alle an Jo adressiert. Wanjas Herz überschlug sich fast, als hätte ihr jemand zugeflüstert, wessen Post sie da, einen Tag nach ihrem dreizehnten Geburtstag, in der Hand hielt.

J. B. stand auf dem Absender. J. B. Sonst nichts. Wanjas Hände zitterten so stark, dass sie sich hinsetzen und Luft holen musste. Minuten vergingen, bevor sie imstande war, den ersten Brief aus dem Umschlag herauszuholen und aufzuklappen.

Er war datiert auf den 4.8.1990, das Jahr vor ihrer Geburt, und begann mit den Worten »*Meine geliebte Johannita . . .*« Wanja versuchte vergeblich, ihr Herzrasen wegzuatmen. Ihre Augen flogen über die Seite, über die kleine, leicht geschwungene Handschrift, deren Buchstaben vor Wanjas Augen zu tanzen begannen, als wären sie lebendige Wesen.

Als ich ins Bett ging, lag dein Lachen noch auf meinem Kopfkissen und hat sich über Nacht in meinen Haaren verkrochen, die ich jetzt nicht mehr waschen kann, das wirst du doch wohl einsehen müssen. Wanja schnappte nach Luft. Ihr Blick ließ sich nicht steuern, sauste weiter, blieb wieder stehen an einer Stelle weiter unten ... *und die Zeit ohne dich ist eine störrische Eselin, die bockt und einfach nicht vorangehen will. Was hast du mit mir gemacht, Johannita, du zärtliches Ungeheuer* ... Wanjas Zähne gruben sich in ihre Unterlippe, ihre Augen flogen weiter, nach unten zur Unterschrift, zum Namen ... der kein Name war. Denn die Worte, mit denen der Brief unterschrieben war, lauteten: *Dein dich viel zu sehr liebender Schneehase.*

Schneehase? Wieder rang Wanja nach Luft. Wieso Schneehase? Wütend war sie jetzt, rasend wütend, als stritten sich zwei Wanjas in ihr, von denen die eine hämisch lachte und fratzgesichtig fragte, was macht dich überhaupt so sicher, dass diese Briefe von ihm sind, und von denen die andere schrie, halt die Klappe, du Hexe, sie sind von ihm, von wem sollten sie sonst sein! Dieser Stimme folgend, zerrte Wanja den zweiten Brief aus dem Umschlag. *Dein dich auf Händen tragender Plausch.* Den dritten Brief. *Dein wahnsinnig verliebter Hurzelbär.* Den vierten. *Dein kussmundiger Schmusemuck.* Und als sie ihn sinken ließ, begriff sie. Stöhnte auf. Natürlich. Auch er war von Jos Spitznamen nicht verschont geblieben. Aber war er *Er*?

Der fünfte Umschlag war größer als die anderen, dicker, fester. Etwas Hartes war darin. Wanja zog es heraus, die Hände wurden ihr kalt.

Ein gemaltes Bild. Es war ein Porträt, postkartengroß. Es zeigte Jo. Eine Jo, die Wanja noch nie gesehen hatte, die sie aber an die schwangere Jo auf dem Foto im Album ihrer Großmutter erinnerte. Eine ganz junge Jo mit leuchtenden Augen, deren Gesicht ernst und doch ein einziges Lachen war. Das Lachen, das sie vor vielen Jahren auf dem Kopfkissen des Schreibenden vergessen hatte.

Wanja berührte das Gesicht ihrer Mutter und war für eine endlose Sekunde darauf gefasst, das Rauschen zu hören, das Rauschen, das ertönte, wenn sie ihr Bild in der Ausstellung *Vaterbilder* berührte. Aber es kam kein Rauschen, und Wanjas Finger sank nach unten zu der Signatur des Bildes, den großen, schräg nach rechts abfallenden Buchstaben. *Jolan Berger, 1990.*

In Jolan steckt Jo, dachte Wanja, und zum Glück verwischten die Ölfarben nicht, als die salzigen Tropfen darauf fielen. Von unten rief jemand, wie aus einer anderen Welt, rief und rief, bis Wanja aufschreckte und die Briefe hastig unter ihrem Vampirumhang verbarg.

»Ich bin hier, Jo, warte, ich komme, ich komme doch schon!«

»Verschone mich, Drakulina«, lachte Jo, die mit Schröder auf dem Arm an der Speichertür stand. »Was hast du denn da oben getrieben? Oma ist am Telefon, sie hat uns gestern nicht erreicht. Mach schon, das Ferngespräch kostet!«

Die Zeit bis zum Abend kroch. Nein, sie bockte, dachte Wanja, wie eine störrische Eselin, die nicht vorangehen wollte.

Wanja traute sich nicht vor die Haustür, sie wollte nicht ans Tageslicht mit den Briefen. Sie traute sich nicht zurück auf den Dachboden, sie traute sich nicht, sich damit in ihr Zimmer einzuschließen – aber nicht abzuschließen, traute sie sich auch nicht.

Erst als es dunkel war und Jo nach dem Spätfilm in ihrem Schlafzimmer verschwand, setzte Wanja Schröder vor die Tür, schloss sie dann doch ab und holte den verschnürten Stapel unter ihrer Matratze hervor.

Mit zitternden Fingern öffnete sie den sechsten Brief. Er war datiert auf den 3. März 1991, und Wanja las ihn ganz.

Meine geliebte Johannita,

ich habe es dir gesagt, aber ich glaube, du hast mir nicht geglaubt, vielleicht habe ich mir selbst nicht geglaubt in dem Moment. Aber hier sitze ich und sage es noch einmal, allein bei mir, während du bei dir zu zweit bist, was bedeutet, dass wir zusammen zu dritt sind.

ICH FREUE MICH, JOHANNITA. Ich freue mich auf unser Kind, das jetzt als winzige Kaulquappe im schönsten aller Meere schwimmt – in deinem Bauch, den ich mit Küssen zudecken möchte, damit er warm bleibt.

Aber ich brauche Zeit, Johannita, und ich brauche, dass du mich nimmst, wie ich bin. Ich werde da sein, ich werde dein Mann und der Vater unseres Kindes sein. Aber ich werde es auf meine Weise sein und ich lasse mich nicht zu Dingen zwingen, die mir nicht entsprechen. Auch nicht von dir, die ich liebe, und keinesfalls von deiner Mutter, die mich ansieht aus ihren starren, traurigen Augen, als ob sie mich mit ihren Blicken töten wollte, wenn ich nicht tue, was sich für sie gehört. Und ich bin auch nicht derjenige, der den Verlust ersetzt, den sie als Kind erlitten hat.

Wenn du an meine Gefühle glaubst, gehört dir alles, Johannita, und wenn ich bei dir bin, bin ich bei dir, ganz und gar, wie immer und für immer.

Jolan

Der siebte, der letzte Brief, trug als Datum den 30. November 1991.

Zu dieser Zeit war Wanja etwas über zwei Monate alt.

Es tut mir leid, Johanna.
Jolan

Das war alles.

Es war 3:48 Uhr, und Wanja gab Schröders Maunzen vor der Tür nicht nach.

Schlafen konnte sie nicht. Selbst das Schließen ihrer Augen war eine Qual. Denn jedes Mal, wenn sie versuchte, sich ein Bild von Jolan Berger zu machen, schoben sich zwei andere Bilder davor. Taros Lächeln. Und der grässliche Rücken des zuckenden Vogels.

Der Rahmen für die Vorstellung

Es war ein Sonntag, das kleine Schwein aus Salzteig stand mit abgebrochenem Ringelschwanz auf dem Hi-Fi-Turm, die Briefe lagen fest in Zeitungspapier eingewickelt unter der Matratze, und Jo lag lesend auf dem Sofa im Wohnzimmer.

Wanja ging aus dem Haus, um sich mit Mischa vor dem Museum zu treffen. Die Einladung für den heutigen Besuchstag hatte vor drei Tagen im Bus an der Scheibe gehangen, neben einer Werbung für die BILD AM SONNTAG.

Wanja schlug den Kragen ihres Parkas hoch, der Wind pfiff ihr um die Ohren, als wolle er das letzte bisschen Sommer aus der Stadt jagen. Aber die Frage, die sich in Wanja festgebissen hatte, konnte auch sein Pfeifen nicht übertönen. Was war damals geschehen?

Sie kam eine halbe Stunde zu früh, aber Mischa saß schon auf der Treppe vor dem Museum und wartete auf sie.

»Warum sprichst du deine Mutter nicht einfach auf die Briefe an?«, fragte er, als sie sich neben ihn setzte.

Wanja spuckte ihre Haarsträhne aus und verzog den Mund zu einem spöttischen Lächeln. »Meinst du, ich hab Lust, dass noch mehr Gläser durch die Gegend fliegen? Du kennst meine Mutter nicht, da könnte ich genauso gut einem Stier ein rotes Tuch vor die Nase halten.«

Sie schob ihre kalten Finger unter die Jackenärmel und zog die Schultern hoch. »Wenn ich nur wüsste, wie ich ihn finden kann. Im Internet war nichts, in den Telefonbüchern, die ich gewälzt habe, stand kein Jolan Berger und zu den J. Bergers, bei denen ich angerufen habe, gehörte er bestimmt nicht. Außerdem kann er sonst wo wohnen, in tausend Städten, in hundert Ländern. Sein Name muss ja nicht mal eingetragen sein. Und . . .« Wanja schluckte. »Im Grunde kann ich nicht mal sicher sein, ob er noch lebt.«

Mischa schwieg, dann stieß er sie an. »Kuck mal, Alex. Der sieht aber nicht gut aus.«

Alex' Hände steckten in den Hosentaschen, sein Kopf war eingezogen, und in seinen grünen Augen blitzte heute nicht Freude, sondern Wut.

»Was ist denn mit dir passiert?« Wanja war aufgestanden, und Alex musterte sie so feindlich, als sei sie die Ursache seines Übels.

»Meine verkackte Alte!«, presste er hervor. »Sie wollte mich nicht gehen lassen, wegen dem Scheißgeigenunterricht. Wegen diesem Stück, das ich auf dem Empfang meines Vaters spielen soll.« Alex verzog angewidert das Gesicht, »manchmal habe ich das Gefühl, die wollen mich dressieren wie einen dämlichen Pudel, nur damit sie mich vorführen können, vor ihren aufgeblasenen Gästen. *Mein lieber Alexander!*« Er äffte die schrille Stimme der Frau nach, an die sich Wanja noch gut erinnerte, »*Du weißt ganz genau, was dein Vater von dir erwartet.* – Dein Vater!« Jetzt klang es, als spuckte er die beiden Worte aus, »dein Vater dies, dein Vater das. Ständig geht es so, den ganzen verdammten Tag, *jeden* verdammten Tag. Es interessiert mich einen Scheißdreck, was der Alte von mir erwartet. Ich bekomme ihn ja doch nie zu Gesicht, der weiß doch noch nicht mal, wer ich bin. Das letzte Mal, dass ich eine Stunde am Stück mit ihm verbracht habe, war, als die Reporter bei uns aufgetaucht sind. Vater und Sohn, am gemeinsamen Abendbrottisch. *Sitz gerade, Alexander. Leg deine Hand auf meinen Arm, Alexander. Hör auf zu zappeln, und lächele mich an, Alexander.*« Jetzt spuckte Alex wirklich auf den Boden. »Der Politiker, der sich um das Wohl der Kinder sorgt. Der Politiker, der Zeit mit seiner Familie verbringt. Dass ich nicht lache!« Wütend strich sich Alex das vom Wind zerzauste Haar aus dem Gesicht. »Familie. Der Typ hat doch nicht den Hauch einer Ahnung, was das ist.«

Mischa war jetzt ebenfalls aufgestanden, Mitgefühl spiegelte sich in seinen Augen. »Und wie bist du dann hergekommen, wenn du nicht gehen durftest?«

»Wie wohl.« Alex kickte gegen eine leere Bierdose, die scheppernd die Stufen hinunterrollte. »Abgehauen bin ich, einfach zur Tür raus. Aber so hirnverbrannt zu sagen, wo ich hingehe, bin ich bestimmt nicht noch mal. Es hat mir gereicht, dass meine Alte einmal hinter mir hergekommen ist. Soll sie doch denken, ich bin zur Hölle gefahren!«

Alex zog die Nase hoch und machte ein Gesicht, als sei ihm sein Ausbruch plötzlich unangenehm. »Also, was ist? Wollen wir hoch, oder was?«

Wanja nickte. Natalie bog auf ihrem Skateboard um die Ecke, die anderen Jugendlichen waren schon an ihnen vorbei zum Eingang gelaufen. In der Mitte der Eingangshalle stand ein neues Kunstwerk. Es war ein riesiger Engel aus hellem Sandstein, in der einen Hand hielt er eine Trompete, die andere Hand zeigte zum imaginären Himmel. Das Lächeln auf seinen Lippen war traurig, als hüte er ein dunkles Geheimnis, aber er sah wunderschön aus.

»Hoffentlich bleibt er eine Weile und wird nicht wieder

durch Badewannen oder Hüpfkästen ersetzt, was?«, flüsterte Wanja Natalie zu, die neben ihr stand und den Engel unverwandt ansah.

Natalie nickte kurz und wandte sich ab. Die Tränen, die in ihren Augen schimmerten, hatte Wanja erst nach ihren Worten bemerkt. Erschrocken legte sie Natalie den Arm um die Schultern. »Alles okay?«

»Mädels, wollt ihr hier Wurzeln schlagen?« Alex winkte ihnen von der Kasse zu. Er und Mischa hatten schon bezahlt, und Natalie fuhr sich mit dem Handrücken über die Nase. »Alles klar, komm, lass uns gehen.«

Im großen Saal hinter dem mittlerweile vertrauten dunklen Gang wurden sie von der alten Frau begrüßt. »Es ist so weit, ihr Lieben. Ich weiß, ihr habt lange gewartet. Aber jetzt gehören die Bilder wieder euch. Bis der Gong ertönt. Was ich euch zu Beginn der Ausstellung gesagt habe, dürft ihr nie vergessen. Und jetzt . . .« Die Frau klatschte in die Hände, ». . . gehören die Vaterbilder euch.«

Das Mädchen mit den grünen Haaren, das beim letzten Mal geweint hatte, verschwand als Erstes in ihrer Arkade. Auch der dicke Junge sah aufgeregt aus, und als Wanja mit Mischa vor Taros Bild stand, dachte sie wieder an den Wunsch, den sie beim Ausblasen der Kerzen gehabt hatte. *Ich wünsche mir, dass alles gut wird.*

Das Trapez auf dem Bild war auch heute wieder leer, aber als Wanja und Mischa eintraten, waren alle Artisten in der Manege versammelt. Sie saßen auf dem Boden und bildeten einen Halbkreis um Baba. Taro kniete neben Sulana und winkte Wanja und Mischa zu sich. Und wo war Gata?

Da saß sie ja, neben Pati Tatü, der zum Gruß ein geblümtes Käppi von den Blumenkohllocken zog und sich vor den beiden verbeugte. Auch Gata grinste. Ihr Fuß war verbunden, aber ansonsten sah sie aus wie immer, gut aufgelegt und katzenhaft, mit ihren verwuselten Haaren.

»Alles in Ordnung«, flüsterte Taro Wanja zu und legte seine Hand auf ihr Bein. Auf seinem Arm waren keine Spuren des Angriffs mehr zu sehen.

»Ist der Vogel noch mal aufgetaucht?«

»Nein.«

»Und Sandesh? Ist er zurückgekommen?«

»Nein.« Ein Schatten flog über Taros Gesicht, und Wanja schluckte. Halbherzig erwiderte sie Babas Lächeln, der sich jetzt den beiden zuwandte.

»Meine lieben Ehrengäste. Ihr seid gerade richtig zur Besprechung gekommen. Wir legen den Ablauf der Vorstellung fest, und ich bin sicher«, Baba zwinkerte Taro zu, »wir werden auch für euch etwas Feines finden, wenn ihr wollt.«

Taro schwieg, Wanja runzelte die Stirn, und Mischa zuckte leicht mit den Schultern. Thyra, die offensichtlich gerade gesprochen hatte, rieb sich ihre riesigen Hände und sah in die Runde. »JETZT SIND WIR ERST MAL DRAN. WIR MACHEN FANGEN MIT STANGEN UND KÖNNTEN DIREKT NACH REIMUNDOS HEULNUMMER AUFTRETEN.«

Baba zog aus der Tasche seines Anzugs ein Blatt Papier und legte den Finger an die Lippen. »Nein, Thyra«, sagte er schließlich. »Das passt nicht. Oder, was meinst du, Reimundo? Zeigst du uns deine Nummer bitte noch einmal?«

Reimundo stand auf. Er trug normale Kleidung, helle Hosen und ein T-Shirt, aber in den Armen hielt er zwei Schafe, das eine weiß, das andere schwarz.

Mit leisen Trippelschritten ging er auf die goldene Kugel zu, die an der Seite der Manege lag, klappte sie auf und setzte sich hinein. Er gab Thrym ein Zeichen, der daraufhin aufstand und die nun geschlossene Kugel an einem feinen Drahtseil nach oben zog, bis sie über ihren Köpfen schwebte wie ein riesiger Vollmond. Von dort ließ er sie langsam wieder nach unten, während Perun das Licht herunterdrehte, sodass nur noch die schillernde Kugel zu sehen war. Ein Vollmond im Dunkeln.

Als die Kugel wieder auf dem Boden lag, stieg Reimundo heraus, die Schafe in den Armen, so wie er bei der ersten Vorstellung die gelbe Kuh gehalten hatte. Seltsam, dachte Wanja. Reimundo war bestimmt schon vierzig, vielleicht sogar fünfzig Jahre alt, aber wie er so dastand mit seinen staunenden Augen, sah er aus wie ein Kind.

Er machte ein paar Schritte vorwärts und hielt die Schafe in die Höhe. Als würden sie von unsichtbaren Fäden gezogen, schwebten sie plötzlich aus seinen Händen in die Luft. Erst bei genauerem Hinsehen erkannte Wanja, dass die Schafe an hauchdünnen Fäden befestigt waren.

Ihnen nachsehend, sagte Reimundo sein Gedicht auf.

Der Alb und der Traum,
kaum sind sie, kaum
zu unterscheiden,
die beiden,
bis sie sich binden
und bleibend verschwinden
als keins oder eins,
aber immer als deins.
Alles wird gut,
auch die Angst und die Wut
werden leise
auf der Reise,
die nicht endet,
bis es sich wendet.
Alles wird gut.

Die Schafe waren verschwunden, schillernde Tropfen fielen von der Decke herab. Reimundo lächelte, aber dieses Mal waren Wanja die Tränen schon vorher übers Gesicht gelaufen, bis Thyras Stimme sie zusammenzucken ließ.

»ICH WEISS NICHT, WAS IHR HABT, FANGEN MIT STANGEN IST NACH DER HEULNUMMER DOCH DER ABSOLUTE KRACHER!«

Reimundos Lächeln wurde zu einem Schmunzeln, während sich Thrym, der noch immer an dem Drahtseil stand, mit einem riesigen, gepunkteten Taschentuch schnäuzte und Baba nachdrücklich den Kopf schüttelte. »Unmöglich, Thyra, nach dieser Nummer brauchen wir etwas anderes. Was uns fehlt, ist sowieso noch der richtige Rahmen für die Vorstellung. Ich liege schon seit Nächten darüber wach, aber mir will und will einfach nichts einfallen.« Nachdenklich starrte der kleine Mann in die Runde, bis sein Blick an Taro hängen blieb. »Wie wäre es, wenn eure Nummer nach Reimundo käme? Du und Gata, ihr könntet doch von oben auf dem Trapez herunterkommen, zusammen mit dem Regen?«

Taro sah zu Gata. Traurig schüttelte sie den Kopf. »Ich glaube, dass ihr dieses Mal auf mich verzichten müsst. Es sieht nicht so aus, als ob mein Fuß bis zur Aufführung wieder in Ordnung wäre. Amon hat mir eine gute Salbe gegeben, aber der Bruch ist komplizierter, als ich gedacht hatte. Tut mir leid, Leute.« Gata seufzte, und Baba machte plötzlich ein ganz bestürztes Gesicht.

»Wie wäre es,«, setzte Perun an, als ihn Taro unterbrach.

»Wie wäre es, wenn Wanja Gatas Part übernimmt?«

Wanja fuhr zusammen. »Was . . . ich?!«

Auch Baba runzelte ungläubig die Stirn, aber auf Peruns Gesicht breitete sich ein Lächeln aus, und Gata nickte Wanja zustimmend zu. Ihr Gesicht hatte sich schlagartig aufgehellt. »Die Idee ist hervorragend, und ich habe selbst gesehen, wie gut du bist. Ihr könntet bestimmt eine Nummer einstudieren, die nicht allzu schwer ist und trotzdem sensationell aussieht.«

Wanja sah verwirrt zu Taro, der sie mit leicht schräg gelegtem Kopf musterte, als ginge er im Geist bereits die Nummer durch.

»Glaubst du denn . . . glaubst du, ich schaff das?«

Taro zog eine Augenbraue hoch. »Wenn ich es nicht glauben würde, hätte ich es nicht vorgeschlagen. Entscheidend ist allerdings, was du selbst glaubst, denn du bist diejenige, um die es geht. Wie Gata schon sagte, es gibt eine Menge Nummern, die leicht zu erlernen sind, und ich würde dir nichts zeigen, was deine Fähigkeiten übersteigt. Alles, was du brauchst, sind die Dinge, die du im Grunde bereits hast. Mut, Instinkt und Leichtigkeit. Aber an dich glauben musst du selbst, sonst nützt es nichts.«

Wanja schielte nach oben auf die beiden Trapeze: auf das eine, das von der Manegendecke herabbaumelte, auf das andere, das an einer Stange befestigt war. Sie holte tief Luft. »Ich weiß nicht, ob ich es schaffe. Aber ich möchte es gerne versuchen.«

»Also dann.« Taro lächelte. »Herzlich willkommen beim Zirkus Anima. Ich habe allerdings noch einen weiteren Vorschlag.« Taro drehte sich zu Mischa um. »Hättest du Lust, die Vorstellung auf der Trommel zu begleiten? Zusammen mit O?«

O nickte, als hätte Taro ausgesprochen, was er selbst im Sinn hatte, und alle Augen waren jetzt auf Mischa gerichtet, der starr zu Boden sah.

»Okay.« Seine Antwort fiel in die Stille, und Wanja nahm wieder das Beben in seiner Stimme wahr.

Babas Gesicht strahlte. »Wanja und Mischa, wunderbar! So

seid ihr dabei, ihr zwei. Es freut mich, ach, was plappere ich: Es ist mir eine Ehre! Dann können wir ja jetzt in Ruhe weiterplanen. Madame Nui, wie sieht es mit Ihnen aus, werden Sie uns auch in der nächsten Vorstellung mit Ihrer Netznummer erfreuen, oder haben Sie noch etwas anderes im Repertoire?«

Madame Nui, die ihre dürren Arme um die angezogenen Beine gelegt hatte, hob den Kopf. »Isch 'abe zwei Nümmern für die Vorstellung geplant. Die Netznümmer und eine Verwandlung. Für die Netznümmer brauche isch dieses Mal aber bessere 'ilfe beim Aufbau. Taro und Perun, 'ättet ihr Lust? Isch möschte damit gleich als Erste nach der Pause auftreten, dann können wir alles vorbereiten, während die Manege leer ist.«

Perun und Taro nickten sich zu, Baba machte sich eine Notiz auf seinem Zettel und kratzte sich am Ansatz seines Turbans. Dann sah er wieder auf den Zettel, runzelte die Stirn, machte sich neue Notizen und wandte sich schließlich wieder den Artisten zu. »So soll es sein: Wir beginnen das erste Set mit Patis Jongliernummer auf dem Einrad. Danach kommt Reimundo mit den Masken. Dann die erste Nummer von Thrym und Thyra, Jonglieren mit Felsen, nicht wahr? Als Viertes kommt Madame Nuis Verwandlung, dann der Solo von Noaeh. Als letzte Nummer vor der Pause«, hier zeigte Baba auf Sulana und zog fragend die Augenbrauen hoch. Sulana gab ihm ein Zeichen mit ihren Händen, eine wellenartige Bewegung, und Baba lächelte. »Gut. Vor der Pause also Sulanas Schlangentanz. Das zweite Set«, Baba kratzte sich am Ansatz seines Turbans, »beginnen wir mit Madame Nui als schwarze Witwe im Netz. Dann kommt Thrym und Thyras Fangen mit Stangen, danach tritt Perun mit der Feuernummer und den Pfeilen auf.« Baba legte die Stirn in Falten. »Hast du die Nummer mit den Pfeilen denn jetzt sicher, Perun?«

Aus Pati Tatüs Richtung ertönte ein Kichern, und der Feuerschlucker warf dem Spaßvogel einen drohenden Blick zu. »Halt bloß die Klappe, sonst steck ich dein Huhn in den Ofen!« Zu Baba gewandt, fügte er hinzu: »Ich werde das schon noch schaffen, da mach dir mal keine Sorgen!«

»Dann ist ja alles gut«, sagte Baba vergnügt. »So folgt nach deinen Pfeilen Pati Tatüs Huhn-aus-dem-Hut-Nummer. Weiter geht's mit Reimundos Schafen, und als Letztes vor der Abschlussrunde kommen Taro und Wanja auf dem Trapez. Nach dem Schlussapplaus spielt wie immer Taro sein Lied auf dem Saxofon und ihr«, Baba nickte O und Noaeh zu, »studiert zusammen mit Mischa bitte eure Musikeinlagen ein. Taro wird wie immer die Anleitung übernehmen.«

Keiner hatte etwas einzuwenden. Baba überflog noch einmal seinen Zettel, nickte zufrieden, schüttelte dann aber den Kopf. »Der Ablauf gefällt mir, aber etwas fehlt. Ich möchte die Vorstellung gerne als Reise präsentieren, als zirzensische Reise ins traumhafte Reich der Fantasie. Aber mir fehlt noch immer der passende Rahmen.«

Die Artisten fingen an zu murmeln, beratschlagten sich, dann ertönte aus dem allgemeinen Gewirr eine Stimme.

»Einen Rahmen habt ihr doch.«

Wanja fuhr herum. Der Satz war von Mischa gekommen. Es schien ihm äußerst unangenehm zu sein, zum zweiten Mal im Mittelpunkt der Aufmerksamkeit zu stehen. Er sah aus, als würde er sich am liebsten in Luft auflösen, aber er zeigte dennoch zur Ehrenloge. Baba stutzte, dann klatschte er begeistert in die Hände.

»Der rote Rahmen! Junge, das ist es! Dass mir das nicht früher eingefallen ist, natürlich! Ihr beide, du und Wanja, *ihr* werdet den Einstieg machen. Ihr sitzt in der Ehrenloge und steigt dann aus dem roten Rahmen; ganz am Anfang, wenn niemand da ist und alles wartet. Ja, ja, das *ist* es!« Baba rieb sich die Hände, und sein Gesicht glühte vor Freude, als er fortfuhr. »Ich sehe es genau vor mir. Im Dämmerlicht auf der Bühne wird ein Koffer stehen, ein riesiger Koffer. Aber alles wird still sein, ganz still, nichts geschieht, bis das Scheinwerferlicht auf den roten Rahmen strahlt, hinter dem ihr beide sitzt, Wanja und Mischa. Ihr steht auf und steigt heraus. Ihr betretet die Manege und geht auf den Koffer zu. Ihr klappt die Schnallen auf – und der Koffer wird sich einen Spalt weit öffnen. Aus dem Inneren wird eine Musik ertönen und ein helles Licht wird herausstrahlen. Dann öffnet sich der Koffer weiter. Heraus kommen Noaeh und O. Ihr beide nehmt Mischa mit zu euch, nach oben auf den Balkon, wo euer erstes Stück beginnt. Zur Musik kommen dann die anderen Artisten aus dem Koffer, den Wanja jetzt ganz aufklappen wird. Ihr braucht Kostüme, die noch nicht erkennbar machen, wer ihr seid, Madame Nui wird sich bestimmt etwas Gutes einfallen lassen. Als Letzter kommst du heraus, Taro. Du nimmst Wanja an die Hand, und zusammen mit den anderen verschwindet ihr hinter dem Vorhang. Das Licht geht aus und wieder an. Es ist so weit. Die zirzensische Reise kann beginnen.« Baba schwieg, und seine Augen funkelten, als er erwartungsvoll in die Runde sah.

»KLINGT NICHT SCHLECHT!«, sagte Thyra nach einer Weile. Die anderen nickten. Taros Augen ruhten auf Mischa, sein Gesicht hatte einen zärtlichen Ausdruck.

»Wann beginnt die Vorstellung denn?«, fragte Wanja leise, als sich die anderen Artisten regten und die Manege verließen. Nur Mischa, O und Noaeh blieben an der Treppe zum Musikerbalkon stehen.

»Konzentriert euch jetzt ganz auf die Proben, bitte«, rief Baba den Artisten hinterher, »und bestellt recht bald eure Kostüme, damit Madame Nui genügend Zeit bleibt.«

»Es dauert nicht mehr lange«, gab Taro Wanja zur Antwort.

»Ich möchte heute gerne mit Mischa, O und Noaeh die Musik besprechen. Wir beide proben dann das nächste Mal. In Ordnung?«

Wanja starrte zur Seite und angelte nach ihrer Haarsträhne. Nein, es war nicht in Ordnung. Sie wollte sich nicht vordrängeln, aber wenn es bis zur Aufführung nicht mehr lange hin war, wie konnte Taro dann sicher sein, dass überhaupt genug Zeit blieb, um . . .

»Hey.« Taros Stimme holte sie zurück. Als Wanja ihn ansah, fühlte sie, dass er wusste, was sie dachte. »Bis jetzt ist zwischen euren Besuchstagen kaum mehr als ein Tag vergangen. Ich bin ganz sicher, dass wir uns vor der Aufführung noch ein paar Mal sehen werden. Okay?«

Wanja runzelte die Stirn. Kaum mehr als ein Tag? Für sie und Mischa war es jedes Mal ein ganzer Monat oder mehr bis zum nächsten Besuchstag gewesen! Verhielt sich die Zeit, die sie *im* Bild verbrachten, genau umgekehrt? Vom Gefühl her waren sie jedes Mal Stunden in Imago, doch immer wenn sie zurück ins Museum kamen, waren auf der Wanduhr nur wenige Minuten vergangen. Wie war das möglich?

Hilfe suchend, drehte Wanja sich zu Mischa. Aber der war ganz auf das konzentriert, was O ihm erzählte, und Taro würde ihr wahrscheinlich wieder keine Antwort geben, die sie zufrieden stellte. Wanja schüttelte die Frage ab. Was die Abstände zwischen den Besuchstagen betraf, hatte Taro zumindest recht. Bis jetzt waren die Wartezeiten relativ regelmäßig gewesen, und wenn ihre Wochen hier nicht einmal Tage waren, machten selbst Verzögerungen nicht viel aus. Aber was . . . ? Plötzlich tauchte ein Gedanke auf, der Wanja noch viel mehr beunruhigte, und diesmal konnte sie sich ihre Frage nicht verkneifen. »Aber was, wenn wir zur Aufführung nicht da sind? Woher willst du überhaupt wissen, dass wir zu diesem Zeitpunkt kommen?«

Taro lächelte, aber nur mit dem Mund. In seinen Augen flimmerte Traurigkeit. »Ich weiß es«, sagte er leise. »Weil mir gesagt wurde, dass die Abschlussvorstellung auf euren letzten Besuchstag fällt.«

Er drehte sich zu den anderen um und klatschte in die Hände. »Seid ihr bereit zum Proben?«

Mischa nickte und stieg hinter Noaeh und O die Treppe zum Balkon hoch. Taro folgte ihnen.

Wanja stand noch einen Moment lang reglos da. Dann löste sie sich und ging zum Manegenausgang.

»Ich geh spazieren«, sagte sie, und Taro nickte ihr vom Balkon aus zu, als wüsste er, welches Ziel sich Wanja soeben gesetzt hatte.

Amon

Die Vorhänge des Alten waren zugezogen, und als Wanja an den heruntergekommenen Wohnwagen herantrat, hielt sie den Atem an. Ängstlich lugte sie um die Ecke, dorthin, wo der Wald begann. Ihre erste Begegnung mit dem Alten, der knorrige Stock, der Vogel, sein zuckender Rücken vor Taros Gesicht, das Verschwinden von Sandesh – all diese Bilder waren noch so lebendig. Vielleicht wusste Taro ja wirklich nicht, was dieser Vogel von ihm wollte. Aber vielleicht wusste es Amon. Zaghaft klopfte Wanja an die Tür und machte gleich darauf einen ängstlichen Schritt nach hinten. Die Vorhänge öffneten sich um einen Spalt. Der Umriss eines Gesichtes kam zum Vorschein, und es dauerte noch einen endlosen Augenblick, bis die Tür des Wohnwagens aufging.

»Da bist du ja!« Die sanfte Stimme versetzte Wanja auch

heute wieder in Erstaunen. Der Alte, der jetzt aus dem Halbdunkel hervortrat, sah noch krummer aus, als sie ihn in Erinnerung hatte. Sein langer, schäbiger Mantel schleifte über den Boden, die Farbe, Dunkelbraun oder Grau, war schwer auszumachen.

»Komm nur herein, mein Kind.« Seine Augen funkelten freundlich. Trotzdem schlug Wanja das Herz bis zum Hals. Nur zögernd trat sie näher und sah sich voller Scheu im Wagen um.

Vor dem Fenster, durch dessen aufgezogene Vorhänge jetzt spärlich das Tageslicht fiel, stand ein kleiner Holztisch mit zwei Stühlen. Von dem einen war die Lehne abgebrochen, der andere war mit rotem, abgewetztem Samt bezogen. In der Spüle neben dem Tisch türmte sich Geschirr, auf dem kleinen Gasherd stand ein Kessel, auf dem Brett darüber drängten sich Tassen, Gläser, verschiedene Gewürze und kleine Fläschchen mit seltsamen Flüssigkeiten dicht aneinander. Auf der anderen Seite des Wagens stand neben einer schmalen Pritsche ein Regal aus dunklem Holz. Es war gefüllt mit Büchern, auf denen daumendick der Staub lag. Nur im mittleren Fach, eingeklemmt zwischen zwei besonders breiten Bänden, lag eine glänzende Kugel in der Größe eines Basketballs.

Wanja versuchte, ihre Augen abzuwenden, aber es ging nicht. Die Kugel zog sie magisch an. Trotz ihres Herzklopfens – sie stand bestimmt schon eine Minute im Wohnwagen des Alten, ohne dass er ein weiteres Wort gesagt hatte – ging sie auf die Kugel zu. Sie sah hinein – und schaute in ihr eigenes Gesicht, in dem das Größte ihre Augen waren. Riesig erschienen sie ihr. Aber was war das in ihrem linken Auge? Wanja beugte sich noch dichter über die Kugel. In ihrer linken Pupille spiegelte sich . . . ein Trapez. Jemand saß darauf, eine winzige Person, aber nach genauerem Hinsehen erkannte Wanja, dass es ein Mann war. Er schaukelte ihr entgegen, schwang zurück, und als er wiederkam, zuckte Wanja nach hinten. Der Mann war verschwunden, und an seiner Statt saß jetzt der Vogel auf der Schaukel, schwärzer als das Schwarz ihrer Pupille. Er hob die Flügel und flog – flog hinaus und verschwand im Inneren der Kugel. Wie im Reflex blinzelte Wanja. Schaudernd blickte sie noch einmal in die Kugel hinein, aber jetzt riss sie die Augen weit auf. Was jetzt erschien, war nicht mehr ihr Spiegelbild, sondern ein verschwommenes Gesicht. Wieder war es das Gesicht eines Mannes, aber je mehr sie sich anstrengte, es zu erkennen, desto mehr verschwamm es, als sei es das Spiegelbild eines Sees, dessen Oberfläche sich kräuselte, bis nichts mehr zu sehen war.

Der Alte, zu dem sich Wanja umdrehte, deutete mit dem Kopf zum Tisch, auf dem eine dampfende Tasse stand. »Der Tee wartet schon auf dich.«

Als sich Wanja auf dem gepolsterten Stuhl niederließ, zitterten ihr die Knie, und sie wusste plötzlich nicht mehr, ob es richtig gewesen war, hierher zu kommen. Vor allen Dingen wusste sie nicht, was sie sagen, wo sie anfangen sollte. Jedenfalls nicht bei dem, was gerade geschehen war und ihr wie ein Stein auf der Seele lag, zu schwer, um ausgesprochen zu werden. Sie legte ihre Hände um die Tasse und presste die Lippen aufeinander.

An der Wand neben dem Tisch hing eine Sammlung von Bildern. Es waren Porträts, postkartengroß und dicht an dicht zu vier Reihen angeordnet. Die oberen drei Reihen bestanden aus jeweils vier Bildern, wogegen die unterste Reihe nur drei Bilder hatte und dadurch den Eindruck eines unvollständigen Quadrates entstehen ließ. War das letzte Bild abgenommen oder noch nicht aufgehängt worden?, fragte sich Wanja. Aber dann fiel ihr noch etwas anderes auf. Es waren alles Porträts von Jugendlichen. Fünfzehn Gesichter schauten sie an, alle mehr oder weniger in ihrem Alter. Nein, sechzehn waren es. Weil das letzte Bild zwei Kinder zeigte.

»Wer sind die?«, hörte Wanja sich schließlich mit leiser Stimme fragen.

Der Alte, der sich zu ihr an den Tisch gesetzt hatte, zog ein silbernes Döschen aus seiner Tasche. Es war an einer langen, dünnen Kette befestigt.

»Besucher.«

Wanja studierte die Gesichter, und plötzlich kam es ihr so vor, als hätten die Bilder eine bestimmte Ordnung, als seien die Porträts eine Reise durch die Zeit, als käme jedes dieser Kinder aus einem anderen Jahrhundert, chronologisch geordnet, bis zum Bild mit den beiden Gesichtern. Ein Mädchen und ein Junge. Das Mädchen, das Wanja seltsam vertraut vorkam, hatte ein ernstes Gesicht mit einer hohen Stirn und meerblauen Augen. Ihren Arm hatte sie fest, beinahe schützend um den Jungen gelegt, der ihr bis zur Schulter ging. Aus seinem runden, stupsnasigen Gesicht lachten Wanja freche grüne Augen entgegen.

»Besucher?«, fragte sie leise. »Du meinst, die waren alle hier?«

Der Alte nickte.

»Und wollten sie alle zu Taro?« Plötzlich durchfuhr Wanja ein Gefühl von Eifersucht.

Der Alte lachte, ein meckerndes, blechernes Lachen. »Sie wollten alle nach Imago«, erwiderte er. »Taro ist nur für euch da.«

Klack. Das Döschen schnappte auf. Wanja beobachtete, wie der Alte einen kleinen Berg aus braunem Pulver auf seinen Handrücken schüttete, an die Nase legte und mit einem tiefen Atemzug aufsog.

»Und Taro?«, brachte sie schließlich hervor. »War Taro damals hier, als die Besucher kamen?«

Amon schüttelte den Kopf. »Niemand von diesen Artisten war hier. Es waren jedes Mal andere Zirkusleute.«

»Aber du warst da.« Mit gerunzelter Stirn sah Wanja in die kristallenen Augen. »Du warst immer da, nicht wahr?«

»Ja.« Amon ließ das Döschen wieder zuschnappen. »Ich war immer da.«

Wanja nahm einen Schluck aus ihrer Tasse. Der Tee brannte ihr auf der Zunge, aber im Hals blieb ein angenehmes Gefühl von Wärme zurück. »Und du hast Taro gesagt, dass wir kommen? Ihm und den anderen Artisten?«

Der Alte nickte.

»Aber woher . . . von wem wusstest du das?«

Ein Schmunzeln erschien auf dem faltigen Gesicht, anscheinend fand der Alte an Wanjas Fragen Gefallen. Sein Finger deutete auf einen Haufen alter Zeitungen, die sich in einem Korb in der Ecke stapelten. »Euer Besuch wurde angekündigt.«

Wanja schluckte. In der Zeitung? Dort hatte auch sie von der Ausstellung erfahren, damals, als sie eröffnet wurde. Meine Güte, Monate waren seither vergangen. Aber – wieder sah sie zu den Bildern auf – was war mit den anderen Besuchern? Wie hatten sie von der Ausstellung erfahren? Gab es damals schon Zeitungen? Radios und Pizzawerbung jedenfalls bestimmt nicht.

»Sie haben auf andere Weise davon erfahren.« Der Alte antwortete, als hätte sie ihre Frage laut gestellt. Wanja angelte nach ihrer Haarsträhne und bemerkte aufatmend, dass ihr Herzklopfen nachgelassen hatte. »Hast du den Artisten auch erzählt, dass die Abschiedsvorstellung bei unserem letzten Besuch sein wird? Und dass wir jedes Mal zurückmüssen, wenn der Gong kommt?«

Wieder nickte Amon. »Ja, auch das wissen sie von mir.«

»Und woher weißt du *das*?«

»Es steht in den Gesetzen.« Der Alte steckte das Döschen zurück in seine Tasche und zog ein Taschentuch hervor, in das er sich schnäuzte.

Gesetze? Welche Gesetze? In Wanjas Kopf kreisten die Fragen jetzt so schnell, dass ihr fast schwindelig wurde. Die Besucher, der Gong, die verschiedenen Zeiten, Taro, der Vogel, die Kugel, die Kugel, die Kugel . . . Hier hakten ihre Gedanken, wie eine Schallplatte, die einen Kratzer hatte.

Der Alte drehte seinen Stuhl und griff nach dem Stock, der an seiner Seite des Tisches lehnte. Mit beiden Händen stützte er sich darauf und beugte sich zu Wanja vor. Wieder war es, als hätte er ihre Gedanken gelesen.

»Die Kugel zeigt, was da ist. Sie spiegelt die wichtigste Frage, den sehnlichsten Wunsch oder die größte Angst ihres Betrachters, je nachdem, was den Menschen, der hineinschaut, gerade im Innersten beschäftigt. Manchmal zeigt sie auch das Wesen, mit dem wir uns am tiefsten verbunden fühlen.« Der Alte räusperte sich. »Sie hat dich angezogen, die Kugel, nicht wahr?«

Wanja nickte, langsam, dann heftiger.

Amon neigte den Kopf, ganz leicht, fast wie ein Tier, das lauert, weil es ein Geräusch gehört hat. »Wie geht es deinem Vater, mein Kind?«

Wanja fuhr zusammen, als hätten sie die Worte körperlich getroffen. Wie bitte?! Was hatte der Alte da gefragt?

»Meinem Vater?« Sie stammelte. »Wieso meinem Vater? Ich kenne meinen Vater nicht.«

»Dann kannst du natürlich auch nicht wissen, wie es ihm geht.«

»Aber . . .«, Wanja schnappte nach Luft. Es war nicht zum

Aushalten. Warum warf jede Antwort, die sie erhielt, nur wieder neue Fragen in ihr auf?

»Wie kommst du jetzt auf meinen Vater?«, platzte es aus ihr heraus, und im selben Moment wurde ihr bewusst, dass sie den Alten duzte. In der wirklichen Welt würde sie das bei einem Erwachsenen nie tun. Aber dies hier war nicht die wirkliche Welt, oder doch? »In der Kugel habe ich mich selbst gesehen und den Mann auf dem Trapez, Taro, er war in meinem Auge, und dann kam plötzlich dieser ... dieser widerliche Vogel und ... ach, verflucht, woher zum Teufel kommt der Vogel? Was will er? Warum wirft er diesen Schatten? Warum frisst er alle Farben – und *was* will er von Taro?« Ihre Stimme, die laut geworden war, überschlug sich fast, und das Gesicht des Alten erschien ihr plötzlich liebevoll.

»Mädchen. Ich kann dir die Antworten auf diese Fragen nicht geben. Sie liegen alle in dir. In dir und Mischa. In euch selbst müsst ihr danach suchen. Nur deshalb seid ihr hier.«

»In uns?« Wanja schob ihren Tee zur Seite, senkte den Kopf und vergrub ihr Gesicht in den Händen. Das alles war mehr, als sie fassen konnte. Warum konnte es nicht einfach nur schön sein, so wie es bei ihrem ersten Besuch gewesen war? Warum musste dieses Ungeheuer mit einem Mal alles überschatten, und warum sollte sie die Antwort darauf jetzt auch noch in sich selber suchen, in ihrem Kopf, der so voller Fragen war, dass nichts mehr hineinpasste?

Der Alte legte seinen Finger unter ihr Kinn und hob es sanft, ganz sanft in die Höhe. Wanja ließ es geschehen. Als ihre Augen in die Augen des Alten schauten, fiel ihr plötzlich wieder der Name der Ausstellung ein. Vaterbilder. Und obwohl sie noch immer nichts verstand, fühlte Wanja, wie sie ruhiger wurde, spürte aber auch die Tränen, die ihr an der Nase herunterliefen.

Lange saßen sie so da. Dann klopfte es an die Tür.
»Es ist offen«, rief der Alte. »Kommt herein.«
Mischa und Taro standen im Raum, Wanja wischte sich mit dem Handrücken über Nase und Augen.
»Ihr müsst gehen«, sagte der Alte.
Im diesem Moment ertönte der Gong.

Bei Mischa

*E*s war Oktober, und es schien, als hätte der Winter vergessen, dass vor ihm eigentlich der Herbst an der Reihe war, so lausig kalt tobte der Wind durch die Straßen. Es war ein Wind, der nach Schnee roch.

»Tina tut mir echt leid.«

Britta und Wanja waren auf dem Heimweg. Sie bogen in die kopfsteingepflasterte Straße mit den teuren Geschäften, den feinen Restaurants und den herrschaftlichen Jugendstilvillen ein. Brittas Haus war eins der schönsten, aber ihr Haus im Wald hätte Wanja nie dagegen eingetauscht.

»Mir tut sie auch leid«, sagte sie mitfühlend. Wenn ich mir vorstelle, ich müsste umziehen.« Allein bei dem Gedanken schüttelte es sie innerlich. »Wo liegt Altenkirchen denn überhaupt?«

Britta blieb vor einer Boutique stehen und betrachtete den pinkfarbenen Lackrucksack, der im Schaufenster ausgestellt war. Er stand auf einem grünen Kunstrasen, rote Plastiktulpen steckten in ihm wie in einer Vase, und das Preisschild, das vorne an der Schnalle hing, zeigte eine dreistellige Summe.

»Keine Ahnung.« Britta wandte sich mit einem tiefen Seufzer vom Fenster ab. »Weit weg jedenfalls, und es scheint ein ziemliches Kaff zu sein. Ich weiß auch gar nicht, wie ihr Vater da weiterarbeiten will.«

»Na, einen Bahnhof wird es da doch wohl geben, oder?« Wanja kickte eine Glasscherbe vor sich her und zog sich die Kapuze ihrer Jacke über den Kopf.

»Na ja. Aber jedenfalls wird es bestimmt kein Spaß, mit einer kranken Oma zusammenzuwohnen.«

Tinas Großmutter, die laut Tina schon sehr alt war, hatte einen Schlaganfall erlitten, und Wanja wusste, was das bedeutete.

»Trotzdem . . .« Wanja kickte die Glasscherbe in den Gulli, »Ich finde es gut, dass ihre Familie sie nicht einfach in ein Heim steckt.«

»Klar, finde ich ja auch. Aber umziehen möchte ich dafür nicht, auch wenn meine Oma sieben Häuser hätte. Hoffentlich kann Tina wenigstens die Klassenreise noch mitmachen, was?«

Die Klassenreise. Die hatte Wanja ganz vergessen. Das Ziel war noch nicht klar, aber der Termin stand fest – und leider auch der Lehrer, der Frau Gordon begleiten würde. Bei dem Gedanken, ihrem Mathelehrer womöglich morgens im Schlafanzug auf dem Gang zum Bad zu begegnen, wurde Wanja richtig übel.

»Zumindest wird Tina von Schmierkopf erlöst«, knurrte sie und drehte sich zu Britta um, die jetzt an einem Filmplakat stehen geblieben war.

»Sag mal, wollen wir heute Nachmittag ins Kino gehen?« Britta strich ihre hellen Haare aus dem Gesicht und sah Wanja erwartungsvoll an. »Paps hat mir gestern Geld geschenkt, ich lad dich ein. Wir haben schon so lange nichts mehr zusammen gemacht.«

»Tja, ich . . .« Wanja wich Brittas Blick aus. Sie hatte sich vorgenommen, heute Nachmittag Mischa zu besuchen. Außer in den Pausen hatten sie sich seit ihrem letzten Besuchstag nicht gesehen, und die letzten zwei Tage war Mischa auch in der Schule nicht aufgetaucht.». . . Also, ich bin heute Nachmittag verabredet.«

Britta zog die Augenbrauen hoch. »Doch nicht etwa mit dem Penner, oder? Schlimm genug, dass du in der Schule jetzt dauernd mit ihm rumstehst. Ich versteh dich wirklich nicht, wie kann man sich mit so was abgeben?« Brittas Stimme war eine Tonlage höher gerutscht.

Wanja zog scharf die Luft ein und verkniff sich die bissige Antwort, die ihr auf den Lippen lag. Vor das Gefühl von Nähe, das nach langer Zeit zwischen ihr und Britta wieder da gewesen war, schob sich erneut die Wand. Schweigend legten die Mädchen den Rest des Weges zurück, und Wanja war froh, als Alina ihnen die Tür öffnete und die unangenehme Spannung unterbrach.

Allerdings nur für einen Augenblick. Als die drei in die Küche traten, merkte Wanja sofort, dass hier etwas nicht stimmte. Herr Sander saß bereits am Tisch, er nickte ihnen abwesend zu, ohne wie gewohnt nach der Schule zu fragen, und als Frau Sander die Teller auf den Tisch stellte, war ihr Gesicht so düster, dass sich niemand traute, mehr als Danke zu sagen.

Eine Weile lang war nur das Klacken der Messer und Gabeln zu hören – und ab und zu ein Räuspern von Britta, die ihrem Vater immer wieder einen verstörten Blick zuwarf. Doch der schien ganz mit den Filetspitzen und den Prinzessbohnen auf seinem Teller beschäftigt zu sein. Wanja fröstelte, als stünde ein Fenster offen. Alinas Augen huschten unruhig in der Küche umher, und Wanja bemerkte, wie sie unter dem Tisch heftig mit den Beinen zuckte.

Als Alina eine mit Soße überzogene Prinzessbohne von der Gabel rutschte und auf die weiße Tischdecke fiel, wurde die Stille durch einen lauten Knall unterbrochen. Herr Sander hatte mit der flachen Hand auf den Tisch geschlagen. »Kannst du nicht *endlich* einmal ordentlich essen? Wir sind doch hier nicht im Schweinestall!«

Alinas Mundwinkel sackten nach unten, ihre Unterlippe begann zu beben und sie schaute Hilfe suchend zu ihrer Mutter.

»Du brauchst gar nicht so zu kucken«, wetterte Herr Sander weiter. »Glaubst du etwa, ich merke nicht, wie du die ganze Zeit unter dem Tisch herumhampelst? Herrgott, wie ich diese Kasperei beim Essen hasse!«

»Nun lass sie doch endlich mal in Ruhe«, zischte Frau Sander. »Meine Güte, Eberhard, sie ist *acht* Jahre alt!« Mit einer wütenden Bewegung pikste sie die Bohne vom Tisch, legte sie auf ihren Tellerrand und versuchte, mit der Serviette den Soßenfleck wegzurubbeln, der dadurch nur noch größer wurde.

Auf Herrn Sanders Gesicht erschien ein kalter, abfälliger Ausdruck. »Wenn du ihr ein besseres Benehmen beigebracht hättest, meine Liebe, dann hätte ich keinen Grund, mich aufzuregen. Und ich für meinen Teil habe mit acht Jahren, dank *meiner* Mutter, sehr wohl gewusst, wie man sich bei Tisch benimmt.«

Frau Sander kniff die Lippen zusammen, als müsse sie die Antwort, die ihr auf der Zunge lag, mühsam zurückhalten. Alina zog den Kopf zwischen die Schultern, und sogar Britta rutschte jetzt unruhig auf ihrem Stuhl hin und her.

»Wir haben heute unsere Mathearbeit zurückbekommen, Paps«, sagte sie mit etwas zu lauter Stimme. »Ich habe eine Eins.«

Wanja sah erstaunt von ihrem Teller auf. Sie hatten die Mathearbeit doch erst gestern geschrieben, was erzählte Britta da? Dass sie eine Eins haben würde, stand wahrscheinlich außer Frage, aber zurückerhalten würden sie die Arbeit bestimmt erst in der nächsten Woche. Doch Brittas Vater schien die Bemerkung seiner Ältesten nicht einmal gehört zu haben. Sein Teller war noch halb voll, als er die Serviette zusammenlegte und sich von seinem Stuhl erhob. »Wenn ihr mich bitte entschuldigen würdet, ich muss zurück in die Praxis.«

Britta biss sich auf die Unterlippe, und Frau Sander ließ ihre Gabel auf den Teller fallen, so heftig, dass die Soße auf den Tisch spritzte. »Ach ja?! Das ist ja hochinteressant, dass du seit neustem jeden Mittag in die Praxis musst. Ich wünsche dir viel Spaß bei der Arbeit, und vergiss doch bitte nicht, dir vorher die Zähne zu putzen!«

Britta starrte ihre Mutter entgeistert an, während Alina jetzt wirklich die Tränen aus den Augen kullerten. »Ihr sollt aufhören, Mama!«, schluchzte sie.

Herr Sander verließ ohne ein weiteres Wort die Küche und Wanja wusste nicht, wo sie hinschauen sollte. Mit streitenden Eltern hatte sie keine Erfahrung – das war der Vorteil, wenn man mit seiner Mutter alleine lebte –, aber dies hier fühlte sich nicht an wie ein normaler Ehekrach, so viel war auch ihr bewusst.

»Was ist denn mit deinen Eltern los?«, fragte sie, als sie nach dem Essen in Brittas Zimmer saßen. Wanja hatte ihr Deutschheft aufgeschlagen, aber Britta gab keine Antwort. Sie war voll und ganz damit beschäftigt, sich die Augen zu schminken. »Na, wie seh ich aus?«

Wanja kratzte sich verlegen hinterm Ohr. Sie wollte Britta nicht verletzen, aber anlügen wollte sie sie auch nicht. Der hellblaue Lidschatten sah furchtbar aus. »Ich weiß nicht«, murmelte Wanja, »findest du nicht, du bist zu jung für so was?«

Britta schnaubte und warf ihre Haare zurück. »Du hast

doch keine Ahnung, du selber läufst ja rum wie ein halber Penner. Aber das passt ja auch zu deinem komischen Mischa. Was habt ihr zwei denn heute Nachmittag vor? Am Hauptbahnhof betteln gehen?«

»Jetzt reicht's mir aber!« Wanja knallte ihr Deutschheft zu und griff nach ihrer Sweatshirtjacke, die sie über Brittas Stuhl gelegt hatte. An der Tür drehte sie sich noch einmal um. Eine bissige Bemerkung über Brittas angebliche Eins in der Mathearbeit lag ihr schon auf der Zungenspitze. Aber als sie sah, wie Brittas Lippen zu zittern anfingen, schluckte Wanja ihre Worte runter und schloss die Tür.

Frau Sander saß mit Alina in der Küche, die beiden spielten Memory und saßen so friedlich beieinander, als wäre nichts geschehen.

»Na, Wanja?« Als Frau Sander lächelte, sah sie plötzlich traurig aus. »Gehst du schon nach Hause?«

»Ich bin noch verabredet. Vielen Dank fürs Essen, Frau Sander. Mach's gut, Alina.«

Als Wanja die Haustür hinter sich zuschlug, atmete sie aus und holte den Zettel aus ihrer Hosentasche, auf dem sie sich Mischas Adresse notiert hatte. Die Straße lag in einem anderen Stadtteil, den Wanja nicht kannte. Sie hatte sich im Stadtplan eine U-Bahn-Verbindung herausgesucht, weil ihr Fahrrad wieder einmal einen Platten hatte. Es war nicht weit, aber die Straße, in die Wanja eine halbe Stunde später einbog, war so trostlos, dass sie sich wunderte, noch in derselben Stadt zu sein.

Graue Häuser reihten sich aneinander, schmucklos wie Schuhkartons in einer Lagerhalle und genauso farblos kamen Wanja auch die Gesichter der Leute vor, an denen sie vorbeiging. An der Straßenecke zerrte eine alte Frau ihren zerzausten Hund hinter sich her. Gegenüber am offenen Fenster, aus dem eine Decke hing, lehnte ein Mann im Unterhemd mit einer Dose Bier in der Hand, und ein paar Häuser weiter, auf Wanjas Straßenseite, stopfte eine dicke Frau mit fettigen Haaren ihr kreischendes Kind in den Buggy, um es festzuschnallen – wogegen sich das Kleine mit Händen und Füßen zu wehren versuchte.

»Was glotzt'n so blöd?«, fuhr sie Wanja an, die sich erschrocken an ihr vorbeidrückte und das Haus, vor dem sie stand, nach einer Hausnummer absuchte. 28. Mischa wohnte 36, also vier Häuser weiter.

Konjow, ganz oben rechts stand der Name. Unsicher streckte Wanja ihren Finger nach dem verkratzen Klingelknopf aus. Sie schob ihre Haarsträhne zwischen den Vorderzähnen hin und her. Vielleicht doch lieber umkehren? Noch mal anrufen? Gestern war keiner rangegangen. Also dann, jetzt oder nie. Wanjas Hand schwebte vor dem Klingelknopf. Oder lieber doch nicht? Die Hand sank zurück. Noch unbehaglicher als neulich vor Amons Tür fühlte sich Wanja plötzlich. Mit einem tiefen Atemzug schob sie die Stimme des betrunkenen Mannes am Telefon weg – und klingelte.

Es summte, die Tür gab nach, als Wanja leicht dagegendrückte, und als sie im Treppenhaus stand, holte sie noch einmal Luft. Aus den Metallbriefkästen, die fast alle aufgebrochen waren, quollen die Werbeblätter, auf dem Boden, in einer stinkenden Bierlache, lag neben leeren Dosen ein Stoß Stadtteilzeitungen, und die Hauswände waren voll von Sprüchen. *Hitler lebt, Ich fick dich Julia, Fick dich doch selbst* – weiter las Wanja nicht.

An einigen Wohnungstüren war kein Name, aber dem Klingelschild nach zu urteilen, wohnte Mischa ganz oben rechts. Als Wanja oben ankam, war sie außer Atem und hörte ihr Herz klopfen. Auch hier stand kein Name an der Klingel, und die Wohnungstür war zu. Wanja musste noch einmal klingeln und trat zurück, als sie Schritte hörte.

Die Tür ging auf, gerade so weit, dass Wanja sehen konnte, wer dahinter stand. Eine Frau, klein und dünn, mit langem braunem Haar, das ihr strähnig auf die Schultern fiel. Sie trug einen Bademantel. Dunkle Schatten lagen unter ihren Augen, die blau waren. Eisblau wie die Augen von Mischa.

»Ja?«

»Ich . . .« Wanja gab sich alle Mühe, das Zittern in ihrer Stimme zu unterdrücken. »Ich heiße Wanja Walters und wollte fragen, ob . . . ob ich zu Mischa kann. Ob er da ist, meine ich.«

»Er ist da.« Die Tür öffnete sich weiter, aber die Frau trat nicht dahinter hervor, sondern trippelte dahinter zurück, als sei die Tür ein Schutzschild. »Dahinten links ist sein Zimmer.« Die Frau, noch immer im Schutz der Tür, deutete leicht mit dem Kopf nach hinten und sah Wanja dabei ganz seltsam an, als suche sie etwas in ihrem Gesicht.

Kalter Rauch und der Geruch nach Alkohol schlugen Wanja entgegen, als sie in den Flur trat und langsam auf das Zimmer zuging. In die offene Küche warf sie nur einen Seitenblick, aber der reichte, um die Berge von schmutzigem Geschirr und umgekippten Konserven zu bemerken, die Teller mit Zigarettenkippen, die leeren Schnapsflaschen und Bierdosen.

Mischas Tür war ebenfalls geschlossen. Dahinter trommelte jemand, es klang metallisch, stoppte aber abrupt, als Wanja lauter klopfte – und eintrat.

»Hallo Mischa, ich . . .«

Mischa saß auf dem Boden, vor sich eine Waschmitteldose aus Blech, auf der seine Hände lagen. Er bat Wanja nicht näher, also blieb sie im Türrahmen stehen, bohrte ihre Zähne in die Unterlippe und blickte sich schüchtern im Zimmer um. Auf einer Matratze am Boden lag ein alter Plastikwalkman, vor dem Fenster stand ein weißer Plastiktisch mit Pinseln und Ölfarben darauf, am Tischbein lehnte eine dicke Mappe, und über dem Stuhl hing Mischas Cordjacke. Ansonsten lag nichts herum. Das Fenster war gekippt. Hinten im Flur fiel die Wohnungstür ins Schloss, und durch den Luftzug flog ein Blatt Papier vom Tisch. Es landete auf dem Teppich, mit der weißen Seite nach oben.

»Mach die Tür zu, es zieht.«

»Hinter mir oder vor mir?« Wanja versuchte vergeblich, ihrer Stimme einen festen Klang zu geben. Bis jetzt hatte Mischa sie nicht einmal angeschaut.

»Hinter dir.«

Wanja trat ins Zimmer und schloss die Tür, dann steckte sie die Hände zurück in die Hosentaschen und schubberte ihre Fußspitze gegen den dunklen Teppichboden.

Mischa warf ihr ein Kissen hin, das auf seinem Bett lag. »Da. Mit Möbeln haben wir es leider nicht so üppig.«

Wie hart seine Stimme klingt, dachte Wanja. Sie setzte sich im Schneidersitz auf das Kissen und beugte sich zu Mischa vor. »Wo warst du? Krank?«

Mischa schob die Waschmittelbüchse weg. »Hab mich nicht gut gefühlt.«

Ich würde mich auch nicht gut fühlen, dachte Wanja, wenn ich so leben müsste. Keinen einzigen Tag würde ich mich gut fühlen. Bitte Mischa, sag was, denn ich weiß nicht, was ich sagen soll. Ich weiß nicht, ob du mich hier überhaupt haben willst, ich weiß nicht, wo ich hinschauen soll.

Mischa stand auf und griff nach dem Bild, das zu Boden gefallen war, ein DIN-A3-großer Bogen. Als er ihn hochhob und zurück auf den Tisch legen wollte, sah Wanja, dass es ein Porträt war. Ein Porträt von . . .

»Hey, was war das? Zeig mal, von wem ist das?« Sie war aufgesprungen und hatte sich hinter Mischa gestellt. Dunkle Augen blitzten sie an. Wanja schluckte. Das war Taro. Das Porträt zeigte Taro – und *wie* es ihn zeigte. So lebensecht, dass Wanja für einen Moment lang glaubte, hineintauchen zu können wie in Taros Bild in der Ausstellung.

»Mischa, das . . . woher hast du das?« Fassungslos starrte sie in Taros Gesicht. Sein Kopf war leicht zur Seite geneigt, sein schwarzes Haar zusammengebunden. Er lächelte, ganz leicht, und das Blitzen in seinen Augen war das Blitzen, das Wanja auf den ersten Blick gefesselt hatte, damals, bei ihrem ersten Besuch im alten Saal. Sie schüttelte den Kopf. »Das hast *du* doch nicht gemalt oder?«, fragte sie ungläubig.

Ein Achselzucken war die Antwort.

»Mischa, das ist . . . das ist *unglaublich* gut. Mensch, du könntest berühmt werden für so was.«

Mischa wollte das Bild umdrehen. »Red keinen Quatsch.«

»Das ist kein Quatsch!« Wanja nahm ihm das Bild aus der Hand. Ihre Stimme klang beschwörend. »Im Ernst, Mischa! Flora, die Freundin von Jo, die hat mir mal Bilder gezeigt von einer Schülerin, von der sie richtig was hält, eine, die jetzt Kunst studiert und sogar Preise für ihre Bilder gewonnen hat. Ich glaube, die hat sogar ein Stipendium bekommen. Aber deren Bilder waren Krickelkram im Vergleich zu dem hier.«

Mischa starrte nur stumm auf das Bild, aber Wanja war so in Fahrt, dass sie ihn weiter bestürmte. »Hast du noch mehr? In der Mappe da unten, meine ich? Zeigst du mir was?«

Mischa musste grinsen. »Du kriegst bestimmt auch mal einen Preis. Das neugierigste Mädchen der Welt.«

»Haha.« Wanja musste lachen und schubste Mischa an. »Los, zeig schon her.«

Mischa hob die Mappe auf und trug sie zu dem Kissen, auf dem Wanja gesessen hatte. Er setzte sich neben sie auf den

Boden, löste den blauen Faden von der Mappe und klappte sie auf.

Die drei obersten Bilder zeigten alle Taro. Taro beim Trommeln, den Kopf im Nacken, die Augen geschlossen. Taro mit dem Saxofon. Taro im Profil, das kleine Ziehharmonikainstrument, auf dem er in den Bergen gespielt hatte, in seinen Händen.

»Wie machst du das, dass die Bilder so echt aussehen? Braucht man nicht immer jemanden, der einem Modell steht, oder zumindest ein Foto?«

Mischa sah Wanja an. »Das Bild von Taro ist da, sobald ich die Augen schließe.«

Wanja lächelte. »Ich find's toll, dass du in der Aufführung mitmachst.«

»Du machst doch auch mit.«

»Ja«, Wanja zog die Luft ein. »Ich kann's noch gar nicht glauben. Aber ich freue mich trotzdem wie verrückt. Halt mal!« Wanja hielt Mischas Arm fest. »Nicht die Mappe zuklappen, ich will sehen, was da noch ist.«

Mischa blätterte das Bild von Taro weg, und Wanja hielt ihre Hand vor den Mund. Mischa hatte sie gemalt.

Wie bei Amon, in der Kugel, schaute Wanja auch jetzt wieder in ihr eigenes Gesicht. Aber diesmal war es anders. Kein Trapez, kein Vogel. Sie sah nur sich selbst, so wie Mischa sie sah. Ihre Augen rund und groß, der Blick erstaunt, aber auch ein kleines bisschen zweifelnd und vielleicht sogar traurig. Die Nasenflügel waren leicht gebläht, und die Haarsträhne, die Wanja so oft im Mund hatte, ragte neben ihrem Kinn aus den dichten braunen Locken heraus, die nasse Spitze zeigte nach oben zu ihren Mundwinkeln, die ein wenig lächelten und ein wenig nicht.

Bei ihrer Großmutter hing auch ein Porträt von ihr, irgendein Künstler hatte es gemalt, es zeigte die kleine Wanja mit ihrem Teddybären auf dem Schoß und einem unfreiwilligen Lächeln auf den Lippen. Wanja mochte das Bild nicht, weil es nichts mit ihr zu tun hatte. Dieses Bild hatte etwas mit ihr zu tun – so viel, dass es ihr die Tränen in die Augen trieb. Es war, als hätte Mischa sie erkannt, wie sie niemand sonst erkannte, niemand außer Taro. Jemand, der so malen konnte, sah die Leute nicht nur an. Er sah in sie hinein.

Wanja verglich das Bild innerlich mit dem Porträt, das ihr Vater von Jo gezeichnet hatte. Es hatte eine ähnliche Kraft, aber an die Porträts von Mischa reichte es nicht heran.

Das nächste Bild war unfertig und in der Mitte durchgerissen. Im Grunde war es nur eine Bleistiftskizze, aber Wanja erkannte sie sofort. Es war der Vogel, der da in zwei Teilen vor ihr in der Mappe lag.

»Es ging einfach nicht.« Mischas Stimme klang, als spräche er mehr zu sich selbst. »Ein paar Mal hab ich versucht, das Scheißvieh zu zeichnen. Aber mich hat jedes Mal die Wut gepackt, eine verdammte, heftige Wut.«

Wanja sah Mischa lange an. Schon auf dem Rückweg vom letzten Besuchstag hatte sie ihm von ihrem Gespräch mit Amon erzählt, aber die Worte des Alten kreisten immer weiter in ihrem Kopf, und die Pausen in der Schule hatten nicht gereicht, um darüber zu sprechen. »Was hat Amon nur gemeint?«, fragte sie leise. »Dass die Antwort in uns selbst liegt. Bei mir ist es . . .«, sie starrte auf die Skizze, als versuchte sie dadurch, das Gefühl in sich wachzurufen, »bei mir ist es so eine Mischung aus Angst und Traurigkeit, wenn ich diesen Vogel sehe. Irgendwas würgt mich . . . innerlich, es ist schrecklich.« Sie schüttelte den Kopf. »Aber was hat das alles mit meinem Vater zu tun? Warum hat mich Amon gefragt, wie es meinem Vater geht? Aus welchem Zusammenhang, das ergibt doch alles keinen Sinn!«

Mischa zog die beiden Hälften des Vogelbildes auseinander und legte sie wieder zusammen. Wanja lief ein Schauder über den Rücken. Die Tatsache, dass der Vogel beim letzten Besuchstag nicht aufgetaucht war, beruhigte sie keineswegs. Im Gegenteil. Sie löste ihren Blick von der Skizze und stieß Mischa an. »Sag doch mal. Was denkst du?«

Mischa zuckte mit den Achseln. »Ich denke, dass Amon Dinge weiß, die wir nicht wissen. Die Gesetze, vielleicht auch die Sache mit den unterschiedlichen Zeiten. All dieser rätselhafte Kram. Es würde mich nicht mal wundern, wenn der Alte den Hüter der Bilder kennt.«

»Den Hüter der Bilder?« Wanja runzelte die Stirn, dann nickte sie plötzlich. »*Der Hüter der Bilder zeigt die einzigartige Ausstellung Vaterbilder.* Stimmt, den hatte ich ganz vergessen. Aber wer soll das sein, der Hüter der Bilder? Der Maler? Der müsste ja dann Jahrhunderte alt sein. Vielleicht ist es ja auch Amon selbst.« Wanja kratzte sich hinterm Ohr und schüttelte wieder den Kopf. »Quatsch. Dann müsste er in den anderen Bildern ja auch sein. Ach, ich steig da einfach nicht durch. Aber recht hast du, der Alte weiß bestimmt Bescheid, auch über den Vogel, da gehe ich jede Wette ein.«

Mischa nickte langsam, und Wanja schob die Hälften des Vogelbildes wieder auseinander, um zu sehen, was dahinter lag. Es war das Porträt einer wunderschönen Frau. Wanja stockte. »Wer ist das?«

Mischa blieb stumm, aber Wanja konnte sich die Antwort auf ihre Frage selbst geben. Die Frau mit der porzellanfeinen Haut, dem glänzend schwarzen Haar, dem scheuen Lächeln und den eisblauen Augen war dieselbe, die ihr vorhin die Tür geöffnet hatte.

»Deine Mutter.«

Immer noch Schweigen.

»Was hat sie, Mischa? Warum sieht sie . . . warum sieht es hier so aus?«

Mischas Augen wurden zu schmalen Schlitzen. »Weil die alte Schlampe den ganzen Tag im Bett rumliegt.«

»Mischa!« Wanja war entsetzt. »Sie ist deine Mutter.«

»Ach ja?« Mischas Stimme klirrte richtig. »Eine Mutter nennt man so was also. Komisch!« Er lachte laut auf. »Ich hab mir unter einer Mutter immer etwas anderes vorgestellt.«

Wanja sah in die Augen der Frau, deren Bild auf Mischas Schoß lag. Die leuchtenden Augen. Das scheue Lächeln. Etwas Schneewittchenhaftes lag in ihrem Gesicht. Nur einen Prinzen hatte sie nicht zur Seite. Wanja merkte, dass sie sich plötzlich traurig fühlte. »Aber immer war sie nicht so, oder?«

Mischa klappte die Mappe zu. »Keine Ahnung. Ich kenne sie nicht anders. Nicht viel anders jedenfalls. Vielleicht hat sie früher nicht ganz so viel gesoffen, das ist alles.«

»Und woher hast du das Bild?«

»Abgemalt. Von einem Foto.«

»Und . . .« Wanja fühlte ihr Herz schlagen. »Und dein Vater? Ich . . .« Sie musste schlucken, um weiterzusprechen, weil ihr Mischa plötzlich wieder so furchtbar fremd vorkam. »Ich meine, wenn Amon mich nach *meinem* Vater fragt und wenn . . . und wenn er aber doch gleichzeitig sagt, dass die Antwort in *uns* liegt, vielleicht hat es ja dann auch etwas mit *deinem* Vater zu tun. Ich weiß, es klingt verrückt, aber könnte es nicht sein? Die Ausstellung heißt doch auch Vaterbilder. Das ist mir auch erst wieder eingefallen, als mich der Alte darauf ansprach. Aber wo der Zusammenhang liegt, weiß ich auch nicht, ich . . .« Hilflos hielt Wanja inne.

Mischa schaute auf den Boden. Er wirkte so verlassen, dass sie ihre Tränen nur mühsam zurückhalten konnte. »Ich weiß es nicht, Wanja. Ich weiß nur, dass . . .« Mischa hielt inne, und Wanja riss erschrocken den Kopf herum. War da was? Ja, da war was. Jemand hatte die Wohnungstür aufgeschlossen, und dass dieser Jemand nicht Mischas Mutter war, war deutlich zu hören. An den schweren Schritten und kurz darauf an der Stimme.

»Jemand da? – EY! – Ich hab gefragt, ob jemand da ist. – VERDAMMT NOCH MAL, KRIEGT MAN IN DIESEM PUFF VIELLEICHT MAL 'NE ANTWORT?«

Unwillkürlich musste Wanja an Thyra denken, aber zum Lachen war ihr nicht zumute. Stocksteif saß sie da, ihr Herz raste wie wild. Die Schritte wurden lauter, kamen näher. Die Türklinke von Mischas Zimmer drückte sich nach unten, und Mischa war schon drauf und dran aufzuspringen, da hörte Wanja, wie im Flur eine andere Tür aufging. »Ich bin hier, Walter, hier bin ich.«

Die Türklinke ging wieder hoch. Kurz darauf hörte Wanja, wie die andere Tür zugeknallt wurde. Dann ein Krachen, als ob etwas zu Boden gerissen wurde.

»Du gehst jetzt besser.« Mischa stand schon an der Tür und hielt sie Wanja auf. »Los, mach dass du wegkommst, los, hörst du! In dieser Stimmung ist mit dem Arschloch nicht zu spaßen.«

Hinter Wanjas Augen pochte es wie verrückt. Sie hatte mal ein Buch gelesen über so was. Im Deutschunterricht mit Frau Gordon. Aber ein Buch zu lesen und eine Situation zu erleben sind zwei verschiedene Dinge. Zwei völlig verschiedene Dinge.

»Mach schon. Hau ab jetzt.« Mischa drängte sie in den Flur. Wieder ein Poltern. »Walter, nein!«

Wanja rannte raus. Sie wollte nur noch nach Hause, zu Jo und Schröder. Doch als sie eine Dreiviertelstunde später dort ankam, erwartete sie noch etwas Schlimmeres. Etwas, das all ihre Fragen in den Hintergrund drängte.

Schröder

»Was ist los?«

Jo stand im Türrahmen, als Wanja das Törchen aufmachte. Dass etwas passiert war, sah sie sofort. Und im nächsten Moment wusste sie auch, was. Sie starrte auf das eingewickelte Bündel in Jos Armen und merkte, wie etwas in ihr schrie. Äußerlich blieb sie ganz ruhig.

»Er ist überfahren worden«, schluchzte Jo. »Ich bin gerade gekommen. Frau Trockenbrodt hat mich im Büro angerufen. Ach mein Gott, Wanja. Ach mein Gott.«

Jetzt erschien auch Frau Trockenbrodt in der Tür, sie hatte wohl in der Küche gesessen. Hinter ihrem Rücken schob sich Brian hervor, sein schmutziges Gesicht war tränenverschmiert, und Spiderman, seinen alten Hasen, hielt er fest umklammert.

»Er war gleich tot, Wanja.« Frau Trockenbrodt kam auf sie zu und legte ihr den Arm um die Schulter. »Er hat nicht leiden müssen. Das Auto –«

Wanja schüttelte den Kopf, sie wollte das alles nicht hören, und Frau Trockenbrodt verstand ihre Geste sofort. »Komm« Sie zog Wanja sanft am Arm. »Komm erst mal rein, mein Kind.«

Wortlos ließ sich Wanja in die Küche schieben. Sie wollte nicht sehen, wie der Schröder aussah, den Jo in ein weißes Bettlaken gewickelt hatte. Sie wollte den Schröder sehen, der heute Morgen noch auf ihrem Bett gelegen hatte, leise schnurrend wie Omas Nähmaschine, mit seinem dicken, zufriedenen Katergesicht. Sie schloss die Augen, aber da war nichts, also öffnete sie sie wieder und drehte den Kopf weg, als Jo sich zu ihr an den Tisch setzte, das weiße Bettlaken, in das sie Schröder gewickelt hatte, immer noch im Arm.

Brian war auch in die Küche zurückgekommen, er stand

dicht hinter seiner Mutter, die Wanja eine Tasse heißen Tee einschenkte und sie ihr auf den Tisch stellte.

»Ich habe Flora angerufen.« Jos Stimme klang erstickt. »Sie wollte sich gleich auf den Weg machen. Ich möchte, dass wir Schröder im Garten begraben. Ach mein Gott.« Jos Tränen brachen wieder hervor. »Mein Gott, Wanja, er war so alt wie du.«

Wanja rührte sich nicht, sie nickte nicht einmal. Wie betäubt fühlte sie sich, und als Flora eine halbe Stunde später in der Küche stand, hatte Wanja ihren Tee nicht einmal angerührt.

Erst als Flora draußen anfing, das Grab zu schaufeln, erhob sich Wanja vom Küchenstuhl, holte sich aus dem Gartenhäuschen einen zweiten Spaten und half. Brian kam hinterher, aber er stand nur da und drückte seine Nase die ganze Zeit in Spidermans Fell.

Die Erde war hart, und es dauerte eine ganze Weile, bis sie ein flaches Grab zustande gebracht hatten. Jo hatte Schröder in eine Holzkiste gebettet, das Bettlaken lag über ihm, und Frau Trockenbrodt hatte von zu Hause Blumen mitgebracht, die sie über das Laken streute.

Jo und Wanja legten die Kiste in das Grab hinein, jeder fasste eine Seite. Während Jo sich vor Weinen schüttelte, rührte sich in Wanja noch immer nichts. Auch nicht, als sie und Flora die Kiste wieder mit Erde bedeckten, die Erde mit Blättern beschichteten und Jo das kleine Kreuz hineinsteckte, das sie im Keller aus zwei Hölzern zusammengenagelt hatte.

»Ich bring dich zurück«, sagte Jo zu Flora, nachdem sie eine Weile um das Grab herumgestanden hatten. Floras Auto war seit einer Woche in der Werkstatt und hergekommen war sie mit dem Bus.

»Ich will mit«, sagte Wanja.

»Wenn Sie irgendetwas brauchen?« Frau Trockenbrodt hatte Jo die Hand auf die Schulter gelegt, und Wanjas Mutter lächelte tapfer. »Vielen Dank, Frau Trockenbrodt, wir kommen zurecht. Sie haben uns schon sehr geholfen. Du auch, Brian, es war schön, dich dabeizuhaben.«

Brian zog die Nase hoch. Dann machte er einen Schritt nach vorn und drückte Wanja Spiderman in den Arm. »Da«, sagte er. »Damit du nicht so allein bist heute Nacht.«

Mit diesen Worten lief er aus dem Garten, und Wanja wunderte sich, dass sich noch immer kein Gefühl in ihr rührte.

Als sie Flora zu Hause abgesetzt hatten, setzte sich Wanja zu Jo auf den Vordersitz. Auf den Straßen war kaum Verkehr, es war halb acht und dunkel, die meisten Leute saßen jetzt zu Hause und aßen zu Abend oder sahen fern. Jo schwieg und atmete die ganze Zeit durch den Mund, weil ihre Nase vom vielen Weinen verstopft war.

Wanja schwieg auch, nur in ihrem Inneren wirbelten Gedanken und Bilder durcheinander wie die Blätter, die der Wind heute Mittag durch die Straßen getrieben hatte. Schröder, schnurrend im Schlaf; Sandesh; der Weg durch den Wald; der schwarze Vogel und seine zuckenden Flügel vor Taros Gesicht; die versiffte Küche in Mischas Wohnung; Mischas Bilder, Jolans Bild von Jo; Jolans Briefe; Amons Frage.

Jo hielt vor einer roten Ampel, ihre Hand legte sich auf Wanjas Bein. »Ach Mäuschen. Denkst du auch die ganze Zeit an Schröder?«

Wanja starrte auf das Nummernschild des Wagens vor ihr. HH – JJ 933. Hinten, auf der Ablage, neben einer Rolle Klopapier, saß ein Wackeldackel und nickte blödsinnig mit dem Kopf.

»Ich denke daran, wie es meinem Vater geht.«

Jos Hand zuckte zurück, und Wanja biss sich auf die Lippen. Wie entsetzlich schnell Worte sein können. Um ein Haar wäre Wanja auch noch der Name Jolan rausgerutscht, aber den hatte sie gerade noch zurückhalten können. Als sie sah, wie sich Jos Hand um das Lenkrad krampfte, wünschte Wanja, sie hätte ganz den Mund gehalten. Wie vollkommen idiotisch, in dieser Situation mit ihrem Vater anzufangen. »Jo, tut mir lei. . .«, setzte sie an, da hupte jemand auf der Nebenspur. Wanja drehte den Kopf zur Seite, und da sah sie das Plakat. Es war eine dieser beleuchteten Glasflächen, die man, wie Jo Wanja einmal erklärt hatte, Cityposter nannte. »*Wählen Sie eine familienfreundliche Zukunft*«, stand in groß gedruckten Buchstaben unter dem Gesicht eines Politikers. Ein blonder Mann mit grünen Augen und einem breiten Lächeln, das jedoch seltsam künstlich wirkte, weil die Augen es nicht widerspiegelten. Trotz der fehlenden Segelohren wusste Wanja sofort, wer es war. Der Politiker sah aus wie eine ältere Ausgabe von Alex, nur dass seine Ohren anlagen und seine Gesichtszüge härter waren. *Bald wird die ganze Stadt mit seiner dämlichen Visage zugepflastert sein.* Wanja erinnerte sich noch genau an den abfälligen Ausdruck, mit dem Alex damals über seinen Vater gesprochen hatte.

Als die Ampel auf Gelb sprang, schob sich das Gesicht des Politikers langsam nach unten, während von oben ein neues Plakat auf die beleuchtete Fläche gerollt kam. Es zeigte einen glänzend roten Rahmen und Wanja konnte gerade noch lesen, was darin stand. »*Der nächste Besuchstag findet am 17. Oktober um 17:00 statt.*«

Endlich regte sich eine Art Gefühl in Wanja. Es war der Wunsch zu weinen. Aber es gelang ihr nicht.

Starke Arme

Auch in den nächsten Tagen kamen keine Tränen, sosehr Wanja es auch wollte. Es war, als hätten sich die Tränen verkrochen, irgendwo tief in ihr, an einem Ort, an den sie nicht herankam. Dabei wäre weinen das Einzige gewesen, was ihr Erleichterung verschafft hätte. Es war einfach zu viel, was in letzter Zeit geschehen war, und das mit Schröder gab Wanja den Rest. Seit er nicht mehr da war, ging sie nur noch mit Wärmflasche ins Bett, und in der ersten Nacht nach seinem Tod schlief sie bei Jo. Sie kuschelten sich aneinander, wie früher, als Wanja noch klein war. Da hatte sie oft bei Jo im Bett geschlafen. Damals hatten sie sich gegenseitig Geschichten erzählt oder sich abwechselnd den Rücken gekrault. In dieser Nacht sprachen sie über Schröder, und Jo weinte wieder, bis die Müdigkeit sie übermannte. Über Wanjas herausgeplatzte Bemerkung im Auto hatte Jo kein Wort mehr verloren, aber Wanja dachte an ihren Vater, als sie Jo schon lange leise schnarchen hörte. Wenn Schröder so alt war wie sie, hatte ihr Vater ihn dann vielleicht gekannt? Oder ihn Jo sogar geschenkt?

Am nächsten Morgen klingelte Wanja bei Trockenbrodts und brachte Spiderman zurück. Dann ging sie zur Schule.

»Musst du aber nicht«, sagte Jo.

»Will ich aber«, sagte Wanja.

Zu Hause bleiben ohne Schröder war unvorstellbar. Außerdem wollte sie Mischa sehen. Auch sie sprachen nicht über das, was am Nachmittag zuvor bei ihm passiert war. Aber Mischa legte seine Hand auf ihre Schulter, als Wanja ihm von Schröder erzählte, und Wanja fühlte, dass die Stelle, auf der seine Hand lag, warm wurde, während alles andere in ihr kalt war. Kalt und dunkel.

Und so blieb es, bis am Morgen des 17. Oktobers der Radiowecker ansprang und Wanja mit den Siebenuhrnachrichten weckte. Noch zehn Stunden, dann war Besuchstag.

Als Wanja in die Küche kam, saß Jo schon am Tisch. Sie trug Schwarz, wie sie die ganzen letzten Tage Schwarz getragen hatte. Während des Frühstücks versuchte Wanja, ihre Mathehausaufgaben fertig zu machen, jedoch ohne Erfolg. Verdammt, das würde Ärger geben, mehr als Ärger. Mathe hatten sie heute in den ersten beiden Stunden, und wenn es um die Kontrolle der Hausaufgaben ging, war Herr Schönhaupt noch abscheulicher als sonst. Wanja machte sich auf das Schlimmste gefasst und hob erstaunt die Augenbrauen, als um kurz nach acht Frau Gordon in die Klasse trat.

»Herr Schönhaupt hat Magendarmgrippe, und ich habe ein Problem. Ich bin in Algebra eine absolute Niete und werde euch diesbezüglich nicht das Geringste beibringen können. Also dachte ich, wir schauen uns zusammen einen Film an – natürlich nur wenn ihr Lust habt, sonst können wir auch Deutsch machen.«

Die Klasse jubelte, und Wanja atmete erleichtert aus. Keine Hausaufgabenkontrolle – und mit Glück ein paar mathelose Tage. Die Vorstellung, dass Herr Schönhaupt jetzt mit seinem schmierigen Kopf über der Kloschüssel hing, brachte Wanja zum ersten Mal in all den Tagen zum Grinsen. Der Film, den sie sich im Videoraum anschauten, war der erste Teil einer Jugendserie, aber er sollte wohl eine Anspielung auf die anstehende Klassenreise sein, denn er war in einem kleinen Ort an der Nordsee gedreht worden, und dort sollte es in drei Wochen auch für Wanjas Klasse hingehen.

»Es nervt mich einfach total, das wir ausgerechnet in ein solches Kaff fahren müssen«, fing Sue in der Pause wieder an. »Die 9c fährt nach Paris und unsere Parallelklasse zumindest nach Berlin. Und wir? An die Nordsee in ein popeliges

Kuhdorf, das ist doch echt der absolute Bullshit. Nicht mal ne Disco gibt es da.«

»Dafür eine berühmte Billardkneipe«, sagte Britta und grinste. »Vielleicht treffen wir da ja ein paar von den Filmstars, die bei der Jugendserie mitmachen. Denen kannst du dann die Adresse von deiner Schwester geben, dann kommen sie nach Hollywood.«

»Sehr witzig.« Sue verzog das Gesicht, und Britta strich sich ihre Haare aus dem Gesicht. Sie war jetzt jeden Tag geschminkt. Heute trug sie grünen Lidschatten, passend zum Angorapulli, und Rouge und Lippenstift hatte sie auch aufgelegt. Nicht mal Sue mit ihrer Stylistenschwester Marcy lief in der Schule so rum. Aber Wanja verkniff sich ihre Kommentare, so wie Britta sich inzwischen ihre Bemerkungen über Mischa verkniff. Seit ihrem letzten Streit – besonders nach Schröders Tod – herrschte bemühte Freundlichkeit zwischen ihnen, aber Wanja wusste, dass Mischa hinter ihrem Rücken Thema Nummer eins war.

Wo steckte Mischa überhaupt? Auf dem Schulhof war er nirgends zu sehen, und dann fiel es Wanja wieder ein. Seine Klasse machte heute einen Ausflug, sie würden sich also erst später am Museum treffen.

»Vielleicht kann man an der Nordsee ja wenigstens reiten.« Tina wickelte ihr Pausenbrot aus, und Wanja trat Britta warnend auf den Fuß. Jetzt bloß keine blöde Bemerkung. Kurz nach der Klassenreise würde Tina umziehen, und alle wussten, wie sehr ihr das zu schaffen machte.

Alex und Mischa saßen schon auf den Treppenstufen am Eingang, als Wanja um Viertel vor fünf dort ankam.

»Mann, ist euch das nicht zu kalt auf den Steinen?« Schon beim Anblick der beiden Jungen fing Wanja an zu frösteln. Alex sah heute viel besser aus als beim letzten Mal und grinste Wanja ins Gesicht. »Harte Jungs können so was ab, Baby.«

»Oh, yeah, natürlich.« Wanja grinste auch, und für einen Moment waren ihre Sorgen vergessen, so froh war sie, endlich wieder hier zu sein. »Und du?«, sie wandte sich an Mischa. »Wo ging euer Klassenausflug eigentlich hin?«

Mischa hob eine Augenbraue. »Dreimal darfst du raten.«

»Hm«, Wanja kicherte und grüßte den Jungen mit der Igelfrisur, der gerade an ihnen vorbei die Treppen hochlief. Es tat so gut, hier zu sein. »Ihr wart bestimmt . . . Ponyreiten.«

»Falsch.«

»Dann wart ihr . . . bei der städtischen Müllabfuhr!«

Mischa lächelte. »Auch falsch. Wär aber bestimmt ganz lustig gewesen.«

»Also dann . . .« Wanja legte den Finger an den Mund und tat so, als ob sie scharf nachdachte: »Dann wart ihr vielleicht bei Rumpelstilzchen?«

»Du hast versagt. Wir waren hier, in der Kunsthalle.«

»In der *was*? Du willst uns verarschen!« Alex starrte Mischa an, aber der schüttelte den Kopf und hielt Daumen, Zeige- und Mittelfinger hoch. »Ich schwöre. Wir waren in der Kunsthalle. Abteilung Alte Meister. Wir hatten sogar einen Museumsführer, der hatte einen echt scharfen Akzent.« Mischa verstellte seine Stimme »Gänse fleisch ma ihre Günder zur Ruhe rufen, verdammisch noch amal!«

»Der Sachse!« Wanja lachte laut auf. »Der war doch auch an unserem ersten Besuchstag hier. Damals hat er über irgendein Jesusbild philosophiert. Wahnsinn!«

Plötzlich wurde Wanja wieder ganz ernst. »Wie lang das jetzt schon her ist, was? Fast ein halbes Jahr gehen wir schon hierhin.«

»Exakt.« Alex warf einen Blick auf seine goldene Armbanduhr. »Heute ist unser sechster Besuchstag, aber den verpassen wir, wenn wir uns nicht langsam auf die Socken machen. Also, was ist, kommt ihr?«

Er stand auf, und Mischa erhob sich ebenfalls.

Wanja drehte sich noch einmal um. Auf dem Platz, der die alte Kunsthalle mit der neuen verband, waren wieder Skateboardfahrer unterwegs. »Wo ist eigentlich Natalie?«

»Schon drin.« Mischa klopfte sich die speckige Jeanshose ab. »Sah irgendwie aus, als wäre sie auf der Flucht vor jemandem.«

In der Eingangshalle stand ein Pulk von Jugendlichen vor der Kasse. Den meisten war es draußen wohl zu kalt gewesen. Der Junge mit der Igelfrisur schnauzte gerade das Mädchen mit den grünen Haaren an, weil ihre riesige dunkellila Kaugummiblase an seinem Jackenärmel klebte. Der dicke Junge stand dabei und feixte, zwei jüngere Kinder, die aussahen wie Geschwister, flüsterten sich etwas ins Ohr. Natalie war nicht dabei.

Sie hockte neben der Eingangstür auf dem Boden, den Rücken an die Wand gelehnt und sah zu der Engelstatue hoch, die noch immer in der Halle stand.

»Hi«, Wanja ging auf sie zu und streckte ihr die Hand entgegen. »Ich glaube, oben wartet ein Indianer auf dich.«

Natalies dunkle Augen waren ganz verquollen, aber sie lächelte schwach und ließ sich von Wanja hochziehen.

»Willst du darüber reden?«, fragte Wanja leise.

Natalie schüttelte den Kopf und blickte auf dem ganzen Weg zur Abteilung der Alten Meister starr zu Boden. Vor dem Bild des Philosophen stand ein Pärchen. Sie hatten sich an den Händen gefasst, und die Frau hatte ihren Kopf an die breiten Schultern des Mannes gelehnt. Als die Mädchen an ihnen vorbeigingen, drehte sich die Frau zu Natalie um und hielt sie sanft am Ärmel fest. Die Frau hatte ein schmales Gesicht mit großen, warmen Augen. Ihre Haut war hell wie die Haut des Mannes, der sich jetzt ebenfalls zu den beiden Mädchen umdrehte und Natalie unsicher anlächelte.

»Hast du Lust, uns später am Ausgang zu treffen?«, fragte die Frau.

Ohne etwas zu erwidern, zog Natalie den Arm zurück und ging weiter. Wanja konnte kaum mit ihr Schritt halten. »Sag mal, waren das deine Eltern?«, fragte sie überrascht. War Natalie vielleicht adoptiert?

»Meine Mutter. *Nicht* meine Eltern.« Natalies Stimme klang scharf, und in ihren Augen blitzte es plötzlich so wütend auf, dass Wanja ganz erschrocken war.

»Wieso hast du sie denn mit hierher genommen?«

Natalie machte ein Geräusch, als ob sie Spucke zwischen ihren Zähnen durchzischen ließ. »Ich hab sie nicht mit hierher genommen, klar? Ich bin ihnen an der Kasse begegnet. Wahrscheinlich wollte der Wichser meine Mutter nett ausführen, was weiß denn ich? Jedenfalls werde ich sie ganz bestimmt nicht später am Ausgang treffen.«

Wanja schwieg. Der »Wichser« sah eigentlich ganz nett aus, fand sie. Aber dieser Meinung war Natalie offensichtlich nicht, und Wanja hütete sich davor, sie zu fragen, warum. Sie wollte sie nicht noch mehr aus der Fassung bringen, als sie es ohnehin schon war.

Inzwischen waren die beiden Mädchen in dem abgelegenen Winkel bei der roten Tür angelangt, hinter der die anderen Jugendlichen bereits verschwunden waren. Nur der dicke Junge kam noch um die Ecke, sein Gesicht war ganz rot, als wäre er gerannt, und als sie zu dritt durch den dunklen Gang liefen, hörte Wanja ihn schnaufen.

Im Saal, der wie immer in den warmen Schein der Fackeln getaucht war, kam die uralte Frau gerade auf die Bühne. Wieder schien es Wanja, als blieben die meerblauen Augen auf den Gesichtern von ihr und Mischa eine Spur länger haften als auf den übrigen. Dann nickte sie, lange und langsam, und zog an dem gusseisernen Pinselkopf.

In der Manege waren heute mehrere Artisten und probten. Unter dem Musikerbalkon zog Sulana ihre Schlange aus dem Korb, und hinten am Vorhang saß Reimundo und fummelte an einer großen grauen Maske herum. Auf einem bestimmt drei Meter hohen Einrad saß Pati Tatü, balancierte über einer winzigen Wippe vor und zurück und jonglierte dabei mit seinen fünf Leuchtbällen. Als Pati Tatü Wanja und Mischa sah, warf er alle fünf Bälle hoch in die Luft, fing sie wieder ein und verbeugte sich so tief, dass Wanja glaubte, jeden Moment müsse ihm der schwarze Zylinder vom Kopf fallen. Aber der klemmte fest auf den gelben Blumenkohllocken.

Am meisten zog Wanja allerdings das Spinnennetz in seinen Bann. Groß und geisterhaft hing es von der Decke des Zirkuszeltes hinunter und spannte sich einmal quer durch die Manege. Die Fäden schimmerten. Silbrig glitzernde Tautropfen hingen darin, und ganz oben hockte Madame Nui, stumm und lauernd, in einem schwarzen Kostüm aus pelzigem Samt. Als wäre das Erscheinen der Jugendlichen ihr Startbefehl, setzte sich Madame Nui in Bewegung. Mit leisen, unglaublich schnellen Bewegungen krabbelte sie über das Netz, bis sie in der Mitte angekommen war. Dort bog, drehte und verknotete sie ihren Körper, als sei er nicht aus Knochen und Muskeln, sondern aus Gummi.

»Unglaublich, was?«, flüsterte Wanja Mischa zu, der auch noch auf seinem Platz in der Loge saß. Madame Nui hatte gerade beide Beine hinter ihrem Kopf verkreuzt, während sich die Hände am Netz festhielten.

»Ja, unsere schwarze Witwe ist nicht übel.« Ein Geruch von Öl und kaltem Rauch zog Wanja in die Nase. Neben der Loge stand Perun, sie hatte ihn gar nicht kommen gesehen.

Unter seinem Arm klemmten Pfeil und Bogen. »Zwei Volltreffer nacheinander«, bemerkte er stolz. »Und später bist du mit Proben dran, habe ich gehört. Ich bin ja mal gespannt, was Taro sich für dich ausgedacht hat.«

Wanja schluckte. Richtig, heute wollte Taro mit ihr ans Trapez, das hatte sie über Schröders Tod vollkommen vergessen. Dabei hatte sie in der Zeit davor ständig daran gedacht. Sogar bei Regen hatte sie an ihrer Reckstange im Garten geübt. Und letzte Woche hatte sie ihren Sportlehrer gefragt, ob sie in ihrer Freistunde einmal das Schultrapez ausprobieren durfte. Sie hatten es im Unterricht noch nie benutzt. Der Lehrer erlaubte es ihr, er musste sowieso den Geräteraum aufräumen. Doch dann stand er da und sah Wanja zu. »Willst du im Zirkus auftreten?«, fragte er, als Wanja mit dem Unterbauch auf der Stange balancierte, Arme und Beine von sich gestreckt. Wanja hatte nur gegrinst.

»Taro ist noch im Wohnwagen«, sagte Perun. »Er müsste gleich kommen oder ihr geht hin und holt ihn ab. Aber vorher«, der Feuerschlucker zeigte mit dem Kopf zu Pati Tatü. »Lasst euch die Hutnummer zeigen. Die ist noch besser als das Einrad.«

Wanja lehnte sich in ihrem Sitz zurück. Patis Einrad stand jetzt an der Zuschauertribüne und Pati zog ein seltsames Gebilde aus seiner riesigen Fracktasche.

»Was ist das?«, flüsterte Wanja Mischa zu. Mischa legte den Finger an die Lippen und im nächsten Moment sah Wanja, was es war – oder besser gesagt, was es geworden war. Ein kleiner, hoher Tisch. Pati Tatü zog an seinem weißen Einstecktuch in der Frackobertasche. Wanja runzelte vergnügt die Stirn. Kam jetzt wieder der meterlange Schal mit der Mundharmonika? Nein, dieses Taschentuch wuchs sich zu einer großen Tischdecke aus. Eine Sekunde später lag sie auf dem Tisch. Pati warf Wanja einen Handkuss zu, dann zog er seinen Zylinder vom Kopf und stellte ihn mit der Öffnung nach oben auf die weiße Decke.

»Oh, nein«, sagte Wanja kichernd. Unter dem Zylinder steckte noch ein Zylinder, etwas kleiner als der erste. Pati Tatü zog ihn ebenfalls ab und wieder kam ein kleinerer Zylinder darunter zum Vorschein. Wanja musste an die russischen Holzpuppen denken, von denen immer zehn Stück ineinander steckten. Oma hatte ihr mal so eine geschenkt, als Wanja noch klein war.

Mit seinem verschmitzten Kichergesicht stellte Pati Tatü alle Zylinder, die er sich vom Kopf zog, ineinander auf den Tisch, und tatsächlich zückte auch er zehn Mal den Hut, bis unter dem letzten Zylinder ein weißes Ei zum Vorschein kam. Mit der spitzeren Seite nach oben saß es auf Pati Tatüs Blumenkohllocken, als wäre der Kopf des Zauberers ein Nest.

Jetzt grinste auch Mischa, wogegen Pati Tatü eine höchst erstaunte Miene aufsetzte. Er nahm das Ei zwischen beide Finger, schüttelte es, hielt es an sein Ohr, wog es in der Hand, rieb sich den Bauch, runzelte die Stirn, sah auf die Hüte vor sich – und schlug das Ei auf dem Rand des größten Zylinders auf. Den Inhalt ließ er in die Öffnung des kleinsten Hutes fallen, dann zog er einen Rührbesen aus seiner Fracktasche hervor und rührte wild in den Zylindern herum. Als er fertig war, beugte er sich über die Hüte, schaute hinein, kam mit dem Gesicht wieder hoch und hielt sich erschrocken die Hand vor den Mund. Mit einer blitzartigen Bewegung nahm er die Zylinder in beide Hände, setzte sie auf den Kopf und rollte mit den Augen. Dann zog er den obersten Zylinder wieder ab. Doch statt des nächstkleineren Zylinders saß jetzt etwas anderes darunter. Ein weißes Huhn. Es gackerte und pickte gleich darauf in Patis Blumenkohllocken herum, worauf der Zauberer erschrocken seinen Zylinder darüberstülpte und fluchtartig die Manege verließ.

»Bravo«, rief Wanja ihm hinterher.

Dann stieß Mischa sie an. »Komm, wir schauen, ob Taro in seinem Wagen ist.«

Der Moment, in dem es schwarz-weiß wurde, dauerte kaum länger als ein Lidschlag. War überhaupt was gewesen? Wanja sah mit gerunzelter Stirn zu Mischa. Der schien nichts bemerkt zu haben. Verdammt, dachte Wanja. Jetzt fang ich auch noch an, mir dieses Ungeheuer einzubilden.

Aber sie hatte sich nichts eingebildet.

Vor Taros Wohnwagen schrie Wanja auf. Auf den Treppenstufen lag ein totes Kaninchen. Es war weiß, und über sein Fell liefen blutrote Spuren.

Wanja schlug sich die Hand vors Gesicht, und im nächsten Moment kam Taro aus seinem Wagen. »Verflucht«, rief er, und Wanja lugte zwischen den Fingern hervor. Mit der anderen Hand krallte sie sich an Mischa fest. An Taro wagte sie sich nicht heran, denn dann hätte sie über das tote Tier steigen müssen.

Taro hob den Kadaver am Genick, trug ihn zum Abgrund hinter seinem Wohnwagen und schleuderte das Tier mit einer wütenden Bewegung in die Tiefe. Da. Da war es wieder. Für einen blitzartigen Moment wurde es schwarz-weiß, dann kam die Farbe zurück. Der Vogel war nicht zu sehen, und der Himmel über ihnen strahlte so unverschämt blau, als wollte er alle trüben Gedanken Lügen strafen.

Taro kam zurück und versuchte nicht mal zu lächeln. Er verschwand im Wohnwagen, und als Wanja hinter Mischa eintrat, rieb sich Taro die Hände an einem Handtuch ab. Wanja trat auf ihn zu. »Was will der Vogel von dir, Taro?«

Daran, dass das Kaninchen nicht zufällig vor Taros Wagen

gelandet war, bestand kein Zweifel. Der Vogel hatte es dort abgeworfen, so viel war allen dreien klar.

»Aber warum? Taro? Warum nur?«

Taro nahm Wanjas Hände in seine, drückte sie und schüttelte den Kopf. Seine Wut war verflogen. Traurig sah er jetzt aus. Traurig und ratlos.

»Ich weiß es nicht, Wanja, ich habe nicht die geringste Ahnung. Und ich will es auch nicht wissen. Ich will nur, dass es aufhört.«

»Ist«, Wanja schluckte, »ist Sandesh wieder aufgetaucht?«

Wieder schüttelte Taro den Kopf. »Nein. Ich habe überall nach ihm gesucht. Aber er ist wie vom Erdboden verschluckt.«

Alle drei schwiegen jetzt. Taro hatte sich von Wanja abgewandt und drehte sich zum Fenster. Mischa lehnte an der Tür, die Hände in den Hosentaschen. Wanja stand wie verloren zwischen den beiden, den Kopf gesenkt. Ganz still war es im Wohnwagen, als wäre ihnen eine Gedenkminute auferlegt worden. Aber es war nichts Gutes, an das sie dachten. Was der Vogel da trieb, war wie eine grausige Vorbereitung. Nur worauf, das wussten sie nicht, Taro anscheinend am allerwenigsten. Und wenn es richtig war, was der Alte gesagt hatte, wenn die Antwort in Wanja und Mischa lag, dann würden sie vielleicht auch die Einzigen sein, die Schlimmeres verhindern konnte. Aber sie kannten die Antwort nicht.

»Los, ihr beiden«, brach Taro schließlich das Schweigen. »Wir gehen jetzt in die Manege und bereiten uns auf die Aufführung vor. Bald ist es so weit. Mischa, du probst heute mit Noaeh und O allein, wenn das für dich in Ordnung ist. Ihr habt den Balkon für euch, und wenn es Fragen gibt, bin ich da. Und wir beide, Wanja, wir gehen ans Trapez.«

Taro machte einen Schritt auf Wanja zu. Sein Gesicht war

plötzlich wie immer. »Los jetzt. Lasst uns das Beste machen aus der Zeit, die wir zusammen haben. Sie ist kostbar, jede Minute davon.«

Er klatschte laut in die Hände, als wären die trüben Gedanken Tauben auf einem Marktplatz, die man einfach aufscheuchen konnte. Und es klappte.

Wanja ging hinter Taro aus dem Wohnwagen und sog die warme Luft ein. Sie konnten sowieso nichts tun, sie konnte die Antworten nicht erzwingen und Taro hatte recht. Die Zeit, die sie zusammen hatten, war das Kostbarste, was sie besaß. Und sie würde sich diese Zeit nicht kaputt machen lassen.

Aus der Manege kam ihnen Perun entgegen. »Viel Glück beim Proben«, rief er Wanja zu. Jetzt endlich spürte sie doch eine freudige Aufregung. Die Lust wurde in ihr wach. Die Lust, wieder dort oben auf dem Trapez zu sitzen und durch die Luft zu fliegen, wie . . . Wanja lachte laut auf. Ja, wie ein Vogel.

»Gut, dass isch euch noch einmal treffe.« Madame Nui war an einem langen, dünnen Seil von ihrem Spinnennetz herabgeglitten. »Isch brauche noch die Maße für eure Kostüme.« Mit gerunzelter Stirn fasste die hagere Dame Mischa an den Fingerspitzen, hob seine Arme seitlich an und trat einen Schritt nach hinten. Von oben bis unten musterte sie seinen schmalen Körper, wobei sie den Kopf leicht zu beiden Seiten wiegte.

»Bon«, sagte sie schließlich, ließ Mischas Finger wieder los und wandte sich an Taro.

»Macht die Kleine Gatas Katzennummer?«, fragte sie mit einer Kopfbewegung zu Wanja.

Taro schüttelte den Kopf. »Nein, ich habe mir für uns beide etwas anderes ausgedacht. Nach meinem Solo geht Wanja ans Fliegertrapez.«

Wanja durchfuhr ein Schreck, aber Madame Nui nickte mit ihrem dünnen Lächeln und schlich dann langsam einmal um Wanja herum.

»Isch liebe es, meine Schäfchen mit den Kostümen zu überraschen«, sagte sie, als sie wieder vor ihr stand. »Des'alb gibt es bei mir keine Vorabsprache. Bei eurem nächsten Besuch kommt mein Kostümvorschlag, dann könnt ihr etwas dazu sagen. Also dann, au revoir, mes amours. Ach ja – und Taro, bitte sei so gut, und wickele das Netz für mich auf, oui?«

Madame Nui warf den dreien eine Kusshand zu und verschwand hinter dem Vorhang.

»Fliegertrapez?« Wanja war plötzlich ganz durcheinander. Die freudige Aufregung war verschwunden, stattdessen machte sich ein unangenehmes Gefühl in ihrem Magen breit. Aber Taro war schon dabei, das Spinnennetz abzuhängen, und jetzt tauchte auch Gata in der Manege auf. Ihren Fuß zog sie immer noch nach.

»Du siehst ja aus, als müsstest du zum Zahnarzt«, sagte sie lachend zu Wanja. »Hat Taro dir die Fliegernummer angedroht? Mach dir keine Sorgen, das fliegende Trapez hat zwar eine spektakuläre Wirkung, ist aber viel leichter, als es aussieht. Erinnerst du dich an die drei Eigenschaften?«

»Mut, Instinkt und Leichtigkeit.« Zwei Arme umfassten Wanja von hinten, und die Hände, die sich jetzt auf ihren Bauch legten, gehörten Taro. »Alles, was du brauchst, hast du – hier drin«, sagte er. Dann wanderte seine eine Hand zu Wanjas Stirn, und sein Zeigefinger berührte die Stelle zwischen ihren Augenbrauen. »Und der Rest ist hier. Das richtige Zeitgefühl. In dir tickt die Uhr, in dir läutet der Wecker, wenn es so weit ist. Du wirst es ganz genau spüren, wenn du dir selbst nur vertraust.«

Wanja schloss die Augen und versuchte Taros Worte in

sich aufzunehmen. Aber irgendetwas sperrte sich plötzlich in ihr – etwas, das auch den letzten Funken Lust in Angst verwandelte. Wieso hatte sie überhaupt ihre Zustimmung gegeben, bei dieser Nummer mitzumachen? Das war doch Wahnsinn, sie hatte doch nicht die geringste Erfahrung am Trapez.

Über ihr ertönten Trommelschläge und eine Frauenstimme. Noaeh. Sie stand mit Mischa und O auf dem Balkon. Perun stand unten und warf ihr eine Kusshand zu, bevor er die Manege verließ.

Pati Tatü hatte sich auch verzogen, aber Sulana war noch da. Sie stand am anderen Ende der Manege und trug ein Trikot mit einem grünbraunen Schlangenmuster. Ihr zarter Körper schimmerte olivfarben, und ihre kurz geschorenen Haare glänzten im Licht. Sulana drehte ihren Kopf nach links, nach rechts, nach vorne, nach hinten, als wollte sie ihre Nackenmuskulatur entspannen. Die Schlange lag zu ihren Füßen und glitt, als Sulanas Körper sanft zu kreisen begann, von unten an ihr empor, schlängelte sich um ihre Beine, ihren Bauch und ihre Brust, bis ihr Kopf Sulanas Hals berührte. Noch ein Stück, dann waren sie Mund an Mund, Sulana und die züngelnde Schlange. Vergeblich versuchte Wanja, ihre Erinnerung wegzudrücken, den Moment, in dem die Schlange Sulana fast erwürgt hatte – aus Angst vor dem Vogel.

»Kannst du nicht noch einmal in die Hände klatschen?«, fragte Wanja Taro mit belegter Stimme. »Ganz fest, bitte?«

Taro lachte. Er hatte das Sicherheitsnetz gespannt und saß schon darauf. Mit einem Satz kam er auf dem Netz zum Stehen. Dann ging er in die Knie, stieß sich ab und sprang, landete wieder, stieß sich noch einmal ab, sprang höher, machte einen Salto, landete wieder auf den Füßen und klatschte in die Hände, so schallend laut, dass sich Sulana verärgert nach ihm umdrehte.

Taro beugte sich vor und streckte Wanja die Hand entgegen. »Jetzt gibt es nur noch das Trapez. Das Trapez und dich und mich. Bist du bereit?«

Wanja nickte, aber als Taro sie am Netz hochzog, war die Sperre noch immer in ihr. Ihre Lust dagegen hatte sich verkrochen, kaum dass sie vorhin wach geworden war.

Auch Gata ließ sich von Taro nach oben helfen, dort nahm Taro sie auf den Arm und trug sie zu der Strickleiter auf der linken Seite. Wanja stapfte mit wackeligen Knien hinterher. Die Leiter führte hoch hinauf zu einem schmalen Trittbrett. Es klemmte zwischen zwei an der Manegendecke befestigten Stangen und sah aus wie ein Fensterbrett ohne Fenster. Ein Stück davor hing die Trapezschaukel, und auf der anderen Seite der Manege hing das zweite Trapez, zu dem ebenfalls eine Strickleiter hinaufführte.

Taro legte Wanja die Hand auf die Schulter. »Gata kommt kurz mit dir hoch.«

»Und du?« Wanja hörte ihr Herz klopfen.

Taro zeigte mit dem Kopf zum zweiten Trapez. »Ich bin da drüben.«

»Aber . . .« Wanja schüttelte ihre Locken. »Aber du musst mir doch erst mal zeigen, was ich machen muss.«

Doch da hatte Taro ihr schon den Rücken zugewandt, und Wanja drehte sich hilflos zu Gata um.

»Taro hat seine eigenen Regeln, da nützt es nichts, ihm zu widersprechen. Am Trapez ist er der Boss.« Gata stupste Wanja leicht mit dem Ellenbogen in die Seite. »Aber du brauchst wirklich keine Angst zu haben. Wenn es einen Menschen gibt, dem du blind vertrauen kannst, dann ist es Taro.«

Wanja angelte nach ihrer Haarsträhne. »Okay«, presste sie hervor und stieg hinter Gata her die Strickleiter hoch. Ihren verletzten Fuß zog Gata hinter sich her, doch noch immer hatte sie die Leichtfüßigkeit einer Katze. Wanja blieb weit hinter ihr zurück.

Als sie schließlich oben angekommen war, wagte Wanja kaum, nach unten zu schauen. Zehn, zwölf Meter waren sie bestimmt über dem Netz, und die Höhe erschien Wanja plötzlich viel furchterregender als beim ersten Mal. Ihr fiel ein, wie sie als Siebenjährige vom Zehnmeterbrett gesprungen war. Ein Knirps zwischen Halbstarken, Jo stand unten am Beckenrand, ein kleiner Punkt, und als Wanja sprang, hörte sie ihre Mutter schreien. Wanja hatte auch geschrien, aus purem Vergnügen.

Wo lag jetzt also das Problem? Selbst wenn sie von hier oben stürzte, würde sie im Netz landen, warum hörte dieses verdammte Herzklopfen nicht auf? Warum konnte sie das Vertrauen in Taro plötzlich nicht mehr spüren? Er hatte sich drüben bereits auf die Schaukel geschwungen. Mit dem Rücken zu Wanja saß er auf der Stange und drehte ihr seinen Oberkörper zu.

»Also dann«, rief er, »komm rüber zu mir.«

Wanja riss die Augen auf. »Rüber? Wie denn das?«

Taro lachte. »Fliegen. Nur ein einfacher Sprung. Gata reicht dir die Schaukel an, du hältst dich mit den Händen daran fest, springst ab und schwingst erst mal durch die Luft, dass du genügend Anschwung bekommst. Nimm deine Beine zur Hilfe, und halte die Hände fest an der Stange. Ich rufe dir zu, wann du loslassen musst. Mehr ist nicht dabei. Du musst einfach nur loslassen, ich fange dich auf. Spür den Punkt zwischen deinen Augenbrauen.«

Wanja schüttelte jetzt wild mit dem Kopf. War Taro verrückt geworden? Die Übungen beim ersten Mal waren ja schon ziemlich gewagt, aber das hier war Irrsinn! Sie hatte so etwas noch nie gemacht. Wie konnte Taro das von ihr erwarten? Wut machte sich breit in ihr.

»Hör, was Taro sagt.« Gata reichte ihr die Schaukel. »Am Trapez darf man nicht denken, Wanja. Denken macht hier oben alles kaputt. Tu einfach, was er sagt, und wenn du dir selber nicht vertraust, dann vertraue ihm. Taro weiß, was er tut, und er weiß, was er von dir verlangen kann.«

Mit diesen Worten ließ sich Gata wieder an der Strickleiter herabgleiten. Wanja stand alleine da.

Taro hing jetzt mit den Knien am Trapez, seine Arme baumelten nach unten, sein Gesicht war ihr zugewandt. Er klatschte in die Hände. »Los jetzt, Wanja. Spring ab.« Seine Stimme klang streng. Und Wanja platzte. Platzte, als ob ein Vulkan in ihr explodierte.

»Und was, wenn du mich nicht fängst, heh? Wenn ich hier runterstürze und falsch aufkomme und mir den Hals breche, was dann? Wieso soll ich dir vertrauen? Weißt du, was ich fühle, weißt du das? Du kennst mich doch gar nicht, du hast doch keine Ahnung, woher ich komme, du weißt doch gar nicht, wer ich bin! Loslassen, *ein-fach* loslassen, ja? Dass ich nicht lache! Und wie – *wie?*« Wanjas Stimme überschlug sich. »Kannst du mir sagen, wie ich das machen soll, ja? Wie ich verdammt noch mal loslassen soll, wenn sich diese ätzenden Gedanken in mir festbeißen, all diese Fragen, auf die mir keiner eine Antwort gibt? Ich scheiß auf den Punkt zwischen meinen Augenbrauen, ich scheiß auf diesen ganzen Affenzirkus hier. Das ist doch alles nur Einbildung, das ist doch alles gar nicht echt. Du bist doch nur ein gottverdammtes Bild, mehr bist du doch nicht!«

Wanja hielt das Trapez noch immer in den Händen. Die Trommeln hatten aufgehört zu schlagen, Noaeh hatte aufgehört zu singen. Alles war still, nur Wanjas Herz raste, als wollte es ihr im Leibe zerspringen.

Taro hing an seiner Schaukel und sah sie an. Sah sie einfach nur an. Dann klatschte er noch einmal in die Hände und schrie sie an.

»SPRING!«

Und Wanja sprang. Hielt sich am Trapez fest und sprang ab. Dabei sackte etwas in ihr nach unten, es ging von ihrem Kopf aus und rutschte tief in ihren Bauch.

»Höher, Wanja«, rief Taro. »Nimm Anschwung mit den Beinen, ja, gut so, höher, noch höher, streck die Beine vor, schwing zurück, feste, noch einmal, ja, schwing, schwing so hoch es geht – gut, Wanja, lass die Hüften locker, atme, Wanja, atme – und jetzt achte auf mein Klatschen, wenn ich in die Hände klatsche, dann lass los. Lass dich einfach fallen. JETZT!«

Taro klatschte in die Hände und schwang ihr entgegen, Wanja war über ihm, sie kniff die Augen zu – und ließ los.

Sie fiel.

Und Taro fing sie auf.

Seine Hände griffen nach ihren Fesseln, umspannten sie und hielten sie fest. Ganz, ganz fest. Und dann kamen endlich die Tränen.

Wanja hing an Taros Armen, hoch oben in der Luft und weinte.

EIN GEFÜHL VON ABSCHIED

Wanja wusste nicht, wie viel Zeit vergangen war, als sie wieder mit Gata auf ihrem Trittbrett vor dem Trapez stand. Mischa und O trommelten. Noaeh sang. Es klang wunderschön, und Wanja fühlte sich ganz leicht. Das Weinen war wie eine Erlösung gewesen. Die Fragen waren immer noch da und die Antworten immer noch nicht. Schröder war tot,

Sandesh war verschwunden, der Vogel würde wieder kommen. All dessen war Wanja sich bewusst. Aber in diesem Moment hatte sie Ruhe, echte, tiefe Ruhe – und aus dieser Ruhe heraus war die Lust in ihr wieder wach geworden und mit ihr das Vertrauen in Taro.

Nachdem O und Mischa sie vorhin heruntergelassen hatten, war Taro alle Übungen mit ihr an einem Bodenbarren durchgegangen, bis Wanja sich sicher genug fühlte, in der Luft weiterzumachen.

»Okay, noch einmal. Bist du so weit?« Taro ging an seiner Schaukel in Position, und Wanja nickte. Sogar ihr Körper fühlte sich anders an, biegsamer, weicher, was vielleicht auch an den Aufwärmübungen lag, die Taro ihr am Boden gezeigt hatte.

Ja, sie war so weit. Taro klatschte in die Hände. Die Trommeln und Noaehs Stimme setzten ein. Wanja sprang, schwang ein paar Mal vor und zurück und ließ auf Taros Zuruf los. Taro fing sie auf, schwang mit ihr nach hinten – und drehte ihren Körper im Zurückschwingen mit aller Kraft herum. »Jetzt, Wanja, spring zurück.« Sie folgte, ohne nachzudenken. Ihr Körper drehte sich von ganz allein, und Wanja flog durch die Luft, zurück zu ihrem eigenen Trapez. Gata schaukelte ihr die Stange entgegen, und Wanja brauchte sie nur noch mit Händen zu greifen.

Als ihre Füße wieder auf dem Trittbrett standen, bebte sie vor Glück und konnte gleichzeitig kaum fassen, was sie hier tat.

Aber Taro ließ ihr keine Zeit, darüber nachzudenken. »Jetzt das Vogelnest. Erinnerst du dich?« Wanja nickte. Die Übung sah schwer aus, war aber ganz leicht, sie hatte sie sogar schon an ihrem eigenen Reck gemacht, ohne zu wissen, dass es eine Trapezdisziplin war. Und vorhin hatte ihr Taro gezeigt, worauf sie achten musste, wenn sie diese Übung in der Luft machte. Im Geist ging Wanja noch einmal jede seiner Anweisungen durch. Die Trapezstange mit den Händen umfassen. Abstoßen. Im Rückwärtsschwung die Beine anwinkeln und die Füße nach oben ziehen, bis die Fußriste gegen die Stange drücken. Dann, im Vorwärtsschwingen die Hüften durchdrücken und den Kopf ins Genick nehmen. Wenn die Schaukel ganz vorne ist, Taro anschauen – und auf seinen Zuruf die Hände loslassen. Mit gestreckten Armen nach vorne fallen.

Wanja gab Taro ein Zeichen, dass sie bereit war. Aber diesmal brauchte sie einige Anläufe und mehrere Pausen, bis es ihr gelang. In der Luft herrschten andere Gesetze als am Boden. Das Schwierigste war, den richtigen Zeitpunkt abzupassen, selbst wenn es schien, als ob Taro in ihrem Kopf säße und ihr jede Bewegung zurief. Einmal wäre Wanja fast abgerutscht, hielt sich aber im letzten Moment und ließ sich von Gata zurück zum Trittbrett ziehen, um auszuruhen.

Hier oben vereinten sich die Gegensätze. Man brauchte Leichtigkeit und Kraft, musste gleichzeitig locker lassen und den Körper auf Spannung halten. Aber nach einer ganzen Weile beherrschte Wanja das Vogelnest auch in der Luft, und Taro klatschte zum letzten Mal in die Hände. »Gut Wanja. Jetzt musst du nur noch das Fallen lernen. Zieh die Beine hoch, mach deinen Rücken rund, und lass dich fallen, bleib aber ganz locker, sodass du auf dem Po und den Oberschenkeln auf dem Netz aufkommst.«

Wanja hatte bereits losgelassen, machte sich rund und spürte den Wind an ihrem Körper entlangsausen, bevor sie weich und sicher im Netz landete, noch ein paar Mal nachfederte und schließlich liegen blieb, strahlend und glühend, die Arme weit ausgebreitet.

»Woher hast du gewusst, dass ich es schaffen würde?«, fragte sie Taro, als er ihr vom Netz herunter auf den Boden half.

Seine warmen Augen trafen ihre. »Weil ich dich kenne«, sagte er. »Hast du die Nummer im Kopf?«

Wanja nickte. »Erst der einfache Sprung, dann zurück an mein Trapez. Dann das Vogelnest und zurück an mein Trapez. Dann wieder schwingen, Beine hoch, Rücken rund und fallen lassen. Proben wir das nächste Mal wieder?«

»Das nächste Mal ist Generalprobe«, sagte Taro.

»Generalprobe?« Wanjas Augen weiteten sich.

»Ja. Aber wir haben alles geschafft, was wir brauchen. Du musst es nur hier behalten.« Taro legte seine Hand auf Wanjas Bauch. »Und hier.« Sein Finger zeigte auf ihre Stirnmitte. »Vielleicht hast du dort, wo du lebst, eine Möglichkeit zu proben. Übe das Vogelnest, das kannst du an jeder normalen Stange tun. Bei allem anderen verlasse dich auf mich und auf deine Intuition. Du hast es im Blut, Wanja. Ich habe so etwas noch nie gesehen. Diese Fähigkeiten sind ein Geschenk. Mach etwas aus ihnen!«

Wanja schluckte. Jo, Flora, Frau Gordon, alle drei Frauen hatten sie schon oft wegen ihres Schreibtalentes gelobt. Was Taro ihr sagte, hatte vorher noch niemand erkannt. Nicht einmal sie selbst.

Wanja nahm Taros Hände und hielt sie fest. Sie spürte etwas, ganz plötzlich war es da. Es war ein Gefühl von Abschied, und dann fiel ihr wieder ein, was Taro bei ihrem letzten Besuchstag gesagt hatte, bevor sie zu Amon gegangen war. Sie hatte es verdrängt, aber jetzt schwappte eine Welle von Traurigkeit über sie hinweg, als hätten Taros Worte sie erst in diesem Moment wirklich erreicht.

Mischa kam auf die beiden zu. Er legte Wanja seine Hand auf die Schulter. »Du warst großartig«, sagte er.

Aber Wanja hörte ihn kaum. Die Abschlussvorstellung, dachte sie. Sie wird auch unser Abschied sein. Und bis dahin sind noch viele Fragen offen.

KLASSENFAHRT

Mit einem Ruck setzte sich der Bus in Bewegung. Aus dem Regen der letzten Wochen war Hagel geworden. Ein Heer von Eiskügelchen trommelte gegen die große Fensterscheibe. Auf dem Bürgersteig, dicht gedrängt unter Regenschirmen, eingehüllt in dunkle Mäntel, Schals und Mützen, standen die Eltern und winkten ihren Kindern mit eingezogenen Köpfen zum Abschied. Der einzige Farbtupfer kam von Flora. Mit ihren knallroten Lederhandschuhen warf sie Wanja Kusshände zu und verpasste beim Ausholen Tinas Vater beinahe eine Ohrfeige. Sie hatte Wanja am Morgen abgeholt, weil Jo zu einer Präsentation musste. Auch Frau Sander hob die Hand zum Gruß, sie trug einen grauen Kaschmirmantel, und ihr Lächeln hatte etwas Tapferes. Herr Sander war nicht dabei, wie er auch die letzten Male nicht beim Mittagessen gewesen war, aber Wanja scheute sich, Britta darauf anzusprechen. Sues Vater, einen dunkelbraunen Cowboyhut auf dem Kopf, quetschte sich an Thorstens Mutter vorbei und konnte gerade noch die Hand an den Mund legen, dann ordnete sich der Bus in die rechte Spur ein und bog um die Ecke.

»Wie man im November auf Klassenreise an die Nordsee fahren kann, ist mir immer noch ein Rätsel. Ich meine, die spinnen doch, oder?« Mürrisch ließ sich Sue in ihren Sitz zurückfallen.

»Ach komm schon, Sue. Besser im November als gar nicht.« Tina stieß ihre Freundin an. Auf ihr weißes Sweatshirt war ein dunkelbrauner Pferdekopf gedruckt. »Es ging nun mal kein anderer Termin – und für mich wird es wenigstens ein schöner Abschied.« Tina lächelte traurig, aber Sue zeigte schnaubend aus dem Fenster.

»Wirklich ein wunderbarer Abschied! Das Wetter ist ja

auch richtig traumhaft, findet ihr nicht? Und wenn wir Glück haben, wird aus dem Hagelsturm noch ein Orkan, dann werden wir schön romantisch übers Meer gefegt.«

Britta, die neben Wanja auf der anderen Seite des Gangs saß, kicherte. »Mal den Teufel nicht an die Wand, Sue. Wenigstens hat das Schullandheim eine Disco, das ist doch schon mal was.« Sie quetschte ihren pinkfarbenen Lackrucksack zwischen sich und Wanja und zog den Prospekt vom Schullandheim daraus hervor, den Frau Gordon letzte Woche an alle verteilt hatte.

»Ist das der aus dem Schaufenster?«, fragte Wanja. Britta sah sie irritiert an. »Was? Der Prospekt?«

»Quatsch. Der Rucksack.«

»Ach so, der.« Britta lächelte ein Zahnpastalächeln. »Den hat mein Paps mir gestern für die Reise geschenkt. Echt stark, was?«

»Mhm«, murmelte Wanja und hielt sich mit aller Kraft an ihre guten Vorsätze, nichts Abfälliges mehr zu sagen.

Brittas Gesicht hellte sich sofort auf. »Schätz mal, was der gekostet hat!«, platzte sie heraus. »Oder erinnerst du dich noch?«

Wanja schüttelte den Kopf. Aber diesmal kam die gehässige Bemerkung von der anderen Seite des Gangs.

»Warum malst du den Preis nicht mit rotem Lippenstift drauf?«, schlug Sue vor. »Dann sieht ihn wenigstens jeder.«

»Ich lach mich tot«, murmelte Britta. Ihre Miene hatte sich schlagartig wieder verdunkelt.

Wanja drehte sich zum Fenster. Der Hagel wurde schwächer, aber draußen war noch immer alles grau. Dreieinhalb Wochen waren seit Wanjas letztem Besuchstag vergangen, und sie hatte noch keine Nachricht für den nächsten erhalten. Aber, dachte sie, als sie eine Papierkugel abfing, die Thorsten aus der vordersten Reihe nach hinten schleuderte, bei ihrer Großmutter war die Nachricht ja auch angekommen, und für alle Fälle hatte sie Mischa die Telefonnummer vom Schullandheim dagelassen.

Die Fahrt dauerte nur knapp zwei Stunden, doch als der Bus auf dem großen Parkplatz vor dem riesigen, reetgedeckten Gebäude parkte, hatten sie das schlechte Wetter hinter sich gelassen. An der Nordsee schien die Sonne.

»Hey, kuckt euch das an!« Sue zwängte sich zu Wanja und Britta auf die Sitzreihe und zeigte auf den zweiten Bus, der gerade neben ihnen hielt. »Es gibt anscheinend noch andere Vollidioten, die im November auf Klassenreise ans Meer fahren.«

Die Schüler im Nachbarbus schienen ein ganzes Stück älter zu sein.

»Oooh, ich sterbe! Hast du den gesehen?« Britta rammte Wanja so feste ihren Ellenbogen in die Seite, dass Wanja fast die Luft wegblieb. Als Britta ihr das Gesicht zuwandte, war sie knallrot. »Du, ich glaub, er hat mich gerade angeschaut.«

»Wer?«

»Na, der da.« Britta zeigte unauffällig auf den blonden Jungen hinter der Fensterscheibe im Nachbarbus. »Oh Mann, ist der süß.«

Der Junge grinste, fuhr sich mit den Fingern durch die Haare und stand auf. Schlecht sah er wirklich nicht aus, das fand Wanja auch. »Aber glaubst du im Ernst, der interessiert sich für Siebtklässler?«

Britta warf ihre blonden Haare zurück, drückte den Brustkorb raus und setzte ein triumphierendes Lächeln auf. »Das werden wir ja sehen.«

Auch Sues schlechte Laune war plötzlich wie weggeblasen. »Also, wenn es in diesem komischen Heim wirklich eine Disco gibt, dann werden die fünf Tage vielleicht doch gar nicht so schlecht.« Sie griff nach ihrer getigerten Reisetasche und strahlte Wanja an. »Gar nicht so schlecht.«

»Fräulein Walters und die anderen Damen dort in der letzten Reihe. Wenn Sie sich bitte zum Aussteigen bequemen würden? Ich möchte ungern im Bus überwintern.«

Seufzend stand Wanja auf und schob sich an ihrem Mathelehrer vorbei nach draußen. Ihre Hoffnung, dass sich Herrn Schönhaupts Magen-Darm-Grippe über mehrere Wochen hinziehen würde, hatte sich natürlich nicht erfüllt, und der Wunsch, dass er am Tag vor der Fahrt einen Rückfall erleiden würde, auch nicht. Aber zum Glück war sie hier nicht in einem Klassenzimmer mit ihm eingepfercht und würde ihm so weit wie möglich aus dem Weg gehen.

»Hey Mädels, wie findet ihr das?« Sue kniete auf einem der oberen Betten ihres Viererzimmers und hielt sich ein T-Shirt vor den Bauch. Es sah winzig aus, war über und über mit roten Rosen bedruckt und trug quer über der Brust die Aufschrift *American Beauty*. »Hat mir meine Schwester aus Los Angeles geschickt, cool, was? Und Frau Gordon hat schon versprochen, dass am letzten Abend Disco ist.«

Britta war damit beschäftigt, den Inhalt ihres riesigen Koffers in dem schmalen Schrank zu verstauen, den sie sich mit Wanja teilte. Sue und Tina hatten den Schrank daneben.

»Es wäre nett, wenn du mir zumindest einen Bügel übrig lassen würdest«, sagte Wanja.

»Wieso? Bei deinen Klamotten macht es doch eh nichts, wenn du sie im Koffer lässt.«

Wanja schob Britta und mit ihr alle guten Vorsätze zur Seite. »Halt die Klappe, und mach Platz für meine Sachen, sonst schmeiß ich deine Modenschau zum Fenster raus.«

Sue kicherte, Tina seufzte. »Vertragt euch bitte, ja?«

»Alles klar, Mädels?« Frau Gordon stand im Zimmer. »In

zwanzig Minuten gibt es Mittagessen. Danach machen wir einen Ausflug ans Meer, solange wir noch Glück mit dem Wetter haben. Ich hoffe doch«, sie wandte sich an Sue und Britta, »ihr habt ein paar feste Schuhe dabei.«

»Ich hab sogar Reitstiefel mit.« Tina sah ihre Klassenlehrerin hoffnungsvoll an. »Meinen Sie, man kann hier auch mal reiten?«

Wanja musste schmunzeln, als sie sich Frau Gordon auf einem Pferd vorstellte. Dann fiel ihr Sandesh wieder ein, und ihr Schmunzeln erstarb.

»Kann schon sein«, erwiderte Frau Gordon. »Ich werde auf jeden Fall mal nachfragen. Aber jetzt kommt bitte erst mal pünktlich zum Essen.«

Auf dem Weg in den Speisesal begegnete ihnen der Blonde aus dem Bus mit zwei anderen Jungen. Einer der beiden erzählte etwas, worauf der Blonde grinsend den Kopf schüttelte. Britta riss Wanja am Ärmel. »Siehst du? Er hat mich angelächelt«, zischte sie ihr ins Ohr.

Der Speisesaal des Schullandheims war riesig, eine ganze Schule hätte darin Platz gehabt. Doch außer Wanjas Klasse und den Schülern aus dem Bus neben ihnen war nur noch eine Gruppe kleinerer Kinder versammelt.

Das Schullandheim, davon hatte Frau Gordon ihnen schon im Bus erzählt, war sehr alt und zählte zu den schönsten in ganz Deutschland. Kronleuchter hingen über den hellen Holztischen, durch die hohen, nach oben hin rund geformten Fenster schien die Sonne und tauchte den in sanften Terrakottatönen gestrichenen Raum in ein warmes Licht. Auch das Essen war entgegen Wanjas Befürchtungen richtig gut. Es gab Tomatensuppe, Gemüselasagne und zum Nachtisch frisch gebackenen Apfelkuchen mit Vanilleeis. Britta war jedoch die meiste Zeit damit beschäftigt, nach dem blonden Jungen Ausschau zu halten. Er war an einem der hinteren Tische, Britta saß mit dem Rücken zu ihm, sodass es Tina war, die ihn schließlich entdeckte. »Du, der hat gerade echt in unsere Richtung geschaut«, flüsterte sie ehrfürchtig.

»Na bitte«, verkündete Britta und setzte sich kerzengerade in ihrem Stuhl auf. Aber an ihrem Hals krochen rote Flecken hinauf, und als Frau Gordon die Kinder zum Gehen aufforderte, machte sie ein ganz gequältes Gesicht.

Den Nachmittag verbrachten sie am Meer, und nach den langen Schlechtwetterwochen in der Stadt vertrieben die pralle Sonne, der strahlend blaue Himmel und die frische Nordseeluft auch jegliche Spuren schlechter Laune. Wanja spielte mit Thorsten und ein paar anderen Jungs Beachvolleyball, Sue und Britta spazierten eingehakt neben Frau Gordon über die Dünen, Tina starrte sehnsüchtig einer Gruppe von Reitern nach, die auf ihren Pferden am Meer entlanggaloppierten, und selbst Herr Schönhaupt hatte zum ersten Mal, seit Wanja ihn kannte, ein schmales Lächeln auf den Lippen, das nicht boshaft, gehässig oder zynisch wirkte.

Als die Klasse später beim Abendessen saß, schienen alle mit dem Ziel ihrer Reise versöhnt. Britta hatte ihren Platz mit Tina getauscht, sodass sie den Blonden im Blickfeld hatte. Alle paar Minuten huschte ein roter Schleier über ihre Wangen, und sie fing wild zu kichern an.

Sue hatte sich einen Jungen am Nachbartisch ausgekuckt. Dunkle Locken umrahmten sein markantes Gesicht und seine langen Beine waren unter dem Tisch so weit ausgestreckt, dass der Junge gegenüber kaum Platz für seine Füße hatte. Als der Dunkelhaarige den Kopf in ihre Richtung drehte, lehnte sich Sue in ihrem Stuhl zurück, verschränkte die Arme vor der Brust und musterte ihn mit hochgezogenen Augenbrauen von oben bis unten, worauf der Junge ebenfalls die Augenbrauen hochzog und Sue halb amüsiert, halb irritiert zulächelte. Fünfzehn, sechzehn war er bestimmt.

»Schade, dass wir nicht alle denselben Gemeinschaftsraum haben«, seufzte Sue, als sie später im Gemeinschaftsraum vor dem offenen Kamin zusammensaßen und Frau Gordon das Buch zur Seite legte, aus dem sie ihnen vorgelesen hatte. Britta, die bereits viermal in der letzten Stunde zur Toilette verschwunden war, nickte, und später im Bett, als Sue und Tina schon schliefen, beugte sie sich zu Wanja nach unten.

»Warst du schon mal verliebt?«, flüsterte sie.

Wanja schüttelte den Kopf. Im ersten Moment musste sie doch wieder an Mischa denken, an dieses intensive Gefühl, das sie für ihn empfand. Aber trotzdem ... es war ganz eindeutig nicht das, was sich Wanja unter Verliebtsein vorstellte. Das Gefühl war warm, innig und vertraut, einer Freundschaft ähnlich, nur viel, viel tiefer. Es war ein Gefühl, wie sie es nie zuvor gekannt hatte, und sie wusste, dass es Mischa genauso erging.

»Und du?«, fragte sie Britta zurück. Ein Seufzen war die Antwort.

Am nächsten Tag stand ein Ausflug in ein historisches Städtchen auf dem Programm, sodass sie die Schüler der anderen Klassen nur beim Frühstück und Abendessen zu Gesicht bekamen. Für den Spaziergang durch den Ort hatte Herr Schönhaupt einen doppelseitigen Fragebogen ausgearbeitet, den er hinterher auswerten würde.

»Schließlich sind wir ja nicht zu unserem Vergnügen hier«, knurrte Sue, und Wanja lachte, als Thorsten seinen Fragebogen zu einem Papierflieger faltete und ihn aus dem Fenster einer alten Mühle hinausschickte, über die sie auch etwas beantworten sollten. Doch als Herr Schönhaupt am Abend im Gemeinschaftszimmer noch ein Mathequiz vorschlug, griff Frau Gordon ein. »Die Zeit bis zum Schlafengehen gehört euch, vorausgesetzt, ihr haltet euch im Umkreis des Schullandheims auf und seid bis 22:00 Uhr zurück.«

Wanja machte mit Tina und einer Gruppe von Jungs aus ihrer Klasse einen Abendspaziergang zum Leuchtturm, während Sue und Britta im Haus herumlungerten, in der Hoffnung, dort auf die anderen Jungs zu treffen. Die waren jedoch mit ihrer Klasse ins Dorf gegangen, und als Wanja und Tina um kurz vor zehn mit roten Wangen in ihr Zimmer kamen, hockten Sue und Britta schlecht gelaunt auf ihren Betten und blätterten in Zeitschriften. Am Tag darauf fuhren sie mit dem Schulbus ins Seefahrtsmuseum, wo sich die Gesichter von Sue und Britta schlagartig aufhellten. Vor dem Museum parkte der andere Bus, und eine halbe Stunde später steuerte der dunkelhaarige Jungen die Miniaturnachbildung eines Frachters an. Davor stand Sue, in Warteposition.

Britta hielt sich dicht an der Seite von Wanja, strich unaufhörlich ihre Haare hinters Ohr und drehte sich alle zehn Sekunden nach dem Blonden um, der mit seinen Freunden neben dem Eingang an der Wand lehnte.

Wanja schlenderte auf die andere Seite des Raumes zu dem Porträt eines Kapitäns. Automatisch musste sie an den alten Saal hinter der Kunsthalle denken, an das Bild von Taro und daran, was jetzt gerade wohl im Zirkus Anima passierte.

»Seid ihr heute Abend auch im Dorf?« Wanja fuhr herum. Neben ihr stand der Blonde.

»Keine Ahnung«, entgegnete sie mit einem unbehaglichen Gefühl im Magen. Britta hatte ein paar Schritte auf sie zugemacht, war aber dann auf halber Strecke stehen geblieben und starrte mit offenem Mund zu ihnen herüber.

»Wir gehen wieder in die Billardkneipe«, sagte der Blonde und drehte seinen Oberkörper so, dass Britta dahinter verschwand. »Ich hab gehört, da soll mal ein Film gedreht worden sein.«

»Eine Jugendserie«, entgegnete Wanja knapp.

»Und? War sie gut?«

»Geht so. Hab nur den ersten Teil gesehen« Wanja wich den grünen Augen aus und überlegte krampfhaft, wie sie aus dieser Situation herauskommen konnte.

»Ist die Dicke in dem karierten Kostüm da drüben eure Lehrerin? Frag sie doch mal, ob ihr heute Abend nicht auch kommen könnt. Oder sitzt du lieber im Gemeinschaftsraum und spielst *Mensch ärgere dich nicht?*« Die grünen Augen fixierten sie, und Wanja wusste langsam nicht mehr, wo sie hinschauen sollte. Da kam ihr der Kopfhörer neben dem Bild ganz recht. Sie griff danach, setzte ihn über die Ohren und drehte sich um. Eine sonore Männerstimme erzählte etwas über das Gemälde. »Das Selbstbildnis des Kapitäns wurde im Jahre 1814 in einem alten . . .« Wanja runzelte die Stirn, als plötzlich ein Rauschen ertönte. Es wurde lauter, schluckte die Männerstimme, wurde dann wieder leiser und erstarb. Eine zweite Stimme ertönte. Wanja erkannte sie sofort. Es war die Stimme der uralten Frau.

»*Der nächste Besuchstag für die Ausstellung Vaterbilder ist der 13. November. Finde dich um Mitternacht bei der roten Tür in der Abteilung Alte Meister ein.*«

Die Stimme verstummte. Das Rauschen ertönte wieder.

Wanjas Herz setzte für einen Moment lang aus.

Sie riss sich den Kopfhörer vom Kopf, schüttelte ihn wie wild, setzte ihn wieder auf und presste beide Hände gegen die Muscheln. Aber das Einzige, was sie hörte, war die sonore Männerstimme, die vom Bild des alten Kapitäns erzählte. Der blonde Junge war wieder zu seinen Freunden gegangen. Britta stand jetzt neben ihr und stieß Wanja wütend in die Seite. Aber Wanja schubste Britta einfach weg. Alles Blut war ihr aus dem Gesicht gewichen. Der 13. November war morgen, ihr letzter Abend, und während Britta ihr zuzischte, was für eine widerliche Kuh sie sei, fragte sich Wanja verzweifelt, wie sie morgen um Mitternacht in der 150 Kilometer weit entfernten Kunsthalle sein sollte.

Nach dem Abendessen stand Frau Gordon besorgt an Wanjas Bett. »Brauchst du noch irgendwas? Soll ich dir einen Tee bringen?«

Wanja brauchte sich keine Mühe zu geben, um krank auszusehen. Die Nachricht vom Nachmittag hatte sie derart geschockt, dass sie sogar Brittas wütende Bemerkungen widerstandslos über sich ergehen ließ.

»Sei doch froh, jetzt komme ich wenigstens nicht mit in die Kneipe«, sagte sie tonlos, als sich die drei anderen nach dem Essen für den Abend fertig machten. Frau Gordon hatte den Besuch in der Billardkneipe von sich aus vorgeschlagen und gemeinsam mit der Klasse Herrn Schönhaupt eindeutig überstimmt.

»Wenn irgendetwas ist, hier hast du die Nummer von der Kneipe. Du kannst jederzeit dort anrufen.« Frau Gordon legte ihre Hand auf Wanjas Stirn. »Fieber hast du jedenfalls nicht. Vielleicht kannst du gut schlafen und bist morgen wieder ganz fit. Und du willst bestimmt nicht, dass ich deine Mutter anrufe?«

Wanja schüttelte den Kopf. »Danke, Frau Gordon. Ich habe einfach nur Kopfweh, das geht schon wieder vorbei.«

Sie schloss die Augen, doch sobald sich die Stimmen ihrer Mitschüler vor dem geöffneten Fenster entfernt hatten, sprang sie aus dem Bett und lief in die Eingangshalle zur Telefonkabine. Das Mitbringen von Handys hatte Frau Gordon verboten, aber Wanja besaß sowieso keins.

Sie krampfte ihre Finger um den Daumen, als sie zum dritten Mal an diesem Tag Mischas Nummer wählte. Am Nachmittag und während die anderen beim Abendessen saßen, hatte sich niemand gemeldet. Bitte Mischa, betete sie, bitte, bitte, geh dran.

Dieses Mal hatte sie Glück. Gleich nach dem ersten Klingelzeichen ertönte Mischas Stimme.

»Ich hab schon alles für dich rausgefunden«, sagte er. »Euer Schullandheim liegt nicht weit vom Bahnhof, es sind ungefähr fünf Kilometer, der Weg von der Hauptstraße soll ausgeschildert sein. Vom Bahnhof geht jeden Abend um 20:47 Uhr ein Zug nach Husum. Dort steigst du um und nimmst um 21:38 Uhr den Zug zu uns. Der hält auf Gleis acht, das ist gleich gegenüber. Um 23:20 Uhr kommst du an. Ich hol dich mit dem Fahrrad ab, und dann sind wir in ein paar Minuten in der Kunsthalle.«

Wanja war so irritiert, dass sie fast vergessen hätte, sich all die Informationen zu notieren. Zum Glück hing in der Telefonkabine ein Kugelschreiber, und Wanja riss sich eine Seite aus dem Telefonbuch heraus. »Wie hast du das rausgefunden?«, fragte sie, nachdem Mischa ihr alles noch einmal diktiert hatte.

»Ich hab bei eurer Heimleitung angerufen und gefragt, in welchem Ort euer Schullandheim liegt und wie weit der Bahnhof entfernt ist. Die restlichen Infos hat mir die Zugauskunft gegeben.«

Wanja fielen Zentnerlasten vom Herzen, so erleichtert war sie plötzlich.

»Mensch, Mischa, ich danke dir.«

»Mhm. Meinst du, du kannst unbemerkt zum Bahnhof kommen?«

Wanja biss auf ihre Haarsträhne. »Ich schaff das schon irgendwie. Vielleicht bleibe ich einfach bis morgen Abend im Bett. Hier steigt dann eh die Disco. Ich weiß nur nicht, wie ich zurückkommen soll. Um 12:00 geht unser Bus zurück nach Hause.«

»Tja. Das ist der einzige Haken an der Sache. Du musst bis zum nächsten Morgen warten. Der erste Zug nach Husum geht um 6:02 Uhr, und von dort musst du wieder umsteigen. Du bist also frühestens um 9:30 Uhr zurück am Schullandheim. Aber keine Sorge, ich warte mit dir, bis dein Zug kommt. Und wenn du willst, bringe ich dich auch zurück.« Mischa machte eine Pause, dann sagte er leise: »Hier fällt eh keinem auf, wenn ich weg bin.«

Wanja schluckte. »Nee, lass, das brauchst du nicht. Und das mit halb zehn geht schon irgendwie klar. Ich sag einfach, ich habe einen Morgenspaziergang gemacht.«

»Und wenn deine Lehrerin abends noch mal nach dir schaut?«

Darauf wusste Wanja keine Antwort. Sie würde etwas unter ihre Decke stopfen. Sie würde vorher sagen, dass sie nicht gestört werden wollte. Sie würde . . . ach zur Hölle mit dem Blödsinn, der nächste Morgen war ihr plötzlich so egal wie nur irgendwas. Wenn sie nur unbemerkt von hier wegkam.

Bevor sie auflegte, fiel ihr noch etwas anderes ein. »Aber wie sollen wir nachts ins Museum kommen?«

Mischa lachte leise. »Morgen Abend ist die lange Nacht der Museen. Die Kunsthalle ist bis 2:00 Uhr geöffnet.«

Wanja zog die Haarsträhne aus ihrem Mund. »Mischa?«
»Ja?«
»Wie hast du die Nachricht bekommen?«
»Über Walkman. Ich habe auf dem Bett gelegen und Kassette gehört. Plötzlich rauschte es. Und dann kam die Stimme der alten Frau.«

Nachdem sie aufgelegt hatte, ging Wanja auf den großen Spielplatz vor dem Schullandheim. Es war dunkel, nur die Sterne leuchteten am Himmel, Millionen winziger Lichter, Welten entfernt. Auch die anderen beiden Klassen waren ausgeflogen, und Wanja hatte den ganzen Spielplatz für sich. Es gab dort eine Schaukel mit einer Stange, daran übte sie das Vogelnest, wieder und wieder. Sie dachte an Taros Worte, an das, was er ihr am Boden gezeigt hatte, an das, was er gesagt hatte, als sie oben an der Stange hing. Und jedes Mal, wenn sie ihre Füße an der Stange festhakte, die Beine anwinkelte, ihren Oberkörper zu einem runden Nest nach vorne bog und ihren Kopf hob, sah sie im Geiste sein Gesicht. Sie dachte an Taros Arme, die sich ihr entgegenstreckten, seine warmen, kraftvollen Hände, die sie aufgefangen hatten und die sie wieder fangen würden – bei der Generalprobe, die morgen war, und dann, später bei der Aufführung. Der Abschlussvorstellung, vor die sich plötzlich wieder der Gedanke an den schwarzen Vogel drängte.

Als sich spät am Abend die Tür zu ihrem Viererzimmer öffnete, lag Wanja im Bett und stellte sich schlafend. Sie hörte, wie Sue von dem Jungen erzählte, der sie draußen vor der Kneipe auf den Mund geküsst hatte. Sie hörte, wie Britta sich furchtbar aufregte, weil der Blonde sie nach Wanja gefragt hatte, und wie Sue trocken bemerkte, dass er vielleicht nicht auf rosa Lippenstift stünde. Dann vergrub sie das Gesicht unter der Bettdecke und versuchte einzuschlafen.

Für den nächsten Tag hatte Frau Gordon tatsächlich für alle, die wollten, einen Ausritt am Meer organisiert. In der Nähe des Schullandheims war ein Reiterhof, und Herr Schönhaupt erklärte sich widerwillig bereit, die Gruppe zu begleiten. Mit den anderen fuhr Frau Gordon noch einmal ins Dorf, wo heute Fischmarkt war.

Wanja redete sich auch heute wieder mit Kopfschmerzen heraus. Die Tabletten, die Frau Gordon ihr besorgt hatte, spülte sie im Klo hinunter und studierte, nachdem die anderen verschwunden waren, die Karte, die sie sich unten aus der Halle genommen hatte. Mischa hatte recht. Es waren ungefähr fünf Kilometer zum Bahnhof, und im Grunde brauchte Wanja nur der Landstraße zu folgen. Trotzdem, fünf Kilometer bei Dunkelheit waren kein Katzensprung. Ob es hier irgendwo ein Fahrrad gab? Wanja streifte um das Haus herum, schaute in die Ställe, die Scheune. Da, an der Seite der Scheune lehnte tatsächlich ein Fahrrad. Ein klappriges Herrenrad. Wanja atmete erleichtert aus. Es war nicht abgeschlossen, und sicherlich würde es niemand merken, wenn sie es über Nacht ausleih.

Tinas Gesicht glühte, als sie von ihrem Ausflug zurückkehrte. Die anderen waren noch nicht wieder da. »Na, Wanja, geht's dir besser?«

Wanja zog sich die Decke bis ans Kinn. »Geht so. Und wie war's bei euch?«

»Oh Mensch, es war einfach Spitzenklasse. Ich hätte ewig so weiterreiten können. Stell dir vor, ich hab sogar ein Wettrennen gemacht, mit Thorsten. Der ist richtig gut, aber gewonnen hab ich.«

»Und der Schönhaupt?«

Tina setzte sich kichernd zu ihr ans Bett. »Das glaubst du nicht. Der hat sogar seine Stute mit Fräulein angeredet. Aber mitgeritten ist er. Er hat uns sogar noch eine extra Stunde spendiert. Ach Wanja . . .« In Tinas Augen schimmerten plötzlich die Tränen. »Ich will nicht umziehen.«

Wanja strich ihr mitfühlend über den Arm. »Vielleicht wird es ja ganz gut«, versuchte sie, ihre Klassenkameradin zu trösten, und setzte mit Nachdruck hinzu: »Es wird bestimmt gut, Tina, wenn du dich erst mal eingewöhnt hast. Was meinst du, in so kleinen Orten gibt es doch bestimmt viel mehr Möglichkeiten zu reiten.«

Die Zimmertür öffnete sich. Britta und Sue kamen herein. Seit der Blonde Wanja im Museum angesprochen hatte, war sie Luft für Britta, aber Wanja gab sich keine Mühe, das Schweigen zu brechen.

»Mensch, willst du denn echt nicht mit?«, fragte Sue, als sich die drei nach dem Abendessen fertig gemacht hatten. Britta hatte sich nach dreimaligem Umziehen für ein pinkfarbenes Cordkleid entschieden. Sue trug ihr American-Beauty-T-Shirt zu einem roten Jeansrock und hatte Tina eine grüne Bluse mit Nietenknöpfen ausgeliehen.

Wanja schüttelte den Kopf. »Nee, danke. Mein Kopf ist immer noch nicht besser. Bitte sagt Frau Gordon, sie soll auch nicht mehr nach mir schauen, ich versuche einfach zu schlafen. Wenn was ist, melde ich mich, ansonsten seid bitte leise, wenn ihr kommt, und tut so, als ob ich gar nicht da wäre, okay?«

Britta wandte sich schnaubend ab, aber Tina drehte sich noch einmal zu Wanja um. »Schade um den letzten Abend, Wanja. Ich wünsch dir gute Besserung!«

Dann war Wanja endlich allein. Es war fünf nach acht. In einer knappen Dreiviertelstunde musste sie im Zug sitzen.

E*IN* U*NGLÜCK KOMMT SELTEN ALLEIN*

»Oh Scheiße, verdammt!« Wanja ließ sich in die Hocke fallen und schlug die Hände vors Gesicht. Der Hinterreifen des Herrenrades war platt wie eine Flunder. Gestern war die Luft noch drin gewesen. Eine Pumpe, sie brauchte eine Pumpe, und zwar sofort! Fieberhaft suchte Wanja die

Scheune ab, aber im Halbdunkel war kaum etwas zu erkennen und die Dinge, auf die sie stieß, waren nichts als Mistgabeln, Heckenscheren, Kehrbleche, Besenstiele. Aus dem Schullandheim tönten die Bässe, die Disco schien bereits in vollem Gange zu sein. Wanja war so mit Suchen beschäftigt, dass sie gar nicht merkte, wie sich von hinten jemand näherte. »Kann ich dir helfen?«

Wanja wirbelte herum. Der Blonde stand vor der Scheunentür, breitbeinig, die eine Hand lässig in der Jeanshose vergraben. Mit der anderen Hand führte er die Zigarette zum Mund. Er hielt sie zwischen Daumen und Zeigefinger, und während er einen tiefen Zug tat, grinste er Wanja an.

»Was machst du denn hier?«, zischte Wanja.

Der Blonde stieß den Rauch aus. Eine große Nebelschwade, ein Gemisch aus Nikotin und Kälterauch stieg aus seinem Mund. »Ich rauch mir eine. Und du? Deine aufgebrezelte Freundin hat mir erzählt, du hast die Kotzeritis. So siehst du aber nicht aus.«

»Ich . . .« Es war zum Wahnsinnigwerden. Was sollte sie jetzt sagen? Es war bestimmt schon zehn nach acht, und wenn Wanja in den nächsten Minuten nicht von hier wegkam, würde sie den Zug verpassen.

»Ich muss hier weg«, platzte es aus ihr heraus. »Ich kann dir das jetzt nicht erklären, aber ich muss unbedingt zum Bahnhof. Das Rad hat einen Platten, und hier ist keine Pumpe. Scheiße! Scheiße, Scheiße, Scheiße!«

»Wie wär's mit der hier?« Der Blonde bückte sich und hielt Wanja die Luftpumpe entgegen, die hinter dem Vorderreifen des Rades auf dem Boden lag.

»Oh.« Wanja schluckte. »Danke. Die hab ich gar nicht gesehen.« Sie wollte nach der Pumpe greifen, aber der Blonde hielt sie fest.

»Was gibst du mir, wenn ich dir den Reifen aufpumpe?«

Wanja starrte den Jungen entgeistert an. »Hast du sie noch alle? Soll das jetzt Erpressung sein, oder was? Gib mir sofort die Pumpe oder . . .?«

Der Blonde grinste. »Oder was? Du gefällst mir. Deshalb pump ich dir den Reifen so auf. Okay?«

Er trat die Zigarette mit dem Fuß am Boden aus, bückte sich, schraubte den Verschluss des Reifens auf und fing an zu pumpen. Wanja trat von einem Fuß auf den anderen und versuchte, die Zeit auf ihrer Uhr abzulesen, als sie ein leises Knirschen auf dem Kiesweg hörte. Oh nein! Bitte nicht, bitte jetzt nicht auch noch Frau Gordon oder schlimmer noch, Herr Schönhaupt oder sonst ein Erwachsener. Wanja drückte sich an die Wand und hielt die Luft an. Die Scheune lag direkt neben dem Eingang zum Schullandheim. Aus dem Halbdunkel löste sich eine Gestalt.

Es war kein Lehrer. Es war Britta.

Da stand sie, direkt vor ihnen, in ihrem pinkfarbenen Cordkleid und mit einem so fassungslosen Gesichtsausdruck, dass Wanja zu stottern anfing.

»Britta, ich . . . der . . . das . . .« Sie schüttelte den Kopf, als klemmten dort die Worte fest, drehte sich zu dem Blonden um. Der war inzwischen fertig mit Pumpen und legte Wanja zu allem Übel jetzt auch noch den Arm um die Schultern. »Ich hätte ja gern mit dir getanzt«, sagte er, ohne Britta auch nur eines Blickes zu würdigen. »Aber wenn du unbedingt wegwillst, muss ich halt mit dem vorlieb nehmen, was übrig bleibt.«

Er warf Wanja eine Kusshand zu und schlenderte mit federnden Schritten zurück zum Schullandheim. Ein Lied von Britney Spears ertönte. *I'm not a girl, not yet a woman . . .!*

Wanja schwang sich auf das Rad. Vor Britta, die noch immer bewegungslos dastand, hielt sie an. »Du, bitte, glaub mir, ich kann wirklich nichts . . .«

Britta machte einen Schritt zurück. Hasserfüllt starrte sie Wanja an. »Du Schlampe! Wo auch immer du hinwillst, du kannst dich drauf verlassen, dass ich dich verpfeife!«

Wanja war inzwischen alles egal. Nur eins zählte noch. Rechtzeitig zum Bahnhof zu kommen, den Zug zu erwischen. Sie ließ Britta stehen, trat in die Pedale und raste los. Raste über die dunkle, menschenleere Landstraße, über der der volle Mond stand. Das Fahrrad war ziemlich hoch, sodass Wanja im Stehen treten musste, weil sie im Sitzen nicht richtig an die Pedale herankam. Aber sie merkte die Anstrengung gar nicht, sie strampelte, als wäre es die Zeit selbst, die sie überholen wollte. Und als sie, ohne sich zu verfahren, am Bahnhof ankam, das Fahrrad gegen eine Hauswand schleuderte und die Treppen hoch zum einzigen Gleis rannte, hatte sie es tatsächlich geschafft. Es war 20:46 Uhr, und der Zug fuhr gerade in den Bahnhof ein.

Erst jetzt, als Wanja aus der kalten Nachtluft in das stickige, überheizte Abteil trat, spürte sie, was sie geleistet hatte. Das Atmen tat ihr in der Brust weh, ihre Knie zitterten, in ihren Oberschenkeln fühlte sie schmerzhaft jeden Muskel, und die steif gefrorenen Hände fingen in der Wärme plötzlich unangenehm zu kribbeln an. Wanja wartete, bis ihr Atem sich einigermaßen beruhigt hatte, dann ließ sie sich in den Sitz fallen, schloss die Augen und versuchte, nicht daran zu denken, was sie morgen bei der Rückkehr erwarten würde.

Im Zug nach Husum kam kein Schaffner zur Kontrolle, und als Wanja zwei Stunden später im Anschlusszug saß, tastete sie ihre Hosentaschen nach dem Portmonee ab. Sie hatte überhaupt nicht darüber nachgedacht, was die Zugfahrt kosten würde. Sie hatte zwanzig Euro Taschengeld dabei, die würden hoffentlich reichen.

Der Schaffner kam kurz vor der Endstation, und als er die Tür zum Abteil öffnete, in dem außer Wanja niemand saß, war es zum Weglaufen zu spät. Der dicke Mann mit der runden Brille auf dem roten Gesicht war Tinas Vater! Wie erstarrt blieb er im Türrahmen stehen. »Wanja! Was um Himmels willen machst du hier? Ich denke, ihr seid an der Nordsee! Ist was passiert?«

»Ich . . .« Wanja fühlte sich wie gelähmt, gleichzeitig verspürte sie den verzweifelten Drang wegzurennen. »Meine Mutter!«, stammelte sie. »Meine Mutter ist krank. Sie . . . Frau Gordon hat mir erlaubt zurückzufahren. Ich werde abgeholt, es ist alles abgesprochen.«

Himmel, was sagte sie da? Diesen dahergestammelten Schwachsinn sollte ihr jemand abnehmen? Wanja wagte nicht, die Augen aufzuschlagen, der Puls hämmerte in ihren Ohren. Der Zug war schon in den Bahnhof eingelaufen, aber Tinas Vater stand mitten in der Tür. Er zog die Augenbrauen hoch. »Also, ich weiß nicht«, brummte er und machte einen Schritt nach vorn.

Wanjas Gefühl von Lähmung löste sich auf. Wie ein gejagtes Tier sprang sie auf. Sie preschte vor, drückte Tinas Vater zur Seite, was der verdatterte Mann widerstandslos mit sich geschehen ließ, und schoss an ihm vorbei zum Abteil hinaus. Der Ausgang war gleich daneben.

»Wanja«, rief Tinas Vater hinter ihr her. Wanja rannte, als sei der Teufel hinter ihr her. Rannte, rannte, rannte, bis sie Mischa in die Arme lief.

»Oh Scheiße, Mischa«, presste sie hervor. »Tinas Vater hat mich gesehen. Und Britta . . . ach verflucht, es ist einfach alles schiefgegangen. Ich bin so froh, dass wenigstens du da bist.«

Mischa antwortete nicht, und erst jetzt sah Wanja, was mit ihm los war. Er hatte ein blaues Auge, und seine linke Gesichtshälfte war so heftig geschwollen, als hätte jemand mit einem Knüppel darauf eingeschlagen.

Wanja schlug die Hand vor den Mund. »Mischa! Was ist passiert? Welches Schwein hat dir das angetan?«

Mischa wandte sein Gesicht ab. Ohne ein Wort zu sagen, drehte er sich um und ging mit langen Schritten auf die Rolltreppe zu. Er trug noch immer seine dünne Cordjacke, und seine Schultern kamen Wanja plötzlich noch schmaler vor als sonst. Sie stolperte hinter ihm her, viel zu verwirrt, um mehr zu sagen oder zu fragen.

Mischas Fahrrad stand vor dem Bahnhof. Kalt war es. Klirrend kalt. Und auf dem Weg zum Museum blies ihnen der Wind so unbarmherzig entgegen, dass Wanja ihr Gesicht fest an Mischas Rücken drückte, um wenigstens ein bisschen Schutz zu finden. Mischa sprach kein Wort. Er trat in die Pedale wie Wanja vorhin, und das Einzige, was die kalte, dunkle Luft erfüllte, waren sein wütendes Keuchen und der weiße Nebel seines Atems.

Die Kunsthalle war angestrahlt, und vor der Kasse stand eine Traube von Menschen. Es war zehn nach zwölf, außer ihnen war kein Jugendlicher in der Eingangshalle, in der noch immer der Engel stand, seinen steinernen Arm zur Decke gestreckt. Wanja blickte sich suchend um. Die anderen waren sicher alle bereits im Saal hinter der roten Tür.

Auch in der Kunsthalle war es voller als bei allen anderen Besuchen, und als Wanja mit Mischa in die Abteilung der Alten Meister einbog, blieb sie plötzlich wie angewurzelt stehen.

Vor dem Gemälde der Himmelfahrt Marias stand eine Frau mit einem afrikanischen Tuch um die Schultern. Sie hatte kurzes rotes Haar und hatte ihren Arm um die schmalen Hüften eines Mannes gelegt. Ihre Hand steckte in einem knallroten Lederhandschuh. Wanja hielt Mischa am Ärmel.

Flora?! Das wäre mehr, als sie ertragen konnte. Als die Frau sich plötzlich zu ihnen umdrehte, war Wanja nicht in der Lage, sich zu bewegen.

Braune Augen lachten sie an. Wanja stieß den Atem aus. Es war nicht Flora. Es war eine andere, und als Wanja kurz darauf die rote Tür öffnete und den dunklen Gang betrat, war sie so erleichtert, dass ihr die Tränen in die Augen schossen.

Die Generalprobe

Der Saal war leer. Nur die alte Frau stand auf der Bühne. Als ihr Blick auf Mischa fiel, wurde ihr schmales Gesicht ganz blass. Über ihre hohe Stirn zog sich eine Falte, und ihr Kehlkopf ruckte auf und ab. Für ein paar Momente war alles still.

»Willkommen, ihr beiden«, sagte die Frau schließlich. Ihre Stimme klang ruhig und sanft wie immer. »Die anderen sind schon in ihren Arkaden. Aber euch bleibt noch genügend Zeit. Geht nur, euer Bild wartet schon.«

Als Wanja sich abwandte, öffnete die Frau noch einmal den Mund, wie um etwas hinzuzufügen, das sie vergessen hatte. Eine Fackel neben der Bühne flackerte, als hätte ein Luftzug sie gestreift. Aber Mischa war schon im Gehen, und die alte Frau machte den Mund wieder zu. Sie gab Wanja ein Zeichen, ihm zu folgen. Diesmal las Wanja neben der Traurigkeit noch etwas anderes in ihrem Gesicht: Angst.

Mitten in der Manege stand Taro, ganz allein. Er trug ein rotes, eng anliegendes Trikot, mit feinen schwarzen Mustern. Wie Arme einer feingliedrigen Pflanze sahen sie aus. Taro spielte Saxofon, doch als die beiden aus dem Rahmen stiegen, ließ er das Instrument sinken und ging auf sie zu. Vor Mischa blieb er stehen, und Wanja wich automatisch zurück. Taro kniete nieder, ohne den Blick von Mischa abzuwenden. Behutsam legte er das Instrument zu Boden. Dann erhob er sich, fasste Mischa an den Schultern und zog ihn zu sich heran. Mischa stand ganz steif, doch er ließ es geschehen.

Und plötzlich begannen seine Schultern zu beben. Erst ganz leicht. Dann zuckten sie, und das Beben zog sich über Mischas Rücken, seinen ganzen Körper hinunter. Die Knie sackten ihm weg, aber Taro hielt ihn fest. Seine eine Hand lag zwischen Mischas Schulterflügeln, mit der anderen drückte er Mischas Kopf an seine Brust. Immer heftiger wurde das Beben und dann, unvermittelt, brach ein Geräusch aus Mischa hervor. Es war ein sperriger, trockener Laut, der Wanja bis ins Mark ging. Taro nickte. Nickte und nickte und hielt Mischa in seinen Armen, bis er sich beruhigt hatte.

Endlos erschienen Wanja die Sekunden, bis sich Mischa aus der Umarmung löste. Den Kopf hielt er gesenkt.

»Da seid ihr ja! Wir dachten schon, ihr kommt nicht mehr!« Perun war durch den Vorhang getreten, stand in der Manege und schaute verwirrt von einem zum anderen. Mischa hatte sich weggedreht, aber Perun hatte sein Gesicht bereits gesehen. Sein breiter Kiefer trat hervor, als beiße sich der Feuerschlucker fest auf die Zähne. »Soll ich euch noch einen Moment alleine lassen? Ich kann den anderen sagen, dass ihr noch Zeit braucht.«

Mischa schüttelte den Kopf. »Schon in Ordnung«, murmelte er.

»Schaffst du die Probe?« Taros Stimme klang zärtlich.

Mischa nickte. »Ja.«

Taro wandte sich zu Perun. »Sag Noaeh und O Bescheid, sie sollen kommen, ich möchte alles noch einmal mit ihnen und Mischa durchsprechen. Danach«, er drehte sich zu Wanja, »machen wir noch einen Durchlauf am Trapez, und dann können wir anfangen. Sag Madame Nui, wir kommen später zu ihr.«

Perun nickte und verschwand. Kurz darauf kamen Noaeh und O in die Manege. Keiner der beiden sagte etwas zu Mischas Gesicht, aber als O hinter ihm die schmalen Stufen zum Balkon hochstieg, legte er seine Hand auf Mischas Schulter.

Während Taro mit den dreien die Stücke durchging, saß Wanja unten auf ihrem Platz in der Ehrenloge und versuchte, die störenden Gedanken zurückzuhalten, was Anstrengung kostete, als ob sie einem, der stärker war, die Tür zuhielt.

Nach einer Weile kam Gata in die Manege gehumpelt und setzte sich zu ihr. Oben auf dem Balkon hatten O und Mischa zu trommeln begonnen.

»Gut, Mischa«, rief Taro. »Genau so. Halt dich an O, bleib in seinem Rhythmus, bis du dich sicher fühlst. Von da aus kannst du improvisieren. Verlass dich auf dein Gefühl, es wird dich führen, und sobald du unsicher wirst, kehr zurück, und achte wieder auf O. Sei dir beim Spielen aber immer gewahr, was in der Manege geschieht. Keine Bewegung darf dir entgehen.«

Wanja schloss die Augen. Der Rhythmus der Trommeln wurde eindringlicher, auch Noaeh sang jetzt, und Wanja konnte schon nicht mehr unterscheiden, welche Trommel von O und welche von Mischa kam. Oder doch? Klang eine der beiden nicht eine Spur dunkler? Härter? Trotz der präzisen Schläge, wütender?

»Bist du bereit für eine letzte Probe, bevor es losgeht?« Wanja öffnete die Augen. Taro kniete vor ihr. Das Trapez war schon aufgebaut, und mit wenigen Handgriffen hatte Taro auch das Sicherheitsnetz gespannt.

»Ja«, sagte Wanja. »Ich bin bereit.«

Nach einigen Dehnübungen am Boden stieg Wanja zusammen mit Gata die Strickleiter hoch zu ihrem Trittbrett. Noch immer konnte Gata den verletzten Fuß nicht belasten.

Taro ging an seinem Trapez in Stellung, und als er in die Hände klatschte, ertönte ein leises Trommeln. Etwas Seltsames widerfuhr Wanja. Auch die anderen Male, wenn sie ins Bild getreten war, hatte sie das Gefühl gehabt, als ob die Zeit davor zusammenschmolz; als ob nicht Wochen, sondern lediglich Minuten zwischen den Besuchszeiten lägen. Dieses Gefühl hatte sie heute stärker als je zuvor. Ihr war, als ob sie eben noch hier gestanden hätte, vor einem Augenblick erst gesprungen wäre. Alles, was Taro ihr gesagt hatte, alles, was sie in den langen Stunden ihres letzten Besuchstages gelernt hatte, war da, und die Probe verlief ohne einen einzigen Fehler.

Gata klatschte, und als Taro mit ihr am Boden stand, drückte er Wanja fest an sich. »Bravo, Wanja. Besser hätte es nicht laufen können. Auch ihr«, er wandte sich zu den Musikern, »wart großartig. Genau so muss es sein.«

Gemeinsam verließen sie die Manege. Wanja blieb dicht an Mischas Seite, ihre Hände berührten sich. Obwohl es warm war, waren Mischas Finger kalt.

Noaeh und O bogen nach links zur Cafeteria ab.

»Wir müssen noch zu Madame Nui«, sagte Taro, »und sehen euch dann später zur Generalprobe.«

Die weiß umrahmte Tür mit dem silbrigen Spinnennetz stand offen, und als die drei näher kamen, trat ihnen Madame Nui im Türrahmen entgegen.

Ein Geruch von würzigen Räucherstäbchen und schwerem, süßem Tabak schlug Wanja entgegen. Er war so stark, dass sie husten musste und froh war, dass Madame Nui die Wohnwagentür offen stehen ließ.

Der Wagen war größer als die anderen, und alles darin war schwarz. Der Boden, die Wände, der breite Schrank, die schleierartigen Gardinen vor den Fenstern, das Bett, auf dem eine glänzende Decke lag – ja selbst die Rosen in der hohen, schmalen Vase auf dem runden Tisch neben der Tür. Doch als Madame Nui den Schrank öffnete, quoll ein Feuerwerk an Farben dahinter hervor. Schillerndes Grün, leuchtendes Rot, warmes Gelb, strahlendes Gold, schimmerndes Silber, nachtkühles Blau, schrilles Pink, blütenzartes Rosa – und das war nur der erste Eindruck.

Madame Nui griff mit sicherer Hand in den Schrank hinein und zog ein Kostüm hervor. Es sah aus wie ein Mantel, eisblau und schimmernd. Mit ihren langen, dürren Fingern winkte sie Mischa zu sich, streifte ihm die schwarze Cordjacke von den Schultern und schwang den blauen Mantel darüber. Auf der bodenlangen Mantelrückseite fand sich dasselbe pflanzenarmige Muster wieder, das auch Taros Trikot schmückte, nur nicht in Schwarz, sondern in tiefem Blau. Wie feine Adern durchzog es den Stoff, kroch von der schmalen Taille nach oben zu den ausgestellten Schultern, vorbei an dem breiten Kragen, den Madame Nui jetzt nach oben klappte, und weiter in einer feinen Linie über die langen, an den Händen spitz zulaufenden Ärmel.

»Voilá, Monsieur.« Madame Nui trat einen Schritt zurück. Sie neigte den Kopf und stützte das Kinn auf die Hand, als betrachte sie ein Meisterwerk. Zögernd drehte sich Mischa um. Wanja hielt den Atem an. Der Mantel machte etwas Seltsames mit Mischa. Er gab ihm den Anschein, als käme er aus einer fremden Welt, ferner und geheimnisvoller noch als die des Zirkus Anima. Als ob sich Mischa dessen bewusst war, umspielte für einen Augenblick ein Lächeln sein bis jetzt so düsteres Gesicht. Aber im selben Moment, in dem es Wanja auffiel, verschwand das Lächeln schon wieder. Mischa drehte unbehaglich den Kopf zur Seite. Mit einem Male sah er aus, als wolle er sich den Mantel am liebsten von den Schultern reißen.

»Du musst den Mantel heute nicht tragen«, sagte Taro. »Es war nur zur Probe, um zu sehen, ob er passt.«

Madame Nui nickte, und Wanja hakte hinter ihrem Rücken unruhig die Finger ineinander, weil Mischa nicht reagierte. Endlich murmelte er etwas Unverständliches, knöpfte sich dann hastig den Mantel auf, legte ihn über den schwarz lackierten Stuhl an seiner Seite und verließ den Wagen.

Taro nickte Madame Nui zu. Sie lächelte ihr dünnes Lächeln, wandte sich wieder zum Schrank und zog das nächste Kostüm heraus. Es war ein leuchtend rotes Trikot mit schwarzem Pflanzenmuster, genau wie Taro es auch trug.

»Und dazu gehört – voilá!« Madame Nui breitete einen Umhang vor Wanja aus. Er bestand aus unzähligen Federn, winzig und rot, zwischen denen feine Drähte gespannt waren. Nur die Federn an den Rändern waren schwarz; ein feiner dunkler Saum. Als Wanja die Arme hineinsteckte, stellte sie voller Staunen fest, dass der Umhang die Form von Flügeln hatte. Ganz leicht war er, sie fühlte kaum, dass sie ihn trug. Aber als sie die Arme hob, fächerten sich die Flügel auf und für einen verrückten Augenblick hatte Wanja das Gefühl, als höben ihre Füße vom Boden ab.

»Isch 'abe es für die 'erren der Lüfte geschaffen«, lächelte Madame Nui. »Taro bekommt den gleichen Um'ang. Ihr tragt ihn aber nur für den Aufstieg aufs Trapez, dann legt ihr ihn ab.«

Taro schaute Wanja an. »Du siehst wunderschön aus.«

Wanja hob noch einmal die Arme. Es rauschte leise, und plötzlich durchfuhr sie der Gedanke an den schwarzen Vogel. Erschrocken ließ sie die Arme sinken.

Taro ging zur Tür. »Ich geh schon vor und seh nach Mischa.

Probier das Trikot noch an, und triff uns dann in der Cafeteria.«

Das Trikot schmiegte sich an Wanjas Körper wie eine zweite Haut. Madame Nui machte ein äußerst zufriedenes Gesicht, während Wanja sich vor dem schwarz umrandeten Wandspiegel drehte.

»Du wirst einmal eine sehr schöne Frau sein«, bemerkte sie mit ihrer dünnen Stimme. »Der Mann, dessen Seite du eines Tages schmückst, ist zu beneiden.«

In der Cafeteria waren die Tische zusammengestellt, wie an ihrem erstem Besuchstag. Mischa saß ganz außen, neben Taro. Auf der anderen Seite war ein Platz für Wanja frei, und hinter Sulana kam jetzt auch Madame Nui dazu. Baba erhob sich von seinem Platz am Ende der Tafel, schob den blauen Turban auf seinem Kopf zurecht und räusperte sich, während am anderen Ende Thyra die Augen verdrehte und ungeduldig mit den Fingern auf den Tisch trommelte. Aber der kleine Mann ließ sich davon nicht beirren. »Meine Lieben. Einmal wieder ist es so weit. Wir kommen zusammen, und unsere einzelnen Stücke, für die ihr alle gewissenhaft geprobt habt, verbinden sich zu einem Ganzen. Zu einem fantastischen Ganzen, für das«, er strahlte in Taros Richtung, »unsere verehrten Ehrengäste der Auftakt sein werden. Wanja und Mischa, wisst ihr noch, wie es anfängt?«

»Ja.«

Die Antwort war von Mischa gekommen. Sein Gesicht sah im hellen Sonnenlicht noch schrecklicher aus. Allen war es bewusst, das spürte Wanja. Doch es war kein peinliches Schweigen wie bei Menschen, die so tun, als bemerkten sie eine unangenehme Sache nicht, weil sie nicht wissen, wie sie damit umgehen sollen. In dem Schweigen um das, was mit Mischa geschehen war, lagen Mitgefühl und tiefer Respekt.

»Ausgezeichnet«, fuhr Baba fort. »der Koffer für die Vorstellung ist nämlich noch in Vorbereitung. Es wird ein wahres Meisterwerk, so viel kann ich schon verheißen. Doch wir werden ihn für die Generalprobe nicht einsetzen können, denn das gute Stück wird erst zur Abschlussaufführung fertig sein. Daher schlage ich vor, dass ihr euren Anfang noch einmal im Geiste durchgeht und für das nächste Mal gut im Kopf behaltet. Für heute beginnen wir mit den Auftritten. Ihr wisst alle, wann ihr dran seid? Wer vor und wer nach euch auftritt?« Baba blickte erwartungsvoll in die Runde.

Allgemeines Nicken war die Antwort.

»KANN ES JETZT *ENDLICH* LOSGEHEN, ZWERG?«, polterte Thyra, so laut, dass Reimundo neben ihr erschrocken zusammenfuhr. Baba schenkte ihr ein strahlendes Lächeln. »Es kann, geliebte Riesin, es kann. Also dann, meine verehrten Artisten. Auf mit euch – in die Manege.«

»Unser Auftritt beginnt mit meinem Solo«, erinnerte Taro Wanja auf dem Weg in die Manege. »Wir steigen zusammen auf dein Trapez nach oben. Da wartest du, bis ich mit meinem Teil fertig bin. Als Letztes kommt mein Salto, dann gehe ich drüben auf dem Trapez in Stellung. Wenn ich in die Hände klatsche, ist das dein Zeichen.« Wanja nickte und drehte sich zu Pati Tatü herum. Sie standen jetzt hinter dem Vorhang, und der Artist schob sein Einrad an ihnen vorbei in die Manege. Heute trug er einen langen Regenbogenumhang, wie ein Schleier wehte er hinter ihm her. Mischa war mit O und Noaeh auf den Balkon gegangen, ein lauter Trommelwirbel kündete den Beginn der Vorführung an.

Wanja lugte durch den Vorhang. Pati Tatü hüpfte auf seinem Einrad kleine Treppen hoch und runter, bediente mit Händen statt Füßen die Pedale, balancierte jonglierend über die kleine Holzwippe und landete schließlich mit einem unvermittelten Sprung auf der Rampe vor der Ehrenloge. Dort wirbelte Pati sein Einrad um 180 Grad herum, fuhr einmal um die Manege, verbeugte sich vor dem imaginären Publikum und kam, den Sattel des Einrades auf dem Kopf balancierend, zurück nach draußen. Wanja, die bei der letzten Probe nur einen kleinen Ausschnitt dieser Nummer gesehen hatte, nickte ihm bewundernd zu.

Pati hob das Einrad von seinem Kopf herunter und grinste von einem Ohr zum anderen. Er küsste Wanjas Hand, dann machte er dem ganz in Schwarz gekleideten Reimundo den Weg zur Manege frei. Fünf Masken zog der traurige Clown aus einem dunklen Sack hervor, und mit jeder von ihnen wurde er zu einer neuen Figur. Reimundo schlich, schlurfte, tänzelte, hüpfte, eilte und schlenderte durch die Manege, mal einem fröhlichen Kind, mal einem eiligen Erwachsenen, mal einem müden Greis gleich. Mit jeder Maske wechselte auch die Musik.

Währenddessen rollten Thrym und Thyra drei Felskugeln vor den Vorhang. Die beiden trugen Kostüme aus unzähligen, aneinander festgehakten Plättchen. Sie schimmerten wie Kupfer oder Messing, und die winzigen Drähte, die sie miteinander verbanden, glänzten golden. Oben aus der Kopfbedeckung, helmartigen Gebilden aus demselben Material wie die Kostüme, ragten drei lange leuchtend rote Federn hervor. Die Felskugeln waren dunkel wie Granit und hatten die Größe von Gymnastikbällen. Taro lächelte über Wanjas fassungsloses Gesicht.

»Komm mit, wir wärmen uns auf«, sagte er, als Thrym und Thyra sich in der Manege die Felsen zuwarfen, einhändig und so leicht, als wären es Federbälle. »Die Generalprobe hat immer was von einer echten Vorstellung. Auch wenn noch keine Zuschauer da sind, man spürt sie doch irgendwie, und das erzeugt Aufregung, auch im Körper. Je besser du gedehnt bist, desto kleiner ist die Gefahr, dass deine Muskeln sich verkrampfen.«

Wanja folgte Taro nach draußen. Er zog aus dem Vorraum zwei Unterlagen hervor und legte sie für sich und Wanja auf den ockerfarbenen Erdboden hinter der Manege. Ein Stück weiter saß Sulana und massierte die Schlange mit einer öligen Flüssigkeit ein.

Wortlos versuchte Wanja Taros Dehnübungen zu folgen, aber an die Biegsamkeit seines Körpers kam sie bei Weitem nicht heran.

»Du musst atmen«, sagte Taro, als Wanja sich vergeblich bemühte, mit ihrer Stirn die Knie zu berühren. »Dein Atem hat viel mehr Kraft, als du denkst. Setz dich gerade hin und atme ein. Nein, nicht durch den Mund, Wanja. Durch die Nase. Atme, so tief du kannst. Noch tiefer. Dein Bauch muss dick wie eine Trommel werden. Ja, genau, schon besser so. Und jetzt«, Taro beugte sich vor, »atme aus. Aber langsam; ganz langsam und bewusst, und dabei beugst du dich immer weiter nach vorne. Stell dir vor, dein Atem ist ein feiner goldener Faden, der dich führt und deine Stirn ganz sanft auf die Knie zieht. Jaaa. Siehst du? Es geht.«

Taro lächelte, als Wanjas Kopf tatsächlich ein ganzes Stück weiter mit der Stirn nach vorne kam. »Das wiederholst du jetzt so lange, bis dein Kopf auf den Knien liegt. Aber nicht mit Gewalt, lass den Mund dabei locker, und verschwende deine Kräfte nicht.

Nach einer Weile lag Wanjas Stirn auf den Knien, und die Schmerzen in ihren Gliedern ließen nach. Sie konnte fühlen, wie ihr Körper wärmer und biegsamer wurde.

Während der nächsten Übungen zogen die Geräusche in der Manege an Wanjas Ohren vorbei. Die Trommeln, Noaehs Gesang, einmal ein Glockenspiel und plötzlich ein ohrenbetäubender Lärm. Es klang, als ob gerade ein ganzes Stahlgebäude in sich zusammengefallen wäre. Und dann: »DU BEKLOPPTER IDIOT! WENN DIR DAS BEI DER VORSTELLUNG PASSIERT, HAU ICH DIR DEN KOPF AB, VERSTANDEN?!«

Kurz darauf schlich Thrym aus der Manege, tief geduckt, die Stangen auf seinen gewaltigen Armen. Wanja warf ihm einen mitfühlenden Blick zu. In der Manege ertönten jetzt wieder die Trommeln, und Taro stand auf. »Bist du so weit? Dann leg den Umhang wieder um, und triff mich hinter dem Vorhang. In ein paar Nummern sind wir dran.«

Warm war es, als Wanja zurück zum Vorhang kam. Taro erwartete sie schon, ihr großes Spiegelbild. Seine Augen lachten, als er seine leuchtend roten Flügel hob. Dann schob er sie dicht an den Vorhang.

Durch den schmalen Spalt leuchtete ein feuriger Schein, und jetzt verstand Wanja, woher die Wärme kam. Perun stand in der Manege. Er trug ein grüngoldenes Drachenkostüm mit einem langen gezackten Schweif. In den Händen hielt er eine brennende Fackel, die er nun zum Munde führte. Im nächsten Moment stob ein mächtiger Feuerball in die Luft, zerstörerisch und wunderschön zugleich. Wie gebannt stand Wanja da – und als die Pfeilnummer folgte, klatschte sie laut in die Hände. Peruns Pfeilspitze traf den glühenden Mittelpunkt, und die Scheibe ging in hellen Flammen auf. Der Herr des Feuers nahm sie ab, drehte sie wie einen Teller auf der Spitze seines Fingers, warf sie in die Luft, fing sie mit dem Finger der anderen Hand wieder auf und verließ die Manege, den gewaltigen Drachenschweif hinter sich herziehend.

Bald, dachte Wanja. Bald ist es so weit. Während Pati Tatü, jetzt gekleidet in einen schwarzen Frack, sein Huhn aus den Zylindern zauberte, fühlte Wanja die Aufregung in sich hochsteigen. Vor sie hatte sich Reimundo geschoben. Er trug einen blaues Harlekingewand mit ausgestellten Schultern, weiten Ärmeln und Beinen und aufgenähten Sternen, die im Dunkeln leuchteten. Mit seinen Schafen war er der Auftakt zur Trapeznummer. Er lugte in die Manege und zuckte gleich darauf so heftig zurück, dass er fast gegen Wanja geprallt wäre.

»Was ist los?«

Wanja schob sich durch den Vorhang. Auf Pati Tatüs Kopf saß das Huhn. Es pickte auf seinem Kopf herum, wie vorher, als Pati Tatü die Nummer geprobt hatte. Aber sein Gackern klang panisch, und sein Schnabel hackte so heftig auf ihn ein, dass Pati Tatü verzweifelt mit den Händen nach ihm griff. Er stöhnte laut auf, und als er die Hände sinken ließ, war Blut an ihnen.

»Verrücktes Biest!«, schrie er und versuchte, das Tier zu packen. »Was zum Teufel ist denn in dich gefahren?!«

Das Huhn ließ sich nicht fangen. Wie wild geworden, flatterte es vom Kopf des Zauberers und raste in ziellosem Zickzack durch die Manege. Mit Hilfe von Baba gelang es Pati Tatü schließlich, das Tier zu packen.

»Bist du in Ordnung, Pati?« Besorgt sah Baba an dem Zauberer hoch. Pati Tatü nickte, das Huhn fest an seine Brust gepresst, aber als er an Reimundo und Wanja vorbei nach draußen lief, sah er völlig verstört aus. »So was ist mir in meinem ganzen Leben noch nicht passiert!«

Wanja drehte sich zu Taro um. »Was hatte das zu bedeuten?« Taro zuckte mit den Schultern, auf seiner Stirn erschien eine Falte.

Aus der Manege ertönte Babas Stimme. »Lasst uns weitermachen, sonst geht die ganze Ordnung verloren. Auf, auf, Reimundo, du bist dran.«

Der Alb und der Traum . . .

Als das Gedicht des traurigen Zauberers ertönte, fasste Taro Wanja an der Hand. Wie viel Ruhe von ihm ausging. In Wanjas Hals hatte sich ein dicker Kloß gebildet, und sie war dankbar, dass Taro mit ihr die langen Dehnübungen gemacht hatte. War das Lampenfieber? Aber warum musste sie plötzlich an die alte Frau denken, an die Angst in ihrem Gesicht?

... kaum sind sie, kaum
zu unterscheiden,
die beiden,
bis sie sich binden
und bleibend verschwinden ...

»Mit Pati ist alles wieder gut.« Gata war hinter sie getreten. Sie würde Taro das Trapez für seinen Salto entgegenschwingen. »Vielleicht hat das Huhn ja was von seinem Schnaps gesoffen.« Gata kicherte, aber es klang nicht echt. Taro öffnete für Reimundo den Vorhang, und dann traten er und Wanja Hand in Hand in die Manege.

Wanja spürte, wie ihre Knie zitterten. Taro hatte recht gehabt, obwohl keine Zuschauer in der Manege waren, fühlte es sich doch so an, und Wanja wunderte sich, wie viel Macht die Einbildung über einen haben konnte. Nur nicht denken, schärfte eine innere Stimme ihr ein, nur nicht denken. Vorhin beim Durchlauf war alles gut. Es wird auch jetzt gut sein.

Pati und Perun hatten das Sicherheitsnetz bereits gespannt, und Wanja stieg hinter Taro die Strickleiter empor. Ihre Kostüme leuchteten wie die feurigen Federkleider zweier Fantasievögel. Oben auf dem Trittbrett legte Taro den Umhang ab und rieb sich die Hände. Dann drehte er sich zu Wanja um und küsste sie auf die Stelle zwischen ihren Augen. »Alles Gute für dich, Herrin der Lüfte. Achte auf mein Zeichen. Und vergiss nicht, den Umhang abzulegen, bevor du beginnst.«

Er griff das Trapez und stieß sich ab.

Wanja hatte sich so sehr auf diesen Augenblick gefreut, aber jetzt musste sie regelrecht gegen die Aufregung ankämpfen. Unruhig huschten ihre Blicke über die leeren Sitze. Beim nächsten Mal würde die Manege wirklich gefüllt mit Menschen sein. Gata stand auf dem Trittbrett vor dem Trapez gegenüber, die Schaukel lag bereits in ihren Händen, bereit zum Abschwung für den Salto. Aber Taros Kunststücke davor nahm Wanja gar nicht wahr. Ihre Augen hatten sich auf die hinterste Bank in der Manege geheftet. Da saß jemand. Amon.

Amon?

Wanja lief ein Schauer über den Rücken. Was machte der Alte hier? Sich die Generalprobe anschauen? Na klar, versuchte sie, sich zu beruhigen, warum denn nicht? Aber das ungute Gefühl, das sich in ihre Aufregung gemischt hatte, kroch tief in ihre Glieder. Wanja atmete. Ein und aus. Ein und aus.

Ja. Das half.

Taro stand jetzt wieder neben ihr. Sein Brustkorb hob und senkte sich. Er machte sich bereit für seinen Salto, und auf der anderen Seite hielt Gata den Atem an. Noaeh sang. Gata schwang das Trapez. Und Taro sprang. Er nahm Anschwung mit den Beinen, und dann wie beim letzten Mal lösten sich seine Hände von der Stange. Sein Körper wirbelte durch die Luft, drehte sich, einmal, zweimal, dreimal, viermal – dann griffen seine Hände nach dem Trapez. Geschafft. Gata kletterte von ihrem Platz nach unten.

Taros Beine schwangen sich über die Stange, jetzt hing er kopfunter – und klatschte. Wanjas Zeichen. Die Trommeln setzten ein.

Wanja legte den Umhang ab. Sie suchte nach Amon, aber jetzt waren die Lichter auf sie gerichtet, sie konnte nur das Trapez gegenüber erkennen. Dann holte sie tief Luft, ergriff die Stange ihrer Schaukel – und sprang ab.

Sekunden später stand sie wieder auf ihrem Trittbrett. Der erste Sprung war geglückt, und plötzlich war alle Angst verflogen. Sie strahlte. Jetzt kam das Vogelnest. Taro schwang an seiner Schaukel und lachte sie an. Dann klatschte er in die Hände. Die Trommeln wurden lauter. Takka-ta-tamm, takka-ta-tamm. Als Noaehs Stimme einsetzte, griff Wanja nach der Stange und stieß sich ab. Sie schwang vor und zurück, dann hob sie die Beine. Taros Stimme klang in ihr und Wanja kniff die Augen zu, um die Stimme besser wahrzunehmen. Die Hüften durchdrücken. Den Kopf ins Genick legen. Wenn die Schaukel ganz vorne ist, Taro anschauen. Wanja drückte die Hüften durch. Sie legte den Kopf ins Genick.

Und dann schrie jemand.

Wanja riss die Augen auf. Die Schaukel war jetzt ganz vorne, ein, vielleicht zwei Meter über dem zweiten Trapez. Es war der Moment des Absprungs.

Aber an der Stange hing nicht Taro.

An der Stange hing der schwarze Vogel.

Mit dem Kopf nach unten und groß wie ein Mann.

Seine Krallen hatten sich um die Stange geklammert, knorrig, hart und Grauen erregend scharf. Die gigantischen Flügel waren weit ausgebreitet. Wie schwarze Todessschwingen schwangen sie auf Wanja zu. Alles um sie her war in ihrem Schatten gefangen. Starr vor Entsetzen, hing Wanja an ihrer Stange. Nichts rührte sich. Alles war totenstill.

Lautlos schwang der Vogel ihr entgegen.

Vor und zurück.

Vor und zurück.

Wanjas Beine fingen so stark zu zittern an, dass ihre Füße abrutschten. Nur mit ihren Händen hing sie jetzt noch an der Stange. Was sollte sie tun? Was um Himmels willen sollte sie tun? Ihre Kräfte ließen nach, sie wollte sich fallen lassen, aber sie hatte Todesangst, dass der Vogel sie in der Luft ergreifen würde, wenn sie losließ. Alles in ihr schrie Taros Namen, aber sie brachte keinen Laut hervor. Vor und zurück, vor und zurück schwangen sie und die Bestie in der Luft aufeinander zu, jede Bewegung war grausam verlangsamt, als wolle die Zeit jeden Bruchteil des Schreckens qualvoll in die Länge dehnen.

Dann, endlich, ertönte Taros Stimme. »Wanja! Lass dich nicht fallen! Halt aus!«

Die Stimme war unter ihr, und Wanja hielt sich mit letzter Kraft an der Stange fest. Unendlich erschienen ihr die Augenblicke, bis sie fühlte, wie ihre Schaukel nach hinten gezogen wurde. Zwei Arme umfassten sie. Taros Arme. Die Stange mit dem Haken, mit der er ihr Trapez zu sich gezogen hatte, fiel in die Tiefe und landete polternd auf dem Boden.

»Klettere nach unten, Wanja, schnell!«

»Und du?« Wanja krallte sich an Taro fest. Sein Herzschlag hämmerte ihr entgegen. »Was ist mit dir?«

Taro stieß Wanja von sich weg. In seinem Gesicht stand der blanke Hass, seine Augen glühten, seine Nasenflügel bebten. »Die Bestie hat mich nach unten gestoßen. Wie aus dem Nichts ist sie gekommen. Es reicht! Wenn der Vogel etwas von mir will, dann soll er es haben. Geh nach unten, Wanja. Sofort!«

Und Wanja tat, was Taro befahl.

Auf dem Boden der Manege standen die anderen Artisten. Sie rührten sich nicht, als wären sie in ihrer Bewegung festgefroren.

Hinten auf der Zuschauertribüne hatte Amon sich von seinem Platz erhoben. Gestützt auf seinen knorrigen Stock, stand er da. Klein sah er aus. Klein, gebeugt und ur-uralt.

Über ihnen am Trapez hing noch immer der Vogel, drohend und unbeweglich wie eine Statue. Es stank, nach widerlichem, kaltem Schweiß, und Wanja merkte, dass es ihre eigene Angst war. Taro hatte die Stange des anderen Trapezes ergriffen und stieß sich ab.

»Taro!« Perun trat vor und schrie nach oben. »Verflucht noch mal, was hast du vor? Bist du wahnsinnig?«

Taro antwortete nicht. Er holte Schwung mit den Beinen, immer mehr und mehr, und plötzlich wusste Wanja, was er plante. Er wollte dem Vogel an die Flügel springen. Durch die Kraft des Schwunges würden sie nach unten brechen. Aber als Taros Körper durch die Luft, wirbelte, lösten sich die Krallen des Vogels von der Stange. Der Vogel ließ sich nach unten fallen. Er drehte sich in der Luft und Wanja fiel mit Entsetzen die Schönheit der Bewegung auf. Taros Hände waren vorgeschossen, aber sein Gegner war längst unter ihm. Im letzten Augenblick bekam Taros eine Hand die Stange zu fassen. Zappelnd wie eine Marionette hing er am Trapez, während der Vogel sein Opfer umkreiste.

Tut doch was, schrie es in Wanja, tut doch jemand endlich etwas.

Aber niemand tat etwas.

Alle standen wie im Bann einer unsichtbaren Kraft, die Gesichter nach oben gewandt, wo der Vogel jetzt auf Taro zuschoss. Die scharfe Greifzange seines geöffneten Schnabels packte nach dem Arm des Akrobaten. Wanja konnte fast spüren, wie der Vogel zubiss, wie sich die pechschwarze Spitze seines Schnabels in Taros Fleisch bohrte, fester und immer fester, bis das Blut floss. Und sie konnte Taros Kräfte nachlassen sehen, sein schmerzverzerrtes Gesicht, seine Tritte ins Nichts, seine verzweifelten Versuche, den Vogel mit der freien Hand zu verscheuchen. Vergeblich. Als der Vogel von ihm abließ, hatten Taro alle Kräfte verlassen.

Er fiel. Fiel wie ein Pfeil nach unten auf das Netz zu. Und jetzt sah Wanja, was Taro vorhin gemeint hatte, als er ihr zuschrie, dass sie sich halten sollte. Ein Seil hatte sich gelöst, sodass das Netz an einer Seite nach unten hing.

Genau auf dieser Seite kam Taro auf. Nur sein Unterkörper berührte das Netz. Sein Oberkörper prallte auf den Boden, ein dumpfer, schwerer Schlag. Mit dem Gesicht nach unten blieb Taro liegen.

Noch ein Schrei zerriss die Stille. »NEEEEEIIIN!«

Wanja riss ihren Kopf zum Balkon der Musiker herum. Mischa. Er stolperte, nein, er fiel fast die Treppen des Balkons hinunter. Im nächsten Augenblick stand er unten in der Manege. Mit weit aufgerissenen Augen wollte er auf Taro zustürzen, aber Thyra hielt ihn fest. Die anderen Artisten hatten Taro bereits umringt. Nur Sulana saß am Boden, ihre Arme um die angewinkelten Knie geschlungen, wiegte sie ihren Oberkörper vor und zurück. Aus ihren gelben Augen liefen Tränen. Wanja stand neben ihr, noch immer nicht in der Lage, sich von der Stelle zu rühren.

Als Perun Taros Körper zu drehen versuchte, ertönte der Gong. Sein Hall vibrierte in der Manege, erfüllte alles.

»Wanja. Mischa. Ihr müsst gehen.«

Amon stand vor ihnen. Die anderen Artisten wichen zurück und gaben den Blick auf Taro frei. Er lag in Peruns Armen. Um sein Handgelenk hatte Perun den Ärmel seines Hemdes gewickelt. Taros Augen waren geschlossen. Sein Gesicht schien unverletzt, nicht einmal eine Beule war zu sehen. Nur eine feine schwarze Blutspur rann aus seinem Mundwinkel. Lief ihm die Kehle hinunter. Thrym und Pati

Tatü hatten die Trage geholt. Thyra ließ von Mischa ab und half Perun Taro auf die Trage zu heben.

Lebt er? Ist Taro noch am Leben? Wieder und wieder öffnete Wanja ihren Mund, um die schreckliche Frage auszusprechen. Aber es ging nicht. Kein Laut drang aus ihrer zugeschnürten Kehle hervor.

Der Gong schlug zum zweiten Mal.

»Ihr *müsst* gehen.« Der Alte machte noch einen Schritt auf Mischa zu. Der schien in einem anderen Zustand zu sein. Eine unsichtbare Mauer umgab ihn. Eine Mauer von grenzenloser Wut. Der Vogel saß oben auf dem Trapez. Er hatte den höchsten Platz der Manege eingenommen, wie ein böser Herrscher den Thron seines düsteren Reichs.

Thrym und Thyra trugen die Bahre aus der Manege, die Artisten folgten ihnen. Ein Trauerzug gebeugter Menschen. Baba war der Turban vom Kopf gefallen, mit hoch erhobenen Armen bildete er den Schluss.

Amon, Wanja und Mischa blieben zurück. Amon griff nach Mischas Arm. Aber der riss sich los und rannte. Rannte den anderen hinterher und verschwand durch den Vorhang nach draußen.

Über Wanja ertönte ein heiseres Krächzen. Es klang wie ein Triumph.

Dann legte sich eine Hand auf ihren Rücken. »Wenn du jetzt nicht gehst, gibt es für Mischa keine Rettung mehr.«

Wanja ließ sich von Amon zum Rahmen schieben. Sie war wie in Trance. Leere breitete sich in ihr aus und drang bis tief in ihre Seele. Die Leere war rabenschwarz wie das Loch im Inneren des Rahmens, das Wanjas Hand jetzt berührte. Genau beim dritten Gong.

Der Hüter der Bilder

Als Wanja in der Arkade wieder zu sich kam, schrie sie leise auf.

Mischa stand vor ihr.

»Mischa?! ... Was ...?« Wanja machte einen halben Schritt auf ihren Freund zu. »Wie kommst du hierher? Du warst doch gerade noch ...« Weiter kam sie nicht. Weil ihr auffiel, wie Mischa sie ansah. Mit einem fremden, völlig ausdruckslosen Blick. Auch vorhin, im Bild, war er Wanja fremd vorgekommen. Aber es war immer noch Mischa gewesen.

Und jetzt – in ihrer Brust krampfte sich etwas zusammen –, jetzt erschien es ihr, als ob ... ja, als ob etwas fehlte. Nichts Sichtbares wie ein Arm oder ein Bein. Es war etwas anderes. Je verzweifelter sich Wanjas Blick in Mischas hineinbohrte, desto schmerzhafter wurde es ihr bewusst. Aber was? Was war es, das fehlte?

Bevor Wanja noch etwas sagen konnte, wandte sich Mischa ab, und als sie hinter ihm her aus der Arkade taumelte, erinnerte sie sich plötzlich an die Frage des grünhaarigen Mädchens bei ihrem ersten Besuch im großen Saal. »Und wenn wir dem Gong nicht folgen?«

Die Antwort der uralten Frau kam tief aus Wanjas Gedächtnis. »Wenn ihr dem Gong nicht folgt, bleibt etwas von euch für immer zurück.«

Mischa verließ den Saal.

Mit einem harten Klacken fiel die rote Tür hinter ihm ins Schloss.

Die anderen Jugendlichen waren ebenfalls aus ihren Arkaden getreten. Niemand schien etwas bemerkt zu haben. Auch nicht Alex und Natalie, die jetzt auf Wanja zukamen. Nur die alte Frau auf der Bühne wusste es. Wanja hatte es an ihrem Gesicht erkannt.

»Hey, wo wart ihr denn vorhin?« Alex grinste Wanja an. Dann stockte er. »Und was ist mit Mischa? Warum ist er weg?«

Wanja schob sich wortlos zwischen den beiden hindurch. Sie ging zur Bühne. Hielt sich an dem verschnörkelten Rahmen fest. Fühlte die weiche Staubschicht auf dem warmen Holz. Hörte, wie die uralte Frau die anderen Jugendlichen fortschickte. Vernahm unruhiges Murmeln. Natalies Stimme. Schritte. Und dann Stille.

»Komm herauf.« Leise klang jetzt die Stimme der alten Frau. »Dort an der Seite ist die Treppe. Komm herauf zu mir. Komm.«

Wanja stieg die schmalen, an der linken Bühnenseite versteckten Stufen nach oben. Die alte Frau kam auf sie zu. Winzig war die Hand, die sie Wanja entgegenstreckte. Aber als Wanja nach ihr griff, fühlte sie sich fest und stark an.

»Was passiert jetzt? Oh Gott, was wird jetzt? Was wird mit Mischa? Wieso stand er vor dem Rahmen? Und was . . .« Wanja krallte sich fest an der kleinen Hand. »Was ist zurückgeblieben?«

Die meerblauen Augen der alten Frau schimmerten hell und dunkel zugleich. »Was du vorhin von Mischa gesehen hast, war nur sein äußerer Körper. Das, was im Bild geblieben ist«, die Stimme der alten Frau zitterte, »ist jener Teil, mit dem ihr in die andere Ebene reist. Wir nennen ihn den Reisekörper. Im Bild sieht er aus wie eure vertraute Gestalt und fühlt sich auch genauso an. Aber seine Kraft ist begrenzt. Der Gong ist das Zeichen zur Rückkehr. Sonst . . .« Die alte Frau hielt inne.

»Sonst?« Wanjas Stimme war ein Flüstern.

»Sonst löst sich der Reisekörper auf.«

»In was?« Wanja atmete kaum.

»In nichts.«

Wanja schloss die Augen. Eine Flut von Gedanken stürzte auf sie ein. Darunter, gestochen scharf, ein Erlebnis aus ihrer frühen Kindheit. Jener Nachmittag, an dem sie mit starkem Fieber im Bett gelegen hatte, noch im Haus ihrer Großeltern. Und jener Augenblick, als sie plötzlich das Gefühl hatte, aus sich heraus nach oben zu schweben. Nach oben zur Zimmerdecke, von wo sie auf ihren liegenden Körper herabgesehen hatte. Unheimlich und wunderbar zugleich war dieses Erlebnis gewesen. Dann dachte sie an den Sog, den sie jedes Mal empfand, wenn sie das Bild berührte. Das Ziehen in ihrem Inneren und das Gefühl von Leichtigkeit, das ihrem Erlebnis von damals ganz ähnlich war. Bei ihrem ersten Besuch hatte sie den Sog am stärksten empfunden, die anderen Male war er ihr immer selbstverständlicher erschienen. Und dann wurde Wanja das Gefühl bewusst, das der Gong in ihr auslöste. Dieses Kribbeln und die Sehnsucht, die jedes Mal nachließ, sobald sie wieder in der Arkade stand. Schon ein paar Mal hatte sie Mischa darauf ansprechen, ihn fragen wollen, was es wohl bedeutete, ob er es auch fühlte. Aber irgendwie hatte es sich nie ergeben. Zu viele Fragen waren da, die Wanja wichtiger erschienen.

Sie trat einen Schritt zurück und sah an sich herunter. Sie trug nicht mehr das Kostüm, sondern die Kleidung, in der sie gekommen war. Still ruhten die Augen der alten Frau auf ihr. »Die Sehnsucht nach der anderen Ebene ist stark«, sagte sie. »Aber stärker noch ist die Sehnsucht zurückzukehren. Zurück in den Körper, der unser Zuhause ist. Das hast du gefühlt, nicht wahr?«

Wanja nickte nur.

»Der Gong, den ihr jedes Mal hört, ist nur das äußere Zeichen zur Rückkehr. Aber der Reisekörper fühlt auch so, wann seine Zeit gekommen ist. So, wie wir auch ohne Wecker aufwachen, wenn wir wissen, dass etwas Wichtiges bevorsteht.«

Ja, Wanja hatte es auch dieses Mal gefühlt. Aber der Schatten hatte sich darüber gelegt wie eine schwere Decke, und wenn Amon nicht gewesen wäre, wäre sie vielleicht im Bild geblieben. Genau wie Mischa. Wanja dachte an seinen Körper in der Arkade. An seinen toten, ausdruckslosen Blick.

»Und wie löst der Reisekörper sich auf?« Schwer wie Blei kamen die Worte aus ihren Mund.

»Das Kribbeln wird stärker«, entgegnete die alte Frau leise. »Und gleichzeitig wird der Reisekörper immer schwächer. Er verliert die Orientierung, er weiß nicht mehr, wo er hingehört. Das geschieht sehr plötzlich. Die Auflösung«, die alte Frau entzog Wanja ihre Hand, »kommt danach. Sie dauert länger und geschieht von innen her. Der Reisekörper wird leichter und leichter, als ob man verblasst.«

»Wie lange?« Wanjas Lippen bebten. »Wie lange dauert dieser . . . dieser Vorgang?«

»In unserer Zeit drei, vielleicht vier Tage. Im Bild wenige Stunden.«

Wanja zuckte zusammen. Die unterschiedlichen Zeiten, hier waren sie wieder. Auch diese Frage war mit dem Tod von Schröder und all den Dingen, die danach geschehen waren, in den Hintergrund getreten.

»Warum ist das so?«, wisperte sie. »Warum warten wir Wochen auf unseren nächsten Besuchstag, während im Bild nicht mal ein Tag dazwischenliegt? Und warum verbringen wir Stunden im Bild, während außerhalb nur Minuten verstreichen? Das widerspricht sich doch!«

Der Anflug eines Lächelns erschien auf dem Gesicht der alten Frau. »Das hat mit dem Reisekörper zu tun. Wo er sich befindet, dehnt sich die Zeit, weil dieser Körper ein anderes Empfinden hat. Ist euer Reisekörper im Bild, erlebt er das, was hier Minuten sind, dort als Stunden. Kehrt er in sein Zuhause, in den äußeren Körper zurück, verkehrt es sich ins Gegenteil.«

Wanja schloss die Augen. Ihre Gedanken fingen wieder an, sich zu drehen. Gleich darauf stoppten sie. Abrupt. Bei Mischa. Bei seinem Körper, der jetzt draußen war. Außerhalb des Bildes. Außerhalb . . . von zu Hause. »Wenn sich der Reisekörper auflöst«, fragte sie, »was . . . was geschieht dann mit dem Körper, der draußen bleibt?«

Die alte Frau rang nach Luft. »Der Körper, der draußen bleibt, hat alles, was er zum Leben braucht. Aber das Wesentliche fehlt.«

Vor dem roten Tisch ging eine der Kerzen aus. Wanja stöhnte. Doch plötzlich fielen ihr Amon ein, Perun und all die Artisten aus dem Bild, die mit Taro die Manege verlassen hatten. Sie fasste die alte Frau an den Schultern. »Können die anderen ihm nicht helfen? Sie können ihn, ich meine . . . seinen Reisekörper doch zurück zum Rahmen tragen.«

Die alte Frau lächelte Wanja traurig an. »Nein, das können sie nicht. Er muss es aus sich selbst heraus tun. Aber dazu muss er sich zuerst erinnern, wo er hingehört. Und dabei kann ihm nur ein Mensch aus seiner eigenen Welt helfen. Jemand, der ihn lieb hat.«

Wanja wankte. Sie drehte sich um, wollte von der Bühne herunterspringen. Wollte zu ihrer Arkade laufen, wollte in ihr Bild hineinspringen. Wollte –

»Es hat keinen Sinn.« Die alte Frau hielt Wanja zart am Arm. »In diesem Zustand kannst du nichts für deinen Freund tun. Dein Reisekörper ist noch viel zu schwach.«

Wanja grub ihre Finger in ihr Gesicht, so tief, dass es wehtat.

»Komm.« Die kleinen, rauen Finger schlossen sich um

Wanjas Handgelenk. »Komm mit mir. Es gibt einen Weg. Aber er liegt nicht in meiner Hand.«
Wanja ließ sich von der Frau mitziehen.
Ins Hintere der Bühne.
Zu der schmalen Seitentür.
Und in die dahinter liegende Dunkelheit.

Der Raum hinter der weißen Tür war kreisrund. Er kam Wanja vor wie das Innere eines fensterlosen Turmes. An der Wand gegenüber hing ein dunkler Vorhang, rechts und links daneben zündete die alte Frau zwei weiße Kerzen an. Sie steckten in silbernen Haltern und die kleinen goldgelben Flammen reckten sich züngelnd der dunklen Decke entgegen. Außer den Kerzen und dem Vorhang war der Raum völlig leer. Der Vorhang schimmerte jetzt, als hätte jemand Sternenstaub auf den schweren dunkelblauen Samtstoff gestäubt, und für einen Moment war es Wanja, als bäume sich der Vorhang auf, ganz leicht wie durch einen dahinter wehenden Wind. Ein geöffnetes Fenster?
Doch als die Frau den Vorhang zur Seite schob, lag dahinter ein feiner silberner Rahmen. In seinem Inneren war nachtschwarze Leere.
Die alte Frau winkte Wanja zu sich heran. »Du wirst jetzt mit Oshalá sprechen.«
Wanja schluckte. »Ist er ... der Hüter der Bilder?«
Die alte Frau nickte. Dann berührte sie das Innere des Rahmens.
Wanja trat näher. Für einen Moment vergaß sie all das Schreckliche. Etwas geschah. So, wie sich ein Polaroid entwickelt, wenn man es ins Licht hält, traten Farben und Formen in dem silbernen Rahmen an die Oberfläche und nahmen langsam, ganz langsam Gestalt an.
Ein weißer Turm, schlank und hoch. Über ihm Himmel. Ein

Nachthimmel, tiefdunkel und von Millionen von Sternen übersät. Silbrig leuchtend am Horizont, der volle Mond. Direkt darunter noch ein Mond, verschwommen, an den Rändern leicht gezackt. Ein leises Rauschen ertönte. Der untere Mond wackelte. Und Wanja musste lächeln. Es waren nicht zwei Monde. Der Mond spiegelte sich im Wasser. Im Meer.

Das Rauschen kam von den Wellen. Sie rollten sich auf den dunklen Strand, bevor das Meer von einer sanften Macht zurückgezogen wurde und wieder neu hervorkam. Jos Worte kamen Wanja plötzlich in den Sinn, ihr Vergleich der Geburtswehen mit Wellen, die Wanjas Körper in Jo zurück und wieder nach vorne getrieben hatten, dem Leben entgegen.

Als Letztes bildete sich der Gong. Er hing an der Außenwand des Turmes, groß, golden und schwer.

Wanja rührte sich nicht von der Stelle. Die Farben des inzwischen gestochen scharfen Bildes leuchteten noch intensiver als die Bilder in den Arkaden, und die Luft um Wanja schmeckte nach Nacht, nach Meer und nach Salz.

Die Tür des Turmes öffnete sich. Heraus trat ein dunkelhäutiger Mann. Er trug ein weißes Gewand, das ihm bis zu den bloßen Füßen reichte. Um den Hals des Mannes hing eine Kette mit einem Anhänger. Und auf seinem langen, schmalen Gesicht lag ein Lächeln, das doch keines war.

»Hier bist du also.« Der Mann trat näher, wodurch er größer und der Turm hinter ihm kleiner wurde. Seine Stimme klang rau, heiser fast, und über seinen hellen Augen lag ein milchiger Schleier. »Und wie ich sehe, ist dein Freund in Schwierigkeiten.«

Wanja nickte nur. Sagen konnte sie nichts. Die alte Frau war zurückgetreten. Sie lehnte an der Wand, ihre Arme hingen herab.

Der nächste Satz kam ebenso unvermittelt wie Wanjas Antwort.

»Hast du Mut?«

»Ja.«

Das Wort hatte sich selbstständig gemacht, war aus Wanjas Mund gesprungen, wie jemand, der im letzten Augenblick hinter einer zufallenden Tür hervorschnellt.

Der Mann neigte den Kopf. Seine Hände spielten mit dem Anhänger an seiner Kette. »Dann finde dich in drei Tagen um drei Uhr nachmittags wieder vor deinem Bild ein.«

»In drei Tagen?« Wanja suchte mit ihrer Hand nach einem Halt, fand ihn aber nicht. »Warum so spät?«

»Weil du neue Kraft brauchst«, entgegnete der Mann. »Innere Kraft. Drei Tage sind das Mindeste, und selbst dann ist dein Reisekörper noch sehr schwach.« Er ließ den Anhänger aus seinen Händen gleiten, und Wanja erkannte, dass es eine Sanduhr war. Der obere Teil war fast leer, nur noch ein feiner Rest rieselte langsam durch die schmale Öffnung nach unten.

»Deinen Freund bring mit«, fuhr der Hüter der Bilder fort und das seltsame Lächeln von seinen Lippen verschwand. »Ich meine den äußeren Körper deines Freundes.«

»Wird er . . .« Wanja trat einen winzigen Schritt nach vorne. »Wird er mich verstehen? Ich meine, wird er . . . mit mir kommen?«

Der Mann nickte. »Er wird nicht wissen, was du von ihm willst, weil er sich an nichts erinnert. Aber wenn du bestimmt genug bist, wird er dir folgen.«

Eine Pause entstand. Das Rauschen des Meeres füllte die Stille.

Der Hüter der Bilder trat noch näher. Lebensgroß war er jetzt, während der Turm hinter ihm plötzlich winzig zu sein schien.

»Führe deinen Freund zu eurem Bild. Du selbst gehst hinein, auf dieselbe Weise wie immer. Zwölf Mal wird der

Gong ertönen, während du im Bild bist. So lange hast du Zeit, den Reisekörper deines Freundes zu finden. Beim zwölften Schlag müsst ihr beide zurück sein. Danach gibt es keine Rettung mehr.«

Ein leises Stöhnen fuhr durch den Raum. Es kam von der alten Frau.

Wanja schwieg. Und der Mann im Bild sah sie an, aus seinen seltsamen Augen. Wanja hätte nicht sagen können, wie alt er war. Dreißig Jahre, fünfzig Jahre. Hundert Jahre. Tausend Jahre.

»Möchtest du noch eine Frage stellen?«, fragte er ruhig.

Wanja trat einen Schritt vor. »Wer bist du?«, fragte sie nach einer ganzen Weile. »Was bedeutet das, Hüter der Bilder?«

Das Lächeln kehrte zurück. »Der Ausdruck ist vielleicht etwas zu hoch gegriffen«, sagte der Mann. »Ich bin hier nur so was wie ein Hausmeister. Ich halte Ordnung und helfe den Besuchern, die Gesetze einzuhalten.«

Wieder legten sich seine Finger um die Sanduhr. Wanja zuckte zusammen, schuldbewusst, obwohl sie nichts getan hatte. Der Mann wich ein paar Schritte zurück, wodurch der Turm wieder wuchs, und Wanjas Augen streiften den Gong. Groß und schwer hing er an der Seite des Turmes, in seiner glänzenden Oberfläche spiegelten sich das Meer und der Mond. Wanja musste an ihr Gespräch mit Amon denken. Auch er hatte von den Gesetzen gesprochen, und auf eine Weise schienen auch Taro und die anderen davon zu wissen.

»Wer macht die Gesetze?«, flüsterte sie.

Der Hüter der Bilder schloss die Augen und öffnete sie wieder. Er sah plötzlich müde aus, seine Stimme wurde noch heiserer. »Die Gesetze machen sich selbst. Niemand hat sie ausgedacht oder bestimmt. Sie sind so alt wie die Bilder, zu denen sie gehören.«

»Und die Bilder?«, fragte Wanja weiter. »Wer hat die Bilder gemalt?«

Der Mann räusperte sich. »Die Vaterbilder«, sagte er langsam, »sind so alt wie die Welt.«

Wanja runzelte die Stirn. Moment mal . . . so alt wie die Welt? Sie dachte an die anderen Bilder, die sie in den Arkaden gesehen hatte. »Aber . . . Artisten, Soldaten, Schafhirten, die gibt es doch noch nicht so lange, wie es die Welt gibt«, entfuhr es ihr.

Die verschleierten Augen des Mannes sahen an ihr vorbei, vielleicht auf die alte Frau, die jetzt ihren Kopf hob. Dann wandte er sich wieder Wanja zu. »Damit hast du recht. Doch ich sagte, die *Vaterbilder* sind so alt wie die Welt. Was ihr in diesen Bildern seht, verändert sich. Von Jahr zu Jahr, von Generation zu Generation und von Mensch zu Mensch. Jeder sieht in diesen Bildern, was er darin sehen will. Damit beantwortet sich auch die Frage, von wem die Bilder sind. In gewisser Weise seid ihr selbst die Künstler.«

Wanja schnappte nach Luft. Langsam formulierte sich in ihrem Inneren eine Antwort. »Du meinst . . . die Ausstellung heißt Vaterbilder, weil wir darin so etwas wie das Bild eines Vaters sehen? Eines Vaters, den wir gerne hätten? Egal, ob wir einen haben?« Sie dachte an Mischa, an Alex.

Der Hüter der Bilder blieb still. Die Augen schienen ihm zufallen zu wollen.

»Aber . . .« Wanja biss auf ihrer Haarsträhne herum. Alle Fragen, alle Zweifel kamen wieder in ihr hoch, jetzt, wo sie an der Quelle des Rätsels war. »Aber . . . wieso sind diese Bilder dann so – lebendig? Wieso können wir mit den Menschen dort reden, sie fühlen, sie . . . sie lieben?« Wanja strömten jetzt die Tränen die Wangen herunter. Taro, sie dachte an Taro, an all die wunderbaren Dinge, die sie und Mischa mit ihm erlebt hatten. Und an die schrecklichen. An seinen Sturz, an seinen leblosen Körper auf dem Boden der Manege. »Ich will nur wissen, ob die Menschen in diesen Bildern wirklich sind«, schluchzte sie.

Der Hüter der Bilder beugte sich vor. Seine Stimme war jetzt so heiser, dass Wanja sich anstrengen musste, um die Worte zu verstehen. »Über das, was wirklich, und das, was nicht wirklich ist, haben sich schon seit Urzeiten unzählige Menschen den Kopf zerbrochen, und noch heute scheiden sich an dieser großen Frage die Geister. Für meine Begriffe ist all das, was uns wirklich berührt, auch wirklich wahr. Und wenn sich unser Innerstes für eine Welt öffnet . . .«, der Mann schwieg einen Moment, »dann öffnet sich diese Welt auch für unser Innerstes und wird unsere Wirklichkeit – solange wir es brauchen.« Nach diesen Worten machte er eine lange Pause. Dann fügte er mit plötzlich klarer Stimme hinzu. »Kannst du mit dieser Antwort leben?«

Wanja nickte. Ganz langsam, aber sie nickte. Dann zeigte sie auf die Sanduhr. »Ist das die Zeit . . . die Mischa noch bleibt?«

Der Hüter der Bilder legte die Sanduhr in seine flache dunkle Hand, als könne er dadurch das Weiterrieseln des Sandes aufheben. »Ich wünsche dir Glück«, sagte er nur. »Denn eine zweite Chance gibt es nicht.«

Der Hüter der Bilder wandte sich an die alte Frau, die jetzt neben Wanja getreten war. »Führ sie nach draußen, Ananda.«

Mit diesen Worten stand er auf und ging in das Innere des Turmes. Mit jedem Schritt, mit dem er kleiner wurde, wurde der Turm größer. So groß, dass Wanja durch die Tür in ihn hineinsehen konnte. Bilder hingen an den Wänden. Porträts, rot gerahmt, in leuchtenden Farben. Nur eines war dunkel. Wanja sprang vor. Doch da hatte sich die Tür des Turmes bereits geschlossen.

Das Bild löste sich auf, verblich, langsam, wie es entstanden war.

Das Rauschen des Meeres und der Geschmack von Salz waren das Letzte, was blieb.

Dann löschte die alte Frau die Kerzen und führte Wanja nach draußen zur roten Tür im großen Saal.

ZURÜCK

In der Kunsthalle herrschte noch immer reger Betrieb, und als Wanja in die Eingangshalle trat, wurde sie erwartet. Von Natalie und Alex.

»Was um Himmels willen war denn los?« Ganz blass war Alex plötzlich, und auch in Natalies Gesicht mischten sich Verwirrung und Angst.

»Ich . . .« Wanja schluckte. »Ich weiß nicht, wo ich anfangen soll. Im Bild ist etwas Schreckliches passiert, und Mischa«, Wanja senkte die Stimme, als ein Mann an ihnen vorbei zum Ausgang ging, »Mischa ist drin geblieben.«

»Wie drin? Im *Bild*?« Alex stand der Mund offen. »Aber Mischa war doch da.«

»War er eben nicht.« Wanja traten schon wieder die Tränen in die Augen. »Das war nur sein äußerer Körper. Sein . . . sein Reisekörper ist im Bild.«

»Sein was?« Natalie runzelte die Stirn.

Wieder gingen Leute an ihnen vorbei. Eine ältere Dame musterte mitleidig Wanjas verweintes Gesicht.

Wanja wandte sich zum Ausgang. »Ich will hier raus.«

Eisiger Wind blies den Jugendlichen auf den Stufen entgegen. Natalie und Alex klappten ihre Kragen hoch und zogen die Köpfe ein. Aber Wanja stand nur da und sog den Wind in ihre Lungen. Auf den Straßen war kaum ein Auto unterwegs.

»Fühlt ihr auch diesen Sog in euch, wenn ihr das Bild berührt? Und dann das Kribbeln, wenn der Gong schlägt? Diese Sehnsucht, von der ihr nicht wisst, wonach?«

Die beiden nickten mit erstaunten Gesichtern, als würde es ihnen jetzt erst richtig bewusst. Natalie sah Wanja aus ihren schwarzen Augen an, und Alex stieß ihr in die Seite. »Jetzt sag schon, Mensch. Was ist mit Mischa? Was soll das heißen, sein *Reisekörper* ist im Bild?«

Wanja schluckte. Und dann erzählte sie den beiden, was die alte Frau und der Hüter der Bilder ihr erzählt hatten. Als sie aufhörte, waren ihre Hände taub vor Kälte, und Alex und Natalie klapperten mit den Zähnen. Ihre Lippen waren blau.

»Ach du meine Scheiße«, murmelte Alex.

Wanja fing an zu schluchzen.

Natalie legte ihr den Arm um die Schultern. »Sollen wir dich nach Hause bringen?«

»Ich muss nicht nach Hause«, entgegnete Wanja. »Ich muss zurück ins Schullandheim. An die Nordsee. Ich bin von dort abgehauen. Aber mein Zug geht erst um kurz nach sechs.«

»Auch das noch!« Alex kickte gegen die vor ihm liegende Fantaflasche. Sie rollte die steinigen Stufen nach unten und weiter auf den Bürgersteig, bis sie vor einem parkenden Auto liegen blieb.

»Natalie, kannst du bei ihr bleiben?«, fragte er. »Ich glaub, meine Alten haben was gemerkt, als ich vorhin aus dem Haus gegangen bin. Als ich draußen war, ging in ihrem Zimmer das Licht an. Ich muss mir irgendwas einfallen lassen. Aber wenn ich die ganze Nacht nicht komme, kann ich mir die nächsten Besuchstage in die Haare schmieren. Mein Vater bringt es fertig und setzt einen seiner Leibwächter auf mich an. Damit hat er mir schon mal gedroht.«

Natalie legte ihren Arm noch fester um Wanja. »Sei froh, dass du wenigstens einen Vater hast«, sagte sie kalt.

Die Straßen auf dem Weg zum Bahnhof wirkten verlassen. Nur ein paar Betrunkene wankten an Wanja und Natalie vorbei, und vor einer Haustür stritt sich ein Pärchen. Noch immer lag Natalies Arm auf Wanjas Schulter.

Neben dem Eingang vom Bahnhof war ein Fotogeschäft, dessen Fenster mit pappigem Styroporschnee, grünen Kunststoffzweigen und einem brüllend hässlichen Weihnachtszwerg mit rot geschwollener Nase dekoriert war. In der Mitte der Auslage, gehalten von dünnen Seilen, hing ein goldener Plastikrahmen. »Bei uns sind Sie bestens im Bilde«, stand darin.

Wanja presste ihre kalten Hände gegen die Stirn. »Meine Güte, Natalie. Auf was haben wir uns da bloß eingelassen?«

»Auf was Gutes, Wanja.« Natalies Stimme klang eindringlich. »Ich versteh zwar immer noch nicht ganz, was du vorhin erzählt hast. Aber ich bin sicher, dass es gut wird. Dass alles ein gutes Ende nehmen wird. Wir . . .« In ihre dunklen Augen traten Tränen. »Wir sind doch irgendwie noch Kinder. Die werden doch nicht zulassen, dass uns etwas passiert.«

Wanja nickte. Sie war sich da zwar nicht so sicher, aber es klang tröstend. Und es tat gut, dass Natalie bei ihr blieb.

»Was ist denn mit deiner Mutter?«, fragte sie. »Kriegst du keinen Ärger?« Natalie schüttelte den Kopf. »Die schläft nachts wie ein Baby«, sagte sie und zog ihre Nase hoch.

Die beiden suchten sich eine halbwegs warme Nische vor einem der Läden im Inneren der Bahnhofshalle. Eine Ladentür weiter, unter einem speckigen Schlafsack, lag ein Penner und schnarchte. Die leere Rotweinflasche neben ihm war umgefallen.

»Kennst du deinen Vater auch nicht?«, fragte Wanja in die Stille hinein.

»Mein Vater ist tot«, sagte Natalie. »Er hat sich umgebracht.« Sie griff in ihre Jackentasche, holte ihre Zigaretten raus und zündete sich eine an.

Wanja schwieg. Sie fühlte sich mittlerweile wie betäubt. Der Penner neben ihnen drehte sich auf die andere Seite und schnarchte weiter.

»Es war im März.« Natalies Stimme klang tonlos. »Ich habe ihn gefunden. Zu seiner Beerdigung kam keiner von seiner Familie. Erst im Sommer sind wir zu meinen Großeltern nach Kuba geflogen. Und auf dem Rückflug«, Natalie blies den Zigarettenrauch in die kalte Luft, »hat sich meine Mutter dann einen neuen Mann angelacht.« Sie lachte bitter. »Kaum ist der eine unter der Erde, taucht in der Luft ein anderer auf. So schnell kann's gehen, was?«

»Der Indianer in deinem Bild ist auch ein anderer«, sagte Wanja. Natalie sog den Rauch ein, scharf und tief. Alles um sie war still. Keine Durchsagen, keine Züge, keine Menschen. Nur der friedlich schlafende Penner neben ihnen.

»Ja«, sagte Natalie. »Der Indianer ist auch ein anderer. Aber er gibt mir etwas, das mein Vater mir nie geben konnte.«

»Und was?«

Natalie schnippte ihre Zigarette weg. Wie ein Funken flog sie durch die Luft. »Ein Gefühl dafür, dass das Leben schön ist. So wie es ist. Auch wenn die Dinge schwierig sind. Beim letzten Mal«, Natalie senkte ihre Stimme, »beim letzten Mal ist in meinem Bild jemand gestorben. Ein alter Indianer. Seine Zeit war da, und alle waren bei ihm. Ich auch. Wir haben gesungen . . . bis es so weit war.«

Natalie zündete sich eine neue Zigarette an. Danach sagten beide nichts mehr. Sie saßen nur da, Seite an Seite, wärmten sich gegenseitig und ließen die Zeit verstreichen.

Minute um Minute.
Stunde um Stunde.

»Danke«, sagte Wanja, als sie sich um kurz vor sechs von Natalie verabschiedete. In wenigen Minuten kam ihr Zug. Draußen war es noch immer dunkel, aber auf dem Bahnhof herrschte wieder Alltag. Menschen mit grauen Mänteln und müden Gesichtern eilten an ihnen vorbei. Hinter dem noch immer schlafenden Penner wurden Rollläden hochgezogen. Die Ladentür öffnete sich. »Herrgott noch mal, kann der sich nicht einen anderen Schlafplatz suchen?«, schnarrte eine Männerstimme.

»Viel Glück!« Natalie umarmte Wanja. »Ich werde an dich denken, in drei Tagen.«

Auf der Rückfahrt begegnete Wanja keinem Menschen. Nicht einmal ein Schaffner kam. Dafür wurde sie im Schullandheim erwartet. Herr Schönhaupt und Frau Gordon saßen vorne in der Empfangshalle. Aber Wanja war nicht einmal aufgeregt. Wie auch. Gegen das, was sie erlebt hatte, was dies hier ein Kaffeekränzchen.

Herr Schönhaupt erhob sich. Er trug einen hellblauen Jogginganzug, und sein fettiges Zöpfchen lag wie eine dünne Schnecke auf seiner Schulter. Oh Mann, dachte Wanja. Wenn du wüsstest, wie lächerlich du aussiehst.

»Fräulein Walters! Ich werde dir jetzt einmal erzählen, was ich von einem solchen Benehmen . . .«

Frau Gordon schnitt Herrn Schönhaupt das Wort ab. »Wo bist du gewesen, Wanja?«

Wanja presste die Lippen aufeinander. Sie würde nichts sagen, egal, wie lange die beiden sie löchern würden. Aber Frau Gordon fragte nicht weiter. Sie warf Herrn Schönhaupt einen drohenden Blick zu. Und dann nahm sie Wanja in den

Arm. Warm und straff fühlte sich ihr Körper an. Wanja hätte gerne geweint. Aber sie konnte nicht. Sie war leer und müde, so fürchterlich müde. Sie hing in Frau Gordons Armen wie jemand, der einer Ohnmacht nahe ist.

»Deine Mutter wartet zu Hause auf einen Anruf, Wanja. Tinas Vater hat sie benachrichtigt. Du kannst dir vorstellen, wie ihr zumute ist.«

Wanja nickte. Und dann folgte sie Frau Gordon zum Telefon.

Zwölf Gongschläge

Was hast du dir dabei gedacht?!«

Als Wanja am frühen Nachmittag nach Hause kam, schrie Jo ihr die Frage zum zweiten Mal ins Gesicht. Nicht mal vom Bus abgeholt hatte sie Wanja. Wieder war es Flora, die mit den anderen Eltern vor der Schule stand, und als die beiden an Tinas Vater vorbeigingen, drehte Wanja den Kopf zur Seite. Kein Wort wollte sie hören. Und kein Wort hatte sie gesprochen, auf der ganzen Rückfahrt nicht. Britta hatte allen erzählt, was los war, das erkannte Wanja an den Blicken ihrer Mitschüler. Aber niemand sprach sie an. Zu düster war ihr Gesicht, zu abweisend ihre Haltung. Im Bus saß sie allein, ganz vorne, auf der anderen Seite von Frau Gordon und Herrn Schönhaupt. Auch auf Jos Frage, die mehr wie ein Wutausbruch klang, gab Wanja keine Antwort, sondern schob sich an ihrer fassungslosen Mutter und an Flora vorbei, stieg die Treppe rauf und schloss ihre Zimmertür hinter sich.

»Was ist mit dir nur los, um Himmels willen?!«, schrie Jo ihr schrill hinterher.

Wanja legte sich mit Schuhen und Jacke auf ihr Bett. Sie war müde, so entsetzlich müde. Aber jedes Mal, wenn sie die Augen schloss, öffnete sich dahinter der Vorhang. Und die Bilder erschienen.

Der schwarze Vogel, kopfunter am Trapez.

Taros Sturz.

Und Mischa, immer wieder Mischa.

Wanja griff nach der Wolldecke am Fußende ihres Bettes. Sie fror, trotz der Jacke, trotz des geheizten Zimmers. Sie fror von innen her, und nicht einmal Schröder war da, um sein warmes Fell an ihren Körper zu schmiegen.

Klein wie ein Baby rollte Wanja sich auf ihrem Bett zusammen und horchte in sich hinein. Wo in ihr war jetzt dieser Reisekörper, von dem die alte Frau und der Hüter der Bilder gesprochen hatten? Wanja fühlte ihn nicht. Sie fühlte nur das Kneifen ihres Magens. Es war eine Ewigkeit her, seit sie zum letzten Mal etwas gegessen hatte, und als Jo sie Stunden später in die Küche rief, zwang Wanja die Pellkartoffeln mit Quark in sich hinein. Flora war bereits gegangen.

»Wo warst du, Wanja?« Wieder und wieder stellte Jo diese Frage, bis Wanja schließlich nachgab.

»Ich wollte zurück.«

»Zurück?« Jo runzelte die Stirn.

»Ich hatte Streit mit Britta, ich hab mich schlecht gefühlt, ich hab es einfach nicht mehr ausgehalten.«

»Du bist aber nicht zurückgekommen.«

»Nein. Als ich am Bahnhof war, bin ich wieder umgekehrt.«

Jo knallte die Gabel auf den Tisch. »Verdammt noch mal, Wanja! Meine Nerven sind langsam genug strapaziert! Am nächsten Morgen wärt ihr doch sowieso gefahren. Glaubst du etwa, ich nehme dir diesen Schwachsinn ab?«

Wanja zuckte mit den Achseln. Dann nahm Jo ihr halt den Schwachsinn nicht ab. Sie wollte eine Antwort, jetzt hatte

sie eine. Wanja war nichts geschehen, sie war unversehrt zurückgekehrt, und auf Dauer einsperren konnte Jo sie schließlich nicht, auch wenn Wanja dieses Wochenende zum ersten Mal in ihrem Leben Hausarrest hatte. Plötzlich, inmitten all der Verzweiflung, fühlte Wanja eine Spur von Triumph, und ein kaltes Lächeln stahl sich auf ihr Gesicht.
Du hast deine Geheimnisse. Und ich habe meine.
Jo verließ die Küche.
Am Nachmittag rief Frau Sander an. Wanja hörte von ihrem Zimmer aus, wie Jo mit ihr sprach.
»Auch das noch«, sagte Jo, als sie anschließend in Wanjas Türrahmen stand. »Frau Sander hat darum gebeten, deine Besuche bei ihr für eine Weile einzustellen. Sie wollte nicht so richtig mit der Sprache heraus, aber offensichtlich hat es ja wohl was mit einem Streit zwischen dir und Britta zu tun.« Jo seufzte. »Ist ja auch egal, warum. Aber ich weiß nicht, was ich mit dir machen soll. Ich weiß nicht, ob ich dir noch vertrauen kann. Du siehst schrecklich aus, Wanja. Mit dir ist doch was.«
Wanja versuchte, alles in sich wegzudrängen. Nach unten, runter mit den aufsteigenden Tränen. Wenn Jo jetzt weiterbohrte, war es vorbei.
»Ich bin nur müde, Jo«, entgegnete sie, so ruhig sie konnte. »Und wenn ich drei Nachmittage in der Woche allein sein kann, dann kann ich es auch an fünfen.«
Jo starrte an ihr vorbei aus dem Fenster. Grau war es draußen. Grau, kalt und trostlos. »Ich könnte Flora bitten.«
»Das brauchst du nicht.« Wanja sprang auf und zog ihre Mutter am Arm. »Du kannst mir vertrauen, Jo. Ich mach so was nicht wieder. Ich verspreche es dir.«
Jo schloss langsam die Tür. Gleich darauf öffnete sie sie wieder. »Sag mal, Wanja, hat das alles irgendwas mit diesem Jungen zu tun? Diesem, wie hieß er noch, Mischa?«

Wanja erschrak. »Nein, Jo.« Und schluckte. »Wirklich nicht. Was soll das denn mit dem zu tun haben? Wir sind Freunde, Mischa und ich, das ist alles. Glaubst du etwa, ich hau aus dem Schullandheim ab, um mich mit ihm zu treffen? Den hätte ich doch eh am nächsten Tag gesehen, wenn ich das gewollt hätte.«

Jo schüttelte den Kopf. Und ging nach unten. Wanja ging zurück ins Bett und zog sich die Decke über den Kopf. Der Rest des Tages kroch dahin, langsam und unerbittlich.

Am Montag hatten sie die ersten beiden Stunden Frau Gordon. Britta hatte sich neben Sue gesetzt. Tina war jetzt unterwegs in ihre neue Heimat.

Während Frau Gordon mit der Klasse eine neue Kurzgeschichte durchnahm, wanderte ihr Blick immer wieder zu Wanja. Aber sie ließ sie in Ruhe, und Wanja war ihrer Lehrerin dankbar dafür.

Außer der Angst um Mischa und Taro passte jetzt nichts mehr in ihren Kopf. Warum hatte sie den Hüter der Bilder nicht nach Taro gefragt? Oder nach dem Vogel? Wenn er wusste, wie es um Mischa stand, dann wusste er doch sicher auch über Taro Bescheid. Waren die Bilder in seinem Turm dieselben Bilder, die auch in der Ausstellung hingen? Sah er dasselbe darin wie sie?

Doch je weiter der Uhrzeiger nach vorne kroch, desto stärker rückte Mischa in den Vordergrund. Für Taro konnte Wanja jetzt nur beten. Für Mischa konnte sie etwas tun. Ein paar Mal hatte sie am Wochenende versucht, bei ihm anzurufen, aber es hatte niemand abgehoben. Und wenn er jetzt nicht in der Schule war, war alles zu spät. Dann brauchte sich Wanja gar nicht erst auf den Weg zum Museum zu machen.

Aber er war da. Als Wanja nach dem Klingeln auf den Pausenhof rannte, stand er an seinem Platz bei den Fahrradständern, in seiner zerschlissenen Cordjacke, die Hände in den Hosentaschen.

Wanja ging auf ihn zu. Sie konnte ihn nicht Mischa nennen. Nicht einmal in Gedanken. Mischa war im Bild.

Der Junge musterte Wanja. Sein leerer, ausdrucksloser Blick war unverändert, und es kostete Wanja Überwindung, ihn anzusprechen. Zögernd fasste sie ihn am Ärmel. »Nach der Schule triffst du mich hier, hast du verstanden?« Meine Güte, seine Augen, wie kalt sie waren. Und wie geschwollen sein Gesicht noch immer war. Die Stelle unter seinen Augen schimmerte jetzt violett. Wanja griff ihn an beiden Schultern. Riss an seiner Jacke. »Ob du mich verstanden hast, will ich wissen!«

Der Junge nickte. »Ja.«

Und als die Schule aus war, wartete er auf sie. Er fuhr hinter ihr her zum Museum. Über eine Stunde hatten sie noch Zeit. Der Junge folgte Wanja schweigend die Treppen hoch zum Eingang der Kunsthalle, in deren Mitte noch immer der Engel stand, die Trompete zur Decke gerichtet, ein steinernes Lächeln auf den kunstvoll gemeißelten Lippen.

Wanja griff nach der Hand des Jungen. Sie fühlte sich kalt an, aber Wanja hielt sie ganz fest.

Um kurz vor drei betrat sie mit ihm die Abteilung der alten Meister. Die rote Tür war da, aber diesmal waren sie die Einzigen, die den dunklen Gang betraten.

Dahinter, im Saal, erwartete sie die uralte Frau. Sie stand auf der Bühne und lächelte ihnen zu. Wanja las weder Angst noch Traurigkeit in ihrem Gesicht, und das gab ihr Mut.

»Zwölf Mal wird der Gong ertönen«, sagte die Frau. »Beim zwölften Schlag müsst ihr zurück sein.«

Wanja hielt den Jungen noch immer an der Hand. Der blickte sich im Raum um, aber in seinem Gesicht regte sich nichts.

»Wo werde ich Mischa finden?«, fragte Wanja leise.

Die alte Frau holte tief Luft. »Er ist bei Amon«, sagte sie. »An einem besonderen Ort.«

Dann gab sie Wanja ein Zeichen.

Wanja führte den Jungen in ihre Arkade. Dort ließ sie ihn stehen – und berührte Taros Bild.

Die Manege war zu dunkel, um irgendetwas zu erkennen. Wanja konnte kaum die Hand vor Augen sehen. Sogar sie selbst kam sich mit einem Male unheimlich vor. Vor allem wenn sie daran dachte, dass jetzt auch ihr eigener Körper draußen vor dem Bild stand. Wanja kniff sich in den Arm, froh über den Schmerz, den sie empfand. Und als sie sich die Hände auf die Wangen legte, fühlte ihr Gesicht sich warm und lebendig an. Wanja atmete tief ein. Hier war sie, hier im Bild. Bei Mischa. Wanja drehte ihren Kopf in alle Richtungen. Nur nach oben wagte sie nicht zu schauen.

»Hallo?«, rief sie, erschrocken über den schrillen Klang ihrer eigenen Stimme. »Ist jemand da?«

Niemand antwortete.

Wanja tastete sich vorwärts. Neben dem Vorhang stolperte sie über irgendetwas, das auf dem Boden lag, aber sie rappelte sich auf und ging weiter nach draußen. Vor dem Zelt schlug ihr ein warmer Wind entgegen. Auch hier war alles still. Still, dunkel und verlassen.

Und plötzlich fühlte sie den Vogel. Sie konnte ihn nicht sehen, aber sie spürte, dass er da war, und obwohl sich ihre Kehle zuzog, hätte sie für einen Moment am liebsten nach Taro gerufen oder ihn gesucht. Aber dann dachte sie an Mischa und an die wenige Zeit, die ihr blieb, und sie riss sich zusammen. Mischa war es, der jetzt ihre ganze Kraft brauchte.

Auch von den Artisten war niemand zu sehen, nur von der

Cafeteria her ertönten leise Stimmen, und als der erste Gong ertönte, fühlte Wanja schon das Kribbeln. So schnell? Schwer und sperrig ging der Atem in ihrer Brust. Wohin sollte sie gehen? Im ersten Moment zog es sie zur Cafeteria. Doch dann fiel ihr ein, was die alte Frau gesagt hatte. *Er ist bei Amon.* Woher wusste sie seinen Namen? Und was meinte sie mit dem besonderen Ort?

Wanja rannte zu Amons Wagen. Auch hier war alles dunkel, Wanja hämmerte an die Tür, aber niemand öffnete.

Wie im Fieber dachte Wanja nach. Ein besonderer Ort. Ein besonderer Ort. Wanja sagte es laut vor sich hin. Und dann schoss ihr plötzlich ins Gedächtnis, wo sie diese Worte schon einmal gehört hatte. Im Wald, auf ihrem Ausflug mit Taro, Mischa und Sandesh. Die Höhle war es, die Taro einen besonderen Ort genannt hatte. Und Amon war ihnen im Wald entgegengekommen.

Der Gong schlug zum zweiten Mal, laut und tief. Das Kribbeln stieg an Wanjas Armen empor.

Sie rannte los, vorbei an Amons Wagen, den kleinen Weg entlang, ins Innere des Waldes. Ihre Schritte knackten auf dem Unterholz, der Gong schlug zum dritten Mal, aber Wanja lief weiter, ignorierte das Stechen in ihrer Brust, die Schwärze vor ihren Augen und die tief im Nacken sitzende Angst.

Nach einer Weile blieb sie stehen. Ihre Augen hatten sich an die Dunkelheit gewöhnt, aber wie sollte sie die Höhle erkennen? Schon damals war sie unter Blättern versteckt gewesen, aber jetzt . . . Wie weit war sie schon gelaufen? Musste sie vor? Zurück?

Vorsichtig ging sie weiter, ihren Kopf nach links gerichtet, auf die Seite, an der die Höhle gelegen hatte. Dadurch sah sie den Baumstamm nicht, der ihren Weg versperrte, sie stolperte, fiel der Länge nach hin, rappelte sich mit einem

Ruck wieder auf und rieb sich fluchend das aufgeschlagene Knie, in das sich irgendwas Spitzes gebohrt hatte; ein Stein, ein abgesplittertes Stück Holz, vielleicht sogar eine Glasscherbe.

Der Gong schlug zum vierten Mal. Und Wanja lachte. Lachte vor Glück. Der umgestürzte Baumstamm zeigte ihr, wo sie war. Genau an dieser Stelle war Amon ihnen damals entgegengetreten. Und wenn nicht ein zweiter Baum im Weg lag, dann musste es hier sein.

Auf allen vieren kroch Wanja vorwärts, ganz auf der linken Seite des Weges, vergaß ihr schmerzendes Knie und wusste, als ihre Hand an etwas Hartes, Kaltes stieß, dass sie ihr Ziel erreicht hatte.

Sie tastete nach der kreisrunden Öffnung. Da. Da war sie. Das Laub war zur Seite geräumt, und Wanja kroch ins Innere der Höhle. Die Dunkelheit, die jetzt nach ihr griff, war noch schwärzer als die im Gang zum großen Saal. Es war, als hätte die Höhle ihr zahnloses Maul geöffnet und Wanja geschluckt.

Die Angst ließ sie kaum noch atmen. Was würde sie vorfinden? Würde sie überhaupt etwas vorfinden? Der schlauchartige Höhleneingang war so niedrig, dass Wanja sich ducken musste. Kalt, feucht und modrig war die Luft, und als Wanja auf etwas Weiches, laut Fiepsendes trat, schrie sie leise auf.

Dann erblickte sie das Licht. Vor ihr lag ein winziger Raum, erleuchtet vom schwachen Schein einer Kerze. Hinten an der steinernen Wand lag jemand . . . auf einem Mantel. Davor saß eine gebeugte Gestalt, die sich jetzt zu Wanja umdrehte. Kristallene Augen blitzten ihr entgegen. Der Gong schlug zum fünften Mal.

»Amon!« Wanja lief auf den Alten zu, kniete neben ihm nieder und zwang sich, auf die dort liegende Gestalt zu schauen. Inzwischen kribbelte ihr ganzer Körper, als bahnten sich Heerscharen von Ameisen ihren Weg durch ihre Adern.

Vor ihr auf dem Boden lag Mischa. Er hatte die Augen geschlossen, seine Brust hob und senkte sich leicht, und eigentlich sah er aus wie immer. Aber als Wanja ihre Hand nach ihm ausstrecken wollte, merkte sie plötzlich, dass etwas anders war, und es erschien ihr viel schlimmer als alles, was sie sich vorgestellt hatte. Was hatte sie sich vorgestellt? Jedenfalls nicht, dass Mischa auf diese sonderbare, kaum merkliche Weise durchsichtig wirkte, fast so, als könne man durch ihn hindurchgreifen.

»Amon!« Wie eine Beschwörung wiederholte Wanja den Namen des alten Zauberers. »Was passiert mit ihm?«

Amon rutschte zur Seite, machte Wanja Platz. »Es wird Zeit«, sagte er leise. »Der Prozess hat schon begonnen, du musst dich beeilen.«

Aber Wanja war plötzlich wie gelähmt. »Was muss ich tun?«, flüsterte sie.

Amon stand auf. »Du musst ihn dazu bringen, dass er dich hört«, entgegnete er. »Und dann musst du ihn dazu bewegen, dir zu folgen.« Der Alte legte Wanja seine Hand auf die Schulter, aber Wanja spürte es kaum. Das Kribbeln breitete sich in ihrem Kopf aus.

»Ich lasse euch beide jetzt allein.« Amon wandte sich ab. »Dieser Ort besitzt eine besondere Kraft. Er hat den Prozess verzögert, sonst wäre es längst zu spät. Aber der Rest liegt bei dir, Wanja. Bei dir und Mischa. Ihr könnt es schaffen.«

Die Hand löste sich von Wanjas Schulter, und sie hörte, wie Amons Schritte sich entfernten. Wanja wollte ihn zurückrufen, aber sie bekam keinen Laut heraus. Sie beugte sich über Mischa, der ihr plötzlich unendlich weit weg erschien.

Der Gong ertönte zum sechsten Mal.

Wanja rüttelte an Mischas Schultern, ihre Angst, dass ihre

Hände ins Leere greifen würden, bestätigte sich nicht, obwohl sich die Schultern seltsam anfühlten, beinahe schwerelos und ohne jeden Widerstand.

»Mischa!«

»Mischa!«

Wieder und wieder rief sie seinen Namen, aber Mischa rührte sich nicht. Wanja schrie jetzt, immer lauter, immer verzweifelter. Aber die einzige Antwort waren die Gongschläge.

Sieben.

Acht.

Wanja verstummte. Sie sah auf Mischa herab. Tränen liefen lautlos ihre Wangen herab. Es war unendlich still. Und aus dieser Stille heraus erhob sich ein Gefühl. Wieder war es diese innige Vertrautheit, aber diesmal ging sie tiefer als je zuvor. Wanja kroch zu Mischa auf den Mantel. Sie legte ihren Kopf auf seine Brust, schlang ihre Arme um seinen leblosen Körper, drückte ihn, bis sie etwas spürte, und hielt ihn fest. Sie hatte aufgehört zu denken. Sie fürchtete sich nicht mehr. Nicht einmal das Kribbeln nahm Wanja mehr wahr. Nur dieses Gefühl.

Ihr Atem wurde zu Mischas Atem, der schwach war und dann, kaum merklich, stärker wurde.

»Was . . . ist . . . los?«

Wanja hob den Kopf. Ganz dicht war ihr Gesicht über Mischas. Seine blauen Augen sahen sie an, groß und verwirrt.

»Wo bin ich?«

Der Gong schlug zum neunten Mal. Wanja sprang auf. Griff nach Mischas Hand. Zog ihn hoch und war jetzt beinahe froh darüber, wie leicht sein Körper war.

»Mischa! Wir müssen hier raus. Wir müssen zurück, es bleibt nicht mehr viel Zeit. Du musst aufstehen! Mischa! STEH AUF!«

Sie zog und zerrte an ihm, und Mischa, wirr und schwach, versuchte, auf die Beine zu kommen. Als er stand, legte Wanja seinen Arm um ihre Schultern. Sie wusste nicht, wie sie zum Ausgang gelangten, aber sie schafften es. Der Gong schlug zum zehnten Mal.

Wanja schrie nach Amon, schrie und schrie, aber Amon antwortete nicht. Immer wieder sackten an ihrer Seite Mischas Beine weg, und Wanja hatte kaum noch Kraft. Jetzt kam die Verzweiflung zurück. So kurz vor dem Ziel durfte es nicht zu spät sein, es durfte einfach nicht! Warum, zum Teufel, hatte Amon sie allein gelassen?

»Geh allein«, hauchte Mischa. »Geh ohne mich, ich schaff es nicht.«

»Auf keinen Fall«, schrie Wanja. »Hörst du, Mischa? Auf keinen Fall!«

Und dann hörte sie ein Rascheln. Sie hielt den Atem an. »Amon?«

Aber vor ihnen stand nicht Amon.

Vor ihnen stand Sandesh.

Sein weißes Fell leuchtete im Dunkeln. Wie aus dem Nichts war er aufgetaucht und stand vor dem Eingang der Höhle. Er schnaubte leise und senkte seinen Kopf. Mit letzter Kraft schob Wanja Mischa auf den Rücken des Pferdes. Dann stieg sie selber auf, Mischa hielt sich an ihr fest, Wanja griff mit einer Hand nach der Mähne des Pferdes und umklammerte mit der anderen Mischas Hände vor ihrem Bauch. Sandesh setzte sich in Bewegung. Weich und federnd, galoppierte er über den Waldweg, machte einen Satz über den umgestürzten Baumstamm und preschte weiter durch die Nacht, zielsicher und schnell wie ein Pfeil.

Elf.

Sie erreichten das Ende des Waldes. Hörten ein wütendes Krächzen. Erreichten die Manege. Noch immer war keiner der Artisten zu sehen. Sandesh lief mit ihnen durch den Vorhang. Vor dem Rahmen blieb er stehen.

Wanja sprang ab. Reichte Mischa die Hand. Das Kribbeln war jetzt wieder so stark, dass sie sich kaum noch auf den Beinen halten konnte. Eine seltsame Leichtigkeit ergriff von ihr Besitz, und für eine Sekunde erfüllte sie der Wunsch, sich aufzulösen und eins zu werden mit der Luft.

Doch dann, mit dem Schlag des zwölften Gongs, zog sie Mischa zum Rahmen. Sie griffen hinein, beide zur gleichen Zeit, während der zwölfte Gongschlag noch in ihren Ohren hallte.

Als die beiden aus der Arkade in den Saal traten, schlug die Frau auf der Bühne ihre beiden Hände vor den Mund.

»Ihr habt es geschafft«, flüsterte sie. »Ihr habt es wirklich geschafft.«

Wanja sah zu dem Jungen, der wieder Mischa war. In seine Augen, ja in seinen ganzen Körper war das Leben zurückgekehrt, während auf seinem Gesicht noch immer die Verwirrung lag.

GERETTET UND DOCH ...

Der Uhrzeiger im Museum rückte auf fünf, aber Wanja und Mischa hockten noch immer neben dem Engel in der Eingangshalle, wo Wanja erzählt hatte, ohne Unterlass.

»Und du kannst dich wirklich an nichts erinnern?«, fragte sie bereits zum zweiten Mal. »Auch nicht an das, was außerhalb des Bildes war?«

Mischa schüttelte den Kopf. »Ziemlich unheimlich, das Gefühl, zweimal zu existieren und nichts davon zu wissen«, murmelte er. »Und ich bin wirklich weggegangen aus dem Saal? Wie sah ich denn aus?«

Wanja schloss die Augen. »Fremd und leer«, sagte sie leise.

»Und im Bild?«

Wanja schwieg. Neben der Kasse stand die turmhaarige Aufseherin. Ärgerlich blickte sie in ihre Richtung. »Dass ihr mir den Engel bloß nicht anfasst«, schrillte ihre Stimme durch die leere Halle.

Wanja hörte gar nicht hin. »Im Bild warst du der Mischa, den ich kannte«, antwortete sie. »Auch wenn dein Körper irgendwie aussah wie . . . wie . . . ich weiß nicht, wie ich das beschreiben soll, wie im Traum vielleicht. Was ist denn das Letzte, an das du dich erinnern kannst?«

Mischa hob den Cent auf, der vor seinen Füßen lag. »Das Letzte, was ich weiß, war der Moment, wie ich Taro und den anderen hinterhergelaufen bin. Aber sie waren schneller und dann«, er fuhr sich mit den Fingern durch die Haare, »bin ich zusammengebrochen. Dieses Kribbeln, von dem du vorhin gesprochen hast, das hab ich auch gespürt. Dann gingen in mir die Lampen aus. Wie ich in diese Höhle gekommen bin, weiß ich nicht. Das habe ich wohl Amon zu verdanken. Aber dann . . .« Mischa stockte. »Dann wurde es irgendwann neben mir ganz warm. Und ich konnte deinen Atem fühlen.«

Wanja zog mit der Fußspitze einen langen Kratzer auf dem Fußboden nach. »Ich deinen auch.«

»Ich wollte einfach nicht zurück«, sagte er trotzig. »Nicht zu diesem Arschloch. Und nicht mit der Ungewissheit, was mit Taro war. Es ging alles so schnell, so schrecklich schnell. In dem einen Moment hing Taro noch am Trapez. Und im nächsten war plötzlich der Vogel da. Er kam von hinten, wie aus dem Nichts, und schon als er Taro das erste Mal ins Netz gestürzt hat, dachte ich, das überlebt er nicht. Alle kamen sie angelaufen. Aber keiner«, Mischas Hände ballten sich zu Fäusten, »keiner hat sich gerührt. Ich selbst war auch wie gelähmt. Obwohl ich gesehen hab, was mit dem Netz los war. Verdammt Wanja. Ich habe alles mit angesehen, alles!«

Wanja fühlte einen Stich in ihrer Brust. Mischa war gerettet. Aber was war mit Taro?

»Der Vogel saß vorhin auf Taros Wohnwagen«, presste sie hervor. »Glaubst du, Taro . . .« Wanja hielt inne. Weiter wollte sie einfach nicht denken.

Mischa hob langsam den Kopf. »Ich weiß es nicht. Aber ich will, dass er lebt. Ich will es so sehr, wie ich will, dass dieses Arschloch krepiert.«

Wanja wusste, dass er mit dem Arschloch nicht den Vogel meinte, sondern den Menschen, der ihn geprügelt hatte. Seinen Vater.

Schweigend schoben sie ihre Fahrräder zurück. An der Ecke, an der sie sich wie immer trennten, lehnte Mischa sein Rad an eine Hauswand. Er trat dicht an Wanja heran. Seine Arme hingen ihm an den Seiten herunter. Sie zuckten, als wollte er sie heben. Aber er hob nur den Kopf und sah Wanja an.

»Ich kenne keinen anderen Menschen, der das für mich getan hätte«, sagte er.

Frohes neues Jahr

Mit dem letzten Schultag kam der Schnee. Auf den Straßen blieb nur nass-grauer Matsch mit schwarzen Sprenkeln, der von schlecht gelaunten Haus- oder Ladenbesitzern zur Seite geschippt wurde. Doch der Boden des Wäldchens war eine weiche weiße Decke, und ihr heller Glanz hatte Wanja für einen Augenblick ganz in seinen Bann gezogen.

Sie war erleichtert gewesen, als sie die Schule verlassen hatte. Britta und sie sprachen nicht mehr miteinander, grüßten sich nicht einmal. Nur Sue hatte ihr zugenickt, und Mischa begleitete sie noch ein Stück mit dem Versprechen, sie nach Weihnachten anzurufen und Silvester zu ihnen zu kommen.

Morgen war Heiligabend. Der Tannenbaum stand schon im Wohnzimmer, und am späten Nachmittag würden sie die Großmutter vom Bahnhof abholen. Wanja baute mit Brian einen Schneemann im Garten, als Jo nach Hause kam. Jo trug Grün, zum ersten Mal seit Wochen, und lachte, als sie die Krone aus Schnee sah, die Yolanda, das Steinschwein, auf dem Kopf trug.

Aber auf dem Weg zum Bahnhof seufzte sie alle paar Meter. Es war das erste Mal, dass Wanjas Großmutter Weihnachten bei ihnen verbrachte, und Wanja wusste, dass es für Jo nicht leicht gewesen war, sie einzuladen. Die anderen Jahre war die Großmutter immer zu Hause geblieben, aber dorthin wollte Jo um keinen Preis. Seit ein paar Wochen hatte Uri eine Pflegerin, weil Wanjas Großmutter die Arbeit alleine nicht mehr schaffte.

»Es ist trotzdem herzlos«, sagte die Großmutter, die jetzt neben Jo auf dem Beifahrersitz saß, »sie am heiligen Fest allein zu lassen.«

»Sie ist nicht allein«, schnappte Jo zurück. »Die Pflegerin ist bei ihr. Und nach all dem, was sie dir angetan hat, ist es mir noch immer schleierhaft, wie du dich all die Jahre um sie kümmern konntest.«

Wanja kannte nur wenige Geschichten aus der Kindheit ihrer Großmutter, aber schön war keine von ihnen. Wanja konnte sich kaum vorstellen, dass die herrschsüchtige Frau, die ihre siebenjährige Tochter geschlagen hatte, wenn sie schlechte Noten nach Hause brachte, ihre Uri war.

Wie ein Fremdkörper stand die Großmutter in Jos und Wanjas Wohnzimmer, und als sie mit dem Zeigefinger über das Bücherregal wischte und Jos Blicke wie Pfeile in ihre Richtung schossen, wünschte Wanja die Feiertage zum Teufel.

Dieser Wunsch wuchs, als die Großmutter mit gerümpfter Nase ihre Tütensuppe löffelte, sich mit vorwurfsvoller Stimme erkundigte, ob das Kind auch manchmal ein ordentliches Essen vorgesetzt bekäme, und den eisigen Blicken ihrer Tochter mit einem beleidigten Man-wird-doch-wohl-noch-fragen-dürfen-Ausdruck begegnete.

Doch am nächsten Tag geschah etwas Unerwartetes.

Flora kam, während Wanja mit ihrer Großmutter in der Küche stand und ihr half, die Gans im Ofen mit Bratensaft zu übergießen. Der Duft zog durchs ganze Haus. Jo hatte sich hingelegt. Als Flora in die Küche trat, erhellte sich das Gesicht von Wanjas Großmutter. Flora hatte Jo und Wanja oft besucht, als sie beide noch bei den Großeltern lebten. Als Flora der Großmutter jetzt ein Küsschen auf die Wange gab, fühlte Wanja einen leichten Stich. Wie anders Jos Verhältnis doch zu ihr war.

»Und du gehst jetzt bitte auf dein Zimmer, Kind«, sagte die Großmutter zu Wanja. Floras roter Lippenstiftmund verzog sich zu einem breiten Grinsen. »Hast du nicht gehört? Ab aufs Zimmer. Hopp, hopp. Und fröhliche Weihnachten. Sag Jo schöne Grüße, ich fahre gleich zu meinen Eltern aufs Land. Wir sehen uns Silvester.«

Wanja hörte, wie die Wohnzimmertür sich öffnete und wieder schloss. Kurz darauf schnappte die Haustür zu, und während des ganzen köstlichen Essens lag auf dem Gesicht der Großmutter ein Lächeln.

Nach dem Essen verschwand sie im Wohnzimmer. Ein

Glöckchen klingelte. Jo und Wanja traten ein. Die Großmutter hatte die Kerzen am Baum angezündet. Es war ein schöner Baum, aber Wanja hatte nur Augen für den davor stehenden Korb. Und Ohren für das leise Maunzen, das aus seinem Inneren kam.

Jo griff nach Wanjas Hand und ließ sie gleich wieder los. Dann ging sie langsam auf den Korb zu und öffnete ihn. Ein kleines graues Katzenkind sprang heraus.

»Fröhliche Weihnachten«, sagte die Großmutter, und jetzt wusste Wanja, warum Flora vorhin so gegrinst hatte. Wahrscheinlich hatte sie das Kätzchen im Auftrag der Großmutter besorgt. Aus Jos Augen kullerten die Tränen, und Wanja war mit einem Satz bei ihr.

Als sie später beisammensaßen, lag das Kätzchen auf dem Schoß von Wanjas Großmutter. Neben ihr saß Jo, den Arm um die Schultern ihrer Mutter gelegt. Beide blickten selig auf das Kätzchen herab, das sich mit seiner rosa Zunge die winzigen hellgrauen Pfoten putzte. Jos schwarze Locken berührten das weiße Haar der Großmutter. So nah hatte Wanja die beiden noch nie beieinander gesehen. »Deine Mutter war ein Vaterkind«, hatte die Großmutter oft zu ihr gesagt. Und Wanja? War sie ein Vaterkind? Wäre sie ein Vaterkind gewesen?

Wieder drängte sich Taro in den glücklichen Moment.

Fast zwei Wochen waren seit dem letzten Mal vergangen, trostlose, quälend eintönige Wochen, in denen Wanja die Sorge um Taro manchmal so sehr zusetzte, dass sie in der Nacht schweißgebadet aufwachte. Auch der Vogel drängte sich in ihre Träume. Eine Nachricht hatte sie noch nicht erhalten, und das Einzige, was Wanja beruhigte, war das Wissen um die andere Zeit, die im Bild herrschte. Wenn sie und Mischa nicht bei Taro waren, waren die Stunden in ihrer

Welt nur Minuten in seiner. War ein Tag in ihrer Welt nur eine Stunde in seiner. War ein Monat in ihrer Welt nur ein knapper Tag in seiner. Das predigte Wanja sich vor, wieder und immer wieder.

Wanjas Großmutter blieb bis zum 30. Dezember, und all die Tage stand Paula im Mittelpunkt. Jo hatte das Kätzchen so getauft, und Wanja hielt es Mischa an den Apparat, als er am zweiten Weihnachtstag anrief. Paulas sanftes Schnurren war kein Vergleich zu Schröders satten Nähmaschinengeräuschen, aber Jo und Wanja schlossen das neue Familienmitglied vom ersten Augenblick an in ihr Herz. Wanja merkte, dass der Großmutter ihre gelungene Überraschung eine diebische Freude bereitete. Und Paula brachte einen Zug in ihr hervor, der Wanja neu war. Wie zärtlich die Stimme der Großmutter klang, wenn sie mit dem Kätzchen sprach. Und wie unermüdlich sie für Paula das kleine Gummischwein durchs Zimmer warf. Jo hatte es besorgt, und nachdem Paula das rosa Wesen misstrauisch beschnuppert hatte, wurde es ihr liebster Feind. Immer wenn sie mit der Tatze darauftrat, quiekste das Schwein. Paula bauschte ihren grauen Schwanz auf, fauchte das rosa Gummiding aus Leibeskräften an und trat noch einmal drauf. Quieks. Fauch. Quieks. Fauch. Die Großmutter grinste über beide Ohren. Und einmal, als Paula nach ihrer eigenen Schwanzspitze jagte und sich dabei wie ein wild gewordener Kreisel um sich selber drehte, kicherte die Großmutter wie ein kleines Mädchen.

Aber Streit gab es doch. Wanja hörte es, als sie am Abreisetag der Großmutter die Treppen nach unten stieg. Der Koffer stand schon gepackt vor der Haustür. Die Tür zur Küche war geschlossen, aber die Stimmen drangen ihr im Flur entgegen. »Wenn du damals auf mich gehört hättest, wäre es nie so weit gekommen.«

»Und dann?« Jos Stimme klirrte. »Dann wäre es auch zu deiner Enkelin nicht gekommen. Und jetzt lass mich endlich in Ruhe mit diesem . . .«

»Mit diesem Thema?«

Wanja öffnete die Küchentür. Paula flitzte an ihr vorbei in den Flur. Die Großmutter kniff die Lippen zusammen und griff nach ihrer Teetasse. Jo starrte aus dem Fenster. Das Telefon klingelte. Aber als Jo abnahm, war niemand dran.

Klein und verloren sah die Großmutter aus, als sie neben Wanja und Jo zum Bahnsteig ging, und wie vor einer Woche, als Wanja und Jo sie abgeholt hatten, versuchte Wanja, die Erinnerungen, die der Bahnhof in ihr wachrief, zu unterdrücken.

»Grüß Uri von mir. In den nächsten Ferien komme ich euch besuchen.«

Auch Jo nahm ihre Mutter in den Arm. »Danke für Paula«, sagte sie, und die Großmutter nickte. Aber die Distanz zwischen ihnen war wieder spürbar.

Der letzte Tag im alten Jahr brachte die tiefsten Temperaturen, die Wanja je erlebt hatte. Minus 25 Grad zeigte das Thermometer, und Jo fluchte, da hätten sie ja nach Sibirien ziehen können, dann müssten sich ihre Nerven jetzt wenigstens nicht an die gottverdammte Kälte gewöhnen. Wanja machte trotzdem einen Waldspaziergang, und die zentimeterlangen Eiszapfen an den kahlen Zweigen der Bäume glitzerten so zauberhaft, dass sich ihre trüben Gedanken aufhellten.

Als sie zurückkam, war Flora schon da. Die Zutaten für das Fondue hatte sie mitgebracht, und Paula sprang, als Flora die Fleischstücke in kleine Streifen schnitt, mit einem Satz auf den Küchentisch.

»Hey, du kleiner Gierlapp.« Wanja packte das graue Kätzchen am Nacken und grinste Flora zu. »Danke für das Geschenk.«

Flora lachte. »Das habt ihr eurer Großmutter zu verdanken. Hattet ihr denn schöne Tage?«

»Mhm.« Wanja setzte sich Paula auf den Schoß und kraulte ihr den samtweichen Nacken. »Nur gestern gab es Streit. Aber die anderen Tage waren richtig schön, was, Paula? Oma hat mir leid getan, als sie gestern abgefahren ist.«

Flora legte das Messer zur Seite. »Ich glaube, dass sie ziemlich einsam ist. Es kann nicht leicht sein, allein mit einer alten, pflegebedürftigen Mutter zu leben.«

»Das hat sie sich doch selber ausgesucht.« Jo war auch in die Küche gekommen. Sie stand am Herd und rührte in einer von Floras Soßen. Es roch nach warmer Erdnussbutter.

»Manchmal kannst du richtig hart sein, weißt du das?« Flora strich sich das frisch gefärbte Haar aus der Stirn und zündete sich eine Zigarette an. Jo zuckte nur mit den Achseln. »Wann kommt denn eigentlich dein Besuch, Wanja?«

Mischa kam um sieben, und als Wanja ihn in die Küche brachte, schien er wie bei seinem ersten Besuch nicht zu wissen, wo er hinschauen sollte. Und wieder musterte Jo ihn mit diesem seltsamen Blick. Flora schob den Küchenstuhl an ihrer Seite zurück. »Habt ihr zwei Lust, uns ein bisschen zu helfen? Ich muss beim Zwiebelnschneiden immer heulen wie ein Schlosshund, und Jo hat beim Kochen zwei linke Hände, das kann dir Wanja nur bestätigen. Ich heiße übrigens Flora.«

Mischa gab keine Antwort, aber er setzte sich auf den freien Stuhl neben Flora, legte das Paket in seiner Hand zur Seite und griff nach dem Messer, das Flora ihm hinschob. Er schien dankbar zu sein, etwas tun zu können, und Wanja beobachtete erstaunt, wie schnell und sorgfältig er die Zwiebeln in feine Ringe schnitt.

»Was ist denn da drin?«, fragte Wanja und deutete auf das Paket. Es war rechteckig, mit Packpapier verpackt und mit einer roten Kordel umwickelt.

Mischa wurde rot. »Hab ich dir mitgebracht«, murmelte er.

»Danke.« Wanja hielt das Paket schon in der Hand. Zerknirscht sah sie auf. »Ich hab jetzt aber gar nichts für dich.«

Mischa gab keine Antwort, und als Wanja das Papier weglegte, musste sie schlucken. Es war das Bild, das Mischa von ihr gemalt hatte. Es lag zwischen zwei dicken Pappen, und bevor Wanja irgendetwas erwidern konnte, stand Jo hinter ihr.

»Wer hat das gemalt?« Ihre Stimme schien zu zittern.

»Mischa«, sagte Wanja und dachte an Jos Porträt vom Dachboden. Und daran, dass ihre Mutter jetzt bestimmt das Gleiche dachte.

»Donnerwetter.« Jetzt hatte sich auch Flora über das Bild gebeugt. »Das warst du?« Sie pfiff durch die Zähne. »Das ist unglaublich. Woher kannst du so gut malen?«

Mischa zuckte mit den Achseln. »Keine Ahnung«, murmelte er.

Wanja strahlte ihn an. »Siehst du? Ich hab dir gesagt, Flora würde begeistert sein. Und sie versteht was davon.«

Flora sah Mischa aus ihren klaren Augen an. »In welche Klasse gehst du?«

»Neunte.« Mischa beugte sich wieder über seine Zwiebeln.

»Und hast du schon eine Ahnung, was du mal machen willst?«

»Musik.«

Flora lachte. »Na, wenn du so Musik spielst, wie du malst, dann bin ich schon jetzt ein Fan von dir.«

Mischa sagte nichts. Aber Wanja merkte, dass er sich wohl fühlte.

Als die vier nach einer Weile um den gedeckten Tisch herumsaßen und ihre Fleischspieße in Floras Soßen tunkten, war Wanja einen Moment lang fast glücklich. Paula lag auf ihrem Schoß und maunzte leise im Schlaf. Jo trug Rot. Flora erzählte von der Schule, verkündete stolz, dass sie beschlossen hatte, im neuen Jahr den Mann ihres Lebens zu finden, und stieß der stöhnenden Jo lachend in die Seite.

Nach dem Essen brachten sie Mischa »Siedler von Catan« bei, und um Mitternacht stellte Jo eine Flasche Champagner mit vier Gläsern auf den Tisch.

»Auf ein gutes neues Jahr«, sagte sie.

»Auf die Liebe«, sagte Flora.

In der Ferne knallte es. Paula sprang von Wanjas Schoß und jagte aus der Küche. Wanja und Mischa sagten nichts. Aber als ihre Gläser mit leisem Klingen aneinanderstießen, wusste Wanja, dass sie im Stillen denselben Wunsch aussprachen.

In dem Moment klingelte das Telefon.

»Frohes neues Jahr«, rief Wanja in den Hörer hinein.

»Danke«, sagte die Stimme am anderen Ende. »Gleichfalls.«

Es war nicht ihre Großmutter, wie Wanja im ersten Moment vermutet hatte. Es war eine Männerstimme. Wanja runzelte die Stirn. »Wer spricht denn da?«

Eine Pause entstand. »Das wollte ich auch gerade fragen.«

»Wer ist denn dran?« Jo stand im Flur, und als Wanja mit den Achseln zuckte, nahm sie ihr den Hörer aus der Hand.

»Hallo?« Jo hatte Wanja den Rücken zugedreht. »Nein«, hörte Wanja sie sagen. »Da haben Sie sich verwählt. Auf Wiederhören.«

Als Jo sich wieder umdrehte, zog sie die Mundwinkel auseinander. Es sollte wohl ein Lächeln sein. Aber es war eine Grimasse. Wanja legte die Finger auf ihren Kehlkopf. Und drückte. Als ob es helfen würde.

»Da hat sich jemand verwählt«, wiederholte Jo. »Falsch verbunden.« Dann zuckten ihre Mundwinkel. Sie legte die Hand auf ihre Stirn. »Meine Güte, der Champagner ist mir ganz schön in den Kopf gestiegen. Ich brauche ein Aspirin.«

Sie ging nach oben. Auf der dritten Treppenstufe stolperte sie, fing sich aber.

Als sie nach einer Viertelstunde zurück in die Küche kam, warf ihr Flora einen langen Blick zu, aber Jo presste die Lippen aufeinander, und ihr Gesicht sah aus, als hätte sich eine hauchdünne Maske aus hart gewordenem Wachs darübergelegt. »Was ist? Hat noch jemand Lust zum Bleigießen?«

Wanja versuchte, den Kloß in ihrer Kehle wegzuräuspern. Vergeblich. Als sie aufstand, kippte ihr Stuhl nach hinten. »Nein danke. Ich geh schlafen. Kommst du mit nach oben, Mischa?«

Als Wanjas Großmutter da war, hatte Wanja bei Jo im Bett geschlafen. Für Mischa hatte sie eine Matratze vom Dachboden geholt und sie neben ihr Bett gelegt. Mischa kroch mit Jeans und T-Shirt in den Schlafsack.

Wanja wusste nicht, wie lange sie in der Dunkelheit nebeneinanderlagen und schwiegen.

»Er ist weg«, sagte Mischa irgendwann in die Stille hinein.

»Wer?« Wanja drehte sich auf die Seite. »Wer ist weg?«

»Das Arschloch.«

»Du meinst deinen Vater?«

»Ich meine das Arschloch.« Kalt klangen seine Worte und scharf wie Rasiermesser. »Heiligabend ist er abgehauen. Seine Siebensachen hat er mitgenommen. Und wenn er noch einen Fuß vor unsere Tür setzt, bring ich ihn um.«

Wieder Schweigen.

Sieben Mal klackten die Ziffern auf Wanjas Radiowecker.

»Wanja?«

»Ja?«

»Am Telefon. Das war dein Vater, oder?«
»Ja.«
Mischa räusperte sich. »Und wie klang seine Stimme?«
Wanja legte sich wieder auf den Rücken. In der Ferne rief ein Käuzchen.
»Fremd«, sagte sie leise.

Als Mischas Atemzüge ruhig und regelmäßig geworden waren, stand Wanja auf. Barfuss schlich sie nach unten. Auf der drittletzten Treppenstufe setzte sie sich hin. Wieder drangen Stimmen unter dem breiten Türspalt hervor. Aber diesmal hörte Wanja ihre Mutter schluchzen. »Und dann auch noch das Bild. Im ersten Moment dachte ich, der Junge ... ach, Scheiße, ich weiß nicht, was ich dachte. Es ist wie ein Fluch. Alles erinnert mich an ihn. Vor allem Wanja. Je älter sie wird, desto mehr sehe ich ihn in ihr. Mein Gott, Flora!« Das Schluchzen wurde lauter. »Wieso hat er mir das angetan?«

»Jo.« Floras Stimme klang eindringlich und ein bisschen so, als spräche sie zu einem Kind. »Es ist *dreizehn* Jahre her! Und du kannst ihn nicht auf ewig totschweigen. Wanja ist kein kleines Mädchen mehr. Sie hat ein Recht auf die Wahrheit. Und sie hat ein Recht auf ihren Vater – ganz egal, was damals passiert ist.«

Wanjas Herz fühlte sich an, als wollte es aus ihrer Brust springen und auf die Treppe fallen.

»Ich muss jetzt ins Bett.« Jos Stimme war hart geworden. Ein Stuhl wurde nach hinten geschoben. Ein Glas fiel um, aber es klirrte nicht. Und dann ertönte ein lautes Brummen. Es kam von oben. Wanja sprang auf. Raste zurück in ihr Zimmer.

Am Fenster stand Mischa. Draußen wurde es schon hell, die aufgehende Sonne schickte ihre roten Vorboten über den Morgenhimmel. Mischa zeigte nach oben, und Wanja stellte sich neben ihn. Über ihre Köpfe flog ein kleiner Sportflieger. Er zog ein breites weißes Band hinter sich her. *Merkur-Versicherung wünscht ein frohes neues Jahr.*

Wanja stöhnte auf. »Mann, die spinnen doch.« Aber Mischa stieß sie an. Als Wanja wieder nach oben sah, war der Satz weg. Stattdessen stand in roten Buchstaben ein neuer Satz auf dem Band. »*Der nächste Besuchstag ist der 5. Januar, um 14:30 Uhr.*«

Es kommt noch schlimmer

*I*ch würde die Antwort lieber von Ihnen hören, junges Fräulein!«

Wanja schreckte aus ihren Gedanken. Warum musste der 5. Januar ausgerechnet ihr erster Schultag sein und Mathe ihre letzte Stunde? Langsam hob sie den Kopf, hatte das trotzige Nein schon auf den Lippen, als sie verwirrt feststellte: Herr Schönhaupt meinte gar nicht sie. Er stand vor Brittas Tisch.

»4 Euro 99«, zischte Thorsten Wanja von hinten ins Ohr.

»Hä?« Wanja drehte sich zu ihm um, und Thorsten deutete grinsend auf Herrn Schönhaupts fleischwurstfarbenen Rollkragenpullover mit den grünen und braunen Karos auf der Brust. »Das Teil da. Lag bei Aldi auf dem Grabbeltisch und hat sich angefühlt wie Schmirgelpapier. Aber farblich passt es genau zu seinem Zopfband, was?«

Kerim neben Thorsten prustete los, und Wanja schüttelte sich, als trüge sie den Pulli selbst auf der bloßen Haut. Dann drehte sie sich wieder zu Britta um, die jetzt im Mittelpunkt der Aufmerksamkeit stand und der ganz offensichtlich nicht zum Grinsen zumute war. Mit hochrotem Gesicht starrte sie Herrn Schönhaupt an. Sie war noch stärker geschminkt als sonst, und die Träne, die ihr aus den Augen rollte, verwischte den blauen Lidstrich.

»Tja-ja, Fräulein Sander«, Herr Schönhaupt trat einen Schritt zurück. »Gerade von dir hatte ich mir mehr erhofft.« Er zückte sein schwarzes Buch und legte sein dünnes Lächeln aufs Gesicht. »Aber da sieht man einmal, wie man sich in Menschen täuschen kann. – Thorsten?«

Als die Stunde zu Ende war, ging Wanja an Brittas Tisch. »Lass dich von dem miesen Fettkopf nicht fertig machen. Wo andere ihr Herz sitzen haben, hat der eine Null-Komma-Null zum Quadrat.«

Britta biss sich auf die Lippen und drehte den Kopf weg. Wanja zuckte mit den Schultern, packte ihre Schultasche und ihre Jacke und rannte nach draußen zu den Fahrradständern. Dort wartete Mischa schon auf sie.

Auf dem Weg zum Museum trafen sie Alex. Für einen Moment sah er Mischa an, als käme er von einem anderen Stern. Wieder fiel Wanja auf, dass sich an Alex etwas verändert hatte, es war etwas Inneres, aber es drückte sich in seiner Haltung aus, die mit jeder Begegnung aufrechter zu werden schien. Und wieder fragte sich Wanja, was die anderen in ihren Bildern erlebten, Alex bei dem Mönch, Natalie bei dem Indianer, von dem sie ihr neulich nachts ein wenig erzählt hatte. Gerne hätte sie mehr darüber erfahren, zumindest von Alex und Natalie. Mit den anderen Jugendlichen hatte sie höchstens ein paar Blicke gewechselt, doch die beiden waren fast wie Freunde geworden. Aber noch war es nicht so weit. Noch steckte Wanja zu tief in ihrer eigenen Geschichte, und etwas in ihr schien zu wissen, dass man manche Geschichten erst für sich alleine abschließen muss, bevor man sie mit anderen teilt.

»Na?« Alex trat näher, betrachtete Mischa aber immer noch mit unsicheren Blicken und schien sich nicht zu trauen, ihn direkt anzusprechen. Stattdessen wandte er sich an Wanja. »Ist er . . . wieder *ganz* okay?«

Wanja nickte. Mischa fluchte, und im nächsten Moment lag er auf dem Hintern. Er war auf einer Eispfütze ausgerutscht. Alex reichte ihm mit einem erleichterten Grinsen die Hand und zog ihn hoch. »Irgendwann treffen wir uns mal, ja? Ich meine . . . außerhalb von hier, okay?«

Mischa rieb sich den Hosenboden seiner abgewetzten Jeans. »Geht klar.«

Als sie in die Eingangshalle des Museums traten, war der Engel verschwunden, und an der Stelle, an der er gestanden hatte, hing eine blaue Strickleiter von der hohen Decke herab, um die herum auf dem Boden ein Kreis aus weißen Kieselsteinen lag.

»Der Engel ist nach Hause geklettert«, sagte eine Stimme hinter Wanja. Sie drehte sich um. Natalie stand hinter ihr. »Alles klar? Ich hab die ganze Zeit an euch gedacht.«

Wanja lächelte sie an. »Mit Mischa ist alles gut gegangen. Aber sonst . . .« Sie biss sich auf die Lippen. Die Angst um Taro saß so tief, dass es wehtat. »Ich hoffe nur, dass du recht hattest, neulich nachts. Dass wirklich *alles* wieder gut wird.«

Im großen Saal waren sie die Letzten. Die Jugendlichen standen in kleinen Grüppchen zusammen, einige beäugten Wanja und Mischa aus den Augenwinkeln. Andere erzählten, kicherten oder schwiegen. Das Mädchen mit den grünen Haaren raunte dem dicken Jungen etwas zu, dann grinsten sie beide in Alex' Richtung.

»Wusstet ihr, dass die Geschwister sind?«, flüsterte Alex Wanja und Natalie zu.

»Wer?«

»Die Grünhaarige und der Rollmops.«

»Geschwister? Die?« Natalie zog die Augenbrauen hoch. »Kennst du die, oder was?«

Alex grinste. »Ich hab sie neulich beim Arzt getroffen. Zusammen mit ihrer Mutter. Wir haben uns im Wartezimmer gegenübergesessen, und irgendwann sind die drei als Familie Brandmeier aufgerufen worden.«

Jetzt musste auch Natalie grinsen. »Komische Geschwister. Weißt du, welche Bilder sie haben?«

»Der Dicke ist beim Schafhirten. Die Grünhaarige weiß ich nicht.«

»Sie hat den Ritter«, murmelte Mischa.

Dann trat die alte Frau auf die Bühne, und als sie noch einmal an alle die Warnung richtete, beim letzten Gong zurück zu sein, war es für einen Moment totenstill.

Im Bild war Tag. Aber es war ein Tag ohne Farben. Wanjas Kostüm lag dunkelgrau vor dem Rahmen in der Manege, und es war ein seltsames Gefühl, es dort liegen zu sehen, ohne es wirklich ausgezogen zu haben.

Grau war der Vorhang. Grau waren Himmel und Erde hinter dem Zelt. Es gab keine Farben mehr.

Es gab nur noch den Vogel und sein dunkles Königreich. Taros Wohnwagen war der Thron. Davor standen die anderen Artisten stumm beieinander, noch hatten sie Wanja und Mischa nicht bemerkt. Der Vogel hockte auf dem Dach. Pechschwarz und menschengroß. Wie zur Begrüßung hob er die Flügel. Ganz ruhig, ganz langsam, ohne jegliches Geräusch.

Verzweifelt kniff Wanja die Augen zu, aber es half nichts, der Vogel war auch in ihr, hob auch dort die schwarzen Schwingen, hoch und höher. Außen war innen, und innen war außen, bis die Flügel wieder herabsanken und Wanja aus ihrer stummen Panik erlösten. Mischa neben ihr zitterte. Aber nicht vor Angst. Wieder war es die Wut, die in seinem Körper tobte, und Wanja merkte, dass er sich nur mühsam beherrschte. Sie dagegen fühlte sich wie gelähmt und trat mit schweren Schritten auf die Artisten zu. Perun drehte sich zu ihr um.

»Was ist passiert?«, presste sie hervor.

»Wir haben Taro in seinen Wagen getragen«, entgegnete Perun. »Gata und ich sind bei ihm geblieben. Sulana wollte Amon holen. Aber sie kam ohne ihn zurück, und dann . . .« Perun wischte sich über die dunkle Stirn. »Dann kam der Vogel aus der Manege. Er flog direkt auf Taros Wagen zu, ich konnte das Biest aus dem Fenster kommen sehen. Mich und Gata hat er rausgelassen, doch ab da ließ er niemanden mehr rein. Wir haben uns in die Cafeteria geschlichen, um uns zu beraten, die Köpfe haben wir uns zerbrochen, wie wir den Vogel vom Wagen vertreiben können. Aber es hat nichts geholfen. Die ganze verfluchte Nacht haben wir hier gestanden, und jedes Mal, wenn einer von uns einen Schritt näher tat, hob die Bestie ihre Flügel.«

Perun spuckte auf den Boden. »Nach ein paar Stunden hab ich's nicht mehr ausgehalten. Mir war alles egal. Ich bin auf den Wagen zu und wollte die Tür aufreißen. Doch dann . . .« Wieder hielt Perun inne.

»Dann *was*?« Mischas Stimme bebte, und für einen Moment sah es aus, als wolle jetzt er auf den Wagen zustürzen. Aber Perun hielt ihn fest. Und da sah Wanja seinen Arm. Sein linker Ärmel war in Fetzen gerissen. Die Haut dahinter war von tiefen Kratzern zerfurcht, und das graue Hemd war schwarz gesprenkelt vom Blut.

»Und was . . . ist mit Taro?«, flüsterte Wanja.

Perun schüttelte den Kopf. Plötzlich sah er entsetzlich müde aus. »Wir haben nach ihm gerufen. Ein paar Mal hat er geantwortet. Aber seit heute Morgen ist im Wagen alles still.«

Der Feuerschlucker hob die Hände und senkte sie wieder. »Ich weiß nicht weiter. Ich weiß verdammt noch mal nicht weiter!«

Wanja sah an ihm vorbei. Auch die anderen Artisten hatten sich jetzt zu ihnen umgedreht, stumm und fassungslos.

Mischa wandte sich ab. Seine Stimme klang hart. »Wir gehen zu Amon.«

Der heruntergekommene Wagen des Alten war das Einzige, was seine Farbe behalten hatte. Die Tür stand offen, und jetzt erst nahm Wanja wahr, dass die glänzende Kugel im Regal des Alten blau war. Aber hinein wagte sie nicht mehr zu schauen. Dafür trat Mischa auf die Kugel zu. Er beugte sich darüber, sah hinein – und wich zurück, mit blassem Gesicht.

Der Alte saß an seinem Tisch und hackte Kräuter. Sattes, lebendiges Grün, das Wanja gierig mit den Augen aufsaugte. Auf dem Herd dampfte der Kessel.

»Du hast viel Mut bewiesen«, sagte der Alte, ohne von seiner Arbeit aufzuschauen. Wanja antwortete nicht. Ihr Blick schlich zu den Bildern der Jugendlichen, die an der Wand neben Amons Tisch hingen, all die Besucher, die hier gewesen waren, im Zirkus Anima. An dem letzten Porträt, dem des Jungen und des Mädchens, blieb sie wieder hängen, und als Wanja in die meerblauen Augen des Mädchens sah, schrie sie leise auf. Plötzlich war ihr klar, warum die uralte Frau im Museum Amons Namen kannte. Und warum sie wusste, an welchen Ort Amon Mischa gebracht hatte.

»Sie war hier, nicht wahr?« Wanja wandte sich an den Alten. »Das Mädchen auf dem Bild ist die alte Frau im Museum.«

Der Alte lachte meckernd. Doch als er von seinen Kräutern aufsah, lag Wehmut in seinem Blick.

»Sie waren beide hier.« Die kristallenen Augen fixierten Mischa, der an die andere Seite des Tisches getreten war und die Stirn runzelte. Wanja ließ sich auf den zweiten Stuhl sinken. Jetzt war ihr alles klar. Die Traurigkeit in den Augen der alten Frau. Diese Art, wie sie Wanja und Mischa immer angeschaut hatte. Die Angst in ihrem Gesicht, beim letzten Besuchstag. Und ihr Aufstöhnen im kreisrunden Raum hinter der weißen Tür, als der Hüter der Bilder sagte, nach dem zwölften Gongschlag gäbe es keine Rettung mehr.

»Der Junge ist im Bild geblieben«, flüsterte Wanja.

Der Alte nickte. »Ananda hat versucht, ihn zu retten. Aber für ihn war es zu spät.«

Mischa zuckte zusammen, als wäre er geschlagen worden. Wanja fragte nichts. Sie wusste, was es für den Reisekörper bedeutete, wenn er im Bild blieb. Und was mit dem äußeren Körper des Jungen geschehen war, wollte sie nicht wissen.

Der Alte fuhr fort, seine grünen Kräuter zu hacken, und für lange Zeit war das harte Klopfen des scharfen Messers auf dem hellen Holzbrett das einzige Geräusch im Wagen, bis es von einem Krächzen aus der Ferne unterbrochen wurde.

Mischa griff den Alten grob am Arm. »Du hast damals zu Wanja gesagt, dass Taro nur für uns da ist.«

»Ja«, entgegnete der Alte. »Das habe ich gesagt.«

»Und der Hüter der Bilder«, Mischa fuhr Wanja an, »hat dir erzählt, wir sehen in den Bildern, was wir darin sehen wollen. Richtig?«

Wanja konnte nur nicken.

»Was . . .« Mischa fing an zu schreien. »Was soll dann diese Scheiße mit dem Vogel? Will ich den sehen? Nein! Nein, verdammt. Du etwa? Willst du ihn sehen?«

Wanja schüttelte stumm den Kopf.

Der Alte legte das Messer zur Seite. Schwerfällig stand er

auf, das Brett mit den grünen Kräutern in der faltigen Hand. Er schob Mischa aus dem Weg und schlurfte auf den Kessel zu, von wo er sich noch einmal zu den beiden umdrehte. »Der Vogel ist das Gegenteil. Und das Gegenteil gehört immer dazu. Genau wie Taro ist der Vogel da um euretwillen. Eure Angst und eure Wut geben dem Vogel seine Macht.«

»Ach ja?« Mischa trommelte mit der Faust auf den Tisch, dass es krachte. »Jetzt willst du auch noch sagen, dass es unsere Schuld ist, he?! Ich glaub, ich SPINNNE!«

Der Alte sah Mischa ruhig an. »Schuld ist ein schweres Wort, mein Sohn, und hier gewiss nicht am rechten Platz.«

Mit diesen Worten drehte er sich zum Herd, ohne die beiden weiter zu beachten. Nach einer Weile verließen Wanja und Mischa den Wagen.

Auf der Weide, an der sie auf ihrem Rückweg vorbeikamen, stand Sandesh. Weiß, mit schwarzen Flecken. Das Pferd hatte keine Farben, die es verlieren konnte. Und dieses Mal war Sandesh nicht vor dem Vogel geflohen.

Wanja und Mischa gingen zurück zu Taros Wohnwagen. Die anderen Artisten nahmen sie stumm in ihrer Mitte auf. Wanja vermied es, den Vogel anzuschauen. Aber sein Geruch erfüllte die ganze Luft. Ein scharfer, beißender Geruch.

Stunden schlichen dahin. Gata stand vor Pati Tatü, er hatte seine Arme um sie gelegt, ihr Kopf lehnte an seiner Schulter. Neben ihnen stand Sulana, sie wippte auf ihren nackten Füßen. O lehnte an einem Baum. Noaeh und Perun hockten auf dem Boden, Perun malte mit einem dünnen Ast kleine Kreise in den Boden, während Noaeh unverwandt zum Wagen starrte. Direkt hinter ihnen stand Baba, der Turban hing ihm schief auf der Stirn, und der kleine Mann hob die kurzen Arme, ließ sie wieder sinken, hob sie wieder. Reimundo murmelte etwas vor sich her. Madame Nui saß im Schneidersitz, schwarz und dürr, mit dem Rücken zum Wagen, neben ihr knieten Thrym und Thyra. Manchmal öffnete Thyra den Mund, dann schloss sie ihn wieder. Plötzlich kamen Wanja die Artisten vor wie Spielzeugfiguren, die neu aufgezogen werden mussten, um ihre mechanischen, immer gleichen Bewegungen weiter ausüben zu können.

Aus dem Wohnwagen drang kein Laut.

»Wir müssen etwas tun!« Mischas Stimme gellte durch die Stille. »Wir müssen irgendetwas gegen diesen Vogel tun.«

Wieder war es Perun, der als Erster in Bewegung kam. Er schleuderte den Stock von sich, stürzte auf die Zwillinge zu, griff nach Thryms Arm und zog ihn mit sich fort. Thyra und Mischa stolperten hinter ihnen her. Als sie wiederkamen, schleppten sie Steine und legten sie vor den Wagen.

Jetzt regten sich auch die anderen.

»Werft«, rief Baba. »Oh, nun werft schon. Zerschmettert die Bestie, in tausend Stücke!«

Perun warf den ersten Stein, einen schweren schwarzen Brocken, den er mit einem wütenden Keuchen von sich stieß. Doch er traf nur den oberen Teil des Wagens. Der Vogel neigte den Kopf, und Wanja war es, als grinse er.

Thyra warf den zweiten Stein. Er hätte getroffen, wenn der Vogel nicht im letzten Moment ein Stück nach oben geflogen wäre. Mit einem Krächzen, metallisch und hart, landete er wieder auf seinem Platz.

Den dritten Stein warf Thrym. Der Vogel flog zur Seite, aber der Stein traf ihn an der Brust. Der Vogel taumelte, schlug mit den Flügeln – und fiel nach hinten.

Noaeh stöhnte auf. Gata schluchzte. Baba jubelte. Und Mischa stürzte auf den Wagen zu, gefolgt von Perun.

Wanja umklammerte Gatas Hand. Die Sekunden, die jetzt vergingen, waren länger als die Stunden davor.

Da.

Da kamen sie.

Perun und Mischa, in ihrer Mitte Taro. Seine Arme baumelten schlaff über den Schultern der beiden. Sein Kopf hing auf der Brust. Aber er atmete. Schwindelig vor Erleichterung, ließ Wanja Gatas Hand los und machte einen Satz auf ihn zu. In diesem Augenblick ertönte ein sperriger, hoher Laut. Er war aus Sulanas Kehle gekommen.

Und dann kam der Vogel. Er war nicht mehr groß wie ein Mensch. Er war groß wie ein Riese. Mit einem Kreischen erhob er sich hinter dem Wagen und schwebte für einen grausamen Moment bewegungslos in der Luft, die Flügel gespreizt, den Schnabel aufgerissen. Ein gigantisches schwarzes Ungeheuer.

Wanja schlug die Hände vors Gesicht und presste sie so feste gegen ihre Augen, dass es wehtat. Als sie die Hände wieder fortnahm, ging der Vogel auf sein Opfer los. Seine ungeheuren Krallen spreizten sich, griffen blitzschnell nach Taros Schultern und schlossen sich wieder. Taro war gefangen.

Perun lehnte am Wagen, Mischa war zu Boden gefallen.

Und der Vogel erhob sich in die Lüfte, mit krächzendem Hohngeschrei und Taro in seinen Krallen. Er flog über den Abgrund.

Als er außer Sicht war, kehrten die Farben zurück. Doch jetzt waren sie Wanja fast unerträglich. Beißend das Rot von Taros Wagen, stechend das wolkenlose Blau darüber. Und gellend schrill war der Schrei, der jetzt aus ihrer und Mischas Kehle drang.

»TAAAAAAAROOOOOOOOO!«

Als Antwort, verzögert, ertönte der Gong.

Was noch?

Wieder waren Wanja und Mischa die Letzten. Auch Alex und Natalie waren schon gegangen, Natalie weinend, Alex stumm.

Die uralte Frau stand vor dem roten Tisch. Wanja trat vor die Bühne, und als sie in die meerblauen Augen sah, löste sich die eiserne Hand, die sich um ihr Herz gekrallt hatte, für einen winzigen Moment. »Es tut mir so leid«, sagte sie leise.

Die Frau lächelte traurig. »Grüße Amon von mir«, sagte sie sanft.

»Kannst du nicht mehr zu ihm?«, fragte Wanja.

Die alte Frau schüttelte den Kopf. »Wenn die Besuchszeiten vorbei sind, bleiben uns die Bilder für immer verschlossen.«

»Ich werde Amon die Grüße bestellen«, sagte Wanja.

An der Ecke, wo sie und Mischa sich trennten, hielt Wanja ihren Freund am Arm. »Was hast du in der Kugel gesehen?«

Mischas Finger krallten sich um den Lenker. Minus zwölf Grad hatte das Thermometer heute Morgen gezeigt. Mischa trug keine Handschuhe. Seine Hände waren bläulich rot, die Knöchel weiß, wie der Atem, der vor ihren Mündern hing.

»Ein Gesicht«, murmelte Mischa.

»Was für ein Gesicht?«

»Ich weiß es nicht.«

»Und was noch?« Aus Wanjas Mund schossen kleine Nebelwolken, stoßweise.

»Was noch?« Mischas Stimme wurde lauter. »Du willst es wirklich wissen, was? Ich sag dir, was noch. Danach hab ich mich selbst gesehen. Ich hab in der Kugel gesessen und geflennt wie ein beschissenes Baby, okay?«

Wanja streckte ihre Hand nach ihm aus. Aber Mischa zuckte zurück. Er schwang sich auf sein Fahrrad und fuhr los. Eine ältere Dame, an der er vorbeischoss, hob wütend ihren Schirm. Dann verschwand er um die nächste Ecke.

Keine Antwort

Mit mürrischer Miene und steifen Gliedern schleppte sich der Januar durch Deutschland. Kein strahlender Bote des neuen Jahres, sondern ein graugesichtiger, kaltschnäuziger Geselle, der die Sonne wegsperrte und dem Schneeregen Beine machte. Über Wanja hatte sich eine unsichtbare Glocke gestülpt, und niemand klopfte an.

Jo steckte bis zum Hals in Arbeit. Wenn sie nach Hause kam, knallte sie die Einkäufe auf den Tisch, verfluchte ihren Chef und schlief mit Paula auf dem Schoß vor dem Fernseher ein.

In der Schule erschien Wanja zum Unterricht, mehr brachte sie nicht fertig. Mathedeutschbioenglischpolitik, die Fächer vermischten sich zu einem lauen Eintopf aus schalem Gemüse. Herr Schönhaupts Fräuleins prallten an ihr ab, Frau Gordons besorgtem Stirnrunzeln wich sie aus, und als der Sportlehrer in einer Stunde zum ersten Mal für alle das Schultrapez herunterließ, verließ Wanja die Halle und meldete sich bei der Schulsekretärin krank.

Von Tina kam eine Karte. Sue gab sie Wanja und Britta zu lesen, das war die einzige Berührung zwischen ihnen. Ansonsten waren sie Fremde geworden. Sue ging seit ein paar Wochen mit einem Jungen aus der Zehnten und war in den Pausen von der Bildfläche verschwunden. Britta verschwand hinter ihrer Schminke. An manchen Tagen waren ihre Augen verquollen, und einmal rief Frau Gordon sie nach dem Unterricht zu sich.

Wanja verbrachte die Pausen mit Mischa. Wenn sie zusammen waren, hob sich die unsichtbare Glocke und nahm sie beide unter sich auf. Ihre Gefühle vermischten sich, und in ihren Herzen irrten Amons Worte umher, zuckende Silberfische in einem tiefen dunklen Meer. *Eure Angst und eure Wut geben dem Vogel seine Macht.*

Beide ahnten, dass sie jetzt nur warten konnten.

An einem Sonntag klingelte das Telefon. Wanja schreckte von ihrem Buch auf, aber Jo war schon dran, ihre Stimme drang ins Wohnzimmer.

»Ich verstehe . . . ja, das ist mir auch schon aufgefallen . . . ich weiß es nicht . . . ich komme selbst nicht an sie heran . . . vielleicht ist es einfach das Alter . . . ja, ich weiß . . . ich danke Ihnen . . . ja, ich werde mit ihr sprechen . . . danke . . . Auf Wiederhören.«

Als Jo ins Wohnzimmer kam, sah sie blass und hilflos aus. Sie setzte sich zu Wanja auf die Couch. Paula spielte vor dem Fernseher mit dem Schwein. Quieks. Fauch. Quieks. Fauch.

»Das war Frau Gordon.«

Wanja ließ das Buch auf ihre Brust sinken. Sie hatte Jo nichts von der Fünf in der Mathearbeit erzählt. Auch nichts von der Vier in Deutsch.

»Sie sagt, deine Leistungen gehen immer weiter runter.«

Jo nestelte an dem Knopf ihrer grauen Strickjacke herum. Das knubbelige Ding war mit dunkelbraunem Leder überzogen, hellbraune Linien unterteilten den Knopf in vier Teile. Im rechten, unteren Viereck war das Leder abgeblättert, darunter schimmerte weißes Plastik. Wanja wusste, dass es Plastik war, sie hatte über die Herstellung genau dieser

Knöpfe einmal einen Beitrag in der *Sendung mit der Maus* gesehen. Das war Ewigkeiten her, und Wanja wunderte sich, dass sie es überhaupt behalten hatte. Wie viele Belanglosigkeiten hatten in einem menschlichen Kopf Platz? Was alles würde sich im Laufe ihres Lebens noch dort oben ansammeln? Gab es Hirnschubladen, in denen dieser Krimskrams abgelegt wurde?

»Wanja, ich REDE mit dir. Verdammt noch mal, was ist denn los mit dir in letzter Zeit?!«

Quieks. Fauch. QUIIIIIEKS! Paula hatte das Schwein gepackt und hieb ihre spitzen Vorderzähnchen in das weiche Gummi. Jo stand auf, packte Paula am Nacken und setzte sie samt Schwein vor die Wohnzimmertür. Empörtes Maunzen war die Antwort. Jo ließ sich wieder auf dem Sofa nieder und nahm Wanja das Buch von der Brust.

»Wanja. Mäuselwurz. Ich bin total überarbeitet, meine Nerven machen das einfach nicht mit. Und ab morgen bin ich in Frankfurt, für diese blöde Präsentation. Bitte, du, sag doch was.«

Wanja starrte Jo aus kalten Augen an. Die Nerven ihrer Mutter waren ihr so egal wie nur irgendwas.

»Muckbär. Was kuckst du denn so bös? Hab ich was falsch gemacht? Ich will doch nur wissen, was mit dir los ist. Ich bin doch deine Mutter. Du kannst mir doch alles sagen.«

Ach ja? Wanja biss sich so feste auf die Zähne, dass ihr Kiefer knackte. ICH kann DIR alles sagen, was? Und wer sagt MIR was? Wer erzählt MIR, was los ist? Ich bin DREIZEHN Jahre alt, Jo, DREIZEHN, kapiert?! Und ich erfahre keinen Pieps von NICHTS. Solange ich denken kann, macht ihr dieses RIESENGEHEIMNIS über ihn. Über den Nichtsnutz, den Lügner, den schlechten Menschen, der es nicht wert ist, dass man über ihn spricht. Sag DU mir was! DU sollst MIR sagen, was passiert ist!

»Wanja!« Jo rüttelte an Wanjas Schulter. »Meine Güte, Kind! Was ist denn bloß los? Warum SAGST du denn nichts?«

Wanja drehte den Kopf weg. Sie sagte nichts, weil diese verdammte, unsichtbare Hand ihr die Kehle zuschnürte und ihre Worte nach unten quetschte, anstatt sie rauszulassen. Sie schob Jo zur Seite, stand auf und verließ das Wohnzimmer. Paula hockte auf Jos gepackter Reisetasche im Flur und maunzte beleidigt.

Wanja stieg die Treppen hoch und legte sich ins Bett. Jo kam nicht hinterher. Erst am nächsten Morgen steckte sie den Kopf in Wanjas Zimmer. Der Radiowecker stand auf 6:38 Uhr, draußen war noch alles dunkel. Wanja war schon wach, aber als Jo an ihr Bett kam, kniff sie die Augen zu.

Leise schloss sich die Tür wieder, Jos Parfüm verlor sich im Raum und zweiundzwanzig Minuten später ging der Radiowecker an. In der Küche war der Frühstückstisch gedeckt, auf Wanjas Teller lag ein roter Apfel, in den mit einem Zahnstocher ein Zettel gepikst war.

Flora kommt direkt nach der Schule. Meine Nummer in Frankfurt hat sie.

Bis übermorgen, Jo.

Floras Pfannkuchen hießen Crêpes und waren so dünn, dass sie zusammengerollt auf die Breite einer Damenzigarre kamen. Flora aß acht, Wanja vier, Paula zwei und Brian, der sich selbst zum Essen eingeladen hatte, brachte es auf dreiundzwanzig.

»Ist Schröder jetzt gewest?«, fragte er mit vollem Mund.

»Ge-*was*?«, entgegnete Wanja.

Flora musste grinsen. »Meinst du vielleicht *ver*west?«, schlug sie vor.

»Hab ich doch gesagt.« Brian tupfte sich mit Spidermans

Pfote sehr sorgfältig die Marmelade aus den Mundwinkeln.
»Ist er?«

»Ich denke schon«, sagte Flora. »Zumindest sein Körper.«

»Und seine Seele fliegt rum.«

Flora lächelte.

»Bzzzzzz.« Brian ließ Spiderman durch die Luft kreisen. »Wenn ich mal tot bin, fliege ich auch rum.«

»Und wohin fliegst du dann?« Flora stellte die Teller ineinander und erhob sich vom Küchentisch.

»Na, zum Mond«, meinte Brian und schob das letzte Stück Pfannkuchen in sich hinein. »Und zu Aldi.«

»Zu Aldi?!« Flora zog die Augenbrauen hoch.

»Klar«, sagte Brian. »Da esse ich das ganze Süßkramregal leer.«

»Seelen essen nicht«, murmelte Wanja.

»Meine schon«, widersprach Brian mit wissender Miene. »MEINE schon.« Dann stand er auf. »Tschüss. War lecker.«

Flora war wie ein Rettungsboot. Sie fragte nicht, sie drängte nicht. Sie war einfach nur da, sang beim Kochen französische Lieder, raufte sich beim Korrigieren der Hefte die Haare und erzählte Wanja von Anton, ihrem neuen Freund.

»Wo hast du die eigentlich immer alle her?«, wollte Wanja wissen.

»Anton habe ich auf einem Fortbildungsseminar kennen gelernt«, antwortete Flora. »Er unterrichtet Deutsch und Kunst an einer Realschule, genau wie ich. Leider ist die Schule in Nürnberg.« Flora seufzte und zündete sich eine Zigarette an. »Irgendwas ist immer falsch. Aber vielleicht hält es ja länger, wenn man sich weniger sieht.«

Wanja zog die Knie hoch, lehnte sie gegen die Tischkante und legte ihre Hände um die heiße Teetasse. »Hattest du auch schon mal einen Alkoholiker als Freund?«

Flora musste husten. »Einen Alkoholiker? Nein danke! Wie kommst du denn darauf?«

Wanja blies in den Tee. Der Dampf stieg ihr feucht ins Gesicht. »Mischas Eltern sind, glaub ich, welche.«

Flora nickte leicht. »So was hab ich mir fast gedacht. Spricht er denn mit dir darüber?«

»Nicht richtig. Aber ich war mal bei ihm. Es sah schrecklich aus. Überall Müll, Kippen. Schnapsflaschen und leere Bierdosen. Die Mutter war im Bademantel. Ich glaub, die liegt den ganzen Tag im Bett. Sein Vater hat ihn geschlagen. Und Heiligabend ist er abgehauen.«

Wanja schwieg, und Flora sah sie mitfühlend an. »In meiner Schule hatte ich auch einen Jungen mit solchen Eltern, der Vater saß sogar ein paar Mal im Knast. Und an den Jungen kam keiner ran. Er hatte sich hinter einer haushohen Mauer aus Wut und Hass verbarrikadiert. Aber Mischa kommt mir anders vor. In dem ist noch ganz viel Gefühl. Und dieses Bild, das er von dir gemalt hat; meine Herren. Das ist wirklich außergewöhnlich.«

Wanja nahm einen Schluck aus ihrer Tasse. Das Bild hing neben ihrem Bett. »Flora?«

»Ja?«

»Hast du schon mal einen Mann weinen sehen?«

Flora lehnte sich in ihrem Stuhl zurück. »Eigentlich nur meinen Vater«, entgegnete sie nach einer Weile. »Und das auch nur einmal. Als seine Mutter gestorben ist. Ich war damals noch ein Kind.«

»Und wie sah es aus, als er geweint hat?«

Flora überlegte. »Im ersten Moment ganz fremd, ich weiß noch, dass ich furchtbar erschrocken war. Meine Mutter hat oft geweint, aber meinen Vater so zu sehen, war unheimlich.«

Wanja dachte an die Kugel, an das, was Mischa darin gesehen hatte. »Glaubst du, Männer wollen nicht weinen, oder glaubst du, sie können es nicht?«

»Was glaubst denn du?«

Wanja streichelte Paula, die auf ihren Schoß gesprungen war. »Vielleicht glauben sie ja, sie dürfen nicht.«

Nachts kam der Vogel. Wanja lag im Bett, und es krachte und klirrte. Der Vogel war durch die geschlossene Fensterscheibe geflogen und flatterte auf ihr Bett. Er war riesig, schwarz und schwer, er senkte den Kopf und hackte auf Wanjas Bettdecke ein, riss sie mit seinem spitzen Schnabel in Fetzen. Weiße Federn flogen aus der Decke, stiegen in die Luft, füllten das ganze Zimmer und landeten wieder in Wanjas weit geöffnetem Mund. Sie versuchte, die Federn auszuspucken, aber es ging nicht, sie klebten an ihrem Gaumen, in den Backentaschen, an der Zunge, überall. Dann ging der Radiowecker an. Die uralte Frau sagte, die Ausstellung sei geschlossen wegen Schnee, und dann ging die Tür auf. Wanjas Uroma stand im Rahmen, dahinter die Oma, dahinter Jo, doch ihre Mutter sah Wanja kaum. Keiner der drei kam ins Zimmer. Sie standen da und starrten den Vogel an, während Wanjas Mund sich weiter mit Federn füllte, bis sie das Gefühl hatte zu ersticken.

Er soll mich in Ruhe lassen, wollte sie schreien, er soll Taro in Ruhe lassen, ich will wissen, wie es meinem Vater geht, mir ist schlecht, mir ist so schrecklich schlecht!

Dann legte sich plötzlich jemand zu ihr und rüttelte sie sanft an der Schulter.

»Wanja. Liebes, wach auf. Du träumst.«

Wanja schlug die Augen auf. Röchelte. Holte Luft. Flora lag neben ihr, und Wanja vergrub ihr Gesicht an ihrer Schulter.

»Mir ist schlecht«, flüsterte sie.

Flora nahm sie in den Arm. Ihr Parfüm roch kräftiger, würziger als das von Jo.

»Ich will wissen, wer mein Vater ist«, sagte Wanja in Floras Schultern hinein.

Floras Hand strich ihr über die Locken. »Das kann ich gut verstehen«, erwiderte sie leise. »Aber dabei kann ich dir nicht helfen. Diese Frage musst du Jo stellen.«

»Ich kann das aber nicht.«

Floras Hand hielt inne. »Doch, Wanja. Du musst es können. Du hast ein Recht auf diese Frage.«

Wanja hielt sich an Flora fest, bis der Schlaf sie zu sich nahm.

Die Angst und die Wut

Der 14. Februar war ein Mittwoch. Die Einladung hatte am Schwarzen Brett in der Schule gehangen, und als Wanja hinter Mischa aus dem Rahmen in die Manege stieg, stand Sulana vor ihnen. Die Schlange lag friedlich um ihren Hals, den schuppigen grünbraunen Kopf über ihre Schwanzspitze gelegt, die brauenlosen Augen geschlossen. Sulana kam auf die beiden zu, senkte den kurz geschorenen Kopf und streckte ihre Hände aus. Von oben, dem Balkon der Musiker, fiel Licht auf die Manege herab, ein warmer goldener Schein.

Es war ein sonderbarer Moment. Mischa ergriff die eine Hand und Wanja, wortlos, die andere. So standen sie da, eine lange Weile, bis Sulana sich ihnen entzog, den Vorhang der Manege zur Seite schob und gleich darauf lautlos dahinter verschwand.

Sandesh kam in die Manege und blieb in ihrer Mitte stehen, genau unter Taros Trapez, das hoch oben in der Luft hing. Ein erdiger Geruch ging von ihm aus, und in seinen dunklen Augen strahlte eine ruhige Kraft. Es war eine Ruhe, an der sich Wanja wärmen konnte und die sie stärkte wie ein Zaubertrank. Dann erblickte sie Pfeil und Bogen von Perun. Sie lagen neben dem Vorhang, und für einen Augenblick war Wanja fassungslos. An das Offensichtlichste hatten sie nicht gedacht, als der Vogel auf Taros Wohnwagen gehockt hatte. Wanja ging zum Vorhang, steckte Pfeil und Bogen in den ledernen Beutel und hängte ihn über ihre Schultern.

Dann stieg sie mit Mischa auf den Rücken des Pferdes.

Im Zirkus Anima herrschte Nacht. Neben der Cafeteria flackerte ein Feuer, um das die Artisten einen Kreis gebildet hatten. Sie bemerkten ihre Besucher nicht, aber Wanja erkannte die breiten Rücken von Thrym und Thyra, dicht aneinandergedrängt und spiegelgleich. Winzige Goldfunken stoben, über den Köpfen der Artisten knackend, in die windstille Luft, jemand spielte leise auf der Trommel, wahrscheinlich war es O. Stimmen waren nicht zu hören, aber das unterdrückte Schluchzen, das herüberdrang, klang nach Gata. Ob sie wussten, wo Taro war? Eine innere Stimme sagte Wanja, dass sie keine Ahnung hatten. Aber Sandesh wusste es, und Sulana hatte ihn in die Manege geführt, zu ihr und Mischa, die es ebenfalls wussten, tief in ihrem Inneren, obwohl sie nie darüber gesprochen hatten.

Mischa legte Wanja die Hand auf die Schulter. »Bist du bereit?«

Wanja nickte. Leicht drückte sie die Schenkel an das warme Fell des Pferdes. Und Sandesh setzte sich mit einem leisen Schnauben in Bewegung.

Er führte sie durch die Finsternis des Waldes, der in dieser

Nacht voller Geräusche war. Der Wind wisperte aus dunklen Ecken, ein Käuzchen schrie, unter Sandeshs Hufen knackten Zweige, Laub raschelte, kleine Steine knirschten, und Wanja stöhnte auf, als neben ihr von einem Baum ein Ast abbrach und zu Boden krachte. Dass sich ihre Augen an die Finsternis gewöhnten, machte es nicht besser. Stärker noch als damals, als der Vogel Taro im Wald angegriffen hatte, wurden die Bäume zu bedrohlichen Wesen. Besonders einer, ein einsam stehender, auf den sie jetzt zuritten, erschien Wanja wie eine verhexte Gestalt. Seine riesenhaften, seltsam symmetrisch angeordneten Äste reckten sich starr in die Höhe, als flehten sie eine unsichtbare Macht um Erlösung an.

Nach einer Ewigkeit, so schien es Wanja, gelangten sie an den Abgrund, über dem kein Mond und keine Sterne leuchteten. Vor ihnen lagen schwarz und schweigend die Berge. In der Luft lag angespannte Stille.

Die Welt hielt den Atem an.

Sandesh blieb auf der Lichtung zurück, und bevor sie und Mischa ihn verließen, legte Wanja ihre kühle Stirn an seine samtweiche Nase. Der Atem des Pferdes streichelte ihr Gesicht, und sie dachte an Taro, wie er damals mit ihnen zur Weide gegangen war und Sandesh mit seiner silbernen Pfeife zu sich rief.

»Komm.« Rau und leise klang Mischas Stimme. Er war ein paar Schritte vorausgegangen und drehte sich jetzt wartend zu ihr um. Wanja löste sich von Sandesh, atmete tief ein und folgte ihrem Freund in die Finsternis.

Heute nahmen sie den anderen Weg. Den holprigen, schmalen, der sich an den Felsen entlang zur Ruine wand. Steine rutschten unter ihren Füßen weg ins Nichts. Manchmal reichte der Platz nicht aus, um die Füße nebeneinander zu stellen. Manchmal schabten die harten Felswände an

Wanjas zitternder Hand. Manchmal drehte sich Mischa nach ihr um, und manchmal hatte Wanja das Gefühl, niemals anzukommen.

Doch dann waren sie da, und vor ihnen, von einer hohen Mauer umgeben, erhob sich die Ruine.

Bei dem Anblick der schwarzen, halb verfallenen Burg, fielen Wanja Taros Worte wieder ein. Ihre Überreste dienten damals als Gefängnis, hatte er gesagt. Jetzt waren sie Taros Gefängnis – wenn er überhaupt noch hier war. Wanja griff nach Mischas Hand, und ein jäher Schreck jagte durch ihren Körper. Der Vogel, wo war der Vogel? Sie hatten ihn nicht gesehen, und plötzlich wusste Wanja nicht, wovor sie sich mehr fürchtete; den Vogel zu sehen oder ihn nicht zu sehen. Denn wo er war, da war auch Taro, so viel war gewiss.

»Hast du ihn gesehen?«, flüsterte sie. Mischa schüttelte stumm mit dem Kopf und drückte ihre Hand. »Komm schon, lass uns weitergehen.«

Wanja sah an dem schwarzen Gemäuer hoch zum Himmel, an dem, als hätte er auf sie gewartet, sich langsam, ganz langsam der volle Mond hinter einer schwarzen Wolke hervorschob.

Es war so still hier, so unheimlich, so unerträglich still.

Mischa zog Wanja mit sich, zur Mauer. Sie wusste nicht, wie sie es schaffte, hinter ihm nach oben zu klettern. Ein Tor gab es nicht. Die klaffenden Lücken zwischen den kalten Steinen waren der einzige Weg.

Wanjas Hände waren aufgeschürft, als sie neben Mischa auf der Mauer saß und nach unten schaute.

»Und jetzt?«

»Wir müssen springen.«

Mischa sprang als Erster, und Wanja folgte ihm, ohne nachzudenken. Als sie landete, knickte ihr Fuß um, und etwas

Spitzes bohrte sich tief in ihre Hand. Ein Dorn. Sie schrie auf, und Mischa war mit einem Satz bei ihr.

»Bist du verletzt?«

Der Dorn ließ sich herausziehen, es schmerzte, aber schlimmer war der Fuß. Wanja stöhnte, als sie aufstand.

»Ist er gebrochen?

»Ich . . . ich weiß nicht.« Vorsichtig setzte sie den Fuß auf. Es tat höllisch weh, aber gebrochen schien er nicht zu sein.

»Geht schon«, keuchte sie und humpelte neben Mischa über den verwilderten Platz auf die Ruine zu. Der modrige Geruch uralter Zeiten schlug ihr entgegen, und durch Wanjas Kopf stoben Bilder von grausamen Herrschern und wehrlosen Gefangenen, von Folterkammern und nachtschwarzen Verliesen – und dazwischen, wie Blitze, immer wieder das Bild des Vogels, der Taro ergriffen und sich mit ihm in den Klauen in die Lüfte gehoben hatte, bis er hier mit ihm gelandet war. Wenn er hier gelandet war. Wo war er? Und wo war Taro?

Ein großer Torbogen führte ins Innere der Burg. Eine Decke gab es nicht, der Blick zum Himmel war offen. Sie gingen vorbei an verfallenen Räumen und abgebröckelten Wänden, stolperten über Steine, hasteten weiter und wagten nicht zu rufen, nur ihre Augen suchten fieberhaft jede Stelle in der mondfahlen Düsternis ab. Am Ende eines langen Ganges öffnete sich ein quadratischer Innenhof, in dem ein dunkler Brunnen stand. Darauf hockte ein Engel aus Stein, seine Flügel waren abgebrochen, und seine Augenhöhlen klafften wie blutleere Wunden in seinem unheimlichen Gesicht.

»Da.« Mischas Finger zeigte nach links, zum Turm. Er ging vom Innenhof ab und ragte hoch in den Himmel. Eine schmale Treppe führte durch das Gemäuer nach oben. Die steinernen Stufen wanden sich in dem schmalen Schacht, höher und höher, und mit jedem Schritt kroch auch die Angst in Wanja weiter empor, als wäre sie selbst der Turm und als wäre sie selbst ihre eigene Angst. Sehen konnten sie nichts mehr, nicht einmal die Hand vor Augen. Als die Treppe endete, stieß sie an etwas Hartes. Eine Tür. Wanjas Hände tasteten sich an dem kalten Holz entlang, bis sie an die eiserne Klinke kamen. Wanja sah sich zu Mischa um, und als der ihr zunickte, drückte sie die Klinke nach unten. Mit einem lauten Knarren öffnete sich die schwere Holztür nach innen.

Wanja und Mischa traten auf die Turmterrasse.

Und dort fanden sie Taro. Er lag am Boden, ganz hinten in der Ecke und war zusammengekrümmt wie ein kleines Kind. Wanja entfuhr ein Wimmern, sie war entsetzt und erleichtert zugleich, aber sie war unfähig, sich zu bewegen. Mischa war es, der vorstürzte. Durch seine Bewegung öffnete sich die Tür ganz – und Wanja sah den Vogel. Er kam aus dem Nichts und landete auf der Brüstung der Turmterrasse. Lauernd neigte er den schwarzen Kopf, und sein Körper erschien ihr riesiger als je zuvor. Doch Mischa beachtete ihn gar nicht. Mit einem Satz war er bei Taro und warf sich über ihn. Der Vogel hob die gigantischen Flügel und stürzte sich auf Mischas Rücken. Mischa schlug mit beiden Armen um sich und fing wie ein Verrückter zu schreien an.

»Lass ihn in Ruhe. Ich bring dich um, du gottverdammte Bestie, ICH BRING DICH UM.«

Der Vogel flatterte mit den Flügeln, sein bestialischer Geruch erfüllte die Luft, und seine scharfen Krallen bohrten sich in Mischas Rücken. Dann stieß er ein schrilles, fast unerträglich lautes Kreischen aus und fing an, mit seinem spitzen Schnabel auf Mischas Schultern einzuhacken. Wanja konnte es sogar hören, und während sich Mischa immer verzweifelter gegen das Monster zu wehren versuchte, lag Taro wie tot unter ihm.

In diesem Augenblick fühlte Wanja etwas in sich aufsteigen. Eine kalte, mit tiefem Hass erfüllte Ruhe legte sich über ihre Angst und deckte sie zu.

»Nein«, sagte sie mit einer seltsam fremden Stimme. »ICH bringe ihn um.«

Sie zog sich den Lederbeutel von den Schultern, holte Pfeil und Bogen heraus, strich mit dem Zeigefinger an der messerscharfen Pfeilspitze entlang, legte den Bogen an, spannte ihn und stellte sich in Position. Der Mond stand genau über ihnen, und sein fahles Licht erleuchtete Mischas aussichtslosen Kampf mit der Bestie, die immer gnadenloser auf den Rücken ihres Opfers einhackte und dann, ganz plötzlich für einen kurzen Moment nach oben flog.

Jetzt.

Genau jetzt musste es geschehen.

Wanja kniff das linke Auge zu, fixierte mit dem rechten die Brust des Vogels, nahm das dumpfe Grollen wahr, das in der Ferne ertönte wie ein unterirdischer Donner, und ließ den Pfeil los, der durch die Luft schnellte – und traf.

Für einen Moment erwartete sie, dass der Vogel in Flammen aufgehen würde wie die Zielscheibe, auf die Perun mit dem Pfeil geschossen hatte. Aber der Vogel fiel nur, fiel senkrecht nach unten und landete mit einem dumpfen Aufprall neben Mischa und Taro auf dem Rücken. Wanja ließ die Hände sinken und fühlte, wie sich eine namenlose Leere in ihrem Körper ausbreitete. Mischa wandte sich stöhnend um. Seine Jacke war zerfetzt, aus einer Stelle an seinem Rücken floss Blut. Fassungslos sah er zwischen Wanja und dem Vogel hin und her.

»Du hast es geschafft«, keuchte er. »Wanja, du hast es geschafft. Du hast ihn getötet.«

Aber Wanja antwortete nicht. Sie starrte Taro an, der sich noch immer nicht bewegte, von dem sie noch immer nicht wusste, ob er tot oder lebendig war oder irgendetwas dazwischen. Dann fühlte sie ihre Angst wieder, schläfrig, aber deutlich zu neuem Leben erwacht. Und plötzlich hörte sie direkt hinter sich eine Stimme.

»Gar nichts habt ihr geschafft. Euer Kampf hat noch nicht einmal angefangen.«

Wanja fuhr herum. Amon stand in der Tür. Klein und gebeugt, auf seinen knorrigen Stock gestützt. Seine kristallenen Augen schauten fast mitleidig zu den beiden auf.

Wanja starrte ihn an, als wäre er ein Geist. Und plötzlich füllte die Angst wieder ihren ganzen Körper aus. »Was? ... Was sagst du da?«

Mischa erhob sich vom Boden. Sein Körper bebte vor Wut. »Was redest du da?«, schrie er den Alten an. »Der Vogel ist krepiert, Wanja hat ihn getötet, was faselst du für einen Schwachsinn?«

Der Alte schüttelte traurig den Kopf. »Habt ihr denn gar nichts verstanden?«, fragte er leise. »Dies ist kein Kampf mit äußeren Waffen. Damit könnt ihr ihm nichts anhaben.« Er deutete zum Vogel hin, der auf dem Boden neben Taro plötzlich zu zucken anfing.

»Er wird wiederkommen«, sagte der Alte. »Und wieder und wieder. Und mit jedem Mal wird er an Macht gewinnen.«

Wanja dachte an die Steine, mit denen sie das letzte Mal nach dem Vogel geworfen hatten. Auch da war er wiedergekehrt, war größer geworden. Das Zucken im Körper des Vogels wurde stärker. Er hob seinen Kopf und suchte mit dem Schnabel nach dem Pfeil in seinem Herzen, fand ihn und fing an, daran zu zerren.

Eure Angst und eure Wut geben dem Vogel seine Macht.

»Was müssen wir tun?«, presste Wanja hervor. »Oh Amon, was müssen wir tun?«

Amon legte ihr die Hand auf die Schultern. »Dieser Kampf

liegt in euch. Was ihr beherrschen müsst, sind eure eigenen Gefühle. Und das könnt ihr nur tun, wenn ihr ihnen ins Gesicht seht.«

Mischa sah aus, als wäre er kurz davor, dem Alten mit der Faust ins Gesicht zu schlagen. Aber Wanja wusste jetzt, welchen Kampf sie zu kämpfen hatten. Sie wusste es so sicher wie bisher nichts in ihrem Leben.

Obwohl ihr Atem nur noch stoßweise ging, nahm sie Mischa an der Hand. Und zog ihn mit sich – zum Vogel.

Er lag noch immer auf dem Rücken, doch als die Kinder vor ihm standen, ließ er von dem Pfeil in seinem Herzen ab und wandte ihnen den Kopf zu.

Zum ersten Mal wurde Wanja bewusst, dass sie immer vermieden hatte, die Augen anzuschauen. Die Augen des Vogels hatte sie nie gesehen.

Sie öffnete den Mund, aber das Entsetzen, das sie zu zerreißen drohte, kam nicht heraus. Ihre Panik zwang Wanja in die Knie, aber sie wandte den Blick nicht ab, sie zwang sich, den Vogel anzusehen, dessen Brustkorb sich hob und senkte, stärker und kraftvoller mit jedem Atemzug. Neben sich fühlte Wanja das Zittern von Mischas Körper, und wie aus weiter Ferne drang Amons Stimme in ihr Ohr. »Kämpft!«

Und Wanja kämpfte. Sie sah in die Augen des Vogels, obwohl sie das Gefühl hatte zu ersticken. Die Augen des Vogels – waren keine Augen. Es waren Höhlen, schwarz und tief. Sie führten in einen endlosen Schacht, und je tiefer Wanja hineinsah, desto mächtiger wurde der Schrecken in ihr – ein Schrecken, der in Wahrheit Gemisch aus vielen Gefühlen war. Sie spürte die Angst und dahinter die Ohnmacht und dahinter die Traurigkeit und dahinter die Sehnsucht und dahinter wieder die Angst. Und die Höhlen, in die sie blickte, erschienen ihr plötzlich wie ein tiefer Brunnen . . .

auf dessen Grund ... sich ihr eigenes Gesicht spiegelte. Sie stöhnte, schluckte, keuchte, atmete in Stößen ein und aus, und versuchte, sich verzweifelt darüber klar zu werden, woher sie dieses Gefühlsgemisch kannte, das ihr auf einmal so schrecklich vertraut erschien. Und dann, ganz langsam, stiegen die Bilder in ihr auf. Bilder aus einer anderen, weit entfernten Welt.

Aus ihrer Welt.

Sie sah Jo am Tisch in der Küche sitzen, sah das Saftglas, das Jo umgestoßen hatte, als Wanja sie nach ihrem Vater fragte, sie sah ihre Großmutter, wie sie im Wohnzimmer neben ihr auf der Couch saß und mit kalten Augen an ihr vorbei ins Leere schaute, sie sah Jo am Telefon, wie sie den Hörer auflegte, wie sie die Treppen nach oben stolperte. Und dann sah sie sich selbst, wie sie zurückblieb, jedes Mal, allein, verloren, und immer wieder mit demselben Gefühl. Mit Angst und Traurigkeit, mit einer ohnmächtigen Sehnsucht im Herzen und mit einer Kehle, die sich zuschnürte wie ein Sack, jedes Mal, wenn sie versucht hatte, die Frage zu stellen, wer ihr Vater war.

Und während sie sich all dieser Gefühle bewusst wurde, ließen sie nach und machten etwas Neuem Platz. Wanjas Atem ging regelmäßiger und tiefer, immer tiefer, und gleichzeitig erschien es ihr, als würde der Vogel kleiner und immer kleiner. Eine ruhige, warme Kraft stieg in Wanja auf, sie kam aus tiefsten Tiefen, und Wanja wusste, dass es eine Kraft war, die sie immer gehabt hatte, die ihr allein gehörte und die mit jedem Atemzug lebendiger wurde.

Vaterbilder.

Sie hatte Taro gewählt, er war all das, was sie sich immer gewünscht hatte – und das sie – auch das wusste sie jetzt – jenseits des Bildes niemals finden würde. Und der Vogel war das Gegenteil, und das Gegenteil gehört immer dazu.

Er war die dunkle Seite des Bildes und gleichsam die dunkle Seite ihres Herzens, die ihre Träume und Sehnsüchte zu zerstören versuchte, in Wirklichkeit aber nichts weiter als ihre eigene Angst war. Die Angst, nach ihrem Vater zu fragen, die auch eine Angst vor der Wahrheit war. Jetzt war ihr alles klar, obwohl es ihr noch immer unbegreiflich schien – und im selben Moment merkte Wanja auch, was mit Mischa geschah. Er kniete dicht neben ihr, und sein Zittern war stärker geworden, aber es war nicht mehr die Wut, die ihn schüttelte.

Mischa weinte. Er weinte wie ein kleines Kind, die Tränen schossen ihm aus den Augen, seine Schultern zuckten, und sein Schluchzen, damals ein sperriger, trockener Laut, war jetzt ein weicher Strom. Er weinte um zwei Väter. Um den, den er hatte, und um den, den er nicht hatte.

So hockten sie da, Seite an Seite, und sahen den Vogel an, der all seine Grausamkeit verloren hatte und klein geworden war. So klein, dass er in ihren Handflächen Platz gehabt hätte – und viel zu klein für den riesigen Pfeil, der noch immer in seiner Brust steckte.

Wanja zog ihn heraus, und es blieb keine Wunde. Der Vogel drehte sich um, kam auf die Füße, flatterte mit den Flügeln, erst leicht, dann stärker, er schüttelte das schwarze Gefieder und erhob sich in die Luft, zurück auf die Brüstung der Turmterrasse. Seine Augen waren jetzt schwarz glänzende Vogelaugen, aus denen er Wanja und Mischa fast ein wenig neugierig ansah.

Und dann – endlich drehten sich die Kinder um zu Taro. Er lag noch immer auf dem Boden, aber auch sein Brustkorb fing an, sich zu heben und zu senken, erst langsam, dann immer gleichmäßiger. Und dann öffnete er die Augen.

Wanja konnte nichts sagen, auch Mischa sagte nichts, aber sie streckten Taro die Hände entgegen und halfen ihm hoch. Er war unverletzt und sah verwirrt aus. »Ist . . . er weg?«

Wanja deutete stumm zur Brüstung, auf der sich der schwarze Vogel erhob und davonflog, dem vollen Mond entgegen in die Nacht. Sie hoffte, dass Taro nichts fragen würde, denn sie hätte nicht in Worte fassen können, was geschehen war. Aber Taro nahm die beiden nur fest in den Arm, drückte ihre Köpfe an seine Brust, und als sie sich nach endlosen Minuten voneinander lösten und Wanja zur Tür sah, war Amon verschwunden.

»Wir müssen zurück«, sagte Taro. Mischa nickte. Sein Gesicht war verwandelt, es sah traurig aus und gleichzeitig erlöst.

Als die drei auf Sandeshs Rücken auf die Manege zuritten, kamen ihnen die anderen Artisten entgegen, allen voran Baba, strahlend und mit ausgebreiteten Armen. Der Gong hatte schon geschlagen, und die Farben waren zurückgekehrt.

Vor dem Rahmen nahmen sie Abschied von Taro, und als Wanja und Mischa in der Arkade zu sich kamen, hatte Wanjas Fuß aufgehört zu schmerzen, und auf Mischas Rücken waren keine Spuren des Kampfes mehr zu sehen.

Jolan

Als Wanja die Haustür aufschloss, war es schon dunkel. Paula saß maunzend am Fenster, sie blieb nicht gern allein und schien jedes Mal schon von Weitem zu hören, wenn Jo oder Wanja nach Hause kamen. Wanja hatte Paula lieb, aber Schröder vermisste sie immer. Sein sattes Schnurren, seine nasse Nase, seine ganze liebesbedürftige Teddybärenart war so anders gewesen als Paulas verspieltes, viel katzenhafteres Wesen, und Wanja verstand zum ersten Mal, dass man niemanden wirklich ersetzen kann. Paula gehörte jetzt zu ihnen, aber den Platz von Schröder hatte sie nicht eingenommen, und genau so, fühlte Wanja, war es auch richtig. Sie gab Paula zu fressen, füllte den Trinknapf mit frischem Wasser und kraulte der kleinen grauen Katze den Nacken. Sie selbst goss sich ein Glas Apfelsaft ein, setzte sich an den Küchentisch und wartete auf Jo.

Als Wanjas Mutter gestern Abend von ihrer Geschäftsreise zurückgekommen war, war sie glänzender Laune gewesen und hatte Wanja auf das, was zuvor geschehen war, nicht mehr angesprochen, hatte keine weiteren Fragen gestellt und sich gegeben, als wäre alles wie immer.

Heute war es Wanja, die ihre Frage stellen würde. Und Jo würde antworten. Es war seltsam, hier zu sitzen und mit einer solchen Klarheit zu wissen, dass es so sein würde, und als Jo zwei Stunden später in die Küche kam, noch in Mantel, Schal und Stiefeln, sah ihr Wanja ruhig in die Augen. Jo runzelte die Stirn, lächelte, öffnete den Mund, um etwas zu sagen, schloss ihn aber gleich wieder und ging nach oben, um sich umzuziehen. Paula schoss vor ihr her zur Küchentür hinaus. Wanja wartete einige letzte Minuten. Dann stieg auch sie die Treppen nach oben in Jos Zimmer und schloss hinter sich die Tür.

Jo stand vor dem Spiegel. Sie trug weiße Jogginghosen und ein dunkelgrünes Sweatshirt und war gerade dabei, sich die Haare am Hinterkopf zu einem Knoten festzustecken. Als Wanja einen Schritt auf sie zumachte, hielt Jo in der Bewegung inne, und für einen Moment kam es Wanja vor, als erhöbe ihre Mutter die Arme, wie jemand, der von einer Pistole bedroht wird und weiß, dass er sich ergeben muss.

Wanja holte Luft. Ihr Atem kam von tief unten, stieg in ihren Brustkorb, der sich dehnte, und dann höher in ihre Kehle, die jetzt frei von Angst war.

»Ich möchte wissen, was mit meinem Vater war«, sagte sie ruhig.

Jo hatte einen kleinen Reisewecker, er stand auf dem Nachttisch neben ihrem Bett, und Wanja hörte ihn ticken, leise und regelmäßig.

Wie in Zeitlupe ließ Jo die Hände sinken und drehte sich zu ihrer Tochter um. Ihre Haare, zu schwer für die wenigen Klammern, die sie erst gesteckt hatte, fielen zurück auf die Schultern, und Jos kleine Eichhörnchenaugen irrten durch den Raum, auf der Flucht vor Wanjas festem Blick. Aber er fing sie ein, wieder und wieder, bis Jo die Augen senkte, zu ihrem Bett schlich, sich setzte und auf ihre Hände starrte, die offen in ihrem Schoß lagen. Eine Träne fiel darauf, fast meinte Wanja, sie fallen zu hören.

Der Wecker tickte. Lange.

»Ich kam gerade von der Uni«, begann Jo mit einer sehr leisen Stimme. »Es war Freitag, der 22. September, es hatte seit Wochen geregnet, aber an diesem Tag schien die Sonne, und es war noch einmal ganz warm geworden. Ich wollte damals studieren und hatte mir Informationsmaterial für Germanistik und Philosophie besorgt. Die Straßen waren voller Menschen, junge und alte, auch viele Studenten, die in Straßencafés saßen und im Univiertel an Tischen und Ständen Bücher und alte Schallplatten verkauften. Vor dem Brunnen spielten Straßenmusiker, davor standen Leute, manche tanzten, andere hörten bloß zu.«

Jos Stimme wurde unmerklich lauter, doch den Kopf hielt sie noch immer gesenkt, sie hob ihn auch nicht, als sich Wanja neben ihr auf dem Bett niederließ.

»Er saß gegenüber vom Brunnen an einer Hauswand«, fuhr sie fort. »Vor ihm war ein Tapeziertisch aufgebaut. Selbst gemalte Bilder lagen darauf und lehnten davor, es waren fast alles Porträts, unglaublich ausdrucksvoll, und hinter dem Tisch stand eine Staffelei mit einem Bild, an dem er gerade malte. Es war die Skizze einer alten Frau, und als ich den Kopf wandte, sah ich ihr Vorbild. Sie stand am Brunnen und fütterte die Tauben, eine kleine, unglaublich zarte Person mit schneeweißen Haaren und sehr blauen Augen. Sie hatte etwas Mädchenhaftes, und als sie zu uns herüberlächelte, hatte ich das Gefühl, dass sie traurig war. Dann wandte sie sich wieder den Tauben zu, während er unablässig weiterzeichnete. Andere Leute kamen an seinem Stand vorbei, manche betrachteten die Bilder, aber die meisten gingen weiter. Nur ich blieb wie angewurzelt stehen, ohne zu wissen, was mich hielt. Ich beobachtete, wie die Skizze entstand und wie er in regelmäßigen Abständen den Kopf hob und zu der alten Frau sah, ohne dabei mit dem Zeichnen aufzuhören.«

Jo schüttelte leicht den Kopf. »Eigentlich war ich mit Flora verabredet. Ich kannte sie erst seit Kurzem, sie hatte sich in der Bar, in der ich als Kellnerin jobbte, vorgestellt und bekam die Stelle sofort. Am Anfang mochte ich sie nicht, weil sie jede Woche mit einem anderen Kerl nach Hause ging, aber als sie einem Betrunkenen, der mich belästigen wollte, ein Glas Wasser ins Gesicht geschüttet hat, lud ich sie nach Feierabend in meine Wohnung zum Essen ein. Seitdem sind wir Freundinnen. An diesem Tag wollten wir zusammen auf den Markt, und ich hätte sie eigentlich längst abholen sollen. Aber ich konnte mich nicht von der Stelle rühren, und plötzlich wusste ich auch, warum.« Jo machte ein schnaubendes Geräusch durch die Nase und feilte mit dem Fingernagel der einen Hand an dem Daumennagel der anderen Hand herum. Wanja saß ganz still und sah ihr dabei zu.

»Ich hatte mir wahrscheinlich eingebildet, es wäre wegen

der Bilder«, fuhr Jo fort, »denn er malte wirklich fantastisch, und es war faszinierend, ihm dabei zuzusehen. Aber es war nicht wegen der Bilder, und als es mir klar wurde, bekam ich Angst. Das, was ich fühlte, kam viel zu plötzlich und vor allem, es traf mich viel zu tief. Ich hatte so etwas noch nie erlebt, und mittlerweile glaube ich, dass es auf der ganzen Welt überhaupt nur sehr wenige Menschen gibt, die das erleben. Ich weiß noch, dass ich völlig verwirrt war, ich wollte weglaufen, ich kannte diesen Mann doch nicht einmal, aber gleichzeitig wünschte ich mir verzweifelt, dass er mich anschaut. Aber er sah mich nicht an. Seelenruhig zeichnete er weiter und ließ mich zappeln wie einen Fisch an der Angel. Denn dass er meine Anwesenheit spürte, war mir völlig klar.

Irgendwann hielt ich es nicht mehr aus, ich wandte mich zum Gehen, schließlich wartete auch Flora auf mich, doch da drehte er den Kopf in meine Richtung und sah mir direkt in die Augen. Meine Güte«, Jos Finger krampften sich zusammen, »sein Blick hielt mich so fest, dass es mir den Atem verschlug. Eine Viertelstunde später saßen wir im Café, der Besitzer kannte ihn, offensichtlich stellte er dort immer seine Bilder ab. Als es draußen dunkel wurde, saßen wir noch immer dort, und als die Sonne aufging, standen wir vor meiner Haustür. Wir waren durch die Stadt gelaufen, den ganzen Weg vom Univiertel bis zum Stadtpark, wo wir uns auf eine Wiese legten, die Arme hinter dem Nacken verschränkten, uns Geschichten erzählten und Sternbilder suchten. Es waren unglaublich viele Sterne am Himmel in dieser Nacht, oder vielleicht kam es mir auch nur so vor. Ich wohnte erst seit Kurzem hier, dein Großvater hatte für mich eine kleine Wohnung in der Nähe der Uni gemietet, obwohl deine Großmutter dagegen war, dass ich so jung von zu Hause wegging.

Wir standen also vor meiner Haustür, und ich wusste nicht, wovor ich mehr Angst hatte, davor, dass er fragen würde, ob er mit nach oben kommen darf, oder davor, dass er es nicht fragen würde.«

Jo atmete ein und hielt inne. Wanja, die bis jetzt auf der Bettkante gesessen hatte, lehnte sich langsam, ganz langsam zurück, ans Kopfende, den Blick unverwandt auf ihre Mutter gerichtet, die jetzt den Kopf hob und ins Leere schaute.

»Er fragte nicht«, erzählte Jo weiter. »Ich fühlte ihn in meinem Rücken, als ich zur Tür ging, und als ich am frühen Nachmittag aus dem Haus kam, um zur Arbeit zu gehen, war auf dem Bürgersteig vor meiner Tür ein riesiges Bild. Es war ein Bild von mir, mit weißer Kreide auf die Steine gemalt. Ich lag auf der Seite und schlief, die Locken fielen mir ins Gesicht, meine Schultern waren nackt, über meinem Körper war eine dünne weiße Decke.«

Plötzlich musste Jo lächeln, ganz leicht und ganz kurz. »Ich weiß noch, wie mir das Blut ins Gesicht stieg, als ein älterer Herr den Weg entlangkam, auf das Kreidebild und dann auf mich starrte. Bei der Arbeit sind mir drei volle Teller aus der Hand gerutscht, und ich behielt keine einzige Bestellung im Kopf, denn der war viel zu voll mit ihm. Flora lachte mich aus, so kannte sie mich nicht, ich kannte mich so ja nicht mal selbst. Als ich abends nach Hause kam, saß er neben meinem Kreidebild und wartete auf mich. Er nahm mich an die Hand und führte mich zu sich nach Hause. Er wohnte nicht weit von mir, in einer Dachgeschosswohnung mit einer winzigen Küche, einem Duschbad und einem Zimmer, in dem es nur einen Schrank, ein großes Bett, viele Kerzen und noch mehr Bilder gab.

Dieses Zimmer wurde unser Zuhause, wann immer wir uns sahen. Ich behielt meine Wohnung, aber getroffen haben wir uns fast ausschließlich bei ihm. Meist lagen zwei, manchmal auch drei Tage zwischen unseren Treffen, und anfangs fragte ich ihn oft, was er machte, wenn wir uns nicht sahen. Er lächelte dann und sagte ›mich nach dir sehnen‹. Einmal zeigte er mir das Atelier eines Freundes, der für ein Jahr ins Ausland gegangen war und ihn für diese Zeit dort arbeiten ließ. Aber von seinen Bildern konnte er nicht leben, seinen Lebensunterhalt verdiente er mit Taxifahren. Oft, sagte er, fuhr er die ganze Nacht durch, weil man dann das meiste Geld verdient. Wir telefonierten nie, er hatte nicht einmal ein Telefon, und an den Tagen, an denen wir uns trafen, holte er mich meist vom Café ab. Ich hätte ihn am liebsten Tag und Nacht gesehen, ununterbrochen, aber er wollte es nicht, er sagte, wenn wir uns sehen, dann ganz. Und genau so war es auch. Wenn wir zusammen waren, dann gab es nichts außer uns beiden, und er war so sehr da, wie ich es noch nie bei einem Menschen erlebt habe. Er war die Antwort auf all meine Wünsche, und dasselbe schien ich für ihn zu sein.« Wieder hielt Jo inne, und sie holte nicht Luft, sie rang danach, als wäre im Zimmer nur noch wenig davon vorhanden. Wanja hätte ihr gern ein Fenster geöffnet, aber dann hätte sie aufstehen müssen, und das ging nicht, es hätte die Situation zerstört, also blieb sie sitzen und wartete, bis Jo fortfuhr.

»Im Feburar wurde ich schwanger, wir waren noch nicht mal ein halbes Jahr zusammen. Seine Eltern kannte ich nicht, und deine Großeltern hatten ihn erst einmal gesehen. Wir hatten sie besucht, deine Großmutter mochte ihn nicht, was schon daran lag, dass er keine ordentliche Arbeit hatte. Und er gab sich keine Mühe, sich bei ihr einzuschmeicheln, er blieb höflich und zurückhaltend, was sie nur noch mehr gegen ihn aufbrachte. Ihm machte es nichts aus. Nichts schien ihm etwas auszumachen, nichts dergleichen jedenfalls. Als ich ihm sagte, dass ich schwanger war, sah ich zum ersten Mal so etwas wie Angst in seinem Gesicht, es war ein winziger Augenblick, aber er reichte, um mich aus der Fassung zu bringen. Ich flippte aus, schrie ihn an, schließlich hatten wir beide nicht aufgepasst, wie man so schön sagt. Tür knallend, verließ ich sein Haus, und als ich draußen stand und merkte, dass er nicht hinterherkam, hatte ich das Gefühl, die Welt geht unter. Zwei Tage lang hörte ich nichts von ihm, und als ich bei ihm klingelte, machte er nicht auf. Am dritten Tag lag ein Brief in meinem Briefkasten. Er schrieb, dass er mich liebt und sich auf unser Kind freut, dass er mein Mann und dein Vater sein wollte, aber auf seine Weise.«

Wanja zuckte zusammen, doch Jo beachtete sie gar nicht, sie sprach weiter, als säße sie allein im Zimmer. »Mit deinen Großeltern gab es einen entsetzlichen Streit, und deine Großmutter stieß die schlimmsten Drohungen aus, aber was sollten sie schon tun, ich würde das Kind bekommen, das war so sicher wie das Amen in der Kirche. Und wir würden nicht heiraten, noch nicht jedenfalls, das stand ebenfalls fest, ich war inzwischen wie im Trotz gegen meine Eltern mit dieser Meinung ganz auf seiner Seite.

Die Zeit, die jetzt folgte, war die schönste in meinem ganzen Leben. Flora erzählte mir Gruselgeschichten, wie sich Männer veränderten, wenn ihre Freundinnen schwanger wurden, aber er war nicht so, er war anders, ganz anders. Obwohl wir uns auch jetzt nicht täglich sahen und eine gemeinsame Wohnung nicht einmal planten, trug er mich noch mehr auf Händen, als er es zuvor getan hatte. Stundenlang konnte er dasitzen und meinen Bauch streicheln oder ihm beim Wachsen zusehen, wie er immer sagte. Manchmal hat er mit Filzstift ein Kindergesicht auf meinen Bauch gemalt, und jedes hatte seine Augen und meine Locken. Einmal fand ich unter seinem Bett eine Spieluhr, es war ein Schäfchen aus Stoff. ›Für unser Kind‹, sagte er und hielt es mir an den Bauch.«

Jo schüttelte den Kopf und presste die Lippen aufeinander. Leise fuhr sie fort. »Die Blümelein, sie schlafen schon längst im Mondenschein.« Das war von nun an dein Schlaflied in meinem Bauch. Später, viel später, als wir schon bei Oma und Opa wohnten, hörte ich, wie Oma dir das Lied vorsang, und ich –«

Wanja fiel Jo ins Wort. »Du hast sie furchtbar angeschrien.« Sie sah die Szene plötzlich wieder ganz genau vor sich. Vier, vielleicht fünf war sie gewesen, sie hatte mit Fieber im Bett gelegen, und ihre Großmutter saß an ihrem Bett und sang, als Jo ins Zimmer kam. Wanja wusste nicht mehr, was sie geschrien hatte, erinnerte sich aber, dass ihre Großmutter das Zimmer verließ und sie, Wanja, zu weinen anfing, während Jo vor ihrem Bett stand, sie anstarrte und nicht in den Arm nahm.

»Warum?«, flüsterte Wanja. »Was war denn mit dem Lied?«

Jo ignorierte ihre Frage und fuhr mit ihrer Erzählung fort. »Wir lebten also weiter wie bisher, und mittlerweile machte es mir nichts mehr aus. Ich legte meine Arbeit auf die Tage, an denen wir uns nicht sahen, manchmal arbeitete ich zwei Schichten hintereinander, und er sagte, genau so machte er es auch. So hatten wir uns, wenn wir zusammen waren, Tag und Nacht ohne Unterbrechung und manchmal mit einer Intensität, die mir Angst machte. Um unsere Zukunft machte ich mir allerdings überhaupt keine Sorgen. Mein Studium würde ich verschieben, und er würde sich um uns kümmern, irgendwie würde sein Geld schon reichen. Die Hauptsache war, dass er mich liebte und dass er sich auf unser Kind freute. Er schien auch alles zu wissen, was in mir und meinem Körper vor sich ging, und für dieses Wissen liebte ich ihn umso mehr.«

Jo lachte bitter, und das Weitersprechen schien ihr Mühe zu machen. »Am 22. September waren wir ein Jahr zusammen. Ich war hochschwanger und abends wollte er mich zum Essen ausführen. Wie im Jahr zuvor schien die Sonne, es war heiß wie im Sommer und ich fühlte mich den ganzen Tag schon wie auf Wolken. Ich ging in dem Park spazieren, in dem wir damals zusammen auf der Wiese gelegen hatten, ich spürte dich in meinem Bauch und fragte mich zum hundertsten Mal, wie ähnlich du ihm sehen würdest.«

Jo atmete scharf aus, während Wanja unwillkürlich die Luft anhielt. »Was dann geschah«, sagte Jo, »geschah gleichzeitig. Du fingst an zu treten, heftig und plötzlich, und ich lachte noch über den unvermittelten Schmerz, als ich ihn sah. Er stand ein paar Meter entfernt unter einem Baum, die Arme weit ausgebreitet. Aber nicht für mich. Mich sah er gar nicht. Sein Blick ging nach unten, auf den kleinen Jungen, der ihm mit stolpernden Schritten entgegenlief. Der Junge hatte blonde Korkenzieherlocken und sah aus wie ein Engel ohne Flügel. Ich wusste sofort, wo ich ihn schon einmal gesehen hatte. Auf einem der Bilder, es stand direkt neben dem Bett in seinem Zimmer. Der Junge war auf dem Arm einer Frau, ihre Gesichter waren Wange an Wange, sie strahlten. Ich hatte ihn sogar gefragt, wer die beiden waren, denn ihr Porträt war das Schönste von allen. Er sagte, er wüsste es nicht, er hätte sie irgendwann einmal auf einem Straßenfest gemalt. Drei Tage später war das Bild nicht mehr da, er sagte, er hätte es verkauft, und ich weiß noch, dass ich traurig darüber war. Stattdessen malte er an diesem Tag ein Bild von mir.

Jo schloss die Augen, sie sah plötzlich so verloren aus, dass Wanja Angst bekam. Ihr fiel auf, dass Jo Jolan noch kein einziges Mal beim Namen genannt hatte, und sie hatte das Gefühl, ihre Mutter vermied es, um sich vor dem Schmerz zu schützen, wenigstens ein wenig. Ihre Stimme war wieder ganz leise, als sie fortfuhr. »Wie viel Ähnlichkeit der Kleine mit ihm hatte, wurde mir erst in dem Moment bewusst, indem ich die beiden sah, und jetzt wusste ich natürlich auch, warum die Spieluhr unter seinem Bett gelegen hatte. Ich starrte den Kleinen an und stellte mir vor, wie er in seinem Bett lag, in *unserem* Bett, das Schäfchen im Arm, und wie er dem Lied zuhörte. Dann schossen mir andere Kleinigkeiten in den Kopf. Die Stoffwindel, die einmal in seinem Badezimmer lag. Diese Dinger gab es früher schon, ich weiß noch, dass ich dachte, er benutzt sie als Waschlappen.«

Wieder lachte Jo bitter auf. »Dann die eine Hälfte des Schrankes in seinem Zimmer, die immer abgeschlossen war. Meine Sachen, die oft an einer anderen Stelle lagen, wenn ich wieder kam. Viel hatte ich nie mit bei ihm, aber das, was da war, muss er jedes Mal verschlossen haben, wenn ich ging. Und das Gleiche tat er wahrscheinlich auch bei ihr. Bei der anderen. In diesem Moment hasste ich am allermeisten mich selbst. Wie konnte ich so blind, so blöde sein? Etwas in mir wollte schreien und laufen, laufen. Aber es ging nicht. Ich stand da, als sei ich dazu verdammt worden. Er hatte nur Augen für den Kleinen, der Schritt für Schritt auf seine ausgebreiteten Arme zutorkelte. Dann sah ich die Frau, zart, zerbrechlich, mit glattem dunklem Haar. Die Frau von dem Bild. Sie ging hinter dem Jungen her, und ich weiß noch, wie ich mir mit aller Verzweiflung wünschte, dass es irgendeine Frau war, eine Schwester, eine Cousine, von mir aus auch die Exfrau mit ihrem gemeinsamen Sohn, aber natürlich wusste ich, dass es nicht so war. Der Kleine stürzte sich in die Arme seines Vaters, und er hob ihn hoch,

hoch in die Luft, wirbelte ihn im Kreis herum, und dann nahm er auch die Frau in den Arm. Die beiden küssten sich, hielten sich fest umschlungen, und als sie sich voneinander lösten, flüsterte er ihr etwas ins Ohr. Sie sah ihn an und lächelte, dann sagte auch sie etwas. Er grinste und zeigte fragend nach oben. Sie nickte. Er übergab ihr den Kleinen, trat einen Schritt zurück, legte die Hände wie einen Trichter vor den Mund und schrie. Er schrie in den blauen Himmel hinein, wie sehr er sie liebte, und der Kleine patschte in die Hände, während deine Füße gegen meine Bauchdecke traten, fester und immer fester. Aber ich konnte mich noch immer nicht rühren, und noch immer bemerkte er nicht, dass ich da war.

Es war der Junge, der ihn auf mich aufmerksam machte. Er fing auf den Armen seiner Mutter zu strampeln an. Sie ließ ihn herunter, und das Kind lief auf mich zu, mit seinen taumelnden Schritten. Die Frau sah ihm lachend hinterher. Da wandte er auch er den Kopf – und sah mich. Sein lächelndes Gesicht erstarrte. Er öffnete den Mund, sagte aber nichts, er schaute nur panisch zu der Frau an seiner Seite und wich zurück, als wollte er vor einem wilden Tier fliehen. Ich glaube, diese Reaktion war das Schlimmste.

Ich bekam noch immer keinen Ton heraus. Aber mein Gesichtsausdruck muss Bände gesprochen haben, denn jetzt blickte auch die Frau verstört von mir zu ihm. Als sie meinen Bauch sah, konnte ich förmlich spüren, was mit ihr passierte. Sie hatte nichts von mir gewusst, wie ich nichts von ihr gewusst hatte, und jetzt wurde ihr alles klar, genau wie mir einen Augenblick zuvor. Ihr Gesicht war ein Spiegel meiner Gefühle. Wenn der Kleine nicht hingefallen wäre, wären wir vielleicht endlos so stehen geblieben und hätten uns angestarrt. Aber das Brüllen des Kindes riss uns raus. Die Frau stürzte auf ihren Sohn zu, Tränen liefen ihr übers

Gesicht, während ich innerlich wie aus Eis war. Du hattest aufgehört zu treten, aber ich begann zu zittern, am ganzen Körper. Die Frau fing an, ihn anzuschreien, mit tränenerstickter Stimme warf sie ihm die schlimmsten Schimpfwörter an den Kopf, während der Kleine auf ihrem Arm immer lauter brüllte und er nur dastand, hilflos, aber immer noch mit einer Ruhe, für die ich ihn plötzlich hasste. Ich drehte mich um und lief davon, so schnell ich mit meinen zitternden Beinen und dem dicken Bauch konnte. Auf der Straße stürzte ich und fiel hin, auf den Bauch. Ein junger Mann half mir hoch und brachte mich nach Hause. Zum Arzt ging ich nicht. Am nächsten Tag platzte die Fruchtblase, den Rest kennst du. Er selbst kam nicht. Er kam nicht ins Krankenhaus, er kam nicht zu uns nach Hause, und ins Café kam er auch nicht.«

Wanja senkte den Kopf. Sie dachte an den Tag, als Jo ihr von ihrer Geburt erzählt hatte, an ihr düsteres Gesicht, als sie davon sprach, wie die Fruchtblase geplatzt war, und an ihren Ausbruch danach, als Wanja nach ihrem Vater fragte. Jetzt wusste sie, warum, und plötzlich war ihr kalt. Jo starrte ins Leere, während sie weitersprach.

»Zwei Monate später ging ich dann doch zu ihm. Flora drängte mich dazu, wie auf eine Kranke redete sie auf mich ein. Meine Wohnung hatte ich bereits aufgegeben, die wenigen Möbel, die ich besaß, waren auf Floras Dachboden, und in ihrer Wohnung verbrachten wir die letzten Tage vor unserer Abreise. In zwei Stunden ging mein Zug nach München, wo ich mit dir die nächsten Jahre leben würde, bei deinen Großeltern. Ich hatte dich in meinem Tragetuch um die Seite gebunden, nur dein schwarzer Lockenkopf schaute heraus.« Jo schüttelte den Kopf und stieß den Atem aus. »Meine Locken und seine Augen, ja, die hast du bekommen. Ich wusste nicht, was ich ihm sagen wollte, ich wusste nicht, was ich hören wollte, ich wusste nicht einmal, ob ich bei ihm klingeln wollte. Aber als ich vor seiner Tür stand, war sein Name am Klingelschild verschwunden. Eine Woche später kam ein Brief. Per Nachsendeantrag und ohne Absender. Er schrieb, dass es ihm leid tat, nur diesen einen, jämmerlich abgedroschenen Satz. Danach habe ich nie wieder von ihm gehört. An deinem dreizehnten Geburtstag kam der nächste Brief. Und jetzt, Silvester, hat er angerufen. Das war alles. Das war die ganze Geschichte.«

Jo ließ den Kopf in ihre Hände sinken, hob ihn aber noch einmal und sah über ihre Fingerspitzen hinweg aus dem Fenster. »Vielleicht hast du gedacht, dein Vater hätte mindestens jemanden umgebracht. Aber auf eine Weise hat er genau das getan. Er hat mein Vertrauen getötet. Ich habe ihm mit meinem ganzen Herzen vertraut, und er hat alles zerstört.«

Wanja starrte auf die kleinen Schweine, mit denen Jos Bettdecke übersät war. Kleine rosa Schweine auf blauem Untergrund. Dreizehn Jahre lang hatte ihr Vater nichts von sich hören lassen. Nachdem sie die Briefe gelesen hatte, glaubte sie, ihr Vater hätte alles versucht, um mit Jo über was auch immer geschehen war zu reden, und Jo hätte ihn nicht an sich herangelassen. Stattdessen hatte er es nicht einmal versucht.

»Meinst du, er ist bei der anderen Frau geblieben?«, fragte Wanja kaum hörbar. Jo zuckte die Schultern, dann schüttelte sie den Kopf. »Ich glaube nicht. Ich glaube, er ist vor uns beiden weggelaufen.«

»Und dass er dich geliebt hat? Dass er . . .«, Wanja schluckte, ». . . sich auf mich gefreut hat? Glaubst du, das war alles gelogen?«

Wieder schüttelte Jo den Kopf. »Nein, ich glaube, das war echt. Er hat mich geliebt, und er hat sich auf dich gefreut.

Auf seine Weise ganz bestimmt. Aber nicht auf meine, weiß Gott. Nicht auf meine.«

Jetzt, zum ersten Mal, seit sie hier im Zimmer saßen, sah Jo Wanja an. Ihre Augen waren ruhig, ruhig und tieftraurig, aber gleichzeitig erlöst. »Es tut mir so leid, Wanja«, flüsterte sie. »Es muss schrecklich für dich gewesen sein, all die Jahre nichts zu wissen. Aber ich konnte einfach nicht darüber sprechen. Und wenn du mich vorhin nicht mit dieser Klarheit dazu aufgefordert hättest, weiß ich nicht, ob ich es jemals getan hätte. Ich habe mir immer gewünscht, dein Vater wäre tot. Aber er ist es nicht. Er lebt, und ich denke, es wird Zeit, dass du ihn kennen lernst.«

Wanja rührte sich nicht. Sie dachte an ihren Geburtstag, an ihre furchtbare Angst, ihr Vater könnte tot sein, aber trotzdem hatte sie nicht gewagt weiterzufragen. Nicht Jo und nicht ihre Großmutter. Jetzt kam ihr auch der Traum von neulich nachts wieder in den Sinn, die drei Frauen in ihrem Türrahmen, und dann Uri, ihr zuckender Finger, als Wanja ihr aus Dostojewskis Buch vorgelesen hatte.

»Kannte Uri Jolan eigentlich?«, fragte sie Jo.

Wanjas Mutter lächelte. »Als wir damals bei deinen Großeltern zu Besuch waren, kam Uri zum Kaffee. Sie mochte ihn auf den ersten Blick. Ich weiß noch, wie sie seine Wangen tätschelte und zu ihm sagte: »Du bist etwas Besonderes, mein Junge.« Ich glaube, das war der einzige Moment, in dem ich deine Urgroßmutter am liebsten umarmt hätte. Aber deine Großmutter sah etwas anderes in ihm, und als ich mit dir zu ihnen zog, durfte sein Name nicht einmal ausgesprochen werden.«

Und daran hat sich dreizehn Jahre nichts geändert, dachte Wanja und schlang ihre Arme um die Knie. »Aber was?«, fragte sie. »*Was* hat Oma in meinem Vater gesehen?«

Jo seufzte tief. »Deine Großmutter ist von ihrem Vater verlassen worden, als sie sieben Jahre alt war. Sie selbst hat nie darüber gesprochen. Uri hat es mir einmal erzählt. Mein Urgroßvater muss deinem Vater ziemlich ähnlich gewesen sein. Er arbeitete als Lehrer, aber sein Herz gehörte dem Zirkus und der Musik, das alltägliche Leben war anscheinend eine Qual für ihn. Eines Tages kam ein Zirkus in die Stadt, und als der Zirkus weg war, war auch dein Urgroßvater weg. Deine Urgroßmutter behauptete, er sei mit der Seiltänzerin durchgebrannt, die ihm bei der Vorstellung schöne Augen machte. Alles, was er hinterließ, war ein Abschiedsbrief und tausend Küsschen an die Tochter. Deine Urgroßmutter wird an seinem Weggehen nicht ganz unschuldig gewesen sein. Du kennst sie als alte, kranke Frau, aber sie war eine Tyrannin, herrisch und streitsüchtig bis zum Gehtnichtmehr, und ich glaube, deine Großmutter war nicht die Einzige, die unter ihr gelitten hat. Dein Urgroßvater hat nie wieder etwas von sich hören lassen, und sein Weggehen muss deiner Großmutter das Herz gebrochen haben. Du kennst deinen Vater nicht, was schlimm genug ist. Sie aber war sein kleines Mädchen, sie liebte ihren Vater abgöttisch, und vielleicht hat sie die Schuld an seinem Weggehen sogar bei sich selbst gesucht. Deine Urgroßmutter scheint ihm irgendwann verziehen zu haben. Aber für Oma ist es unmöglich, und ich denke, Jolan hat sie an all das erinnert.«

Wanja kaute auf ihrer Haarsträhne und malte mit der Fingerspitze den rosa Ringelschwanz eines der Schweine auf Jos Bettdecke nach.

»Und der Brief, Jo?« Wanja beugte sich zu ihrer Mutter vor. »Der Brief, der an meinem Geburtstag kam. Er war an mich gerichtet, oder?«

Statt einer Antwort stand Jo auf und ging zu ihrem Schreibtisch. Sie öffnete die linke Schublade, holte den

Brief heraus und reichte ihn Wanja. Ein weißer, wattierter, großformatiger Umschlag.

»An das Kind von Johanna Walters«, stand über ihrer Adresse, in der kleinen, leicht geschwungenen Handschrift, die Wanja bereits kannte. Langsam drehte sie den Brief um. Auf der Rückseite stand Jolans Name. Und seine Adresse. Er lebte in Berlin.

Eine Weile saß Wanja da und starrte den Umschlag an, der in ihren Händen zu glühen anfing. Dann stand sie auf und ging in ihr Zimmer.

Bis Wanja den Umschlag öffnete, verging noch eine ganze Weile. Sie saß auf ihrem Bett, hielt die Augen geschlossen und ließ Jos Worte an sich vorbeiziehen. Zu zwei Stellen spulte sie innerlich wieder und wieder zurück. Zum Urgroßvater, der mit einem Zirkus fortgegangen war, und zu der Frau am Brunnen, die Jolan gezeichnet hatte. Die alte Frau mit den schneeweißen Haaren, den sehr blauen Augen, dem zarten, mädchenhaften Wesen und dem traurigen Lächeln.

Als sie die Ziffern ihres Radioweckers viermal klacken hörte, öffnete sie den Brief.

Liebe Wanja,
du hast ausgesehen, wie ich dich geträumt habe. Ich war im Krankenhaus, am Tag deiner Geburt. Deine Mutter schlief, und ich wagte nicht, sie zu wecken. Die Hebamme hat mich zu dir geführt, du lagst auf der Säuglingsstation, und als ich mich über dein Bett gebeugt habe, hast du die Augen aufgemacht. Ich habe die Hebamme gebeten, deiner Mutter nicht zu sagen, dass ich da war. Ich wollte sie nicht aufregen, ich wusste nicht, wie sie reagieren würde, aber dich musste ich einfach sehen.
Ich kann das, was ich euch angetan habe, nicht ungeschehen

machen. Aber ich kann dich auch nicht aus meinem Leben denken, obwohl ich es lange versucht habe. Ich möchte dich kennen lernen. Ich möchte wissen, wer du bist, wer du geworden bist, ich möchte wissen, was du denkst und was du fühlst. Auf dem Umschlag findest du meine Adresse und unten meine Telefonnummer. Wenn du nach allem, was geschehen ist – sofern deine Mutter dir überhaupt davon erzählt hat –, nichts von mir wissen willst, kann ich das verstehen und werde es akzeptieren. Aber ich werde nicht aufhören, mir zu wünschen, dass wir uns treffen.
PS: Anbei ein Bild von mir. Damit du weißt, wie ich aussehe.
Dein Vater Jolan.
Telefon: 0 30/3 11 32 42

Anbei ein Bild von mir. Wanjas Herz raste, als sie zum zweiten Mal in den Umschlag griff und etwas Postkartengroßes herausholte, das mit dünnem Packpapier umwickelt war. Einmal, zweimal, dreimal. Dann sah sie ihn – und in ihm, sich selbst. Es lag vor allem an den Augen. Große, runde Augen, in denen ein Staunen lag. Das Haar war dunkler als ihres, auch nicht lockig, sondern nur leicht gewellt und schulterlang. Das Gesicht war schmal, mit hohen Wangenknochen, und auf seiner Stirnmitte, dicht am Haaransatz war ein großes dunkles Muttermal. Um seinen Mund lag ein trauriger Zug. Wanja runzelte die Stirn. An irgendjemand erinnerte sie dieses Gesicht noch, aber sie wusste nicht, an wen. Leicht strich sie mit ihren Fingern darüber. Vaterbilder. Jetzt hatte sie ein Bild von ihrem eigenen Vater. Sie fuhr zusammen, als die Türklinke heruntergedrückt wurde und Jo ihr sagte, Mischa sei am Telefon. Sie hatte es nicht einmal läuten gehört.

Die ganze Zeit, während Wanja erzählte, hielt Mischa Jolans Bild in den Händen. Sie saßen im Park auf einer Bank, durch das Himmelgrau brach die Sonne, aber es war noch immer bitterkalt.

»Guter Typ, dein Vater«, murmelte Mischa, als er ihr das Bild zurückgab.

Auf der Leuchtwand bei einer Bushaltestelle sahen sie die Einladung. *Der letzte Besuchstag findet statt am 5. Mai um 15 Uhr*, stand in großen roten Buchstaben auf der erleuchteten Fläche, und als Wanja das Datum las, bekam sie im ersten Moment einen Schreck. Der 5. Mai – das war erst in zweieinhalb Monaten! So viel Zeit war noch nie zwischen zwei Besuchstagen vergangen. Doch als Mischa ihr einen Blick zuwarf, las sie seine Gedanken und war erleichtert. Der Abschied würde schwerfallen und auf diese Weise blieb ihnen Zeit, sich darauf vorzubereiten.

SCHLUSSVORSTELLUNG

Nachdem es Mitte März endlich wärmer geworden war und Paula sich zum ersten Mal laut maunzend vor die Haustür gewagt hatte, ließ der April seine Launen spielen und jonglierte noch einmal mit eisigem Hagel, Schneeregen und Graupelschauern. Der richtige Frühling kam im Mai.

Über Nacht, so schien es Wanja, explodierten die Bäume, und die zarten Knospen, die sich Ende März schüchtern hervorgewagt hatten, blühten jetzt in den schönsten Farben auf. Die Welt duftete, und Jo trug Rot, schon zum dritten Mal in dieser Woche. Ihr Geständnis, wie Wanja es im Stillen nannte, hatte etwas verändert. Jo wirkte gelöster, leichter, und das wirkte sich auch auf ihre Beziehung zu Wanja aus. Trotzdem hatten sie seit diesem Tag nicht mehr über Jolan gesprochen. Jo hatte Wanja auch nicht nach dem Brief gefragt und machte keine Bemerkung zu der Antwort, an der Wanja vier Wochen gesessen hatte. Die ersten – sechs, sieben und achtseitigen – Entwürfe hatte sie zerrissen, ebenso den Brief, der mit *Lieber Papa* anfing, und die endgültige Version lag jetzt seit sechs Wochen auf ihrem Schreibtisch, neben der schwarzen Vogelfeder, die Wanja damals im Wald gefunden hatte. Etwas in ihr hielt sie davon ab, den Brief abzuschicken, als wäre ein Teil von ihr noch nicht bereit, während ein anderer ungeduldig wartete. Erst am Nachmittag des 5. Mais, einem Sonntag, warf sie den Brief auf dem Weg zum Museum in den Kasten. Es war ein DIN-A4-großer Umschlag, und als Wanja seinen weichen Aufprall hörte, schloss sie die Augen.

Lieber Jolan, hatte sie geschrieben. *Ich will dich kennen lernen. Meine Mutter hat mir erzählt, was passiert ist. Sie sagt, du darfst mich besuchen, nur nicht zu Hause. Dich anzurufen, trau ich mich nicht. Bitte ruf du an, damit wir uns verabreden können.*

Deine Tochter Wanja

PS: Anbei ein Porträt von mir, mein bester Freund hat es gemalt.

Vor dem Museum warteten Mischa, Alex und Natalie, und an der Kasse standen schon die anderen Jugendlichen, als hätten sie hier ihren Treffpunkt ausgemacht. Alle waren da, immer waren alle da gewesen, nie hatte jemand gefehlt, nie war jemand zu spät gekommen, außer ihr und Mischa, ein einziges Mal, in der langen Nacht der Museen, dem furchtbarsten Abend in Wanjas Leben. Jetzt lag das Gefühl von Abschied in allen Gesichtern. Ohne zu sprechen, gingen die Jugendlichen durch die Abteilung der Alten Meister, vorbei am Gemälde des Philosophen, vorbei an Marias Himmelfahrt, vorbei am Aufseher mit dem sächsischen Dialekt, der ihnen von seinem Platz an einer der Türen zulächelte und sich zweifellos wunderte, warum in aller Welt das Museum seit einem Jahr so regelmäßig von einer Gruppe Jugendlicher besucht wurde.

Im toten Winkel war wie immer niemand, und als das Mädchen mit den grünen Haaren die Klinke der roten Tür herunterdrückte, hörte Wanja sie seufzen. Ihre Schritte hallten im dunklen Gang, und dann standen sie im großen Saal mit den Kerzen, der silbrigen Mondkugel, den Arkaden und der Bühne mit dem schmalen roten Tisch. Als die alte Frau auf die Bühne trat, fing jemand zu weinen an. Ein kleines, spindeldürres Mädchen mit einem blonden Rattenschwanz, das Wanja heute zum ersten Mal richtig wahrnahm.

»Anfang und Ende bilden einen Kreis«, sagte die alte Frau, nachdem sie lange geschwiegen hatte. Sie trug ihren hellblauen Samtumhang, und als auf ihren Lippen das traurige Lächeln erschien, dachte Wanja wieder an Jos Geschichte von der Frau am Brunnen. »Ich danke euch für euer Kommen«, fuhr Ananda fort, »und wünsche euch für euren letzten Besuch eine gute Zeit. Denkt daran, dass nichts verloren geht. Alles, was ihr erlebt, bleibt euch erhalten, und das Bild, von dem ihr heute Abschied nehmt, gehört euch für immer.« Ihr Blick wanderte über die Gesichter. Dann klatschte sie in die Hände.

Die Besucher gingen zum letzten Mal in ihre Arkaden.

Ihre Schritte machten kein Geräusch auf dem hellen Holz.

Aus dem Rauschen in Wanjas Ohren wurde tosender Applaus, und als sie in der Ehrenloge auf der anderen Seite des Rahmens die Augen öffnete, waren die Zuschauerreihen bis auf den letzten Platz gefüllt. Die Manege war leer. Nur ein großer Koffer stand in der Mitte. Er war rot mit schwarzen Scharnieren, und jetzt erst nahm Wanja wahr, dass der Applaus ihnen galt, ihr und Mischa. Er drehte sich zu ihr um. »Bist du bereit?«

Wanja nickte. Dann erhoben sie sich und stiegen aus dem Rahmen. Die Manege roch nach Sägespänen und Räucherstäbchen, und als Wanja und Mischa vor dem Koffer standen, klopfte Wanja das Herz bis zum Hals. Sie legten die Hände an die Schnallen, nickten sich zu und schoben die schweren Knöpfe zur Seite. Mit einem klackenden Geräusch schnappten die Scharniere auf, und der Deckel des Koffers klappte nach vorn. Eine leise Melodie ertönte, und aus dem Inneren des Koffers stieg weißer Nebel, der sich langsam über dem Boden der Manege ausbreitete. Auch die Musik schien aus dem Koffer zu kommen. Dann stieg Baba heraus, gefolgt von den anderen Artisten. Sie trugen weiße Umhänge, gefertigt aus Abertausend Pailletten, schillerten sie perlmuttfarbig im Licht. Taro kam als Letzter, und als Wanja ihn sah, wurde ihr so schwer ums Herz, dass ihr das Atmen Mühe machte. Selbst sein Lächeln tat ihr plötzlich weh. Die Artisten bildeten einen Halbkreis um ihre Ehrengäste, die Zuschauer applaudierten. Wanja fühlte, wie sie hochgehoben wurde, und im nächsten Moment fand sie sich auf Thryms Schultern wieder, neben ihr, auf den Schultern von Thyra, saß Mischa. Unter dem Applaus der Zuschauer verschwanden die Artisten hinter dem Vorhang.

Der Auftakt war zu Ende. Gleich würde die Vorstellung beginnen, auf beiden Seiten des Vorhangs war die hohe und noch immer steigende Spannung fast körperlich spürbar. Madame Nui reichte Wanja und Mischa die Kostüme. Unter ihrem Umhang trug sie ein schwarzpelziges Trikot, und bevor sie in Richtung ihres Wohnwagens verschwand, schenkte sie Wanja ein dünnes Lächeln. Die Artisten, die erst später an der Reihe waren, verließen ebenfalls das Zelt, nur Baba, Taro und die Musiker blieben zurück.

Baba lugte hinter den Vorhang und wandte sich dann ungeduldig zu den anderen um. Sein rundes Gesicht war rot vor Aufregung und sein weißer Turban – ebenfalls mit Pailletten überzogen – schwankte, als er die Hände hob und mit dem Kopf wackelte. Pati, der die erste Nummer hatte, prüfte sein Einrad, und Noaeh legte ihren Umhang ab. Darunter kam ein hautenges grünblau schimmerndes Kleid zum Vorschein, das zu den Füßen hin immer schmaler wurde, hinten in einen breiten Fischschwanz überging und Noaeh wie eine Meerjungfrau aussehen ließ. O und Taro trugen eisblaue Mäntel mit feinen dunkelblauen Pflanzenmustern, es waren die gleichen, die Madame Nui auch für Mischa genäht hatte.

Als Mischa seinen Mantel anzog, musste Wanja an die Generalprobe denken, wo er den Mantel in Madame Nuis Wagen anprobiert hatte. Keine blauen Flecken und keine Schwellungen entstellten heute sein Gesicht, und wie er so dastand, neben Taro, und O, sah er aus, als gehörte er hierher und nirgendwohin sonst. Doch plötzlich runzelte Mischa irritiert die Stirn. »Wieso trägst du eigentlich auch so einen Mantel?«, fragte er Taro und jetzt war auch Wanja verwirrt. Mischa hatte recht, Taro hatte die Musikstücke zwar angeleitet, aber mitgetrommelt hatte er nicht, jedenfalls nicht bei der Generalprobe.

Taro lächelte. »Baba hat gesagt, ich darf euch die erste Hälfte begleiten und an den einstudierten Stücken wird sich dadurch nichts ändern. Ich bin einfach bloß, sagen wir, Verstärkung. Einverstanden?«

Das Strahlen auf Mischas Gesicht war Antwort genug. Im Gehen wandte sich Taro noch einmal zu Wanja um. »Wir treffen uns nach der Pause hinter dem Vorhang. Bis dahin bleibt dir Zeit zum Abschiednehmen.« Mit diesen Worten verschwand er zusammen mit den drei anderen hinter dem Vorhang. Kurz darauf ertönten die Trommeln. Baba hielt den Vorhang auf, Pati warf seinen weißen Umhang ab, drehte sich noch einmal zu Wanja um, warf ihr grinsend eine Kusshand zu, dann schwang er sich auf sein Einrad und fuhr in die Manege, den schillernden Regenbogenschleier hinter sich herziehend. Baba folgte ihm, und Wanja war allein. Für einen Moment war sie unschlüssig, wohin sie mit sich sollte. Sie überlegte, ob sie das rote Kostüm und den Federumhang schon jetzt anziehen sollte, legte es aber dann zur Seite und ging hinaus zur Weide, wo Sandesh stand, und dann weiter, zu Amon.

Der Wohnwagen des Alten stand offen, und Amon saß, wie bei ihrem letzten Besuch, an seinem Tisch vor dem staubigen Fenster. Er löffelte eine Suppe, die einen starken, bitteren Geruch hatte, und als Wanja den Wagen betrat, nickte er, ohne seinen Kopf zu heben.

Dinge, die man zum ersten Mal sieht, erscheinen einem ähnlich fremd wie die Dinge, von denen man weiß, dass man sie zum letzten Mal sieht. Wanja prägte sich alles ein. Den alten Mantel, ohne den sie Amon nie gesehen hatte. Den Holztisch mit den beiden Stühlen, den einen mit der abgebrochenen Lehne und den anderen, der mit rotem, abgewetztem Samt überzogen war. Die Spüle, den Gasherd, auf dem der Kessel heute nicht dampfte, das Brett darüber mit den Tassen, Gläsern, Gewürzen und Fläschchen. Die schmale Pritsche und das dunkle Holzregal. Die glänzende Kugel, die Wanja damals so magisch angezogen hatte. Sie machte einen halben Schritt darauf zu, dann hielt sie inne. Ihr sehnlichster Wunsch hatte sich erfüllt, und Fragen hatte sie keine mehr. Oder doch?

»Was siehst du, wenn du in die Kugel schaust?«, fragte sie Amon. Statt einer Antwort stand der Alte auf und humpelte schwerfällig auf Wanja zu. Er stellte sich hinter sie, gab ihr einen Schubs in den Rücken, sodass sie nach vorne stolperte. Als sie vor der Kugel standen, atmete der Alte rasselnd ein und aus. Die Kugel begann zu leuchten und nach einer Weile formierte sich in ihrem Inneren ein weißer Turm. Wanja hielt den Atem an. Sie erinnerte sich noch ganz genau an das, was der Alte damals über die Kraft der Kugel gesagt hatte. »Manchmal zeigt sie auch das Wesen, mit dem wir uns am tiefsten verbunden fühlen.« Das war sein letzter Satz gewesen.

»Den Hüter der Bilder«, flüsterte sie. »Hierin siehst du ihn also?«

Der Alte lachte meckernd und humpelte zurück an den Tisch, wo er sich wieder über seinen Teller beugte und schlürfend weiterlöffelte.

Wanja setzte sich auf den Stuhl neben ihm und schaute hoch zu den kleinen Bildern an der Wand, den Porträts der anderen Besucher. Beim letzten fühlte sie wieder das traurige Lächeln der uralten Frau. Sie deutete mit dem Kopf auf die Lücke daneben. »Unser Bild wird auch dort sein, nicht wahr?«

Amon schmunzelte, und plötzlich fragte sich Wanja, wer als Nächstes hier sitzen würde, an Amons Tisch, und wer im Zirkus Anima dann sein würde, in dieser noch unbekannten Zukunft.

»Was passiert mit dem Zirkus, wenn wir weg sind?«

»Wir ziehen weiter.«

»Wohin?«

»Überall- und nirgends hin.«

Wanja legte ihre Hand auf Amons und musste unwillkürlich an den Kopf einer Schildkröte denken. Genauso hart und runzlig fühlte sich der Handrücken an. »Ich werde dich vermissen.«

Amon zuckte nur mit den Schultern und legte den Löffel zur Seite. »Dazu gibt es keinen Grund. Ein Abschied ist immer nur äußerlich.«

Wanja schwieg. So ähnlich hatte es auch Ananda ausgedrückt.

»Ich soll dir Grüße bestellen«, sagte sie, und für einen Moment schienen die kristallenen Augen ihr zärtlich.

Als Wanja den Wohnwagen verließ, drehte sie sich noch einmal zu dem Alten um. »Übrigens, meinem Vater geht es gut.«

Wieder lachte Amon, und das meckernde, blecherne Geräusch passte so gar nicht zu seiner leisen, sanften Stimme. »Ich weiß.«

In Taros Wohnwagen fehlten nur die Trommeln. Sonst war alles wie beim ersten Mal, und als Wanja in der Tür stand, musste sie wieder an Mischas Trommelschläge denken. Drei laute, dumpfe Schläge voll von Wut und Hass. Fast ein Jahr war es her. Oder ein paar Tage.

Die Trommeln, die aus dem Zirkuszelt ertönten, waren rhythmisch und schnell, Noaeh sang dazu, und aus der Manege kamen Wanja Thrym und Thyra entgegen, den Applaus der Zuschauer im Rücken. Die Pause war bereits vorbei. Thrym, der die Stangen auf dem Arm balancierte, glühte vor Stolz, und Thyra hatte ein zufriedenes Lächeln auf dem Gesicht. Fangen mit Stangen. Die Nummer war anscheinend geglückt, und plötzlich bedauerte Wanja, sie nie gesehen zu haben.

»Fertig zum Aufwärmen?« Taro kam auf Wanja zu und gab ihr ein Zeichen, ihm zu folgen. Die Matten lagen schon bereit, und als sie mit den Dehnübungen begannen, konnte Wanja den Blick nur mit Mühe von Taro abwenden. Er hatte den blauen Mantel abgelegt und stattdessen das rote Trikot angezogen.

»Tiefer« – »Nicht so schnell« – »Vergiss das Atmen nicht.«

Das war alles, was er sagte, und plötzlich wusste Wanja, was sie an Taro am meisten faszinierte. Was er auch tat, er tat es ganz. Nie war er abwesend, zerstreut oder mit seinen Gedanken woanders, und damit unterschied er sich von fast allen Menschen, die Wanja kannte, eingeschlossen sie selbst.

Nach einer Weile ging Perun in seinem Drachenkostüm an ihnen vorbei. In den Händen hielt er die Zielscheibe und den Pfeil, und in der Manege kündigten die Trommeln seine Nummer an. Als das Publikum applaudierte und Wanja den warmen Feuerschein im Rücken fühlte, dachte sie an den Vogel, dem der Pfeil nichts hatte anhaben können und den sie doch besiegt hatten, mit ihren eigenen Waffen, ohne ihn zu töten. Taro hatte nicht einmal gefragt, was der Vogel von ihm wollte, er schien nur froh zu sein, dass er weg war. Bald würde auch Taro weg sein. Dafür würde Wanja ihren Vater kennen lernen, und jetzt, wo sie die ganze Geschichte kannte, mischte sich in ihre Sehnsucht auch das Wissen darum, dass Jolan ihre Mutter betrogen und sich dreizehn Jahre nicht bei ihnen gemeldet hatte, nicht einmal, um nachzufragen, wie es seiner Tochter ging. Dieses Wissen tat weh, aber es machte ihr keine Angst.

»Hey.« Taros Stimme riss Wanja aus ihren Gedanken. Er saß ihr genau gegenüber, seine Beine waren ausgestreckt, sodass seine und Wanjas Fußsohlen sich berührten. Jetzt griff er nach Wanjas Händen, und Wanjas Muskeln zogen sich schmerzhaft in die Länge, als Taro ihre Fesseln umschloss und zu ziehen begann. Sein Oberkörper ging nach hinten, Wanjas nach vorn.

»Lass die Beine gestreckt.«

»AU!«

»Atme.«

»Ich . . .«

»Lass die Beine gestreckt und atme.«

Dann ging es umgekehrt, Taros Oberkörper beugte sich vor, und Wanja lehnte sich zurück. Mit jedem Mal wurde es leichter, angenehmer. Einmal, als sie beide in der Mitte waren, hielt Wanja inne. »Taro?«

»Ja?«

»In der Ruine. Hattest du Angst?«

»Ja.« Taro nickte. »Aber noch mehr Angst hatte ich in der Manege.«

»Davor, dass dich der Vogel umbringt?«

»Nein. Davor, dass er dich umbringt.«

Wanja schluckte. Dann zog sie wieder an Taros Händen, doch diesmal hielt Taro sie zurück. »Bleib, wie du bist, hörst du? Bleib immer genau so, wie du bist.«

Als Taro und Wanja mit den Übungen fertig waren, als sich Wanjas Körper warm und bereit anfühlte, zog auch sie ihr Trikot an, und Taro legte ihr den roten Federumhang über die Schultern. Dann nahm er sie bei der Hand und führte sie zum Vorhang. In der Manege stand Reimundo, und als Wanja den Vorhang einen Spalt zur Seite schob, sah sie die Schafe an ihren unsichtbaren Fäden in die Höhe steigen.

Der Alb und der Traum,
kaum sind sie, kaum
zu unterscheiden,
die beiden,
bis sie sich binden
und bleibend verschwinden
als keins oder eins,
aber immer als deins.
Alles wird gut,
auch die Angst und die Wut

*werden leise
auf der Reise,
die nicht endet,
bis es sich wendet.
Alles wird gut.*

Reimundos Lächeln sah Wanja nicht, nur die schillernden Tropfen, die von der Decke fielen, und dann trat sie mit Taro in die Stille der Manege. Hinter ihnen kam Gata. Ihr Fuß schien ihr keine Beschwerden mehr zu machen, dennoch war es Wanja, die heute mit Taro auftreten würde.

Perun und Pati hatten das Netz gespannt, und als Wanja hinter Taro die Strickleiter emporstieg, wurde die Stille in der Manege eine andere. Spannung lag in der Luft und mischte sich mit den Trommeln, die leise zu spielen begannen.

Hoch oben auf dem Trittbrett überkam Wanja ein Gefühl von Schwindel, doch es hielt nur für einen Moment. Taro legte seinen Umhang ab, fasste Wanja bei den Schultern, küsste ihr, genau wie bei der Generalprobe, auf die Stelle zwischen den Augenbrauen, dann drehte er sich um und griff nach dem Trapez. Dieses Mal verfolgte Wanja jede einzelne seiner Bewegungen mit den Augen, sog alles in sich auf, und als Taro nach dem vierfachen Salto an dem gegenüberliegenden Trapez in Stellung ging, holte sie noch einmal tief Luft und schwang auf ihn zu, während die Gesichter der Zuschauer auf sie gerichtet waren wie ein einziges großes Gesicht. Damals waren Wanja und Mischa zwei von ihnen gewesen. Jetzt waren sie ein Teil des Zirkus Anima, ein erstes, ein einziges Mal. Als Wanja sich für das Vogelnest bereit machte, dachte sie nicht an das, was beim letzten Mal geschehen war. Sie dachte gar nichts, sie war nur da, und als Taro sie auffing, zog er sie mit den Armen hoch, bis zu seinem Gesicht. Wanja sah in seine Augen, die lachten und Funken sprühten und sie festhielten für einen ewigen Moment, und Wanja fühlte, dass dies der Abschied war.

Der Rest der Nummer verging wie im Traum, einem jener Träume, in denen die Bilder gestochen scharf sind und sich in einem Teil des Gehirns ablegen, an dem sie sich anschließend immer wieder neu hervorrufen lassen, so deutlich, dass man später nicht mehr weiß, ob sie Traum oder Wirklichkeit waren.

Warm und fest war Taros Hand, der ihre am Boden der Manege umschloss, während die Menge applaudierte. Auch Gata stand an ihrer Seite, und als sie hinter den Vorhang liefen, wurde Wanja von den anderen Artisten umringt. Reimundo lächelte und nickte ihr zu, während Babas Gesicht ein einziges Strahlen war, und Thyra schlug ihr so fest auf den Rücken, dass Wanja husten musste. Pati Tatü, mit dem gackernden Huhn im Arm, zog seinen Hut, und Perun drückte Wanja ungestüm an sich. »Aus dir wird was, Mädchen. Aus dir wird was.«

Sulana, die ihre Schlange in den Händen hielt, lächelte Wanja auf ihre seltsame Weise an. Wanja machte einen Schritt auf sie zu und streckte schüchtern ihre Hand nach der Schlange aus.

»Darf ich mal?«, formulierte sie lautlos ihre Frage. Sulana nickte und hielt ihr den Kopf der Schlange hin. Diese züngelte mit ihrer spitzen Zunge, und Wanja berührte vorsichtig, ganz vorsichtig ihren kühlen Kopf. Sulana gab ihr ein Zeichen mit der Hand, was Wanja nicht verstand.

»Sie mag dich.« Eine leise, tiefe Stimme drang an ihr Ohr, und als Wanja sich umdrehte, stand Thrym hinter ihr. Sein riesiges Gesicht war hochrot. »Ich mag dich auch. Du bist nett.«

Wanja wusste nicht, was sie entgegnen sollte. Es war das

erste Mal überhaupt, dass sie Thrym hatte sprechen hören, und Gata, die neben ihm stand, kam jetzt auch auf Wanja zu.

»Ihr wart wirklich großartig. Du kannst stolz auf dich sein!« Gata drückte ihr die Schulter, und Wanja drehte sich zu ihr und nahm sie in den Arm. »Ich werde euch trotzdem vermissen«, flüsterte sie, und als sie sich aus der Umarmung löste, schimmerten Tränen in Gatas Augen.

Taro war gleich nach ihrem Auftritt verschwunden und kam jetzt mit dem Saxofon zurück. Die Artisten verstummten, als er an ihnen vorbei in die Manege ging. Es war Zeit für das Abschlusslied. Leise schlüpfte Wanja durch den Vorhang und stellte sich dicht an den Rand. Taro stand in der Mitte der Manege, aber er wandte sich nicht der Zuschauermenge, sondern dem Balkon der Musiker zu. Das Murmeln der Zuschauer legte sich, und in die Stille hinein sagte Taro: »Dieses Stück ist für Mischa.«

Er setzte das blitzende Instrument an die Lippen und begann zu spielen. Wanja schloss die Augen und fühlte plötzlich, dass es Dinge gibt, die man nur durch die Musik sagen kann. Denn wo Worte einen Umweg machen, geht Musik direkt ins Herz, am tiefsten bei jenen, die ihre Sprache verstehen.

Als Taro endete, stand Mischa auf und sah zu ihm herunter. Alle waren still, es war, als wären Taro und Mischa die einzigen Menschen in der Manege. Dann drehte sich Taro um und stellte sich zu den anderen Artisten, die jetzt ebenfalls in die Manege gekommen waren. Als letzter erschien Baba, den Koffer zog er hinter sich her. Mischa, Noaeh und O kamen nach unten. Mischa stellte sich neben Wanja, und als die Artisten, einer nach dem anderen in den Koffer stiegen, schenkten sie ihren Ehrengästen einen letzten Augenblick.

Baba.
Perun.
Noaeh.
Thrym und Thyra.
Reimundo.
Sulana mit der Schlange.
Pati Tatü.
Madame Nui.
Gata.

Taro.

Als Wanja ihn im Inneren des Koffers verschwinden sah, fühlte sie, wie ihr das Herz im Leibe zerspringen wollte. Für einen Moment glaubte sie nicht, die Kraft zu haben, den Koffer zu schließen, doch dann dachte sie an Amons Worte und klappte zusammen mit Mischa den Deckel zu.

»Komm.« Mischa zog sie am Ärmel. »Zurück zum Rahmen.«
Als sie wieder auf ihren Plätzen saßen, öffnete sich der Vorhang ein letztes Mal. Heraus kam Amon. Er stützte sich auf seinen knorrigen Stock, humpelte auf den Koffer zu und zog ihn mit sich hinaus. Die Vorstellung war zu Ende. In den Applaus der Zuschauer mischte sich der Gong.

Die Bühne im alten Saal war leer. Die Kerzen waren erloschen, nur die Mondkugel tauchte den Raum in ein silbriges Licht, und die Jugendlichen waren noch stiller als bei ihrem ersten Besuch.
Alex. Ganz aufrecht stand er neben Natalie, deren Lippen bebten.

Als Wanja aus der roten Tür zurück in die Abteilung der Alten Meister trat, war niemand mehr hinter ihr, und im selben Moment, in dem die Tür mit ihrem leisen Klacken ins Schloss fiel, war sie verschwunden. Draußen schien die Sonne, es war so warm wie im Bild, und als Wanja und Mischa vor dem Museum mit Alex und Natalie ihre Telefonnummern tauschten, stieß Wanja plötzlich einen leisen Schrei aus.

»Da!«

»Wo?«

»Was denn?«

Wanja zeigte stumm zur Eingangstür, aus der ein dunkelhäutiger Mann getreten war. Er trug ein weißes Gewand, und über seinen Augen lag ein milchiger Schleier. Er sah kurz in Wanjas Richtung, dann wandte er sich nach links, bog um die Ecke und verschwand.

»War das . . .« Mischa zog fragend die Augenbrauen hoch, und Wanja nickte langsam.

Zwei Tage später, als Wanja von einem Waldspaziergang nach Hause kam, lag ein Zettel von Jo auf dem Küchentisch.

»Ich bin einkaufen gefahren. Dein Vater hat angerufen. Er hat deinen Brief erhalten und möchte dich besuchen kommen. Sein Vorschlag war übernächsten Donnerstag. Er kommt mit dem Flugzeug um 16:05 Uhr, und wenn er nichts von dir hört, geht er davon aus, dass du ihn abholst.«

Am Küchenschrank hing Jos Kalender, doch Wanja wusste schon vorher, welchen Tag sich Jolan für ihr erstes Treffen ausgesucht hatte. Am übernächsten Donnerstag war Vatertag.

VATERTAG

Mittwochmittag, am Ende der Stunde winkte Frau Gordon Wanja zu sich. »Hast du einen Moment Zeit?«

Wanja runzelte die Stirn. Ihren Aufsatz hatte sie abgegeben und seit Langem auch am Unterricht wieder teilgenommen. Was war jetzt schon wieder?

»Es geht um Britta.« Frau Gordon seufzte. Britta fehlte seit zwei Tagen in der Schule, und die Wochen davor war sie so abwesend und verschlossen gewesen, dass es sogar Wanja aufgefallen war.

»Ihre Eltern haben sich getrennt«, sagte Frau Gordon. »Ich habe gestern mit Frau Sander telefoniert. Britta hat es wohl geahnt, aber anscheinend nicht wahrhaben wollen. Für sie bricht eine Welt zusammen, und ich glaube, dass sie jetzt eine gute Freundin braucht.« Wanja zuckte zusammen und Frau Gordon fuhr fort. »Ich habe gemerkt, dass ihr beiden euch auseinandergelebt habt, besonders nach dem, was letzten Herbst im Schullandheim geschehen ist. Aber«, Frau Gordon schob den Stapel Hefte auf ihrem Schreibtisch zur Seite, »ich glaube, außer dir kommt niemand infrage. Glaubst du, du könntest mal bei ihr vorbeischauen?«

Wanja nickte, und als sie eine halbe Stunde später bei Britta klingelte, öffnete Frau Sander ihr die Tür. Ihre Augen waren verquollen, aber als sie Wanja sah, lächelte sie erleichtert. »Wie schön, dass du kommst. Britta hat so oft von dir gesprochen. Sie ist in ihrem Zimmer, Alina ist bei den Großeltern. Geh ruhig hoch.«

Britta saß am Tisch und starrte aus dem Fenster. Unsicher blieb Wanja in der Tür stehen. »Hallo. . . . Kann ich reinkommen?«

Britta nickte, sagte aber nichts. Sie trug Jeans und eine Joggingjacke und war zum ersten Mal seit Monaten nicht geschminkt. Wanja setzte sich auf den freien Stuhl und blätterte in der Mädchenzeitschrift, die davor auf dem Tisch lag. »Mach mehr aus deinem Typ«, lautete eine der Überschriften, darunter war in sieben Schritten aufgezeigt, wie man sein Styling, seine Klamotten und seine Frisur aufbrezeln konnte, bis man äußerlich perfekt war.

»Tut mir leid, mit der Klassenfahrt«, sagte Britta nach endlosen Minuten.

Wanja klappte die Zeitschrift zu. »Mir auch. Das mit dem Typen war wirklich keine Absicht. Der hat mich einfach angequatscht. Ich hätte nie . . .«

»Ich weiß. Er war sowieso ein Idiot.« Britta verzog das Gesicht, dann wechselte sie unvermittelt das Thema. »Mein Vater hat eine andere. Seit Monaten schon. Wie bescheuert war ich, das nicht zu merken. Seine Sprechstundenhilfe. Er wohnt jetzt bei ihr. Dieser . . .« Britta presste die Lippen aufeinander und starrte auf die Tischplatte, »dieser miese Schweinehund. Das verzeih ich ihm nie. NIE. Er hat mich einfach sitzen lassen.« Britta fing zu weinen an, und als Wanja ihre Hand berührte, kam sie näher, vergrub ihr Gesicht an Wanjas Schulter und schluchzte, schluchzte.

Wanja legte ihre Arme um sie. Warum waren es oft die traurigen Momente, in denen man sich einem Menschen nah fühlte?

»Und was wird mit euch?« Wanja fischte ein Taschentuch aus ihrer Hosentasche. »Könnt ihr hier wohnen bleiben?«

Britta schnäuzte sich, streckte die Brust vor und machte ein trotziges Gesicht. »Wenn er sich einbildet, wir ziehen hier aus, dann hat er sich geschnitten. Ich gehe hier jedenfalls nicht weg und Alina auch nicht.«

Wanja musste lächeln, als sie an Brittas kleine Schwester dachte. »Wie geht es ihr denn damit?«

Britta zuckte die Achseln. »Ich glaub, die kapiert das alles noch gar nicht richtig. Aber sie kann wenigstens froh sein, dass sie ihn los ist. Jetzt wird sie wenigstens nicht ständig angemeckert.«

Wanja nickte. Es war das erste Mal, dass Britta sich auf die Seite ihrer Schwester und gegen ihren Vater stellte.

Britta schob ihren Stuhl zurück und sah Wanja an. »Du kannst jedenfalls froh sein, dass du deinen Vater nicht kennst.«

Wanja gab darauf keine Antwort.

Frau Sander begleitete sie noch zur Tür, und zum Abschied reichte Wanja ihr die Hand. »Kann ich nächste Woche wieder mal zum Essen kommen?« Frau Sanders Augen schimmerten. »Du bist willkommen, Wanja, jederzeit.«

Flora war es, die Wanja zum Flughafen fuhr, und als Wanja aus dem Haus ging, trug Jo Schwarz und sah noch schmaler aus als sonst. Mehr als ein Kopfnicken brachte sie nicht zustande, und Wanja fühlte, dass sie ihr nachsah, noch als Floras Auto um die Ecke bog. Um Viertel nach drei kamen sie am Flughafen an. Wanja hatte darauf gedrängt, früher zu fahren.

»Kommst du zurecht? Oder soll ich mit dir kommen?«

Wanja schüttelte entschlossen den Kopf, obwohl ihre Beine zitterten. Sie grinste Flora tapfer an. »Danke. Bis dann.«

Bis zur Landung blieb noch über eine Dreiviertelstunde Zeit. Als sich Wanja auf einen der Stühle vor dem Gate setzte, nahm sie nichts und niemanden mehr wahr. Minutenlang spielte sie mit dem Reißverschluss ihrer Sweatshirtjacke herum, kaute auf ihrer Haarsträhne, spuckte sie aus, angelte erneut danach, und als der Uhrzeiger endlich auf Viertel vor vier rückte, krallte sie ihre Finger neben sich in die Lehne, die sich seltsam warm und weich anfühlte.

»Ich wäre dir dankbar, wenn du deine Krallen aus meinem

Arm nehmen könntest«, sagte eine vertraute Stimme neben ihr.

Wanja fuhr herum und riss die Augen auf. »Mischa?!« Ungläubig starrte sie ihren Freund an. »Was machst du denn hier?«

Mischa grinste. »Ich hole meinen Vater ab.«

Wanja sprang von ihrem Sitz auf. Ihr Kopf war ein einziges Durcheinander, gleichzeitig spürte sie, wie ihr irgendwo ein Licht aufging.

»*Deinen* Vater?«

Mischa zog wortlos etwas aus seiner Jacke hervor. Es war eingewickelt in dünnes Packpapier. Wanja schlug das Papier auf, sah auf Jolans Porträt, begriff und begriff doch nicht.

»I-ich«, stotterte sie. »Ich versteh nicht . . . wo, von wem . . . woher hast du das?«

Mischa grinste noch breiter. »Von meinem Vater. Jolan Berger.«

Wanja starrte das Bild an, die runden Augen, das schmale Gesicht, der traurige Zug um den Mund . . . das große, dunkle . . . Muttermal!

Sie machte einen Satz auf Mischa zu, fegte ihm die Haare aus der Stirn – und schnappte nach Luft. Nur einmal hatte sie das Muttermal bei ihm wahrgenommen, vor einem Jahr, als sie ihn nach der Vorstellung im Zirkus am Tisch beobachtet hatte. Damals hatte er sich selbst das Haar aus dem Gesicht gestrichen. Wanja sank zurück auf den Stuhl. »Ich versteh das alles nicht«, flüsterte sie. »Seit wann . . . seit wann, *weißt* du das?«

Mischa räusperte sich. »Es war wie ein Puzzle, das sich zusammengefügt hat, Stück für Stück. Dass das Arschloch nicht mein Vater ist, dachte ich mir schon eine ganze Weile, auch wenn er mir die Wahrheit erst Heiligabend ins Gesicht geschrien hat. Das war das schönste Geschenk, dass er mir je gemacht hat.« Mischa lachte bitter, dann sah er Wanja an und räusperte sich wieder, als wisse er nicht, wie er weitermachen sollte. »Ja und dann das ... das mit dir, weißt du ... da war so ein Gefühl, das ... das kam mir von Anfang an schon komisch vor. Ich meine ... also ...« Mischa wurde rot. »Ich finde, du bist ein klasse Typ und normalerweise hätte ich mich bestimmt in dich verknallt. Aber das war völlig ausgeschlossen, das Gefühl war ein anderes, aber es war trotzdem so ... so ...«

Wanja schloss die Augen. Dann öffnete sie sie wieder. »Ich weiß«, unterbrach sie Mischa. »Mir ist das mit dir genauso gegangen – zum Glück!«

Mischa nickte und fuhr dann mit wesentlich leichterer Stimme fort. »Meine Mutter muss auch was gespürt haben. Damals, nach deinem Besuch bei uns, hat sie mich so seltsam nach dir ausgefragt. Wer deine Mutter ist, ob sie braune Locken hat und ob ich deinen Vater kenne.« Mischa runzelte die Stirn und drehte sich genervt zu einer älteren Dame um. Sie stand direkt neben Mischas Stuhl und machte ein Gesicht, als würde sie gerade einen spannenden Nachrichtenbeitrag verfolgen.

»Da drüben sind übrigens noch jede Menge Sitze frei«, brummte Mischa. »Und die Klatschpresse gibt's für zwei Euro am Kiosk, falls Sie Langweile haben.«

Die Dame schnappte empört nach Luft. Aber an ihrem knallroten Gesicht erkannte Wanja, dass Mischa ins Schwarze getroffen hatte.

»Weiter«, drängte sie Mischa, als sich die Dame abgewendet hatte. »Erzähl weiter!«

»Das mit Jolan«, fuhr Mischa mit gesenkter Stimme fort, »wurde mir klar, als du mir neulich im Park die Geschichte von deiner Mutter erzählt hast. Und als du mir sein Bild gezeigt hast, war das Puzzle komplett. Ich bin nach Hause und hab die ganze Wohnung auf den Kopf gestellt.« Mischa schüttelte den Kopf. »Das war echt wie Ostern, du glaubst nicht, wo ich das verdammte Ding endlich gefunden hab. Unter der Tischplatte vom Küchentisch, festgeklebt mit tonnenweise Tesafilm, ich meine, geht's noch?«

Wanja musste kichern, wurde aber gleich darauf wieder ernst, als Mischa weitersprach. »Na ja, er muss ihn jedenfalls zur gleichen Zeit abgeschickt haben wie deinen, auch der Brief an mich war ganz ähnlich wie der, den er an dich geschrieben hat, und als meine Mutter nach Hause kam, hab ich ihr das Ding unter die Nase gehalten. Tja. Da hat sie mir alles erzählt.« Mischas Stimme wurde leiser. »Sie haben sich auf einem Flohmarkt kennen gelernt. Ab da war es dieselbe Geschichte. Auch meine Mutter hatte keine Ahnung, auch mit ihr hat er nicht zusammengewohnt. Aber sie waren Tag und Nacht zusammen, meistens bei ihm. Dann irgendwann hat er gesagt, dass er jetzt öfter arbeiten müsste, um uns versorgen zu können.« Mischa senkte die Stimme. »Das muss der Zeitpunkt gewesen sein, als Jolan deine Mutter kennen lernte. Ich war damals gerade geboren, aber meine Mutter hat keinen Verdacht geschöpft. Sie muss eine ziemlich schreckliche Kindheit gehabt haben, und Jolan war für sie so was wie der Prinz im Märchen, sagt sie. Die Dinge, die er deiner Mutter gesagt hat, hat er auch meiner Mutter gesagt, auch das mit der Sehnsucht, wortwörtlich. Bis an dem Tag im Park dann alles rauskam.« Mischa starrte zu Boden und kickte mit dem Fuß gegen eine leere Zigarettenschachtel. »Als deine Mutter weg war, hat meine auf ihn eingeprügelt. Sie sagt, ich hätte geschrien wie am Spieß und mich an ihm festgeklammert. Dann hat sie mich geschnappt und ist weg. Er ist nicht hinterher. Hat auch nichts von sich hören lassen, und ein paar Wochen später ist er dann ja wohl aus seiner Wohnung weg. Meine Mutter stand schon damals ziemlich auf der Kippe. Danach ist sie total abgestürzt, hat mit dem Saufen angefangen, ich wäre fast im Heim gelandet. Ein Jahr später hat sie das Arschloch kennen gelernt, der damals angeblich ziemlich viel Kohle hatte.« Ein bitterer Zug erschien auf Mischas Lippen. »Anscheinend hat sich der verfluchte Sausack meine Mutter regelrecht erkauft. Aber egal, der Rest ist sowieso nicht erwähnenswert. Ich habe Jolan geschrieben, hab ihm von dir erzählt, ich wusste ja Bescheid. Er rief mich an und fragte, ob es okay wäre, wenn er uns beide treffen würde. Ob ich glauben würde, dass es auch für dich okay wäre. Ich hab Ja gesagt. Ist es okay?«

Wanja nickte und griff nach Mischas Hand. Ich habe einen Bruder, dachte sie und musste plötzlich lachen und weinen in einem Atemzug. Jo hatte Jolan totgeschwiegen, aber Wanja hatte immer gewusst, dass sie einen Vater hatte. Mischa dagegen hatte sein ganzes Leben im Glauben verbracht, das Arschloch wäre sein Vater. Er hatte von Jolan nicht einmal gewusst. Sie dachte an das Bild des blonden Jungen, das Jo in Jolans Zimmer gesehen hatte.

»Wann bist du denn geboren?«, fragte sie leise. Mischa nahm ihr Jolans Bild aus der Hand und steckte es zurück in seine Tasche. »Am 30. August 1990. Und du?«

»Am 19. September 1991.« Wanja rechnete. »Da warst du ein Jahr und einen Monat alt. Aber erinnern kannst du dich nicht an ihn, was?« Mischa schüttelte den Kopf, und Wanja dachte, wie seltsam es war, einen Vater gemeinsam zu haben, den man nicht gehabt hatte. Diese Jahre würde ihnen Jolan auch jetzt nicht zurückgeben können. Und er würde ihnen einiges erklären müssen.

Die Uhr sprang auf 16:03. Dann auf 16:04. Und mit jeder Sekunde, die verging, formten sich in Wanjas Kopf die Bilder zu einem Ganzen. Jos Gesicht, als Mischa damals in ihrer Küche gesessen hatte. Der suchende Blick von Mischas Mutter, als sie Wanja damals die Tür geöffnet hatte. Jos Reaktion Silvester, als Mischa das Porträt von Wanja mitgebracht hatte. Das Porträt, dass sie mit der Post an Jolan geschickt hatte.

Der Flieger landete pünktlich. Wanja und Mischa schoben sich vor die Leute, die sich vor dem Gate versammelt hatten. Auch die ältere Dame stand jetzt wieder in ihrer Nähe, gab sich aber sichtliche Mühe, die beiden keines Blickes zu würdigen.

Dann öffnete sich die Tür. Die Fluggäste kamen heraus. Frauen, Kinder, Männer, allein, zu zweit, zu dritt, Familien, Geschwister, Großeltern, Geschäftsreisende. Manche wurden abgeholt, manche suchten nervös die Menge ab, andere eilten allein davon.

Als Jolan hinter der Tür erschien, hielt Wanja noch immer Mischas Hand. Ihr Vater war kleiner als in ihrer Vorstellung und anders, so anders als Taro. Doch es war ihr Vater, und als er auf sie zukam, sah Wanja vor ihrem inneren Auge plötzlich den Zirkus Anima. Er verließ Imago und zog weiter. An einen neuen Ort.

Danksagung

Bei Danksagungen von anderen muss ich immer heulen, auch wenn ich gar nicht gemeint bin.

Jetzt, endlich, darf ich auch eine schreiben!

Ich danke:

Martina M. Oepping für ihr bleistiftfeines Gespür, ihre stärkende Zuversicht und ihr »Sesam öffne dich«.

Gerd Rumler für seine Blitzreaktion zum ersten Kapitel – und für den ganzen großen Rest!

Susanne Krebs fürs Finale, ihre klugen Anmerkungen, ihr »weniger ist mehr« und für alle Smileys!

Dem Zirkus Roncalli und der Zirkusschule TriBühne für den Zirkus Anima.

Jochen für gelbe Stunden.

RoxAnn und Rolf für den Drucker in letzter Minute.

Dem Café Schotthorst für meinen Büroplatz am Fenster.

Meinen Freundinnen Regina (für die Rettung des zündenden Funkens vor dem Papierkorb); Conny (dafür dass sie Taro sehen konnte) und Lisa (für die Grüße an Amon und die Frage der Zeit).

Malek und Natalie dafür, dass sie meine Geschwister sind.

Meiner Tochter Inaíe für ihre alles entscheidende Kritik zum ursprünglichen Anfang.

Meiner Tochter Sofia für alle Wimpernwünsche, Maskottchen und Glücksbilder. (Sie haben gewirkt!)

Lena für Flora.

Meiner Maximurkelmutter für die ansteckende Liebe zum Lesen und für alles begeisterte »Lies-Lies«. Du bist mein Rückenwind!

Meinem Mann Eduardo für die Musik und für das, was er schon wusste, als ich es noch nicht glaubte. Eu te amo!

Zum Schluss danke ich Wanja dafür, dass sie gekommen und geblieben ist – die ganze, lange Zeit.

Isabel Abedi

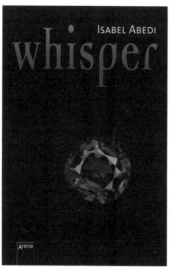

Eine unwirkliche Stille liegt über Whisper, dem alten Haus, drückend und gefährlich. Als Noa es das erste Mal betritt, ist sie gleichermaßen ergriffen von Furcht und neugieriger Erwartung. Doch niemand außer ihr scheint zu spüren, dass das alte Gebäude ein lang gehütetes Geheimnis birgt... Meisterhaft und unwiderstehlich versetzt Isabel Abedi ihre Leser in eine unheimliche, psychologisch dichte, spannende Stimmung, aus der man erst nach dem letzten Satz wieder erwacht. Sie erzählt von einem geheimnisvollen Dorf, von einem nie geklärten Mord, von menschlichen Leidenschaften – und einer ersten großen Liebe.

280 Seiten. Ab 12 Jahren. Gebunden.
ISBN 3-401-05369-8
Ab 1.1.2007: ISBN 978-3-401-05369-1

www.arena-verlag.de

Arena

Antje Babendererde

Libellen-sommer

Das erste Mal sieht Jodie ihn an einer Tankstelle am Highway, der quer durch die kanadische Wildnis führt. In seinem Blick liegt so viel Ablehnung, dass sie nicht wagt, ihn um eine Mitfahrgelegenheit zu bitten. Keinen Tag später ist das Mädchen mit Jay Muskalunge in den Wäldern unterwegs, denn er hat Jodie aus den Händen eines zudringlichen Truckers gerettet. Doch anstatt sie in die Stadt zu bringen, nimmt er sie mit auf eine Abenteuerreise, die Jodie nie mehr vergessen wird. Fernab von jeder Zivilisation verlieben sich die beiden ineinander. Aber Jodie gehört nicht in die Wildnis und Jay nicht in die Stadt. Als sie ihr Ziel erreichen, steht Jodie vor der schwersten Entscheidung ihres Lebens ...

272 Seiten. Gebunden.
Mit Lesebändchen.

ISBN 3-401-**05881**-9
ISBN 978-3-401-**05881**-8
www.arena-verlag.de